文春文庫

かげろう絵図

上

松本清張

かげろう絵図（上）　目次

吹上《ふきあげ》 9
風流合戦 29
騒動 51
怪談 80
貂《てん》の皮 102
こちらの人々 124
若い男 149
蔭の迎え 170
大御所御患い 193
雲 218
密謀 241
黒い手 264

渦の行方　293
石庭　313
真昼の夜　342
お墨附　369
闇　390
風　418
水の上　445
秋気　471
不浄門　503
麻の葉　522

かげろう絵図（上）

吹《ふき》上《あげ》

家斉《いえなり》は眼をさました。部屋に薄い陽が射している。六つ（午前六時）を少々過ぎたころだなと思った。このごろは決ってそうなのだ。年齢《とし》をとると、だんだん眼が早くさめて困る。

彼は肩を起して、腹ばった。五枚の掛蒲団が少し揺れたが、下二枚は紅の幸菱《さいわいびし》に鴛《おし》鴦《どり》の模様。これは見えない。唐織白地に色糸で鶴亀松竹を散らした上の二枚の端がずれて老人の背のかたちをもりあげた。一番下の御肌附は紅裏《もみうら》の白幸菱が敷いてある。

家斉は錦のくくり枕にあごをのせて、片手を伸ばし連台の上の蒔絵《まきえ》の函をひき寄せた。ふたを開けると鼻紙がたたんで入っている。柔かい紙を、さらに女中どもが揉《も》んでひろげたものだ。

彼はそれを七、八枚つかむと、両手で顔に当て、ちん、と鼻をかんだ。

間髪を入れず、隣の脇部屋から、

「もーう」

と大きな声がした。すでに「入り込み」の済んだ宿直《とのい》の小姓の声で、家斉の起きる気配を今か今かと隣で耳をすませていたのである。大きな声は、無論、家斉に聞かすのではなく、大奥の者に大御所の起きたことを合図したのだ。果して遠くの方がにわかに騒々しくなってきた。

前《さき》の十一代将軍で、先年大御所になった徳川家斉は六十八歳の身体を蒲団の中にまだ沈めたままだった。肌の下がうすく汗ばんでいる。

(だいぶ暖かくなったな。今夜から蒲団を一枚うすくさせよう)

と思った。敷蒲団は厚板物に金襴《きんらん》の縁をとった五、六寸厚みのものを二枚重ねてある。厚板物というのは、能の衣裳に使うような厚地の織物だ。

やはり、春だな、と考えたとき、

(そうだ、今日は桜見だった)

と思い当った。すると彼は、にわかに生活の変化を得たように、眼が輝いてきた。

家斉は頭は禿げてきたが、まだ腰は曲っていない。大きな体格を白羽二重の小袖につつんで控の間に行くと、待っていた奥女中どもが平伏していた。

畳の上には鍋島段通《だんつう》を敷き、湯を入れた黒塗の二尺たらいが置いてある。別のところに八寸角の塗台にのせた唐草模様の大茶碗、湯を入れた桶、大奥歯医師の調進した香歯磨粉の皿一枚、傍の一枚には赤穂の焼塩を盛り、房楊枝が添えてある。

家斉が膝をついて湯にかがみ込むと、中年寄が彼のうしろにすすんで、両袖を支えた。すぐには顔を洗わないで、幅二分くらいな舌こぎを口の中にさし入れ、げえ、げえ、と異様な声を立てはじめた。別のお清の中﨟《ちゅうろう》が黒塗のたん吐きを置く。

家斉は、それへ、ぱっと唾を吐くと、

「美濃《みの》は来ているか?」

と女中に訊いた。美濃とは御側衆水野美濃守忠篤《ただあつ》のことである。

中﨟が家斉の問いをうけて畏《かしこま》った。

「美濃守様は昨夜は不時の宿直《とのい》にてお詰めでございます」

家斉は満足そうにうなずいた。

「そうか。美濃は相変らず出精するな」

少し考えて云った。

「後刻、参るように申せ」

機嫌がいい。湯桶に向って顔を洗い出した。白木綿のぬか袋で満べんなく皮膚をこする。女のように、ていねいで時間をかけた洗い方であった。六十八歳とはみえぬ顔艶《つや》が彼の自慢なのだ。

年増《としま》女のような手間どった洗顔が終ると、家斉は女どもに手伝わせて、着更えをし、袴をつける。当人はなすままに幼児のように突立っていた。

（花見か。美濃なら手抜かりなく用意させるに違いない。多喜《たき》によい席をとらせるであろう）

家斉は雛人形のように着物を着せられながら考えていた。

（あの女は利口だ。それに学問がある。この間の夜は源氏物語の講釈をしおった。変ったやつだ。褥《しとね》の中でむつごとの代りに、源氏を聞こうとは思わなかった。しかし、可愛い。ほかの女どもは、どうも素養がない）

家斉は、去年の夏から手をつけた中﨟多喜のことをぼんやり思っていた。十七という若い身体も、この老人には玩具のような魅力であった。

（美代もいいが、少しものを知らぬ。法華《ほっけ》、法華と、そればかりうるさく申しおる。それに、身体も下り坂だ）

家斉は一番気に入りの中﨟美代の顔を思い浮べた。このごろ、笑うと眼じりに寄る小《こ》皺《じわ》が目立ってきた。いつまでも若いと思っていたが、やはり年齢なのだ。十一歳で加賀の前田に嫁《とつ》がせた溶《よう》姫と、安芸の浅野にやった末《すえ》姫と二人の子を生んでいる。

（子といえば——）

と家斉は、ふと思い当ったような目つきをした。

（多喜が妊《みごも》ったと申していたが）

この前の夜、それは間違いないか、ときいたところ、多喜は耳まで紅くして確かにそうだと答えた。医者が四月《よつき》だと云ったという。家斉は、この年齢になって、まさかと思っておどろいたのである。

（すると、今度は何十人目だろう？）

家斉は、先日、やはり中﨟の一人のいとが子を生んだとき、五十四人めだと年寄に教えられていたのを思い出し、五十五人めになる、と胸算用した。

（よくもつづくものだな）

家斉は自分の身体の内部に異常な生きものがひそんでいるように思えた。

「水野美濃守様、控えておられます」

その声に家斉はわれにかえった。着つけはとうに済んで、皆は頭を下げていた。

家斉は、御小座敷で食事をした。どうも食欲が起らない。懸盤《かけばん》の上の器をじろりと眺め、飯を一口食い、鱚《きす》の附焼きに一箸つけただけで、あごをしゃくった。外黒塗、内朱塗、定紋つきの膳はうやうやしく引かれた。

入れ違いに、御髪番《おぐしばん》の小姓四人、御小納戸《おこなんど》二人が膝行《しっこう》して来て家斉のうしろに廻る。元結をとき、髪を結い直すのだが、彼らとしては大難儀である。家斉の禿げて少くなった髪を出来るだけ手間をかけて結い上げるのだ。それから顔と月代《さかやき》を剃る。前頭部には薄毛も無いが、剃刀《かみそり》をていねいに当てる。

その間に控えていた西丸附奥医師が四人、空気のように音を立てないですすみ寄った。法印中川常春院《じょうしゅんいん》が一礼すると、家斉は黙って手をさし出し、前で交叉した。常春院が両手首の脈のところに糸をしずかにくりつける。面を伏せたままで、家斉の顔を直視することは許されない。

家斉は眼を閉じて、考えごとをしていた。

（花見に何か趣向はないか――）

一方の手首の糸は下段まで延びて、常春院と法眼《ほうげん》栗本端見《たんけん》とが畏って代る代る端をつまんでいる。他方の手首の糸は、法眼河野《こうの》良以《りょうい》と、同じく吉田長禎《ちょうてい》とが、低頭しながら、糸に伝わる脈の速さをうかがっていた。

（多喜は和歌がうまいな）

家斉は顔を剃らせ、糸脈をとらせながら考えを追っていた。

（桜の歌でもつくらせるか）

四人の医師は頭を下げたまま、一心不乱に脈を測っている。

(しかし、ひとりでは詰らない。そうだ、大勢の女どもに詠ませよう)

大そういいことを考えついたように思えた。これが気に入った。眼を開けると、常春院が静かに糸を手からはずし、

「今日もご機嫌よろしく、大慶至極にござります」

と平伏した。

(当り前だ。まだ変ってなるものか)

身体には自信があった。御髪番や奥医師どもが退ると、

「美濃を呼べ」

と家斉は云った。

側衆水野美濃守忠篤が膝を動かして敷居際に手をつき、

「ただ今、常春院殿より伺いましたが、大御所様にはいよいよご機嫌麗《うる》わしく、恐悦至極に存じ上げます」

と挨拶した。顔もきれいだが、声もきれいな男である。

「美濃、昨夜は不時の宿直《とのい》であったそうだな?」

家斉はおだやかな眼をむけた。

「御意」

「今日の花見の支度の指図であろう。これへ来い。予に思いついたことがある」

美濃守が呼ばれて前にすすんだ。

家斉は、間近に進んできた美濃守忠篤に、

「今日の桜見には女どもに歌をつくらせようと思うがどうじゃな」

とのぞきこんだ。

「それは一段と御興を添えまして、結構と存じまする」

美濃守は即座に答えた。

「面白いであろう。用意もいることであろうから、女どもに左様伝えろ」

家斉は、てかてかと光る赭《あか》ら顔に、機嫌のいい笑いを皺立てていた。

美濃守は同意しておいてさり気ない表情をしているが、眉の間がかすかに曇った。頭脳の回転の速い彼は、早くも家斉の気持を察した。これは近ごろ、ご寵愛の深い多喜の和歌の才能を披露させようとの魂胆である。

今日の花見には、西丸大御所附の奥女中が総出である。これには、美代、八重、いと、るり、そで、蝶、多喜などのお手つきの中﨟がそれぞれ茶屋に陣どって観桜する。それにお目見え以上の女中どもが二百人近く出るから大そうな人数である。だが、この中で、和歌の上手にかけては、多喜の方の右に出る者はまず一人もいないように思われる。

困ったことになった、と美濃守は思った。ほかの女たちはどうでもよい、お美代の方の立場が甚だ都合悪くなるのである。

お美代の方は、御納戸頭取中野播磨守《はりまのかみ》清茂の養女と表面はなっているが、実は智泉院日啓《にっけい》という法華宗坊主の生んだ娘なのである。美代が駿河台の中野の邸に奉公に来たのを、播磨守がその顔の美しさに眼をつけ、己《おの》が養女として大奥へさし出したのだ。当時十一代将軍であった家斉の目に止り、数多いお手つき中﨟を追い抜いて君寵第一となった。それは彼女の怜悧《れいり》さにもよったのだ。

顔も頭もいいお美代の方は、本丸大奥に着々と勢力をひろめた。家斉が六十五歳で五十余年間の将軍職を辞め、世子家慶《いえよし》に譲って、大御所となり、西丸に退いてからも、お美代の勢力は西丸大奥を蔽った。養父中野播磨守をはじめ、林肥後守、美濃部筑前守、水野美濃守など家斉の側臣は彼女の手中にあった。天保五年に死んだが、家斉の寵信をうけ、天下に勢威を張った老中水野出羽守忠成《ただあきら》も、お美代の方の操縦に意のままだった。

それほど利口なお美代の方も、文学の素養となると話は別である。和歌の競作となると多喜の方とでは太刀打ちがならない。勝負ははじめから分っている。それでなくとも、このごろ家斉の老醜に近い盲愛をうけていて、ぐんぐん頭をもたげてきた多喜の方に、お美代の方は不快をもっているのだ。いや、多喜の方が家斉の五十何人目かのたねを妊《みごも》ったと聞いて、お美代の方は彼女に敵意を抱いてきている。

風雅な観桜が、次第によってはとんだ修羅場にもなりかねないと、水野美濃守忠篤は当惑したのであった。

水野美濃守は家斉の前を退ると、お坊主を介して、中年寄の菊川に面会を求めた。お坊主といっても、大奥では初老に近い女が頭をまるめているのである。

「これは水野様。昨日からもろもろのお手配、さぞお気疲れでございましょう」

菊川はお広敷に出て来て、美濃守の顔を見ると、眼を細め、微笑して挨拶した。

桜見は奥女中にとって、年に一度、解放感をたのしむ行事である。この日は無礼御免の定めで、女中どもはそれぞれの場所へ集って奥御膳所から運んだ酒料理をひらく。宴がたけなわになると、花の下に思い思いに寄って、唄ったり、狐拳したり、鬼追いをしたり、芝生に酔った身体を寝転がしたりする。笑おうと、踊ろうと勝手であった。茶屋茶屋には餅、田楽《でんがく》など売る模擬店が出た。女中どもはこの日のために、かねて用意した衣裳を着飾るのである。大奥中が花見のお触れが出るのを、何十日も前から待っている。

だから、吹上の庭は前日からその用意に混雑した。まず、新口《しんぐち》御門、吹上門は常勤の番人が立ち退かされ、添番《そえばん》や伊賀者が警固する。花の樹間には、御紋染抜きの幔幕を張り囲《めぐ》らし、芝生には薄縁《うすべり》を敷く。吹上の茶屋は滝見茶屋をはじめ、十四、五カ所あったがその飾りつけも大そうなものである。

その準備万端を水野美濃守が家斉の意をうけて、前日から不時の泊り込みで差配した。中年寄菊川の言葉は、その労を犒《ねぎら》ったのだ。

「なんの。それぞれのことは、お年寄衆のお指図にて、お道具掛りなされますので、手前はただぼんやり見ているだけでございます」

美濃守は一応謙遜して、

「それよりも、菊川どの、ただ今、大御所様が仰せ出されましたが、困ったことができました」

「困ったこと?」

菊川は微笑を顔から消した。

「何でございましょう。今日のお花見がご変更にでもなったのでございますか」

「いや、そんなことではありません。実は大御所様仰せには、今日の桜見には女どもに三十一文字《みそひと》を作らせ、歌くらべをさせよとのことでございます」

「歌くらべ？」

菊川は眉間《みけん》に小さな立て皺《じわ》をよせた。男を知らぬ年増女のふしぎな匂いが、そのしかめた表情から漂った。美濃守の心は、どこかでそれをたのしんでいた。

「左様、大御所様は、このご趣向がお気に入りのようです」

美濃守が云うと、菊川はいよいよ暗い顔をした。彼女にも家斉の真意が推測できたのである。

菊川も、美濃守も、お美代の方の腹心であった。両人はしばらく顔を見合せた。

菊川は困《こう》じ顔で云った。

「それは難儀なことでございます。大御所様がさように乗気に思し召すからには、申し上げてもとてもお取り止めにはなりますまい。美濃さま、如何《いかが》したものでありましょう？」

「されば、お美代の方様のぶんは、どなたかご代作を頼んだ方がよろしかろう」

美濃守は正直な意見を云った。

菊川はうなずいた。しかし、それは仕方がないといったうなずき方であった。代作といっても、多喜の方以上にうまい歌が出来る才女は奥女中にいないのだ。だれが作っても、彼女の詠《よ》む歌に負けそうである。

今日の桜見の歌合せで、お美代の方が恥をかく。が、問題は単に歌の上でのことだけではなかった。お美代に対立する多喜の背後には家斉夫人寔子《ただこ》の存在があった。多喜の方は、寔子夫人つきのお三の間であったのを、家斉がその美貌に眼をつけて、年寄を介して、夫人から中臈として申し受けたのであった。家斉は生涯を通じて、四十数人の侍妾があったが、お手つきの中臈を夫人の側仕者からとったのは、多喜の方だけである。

だから、今まで君寵第一を自負してきたお美代の方としては、多喜は家斉夫人の廻し者のように思っている。

一体、家斉と夫人寔子の間は長らく不仲であった。寔子は島津二十五代の藩主重豪《しげひで》の女《むすめ》であるが、左大臣近衛経熙《つねひろ》の養女となり、家斉のもとに輿入《こしい》れした。島津重豪は、気性豪邁《ごうまい》、つとに海外文物の輸入につとめ、その貿易によって藩庫を豊かにし、治績大いに上った。隠居して栄翁と称し、天保四年に八十九歳で死んだが、生存中は、池田一心斎、一橋穆翁《ぼくおう》(家斉の父)とともに天下の三隠居として幕府の執政者を憚《はばか》らしめた。

家斉夫人寔子は、父の血をうけついだのであろう、大そう勝気な性格である。四十数人の侍妾をもち、そのうち十数人に五十四人の子を生ませた家斉の女道楽に愛想を尽かしたか、それとも愛妾と愛臣の云うままに政治を忘れ、歓楽に没入した所業を憎んだか、滅多に家斉と打ち融けて同席したことがなかった。

もっとも、家斉もはじめからそれほどの暗愚ではなかった。彼が将軍になった初政は、松平定信あり、のちには松平信明、本多忠籌《ただかず》などがあってよく彼を補佐し、相当の政治をした。寛政、文化と秩序よく治まった。

しかし、中年以後になると、水野忠成《ただあきら》のような巧言令色をもって家斉に媚《こ》びる老中が現れ、大奥の意を迎え、奢侈《しゃし》の風、上下に興った。家斉もいい気になって逸楽に耽溺《たんでき》の日を送る。下にも遊蕩の気風漲《みなぎ》り、江戸はいわゆる文化文政の爛熟期である。

家斉は、はじめは、何とか神妙に政治をみていたが、やがて我儘の虫が抑え切れなくなった。

その我儘を増長させたのは、西丸老中から転じて勝手用掛となった水野忠成である。忠成が老中格となると、早速、金銀の吹替を断行した。幕府の財政は窮乏して当時四十万両しかなかったものを、この吹替によって、天保三年より十三年間、約七百五十六万両の利益金を上げた。忠成はこの功によって前後二万石を加増された。その代り、この悪貨改鋳《かいちゅう》によって諸式物価は暴騰し、迷惑したのは一般人民である。

もっとも、忠成加増の理由はそれだけではなく、家斉の生んだ子女四十数人を各大名の養子や夫人に縁組みさせた手際のよい手腕である。それで家斉の忠成に対する信任は一通りではなかった。彼の請願すること、何一つとして諾《き》かれぬものがない。

だから立身出世を求めようとする者は、金銀の進物をもって忠成の第邸に押しかけた。賄賂《わいろ》なしには出世の手蔓《てづる》が摑めない。田沼時代の賄賂横行がこの時より再現した。

忠成の死後も、この弊風はつづいた。無論、家斉の寵臣の許にしきりと黄金を秘めた進物の使者が群れた。

晩年の家斉の寵臣といえば、中野播磨守、水野美濃守、林肥後守、美濃部筑前守などだが、最も寵愛をうけたのは中野播磨守清茂だ。彼は持高三百俵の小姓であったものが、新御番格、二千石に出世した。が、どういう一念からか、天保初年に隠居して向島に、賄賂でとり込んだ金で広大な別宅をもち、石翁《せきおう》と号した。

隠居といっても、彼の場合は他と少し違う。頭をまるめても、依然として城中に出仕し、宿直《とのい》さえもする。その宿直も二晩も三晩もつづくのである。世間には家斉の相談相手のような印象を与えた。彼に向って賄賂が集中するのは当然だ。そのため、石翁の邸の附近には、進物の店が立ちならび、一つの町が出来たくらいである。

中野石翁の絶大な信任は、どこから来たか。根元は彼がお美代の方の養父だという理由だけである。だから、どんなにお美代の方が家斉の晩年の愛を独占していたか想像がつくのである。

側衆水野美濃守忠篤も、このお美代の方にとり入って、家斉の覚えめでたい一人なのである。

しかし、お美代の方にも怖い人がひとりある。云うまでもなく、家斉夫人寔子である。近ごろ家斉が愛を傾けている多喜の方が夫人つきの中﨟であったところから、お美代の方一派は、これは夫人側の己に対する対抗だと意識していた。

お美代の方一派にとっての、その上の衝撃は、多喜の方の妊娠であった。五十数人の子を生ませた家斉の胤《たね》を新しく宿したからといって珍しくはないし、子を渇望した五代綱吉のような場合とは違うが、それでも齢老いて出来た子は可愛いものである。もし、多喜の方に子が生れたら恐らく末子であろうし、すでに七十に間もない家斉の愛情はその子に注がれるに違いない。ひいては多喜の方への鍾愛《しょうあい》は深まるばかりである。お美代の方にとってはそれが恐ろしい。

それに、若いのだ。これは敵《かな》わないのである。十七歳の多喜の方の頬は、皮膚から光が透き出て輝くように見える。どのように美しいと云われても、お美代の方は四十の峠を越している。眼のふちに無情に寄る小皺は防ぎようがなかった。

それから多喜には、どこで身につけたか文学的な素養があった。家斉に古歌だの源氏物語だの講釈をするらしい。家斉がまたそれを珍重しているようである。彼には、もとからそんな興味はないのだが、結構、小娘の小賢《こざか》しさを面白がっているのだ。今までの侍妾に無かったものが珍しいのである。

もし、家斉夫人がお美代への対抗として多喜の方を家斉にさし出したとすると、お美代は容易ならぬ敵を迎えたことになる。

多喜の方の素姓は、お美代の側には、はっきりと分らない。寔子夫人が島津家の出であるから、多分、薩摩藩士の女《むすめ》であろうという者がいる。夫人が近衛前左大臣の養女になっているから、京都の方から呼び下したのであろうと推測する者もいる。いや、そうではない、あれは町家の娘だが、夫人が今日の下心があって京風の素養を訓《おし》えたのである、と説く者もいる。いずれにしても、法華宗だけに凝っているお美代の方には無い教養を彼女はもっていた。奥女中の中にも、そろそろ多喜の方の趣味に憧《あこが》れるものが出てきた。

一体、大奥には以前から京風の風習が流れていた。四代家綱の時には、まだ春日局《かすがのつぼね》以来の質朴さが残っていたが、夫人が伏見宮の姫で、それに従って下向《げこう》した右衛門佐局《うえもんのすけのつぼね》、飛鳥井局《あすかいのつぼね》などによって、大奥の行儀が著しく京風の格式になったのだ。だから、もともと、多喜の方の趣味が大奥女中に受け入れられる素地はあったのである。

今は、お美代の方が権勢第一で、女中どもは、いや、諸大名までも猫も杓子《しゃくし》も法華信者に転宗しているが、これから先の雲行によっては多喜の方の進出によってどうなるか分らない。お美代の方の庇護をうけて陽の目をみている水野美濃守の不安は、己の前途にもかかっていた。

「水野美濃守さま、大御所様がお召しでございます」

お坊主が呼びに来た。

「美濃」

と家斉は云った。少々、浮かない顔をしている。

「今、奥より使いを寄越しおっての。桜見にはあれも出たいと申しおる」

「それでは、大上様《うえさま》が？」

「うむ」

家斉は傍の可愛い小姓に爪を剪《き》らせていた。

大上様とは大御所夫人寔子のことである。美濃守が思わず問い返したのも道理で、家斉と合わない夫人は、ここ十数年来、私生活でも離れているばかりか、公式の場所に滅多に同列で出たことがない。いつも微恙《びよう》を云い立てて引籠っていた。

それが、突然、今日の吹上の観桜には出るという。突然といってもいい。五、六日前に、美濃守が聞いた意向では、例年通り、出席しないということだった。だから、昨日からの準備には、夫人の席は設けていない。

美濃守は心でうろたえた。この狼狽《ろうばい》には二つの意味がある。急いでその設営をしなければならないことと、夫人の唐突な通告は、お美代の方に対して夫人が俄かに戦闘的になったということである。

そのことが多喜の方につながっていそうに思われる。つまり、夫人側が今日の桜見に歌くらべがあると聞いて、急に出てみる気になったのであろう。これは多喜の方への応援であり、お美代の方に対する無言の威圧となる。

家斉も夫人が珍しく同席するときいて興ざめな顔つきをしていた。が、家斉がそんな顔をするのは、単に、仲の合わない夫人が出てくるのが面白くないのだ。が、美濃守の屈託はもっと複雑なところにあった。

「美濃。多喜の席はよい場所に設《しつら》えたであろうな？」

家斉は念を押した。たとえ夫人が出ても、それで悪い場所に移してはならぬぞ、という心配である。

「御意の通り取り計らいましてござります」

美濃守は心得たように答えて退った。

だが、美濃守の念頭にはお美代の方があるだけである。今までの計画では、吹上の滝見茶屋に家斉の座所を設け、お美代の方を同席させるつもりだったが、夫人が出席するとなると、そこには夫人を迎えなければならぬ。

すると、お美代の方は、大御所に最も近い茶屋へ譲らねばならない。そこは多喜の方を予定していたのだったが、家斉の言葉はどうであれ、多喜の方にはどこか端に移ってもらうほかはない。

何といっても、彼にはお美代の方が第一なのである。折角、これまでに得た彼女の信寵をここで失ってはならない。——

そのうち桜見の刻限が迫ってきた。

風は多少冷たいが、空は晴れ上って、春の光が大気に充満している。

巳の下刻（午前十一時）家斉夫人の赤塗に金着せの鋲《びょう》を打ち飾りとした乗物が紅葉山下門を通過、吹上矢来門を入ったところで地に降りた。

夫人は乗物から出た。五十すぎた大柄な女である。眩しそうに眉をしかめたのは、奥暮しの人間の眼が、こういう広い外光に当って戸惑ったからである。お附の中臈がお草履を揃える。夫人はそれに足をのせ、お襠《かいどり》を手に支えて搦《から》げた。中臈が、夫人の一方の手を把って歩き出した。夫人の柄が大きいので、きゃしゃな身体の中臈の方が、かえっていたわられているように見えた。

夫人は、お徒歩《ひろい》で釣橋を渡り、花壇を横に見て、滝見茶屋に向った。西丸老中はじめ、各役人、年寄、中年寄、中臈以下の奥女中の主だったもの、御広敷用人などお目見得以上の奥向き役人がお道端にならんでお迎えした。

夫人が滝見茶屋に入ると老中以下の諸役人が改めてご挨拶を申し上げた。夫人からは、それぞれ短い言葉でご会釈がある。少し嗄《しわが》れて低い声だから、何を云ったのか聞き取れない。その代り、眼ばかりはよく光る。

夫人は、あたりに眼を配った。桜はこの広大な地域に咲き揃っているが、夫人の視線はそれに止っているのではない。右から左へ撫でるように二、三度往復する。芝生の彼方、木の間がくれにいくつもの茶屋の檜皮《ひわだぶ》葺きの屋根が見えかくれしている。どの茶屋にも奥女中が屯《たむろ》しているのだ。

滝見茶屋の御座所近くに先着していた水野美濃守は、ひそかに夫人の眼の動きを観察していた。

（ははあ、お美代の方の場所を探しているのだな）

と彼は思った。すでに夫人の眼の光にこもる敵意を彼は読みとって、ぞっとした。

お美代の方のためには花壇茶屋を美濃守はとっている。滝見茶屋から築山を隔てて十数間のところにあった。これはお美代の方だけに独占させた。

多喜の方は鳥籠の茶屋に席を設けた。家斉と夫人が坐る滝見茶屋からは東の方三十間の距離にある。無論多喜の方だけではない。八重の方、るりの方、いとの方と同居なのだ。美濃守には、家斉の思召しよりも、お美代の方の逆鱗《げきりん》にふれるのが怕《こわ》い。

家斉などは、どうせお美代の方の意志に操縦されると思っている。お美代の方に忠義立てした方が身のためだと考えたのだ。

警蹕《けいひつ》の声が聴えた。大御所家斉の到着だった。

吹上庭への大御所の行列は、御小人《おこびと》目付が先払となり、御徒《おかち》目付、小十人、小十人組頭がつづき、乗物の前後には、新御番頭と側衆御小納戸が衛《まも》る。つづいて奥坊主、お数寄屋坊主が従い、御道具、日傘、日覆、挾箱《はさみばこ》、沓箱《くつばこ》持が附属する。

隠居の身分の大御所としては将軍なみの大げさな行列だが、本丸にいる現将軍家慶《いえよし》を抑えて、政令の実権を放していない家斉らしい派手やかさである。

家斉は大勢の出迎えをうけながら、滝見茶屋に入った。

西丸老中はじめ主だった者から、それぞれ、

「今日は格別のご機嫌にてお成りを頂き祝着に存じます」

と御礼を申し上げる。家斉はそれへ短く挨拶して二、三間離れたところに坐っている夫人寔子と眼が合った。

（いやな婆《ばば》アが来たものだな）

と家斉は視線を逸《そ》らせた。眼の正面には、幽谷《ゆうこく》の瀑布《ばくふ》になぞらえて巨石をたたみ、滝水が落ちている。

家斉は、やはり夫人から圧迫感を受ける。女という感じはとうから無くなっていた。今日、ここで顔を合せることも珍しいが、いつ見ても、

（年老いてますます人間放れがしてきた）

と思う。大柄で、いかつい顔の皺が、古い木目《もくめ》のように出て来ている。それを見ていると相手の妙な貫禄がこちらに伝わってくる。

滅多に同席しない夫人が、何で今日はここに出て来たのか、家斉は薄気味悪いような、折角の楽しみを削《そ》がれたような、複雑な不快が胸の中を匍《は》い上ってきた。

それを紛らわすように、家斉は眼を庭に向けた。一面の桜はすでに九分咲きで、ときどき白い花片《はなびら》がこぼれていることで微風のあることが分った。芝生の青草が、明るい陽の下で萌《も》えている。

そもそも、吹上の庭は、家康入国の時は野山であって、春は桃、桜、躑躅《つつじ》などの花が咲き、江戸貴賤の遊山《ゆさん》所であったのを、家康の隠居所にもと外がまえの堀や石垣が出来て、一郭とした。東西約五町、南北十町、面積およそ十万三千余坪という大そうなものである。

その後、度々の改修があって、元禄のころに、新構《かまえ》、広芝、田地《たち》に分け、新構には、花壇、馬場、並木茶屋、新構茶屋、三角矢来などがあり、広芝には琵琶湖の景をうつした大池があり、元禄中には綱吉が舟を泛《うか》べて遊楽した。その南に眺望第一の富士見台がある。苑中第一の滝見茶屋の西に眺められる滝は、「目出度《めでた》水の末は清き流れにて、杜《かき》若《つばた》、おもだか、其ほか水草あまたあり」（樹の下露）というありさまだった。

今を咲き誇る桜や、滝水を見ていた家斉の眼が、次第に輝いてきた。

風流合戦

　見渡すと、桜の樹間には厚板染の緞子《どんす》の幔幕が、あちこちに張りめぐらされてある。紫、萌黄《もえぎ》、空色、五色の縫合せある練綾《ねりあや》の綱を樹に結び、風に揺れる度にまくれた幕裾の隙から、女どもの衣裳の端が見え隠れした。

　幔幕の内は女中どもの溜り場だった。皆は今にも無礼御免の宴《うたげ》のお声のかかるのを待っている。

　家斉には、庭一面に立ちこめた女の香と抑えた声が今にも押し寄せる海嘯《つなみ》のように感じられた。

「美濃」

　家斉は呼んだ。

　水野美濃守が、その前に這いすすんで行き、

「はあ」

　と手をつかえた。

「歌のことは、みんなに申しつけたであろうな」

「左様計らいましてございます」

　家斉は軽くうなずいた。

「それでは、今より一刻ばかり花見など致させ、各々の詠んだ歌を予が手許にさし出すようにせよ」

「畏《かしこま》りましてございます」

美濃守は畳をすべって退った。

彼のその横顔を、大御所夫人は少し離れたところから、じろりと見た。美濃守忠篤は五十を出ている筈だが、十いくつも若く見える。鼻が高くて、冷たく見えるのが難だが、奥女中どもには人気のある佳い顔だ。

その容貌を眺めた夫人の眼ざしには露骨な軽蔑があった。

今より十年前に死んだ中﨟に、みのという女がいた。家斉の気に入った侍女の一人である。

この女が患《わずら》い、死の床にあって家斉の見舞をうけたとき、半身を起して手をつかえ、

「海山の御恩を蒙りまして、仕合せでございました」

と礼を云った。家斉が不憫《ふびん》に思い、

「その方の望みは何でも叶えてとらせるが、申し遺《のこ》すことはないか?」

ときいた。みのが泪《なみだ》を流して、

「それでは、寅次郎をどうぞお取り立て下さいまして、末長く、わたくしに代りお眼をかけて下されませ」

と頼んだ。

家斉はその願いを聴き入れ、彼女の甥の寅次郎を呼び出して取り立てた。寅次郎が忠

篤である。「みの」の名に因んで、「美濃守」に任官させたのである。
もとより家斉夫人の気に入る男ではない。

――しばらくすると、女どもの嬌声が、俄かにあたりにどよめいた。
吹上での花見の宴では、鳴物は禁じられていた。しかし、女中どもの今日を限りの晴れ衣は、色彩あざやかに乱れ咲いて花の下に映えて、集団的な動きが、色気を渦のように立ち昇らせている。

奥女中にとっては、今日が衣裳の見せ競べでもある。親にねだって新調するは勿論、それが間に合わぬものは染めに出す、古着の仕立直しをするという具合で、苦心惨憺であった。だから、この月は女中どもには大そうな物入りである。

女たちは、飲み食いや、口三味線の踊り、狐拳、遣《や》り羽根、鬼追いなどの今日の最大のたのしみは、一応あと廻しとなって、大御所の上覧に入れる和歌の工夫が先となり、桜を見上げては首を傾け、眼を閉じ、樹の間を仔細げに停っては歩いている。

二百人以上の女どもが彷徨《ほうこう》しているのだから、広芝一帯は色豆を撒いたようである。

「今日の一番のお歌には、何の褒美《ほうび》が出ましょうなア？」

と中には朋輩に訊く女中もあった。

「されば、大御所様のことですから、御紋つき、梨子《なし》地に金蒔絵《まきえ》の御化粧道具を賜るかも分りませぬ」

「なかなか左様なことではありますまい。歌合せにて数多いお女中衆を抜きん出て、お覚えにかなった秀歌を詠むほどの女なれば、すぐにもお眼に止り、お中臈に出世なされるかも知れませぬ」

と横の女中が口を出す。

「それはまあ、大そうなこと。わたしもそれほどの三十一《みそひと》文字を詠みたいものでございます」

「おや、これは厚かましいお方じゃ。お気の毒じゃが、そなたが逆立ちをして天竺《てんじく》まで歩いたとて、かなわぬこと。お諦めなされませ。多喜の方様がおられます」

「ほんに、そうでございましたな。それでは、わたしは二番を狙いましょう」

「どこまでも、お気の強いお人じゃ。それも出来ませぬ」

「はて、何故でございます？」

「知れたこと。今日の歌合せは、お美代の方さまと、多喜の方さまの強《きっ》い競《せ》り合いじゃ。殊に、お美代の方さまは、多喜の方さまに負けをとってはならぬと大そうなお気の揉みようと承りました。何でも、こっそり表のその道の上手に頼み、二、三十首もお手もとに集められたとか、お末の者から聞きました」

「それは面白いことになりました。なるほどお二方とも負けられませぬな。これは歌をつくるよりも、その勝負を眺めた方が、ずんと面白そうでございます」

「あれ、あすこに、多喜の方さまが！」

その女中が眼顔で朋輩に逸早く知らせた。

吹上には、到るところに小さな丘陵があり、径《みち》がいくつもその間を縫っている。その一つの坂道を多喜の方は、ゆっくりと歩いていた。

旭染めの紋縮緬《ちりめん》の合着に、菊模様を金糸で縫いとった白綸子《りんず》の襠《かいどり》を前にからげていたが、見ようによっては妊《みごも》った身体を恥かしげにかくしているような風情である。が、何となくお美代の方に対して誇っているようにも眺められた。

多喜の方は、桜の下に歩いては立ち止り、佇《たたず》んでは歩を移していた。花の間を一匹の虻《あぶ》が忙しげに羽をふるわせている。春の陽が、花にいろいろな光と翳《かげ》を与えていた。

彼女は近づいて、花の一点を凝視したり、離れて、雪のような桜の群れを眺めたりした。それから眼を閉じて思案顔になる。一心に想いに凝っている顔はあどけないが自信が出ていた。彼女のすんなりした姿の上に、花の枝影が斑《ふ》をつくって変化した。

その周囲に、多喜の方つきの女中が四、五人添っている。無論、このようにして逍遥しているのは彼女たちのみではない。見渡す限りの丘や広場にさまざまな人間の色彩が動いていた。

「見事に咲きました」

「ほんに、よい眺めじゃなア」

近いところで、もう戯《ざ》れている女の声が聞える。これからの愉しみが抑えられず、大御所様仰せの歌合せの時間が待ち切れないのだ。どこかでは袂《たもと》を口に当てた忍び笑いがしている。

「お美代の方様、とんとお座には見えませぬが」

多喜の方のうしろで供の女中が眼をうろうろさせながら朋輩に云った。むろん、主人に聞かせる声である。

「わたしも先刻から探しておりました。どこで工夫を遊ばしているのやら、ちっともお姿が分らず、面妖なことでございます」

相手の女中も応えて、主人の横顔をうかがった。多喜の方は知らぬ顔をしている。が、唇のあたりには冷たい微笑が流れていた。

なるほど、お美代の方は少しも花の下を歩いてない。大勢のお供が附く筈だから、探さなくとも、すぐにそれと目立つのだ。だが、どの小径にも、芝生の上にも、丘の蔭にも、お美代の方らしい一行は無かった。

花壇茶屋の屋根が陽の下に静まって見えた。そこがお美代の方の場所である。彼女はそこから一歩も外に出て来ない。深い庇《ひさし》で陽を除《よ》けた暗い茶屋の奥で、お美代の方は懸命に秀歌を詠もうと工夫しているのか。花の下にわざと出て来ないのは、夫人と多喜の方に対することさらの意地のようでもある。そう思うと、花壇茶屋のあたりから妖気が立ちのぼっているみたいである。

冷たい薄ら笑いは、家斉の近くに坐っている夫人寔子の唇にも上っていた。

お美代の方は花壇茶屋から一歩も出ていなかった。出る必要がなかった。

一つは大御所夫人への意識である。夫人は滝見茶屋に坐ったままなのだ。それなら己も、という気持がある。ほかの女どもに混ってのめのめと庭が歩けるものかと思った。それは家斉の長い寵愛を一身にうけた彼女の見識だった。ほかの中﨟づれと一緒にされて堪るか、という肚《はら》である。

同時に、多喜の方への面当てでもある。それは自ら正夫人に準じている彼女の貫禄と自負の誇示だった。

それと、自身で花の下に立つ用がないのだ。己が歌を詠むことはない。誰かにつくらせればよいのである。

誰かに——といっても、これは誰でもという訳にはゆかない。相手が多喜である。彼女の詠む歌以上のものをつくる上手を選ばなければならないのだ。

その人選を、かねてお美代の方に心を寄せている中年寄の菊川が周旋してくれた。

大奥では何か目出度ごとのとき、御台所《みだいどころ》が歌を詠むことがある。その場合、必ず心得の者がいて、お手直しを申し上げる。それは一人ではなく、数人いた。

菊川は、その中の、最も上手と思われる者二人にひそかに代作を頼んだ。それがさきほど三十首ばかり菊川からお美代の方の手もとに届けられている。

お附きの女中どもがみんなで集って、その歌稿を選んだ。その中で、五、六首をとったが、一首となると何とも決しかねている。

お美代の方には、選択力がない。しかし、多喜の方に怯《お》くれをとってはならぬと思うと、彼女も気の焦りがある。眼を庭に放つと、遥か彼方の小高いところに、多喜の方の白い襠《かいどり》の姿が小さく動いていた。思いなしか、まことに落ちついた動作だった。お美代の方の眼が思わず尖った。小癪《こしやく》な小娘と思うと、その眼は憎悪の光をおびた。

そこへ、ひょっこり姿を見せたのは、水野美濃守だった。いつも猫のように静かに歩いてくる男である。

「これは美濃守様、よいところにお越し遊ばしました」

と女中どもは、手をとらんばかりにして、彼を茶屋の内にひき入れた。

「お歌はお出来になりましたか。そろそろ時刻ゆえ、ご様子を伺いに参りました」

美濃守は、お美代の方に柔和な顔を向けた。近ごろ肥えて、色の白さが目立っている。

「それが、美濃守様、ぜひあなた様に選んで頂きたい歌がございます。わたくし共では迷っております」

女中の一人が云ったので、お美代の方が微笑した。

「もう、そのようにお詠みになりましたか。いつもながらお美代の方様の才智には恐れ入りました」

美濃守は口もとをすぼめながら、にじり寄った。女中どもが歌稿を三、四首見せて、

「いずれ劣らぬお見事なお出来ゆえ、一首を選べと仰せられましても、わたくし共にはとんと判断がつきませぬ」

と云った。

「はて、手前に判りますかな」

と云いながら美濃守はつつましく歌稿に見入った。彼は、この歌が誰かの代作であることを知っている。しかし、そんな色は塵ほどにも面に出さない。静かに眼を動かして歌稿を読み下して行った。

その様子をお美代の方は、無関心げに眺めていた。片頬には鷹揚な微笑が漂っている。下の間着《あいぎ》は緋の紋縮緬、上は、綸子に金糸で総縫いした源氏車の襠の裾を羽のように拡げて坐ったまま身動きもしない。外の陽ざしの反射を柔かに受けた顔が、年増ながらも

匂い立つばかりである。

「美濃守さまは、大御所様の御気質をよくご存じの方、どのようなお歌を上覧に入れたら、お気に召しましょうな？」

お美代の方に仕えて気に入りの女中梅野が、神妙げに歌稿を黙読している美濃守の横顔を気遣わしそうに見て云った。

「されば」

と美濃守は、やがて恭《うやうや》しそうに紙を措《お》いて、首を傾《かし》げ、少しの間、沈思していたが、

「手前など、恥かしながら些《いささ》かの素養もござりませぬが、このお歌など如何でございましょうな？」

と指で軽く押えた。

「どれ、拝見」

とばかり女中どもの顔が集った。

「——吉野山水無瀬《みなせ》の霞も何ならん、けふ吹上の花ざかりなる」

美濃守は、改めて、低い声でその歌を口の中で誦した。調子がうっとりしそうに耳にきれいである。

「まず、これは名歌と存じますが」

美濃守は、女中どもの顔を見廻し、ついでにお美代の方をうかがった。彼女のさり気ない顔に満足げな微笑がひろがっているのを彼は見のがさなかった。

「おお、なるほど、これは一段の秀逸でござりまするな」

と女どもは口々に云い立てた。

「いずれも見事なお出来栄えですが、さすがは美濃守さま、よくぞお抜き遊ばしました」

「これなら、多喜の方さまの鼻をあかすことが出来ましょう」

「なんの多喜の方さまが及びましょう。あの、小憎らしいお方のぺしゃんこになったお顔を見るのがたのしみでございますなア」

「水野どの」

今まで黙って坐っていたお美代の方がはじめて声をかけた。

「はア」

と美濃守は、改めて向き直り、手をつかえた。まるで御台所に対するような丁重さだった。

「その歌が佳《よ》いと思われましたか？」

彼女は含み声で云った。細くした瞳《め》は、黒い一筋の糸になって、さすがに艶がある。小皺が眦《めじり》に出たが、かえって男の心を揺れさせるものがあった。

「は。僭越ながら左様に――」

お美代の方は、聞いてうなずいた。

「やはり水野どのじゃな。妾《わらわ》もそれが気に入っていた」

平気である。臆した声ではない。その押し切った横柄《おうへい》さが、美濃守に、それらが彼女の自作のように錯覚させたくらいである。

「恐れ入りました。名歌には、誰にしもあれ、感じ入るものでござります」

美濃守はすらすらと応《こた》えた。

「ことにこのお歌は、吉野、水無瀬と花の名所を詠みこませ、優雅と大きな調べを二つながら兼ね備え、それにもまして吹上の桜の見事さを高くうたい上げたるあたり、恐れながら、君万代の目出度さを寿《ことほ》ぎ奉ったる佳作と存ぜられます」

彼は註釈まじりのお追従を臆せずに述べた。

それを女中どもが傍で聴いて眼を輝かした。

「なるほど、それを承って、わたくしどもにも歌の心がよくわかりました。左様な心得をもって拝読しますとますます名歌でございますな」

「これほどのお歌を詠むお方は、ほかに、どなたもございますまい。だれやら様が、さぞ口惜しがることでございましょう」

「ほんに、そのお方の高慢ちきなお顔が蒼くなるのを早う拝みたいものじゃ」

女たちは、多喜の方の歩いていた築山のあたりを見ながら云い合った。一様に眼が憎くて堪らぬといいたそうに光っていた。

「水野どの」

とお美代の方が云った。

「そなたには讃められたが、大御所様には、どうであろうな？」

その声音《こわね》に、やはりかくし切れぬ不安がのぞいている。対抗の多喜の方が心配なのだ。

「ご案じなさるには及びませぬ」

と美濃守忠篤は端正な顔でうけ合った。

「これほどのお出来栄えです。必ず大御所様のお気に召しましょう。他は、よもとるにも足りますまい」

暗に多喜の方のことを利かした。

お美代の方の顔には、はじめて安堵の晴れやかな笑みがひろがった。代作のことは、相変らず色にも見せなかった。

——一刻ばかり経《た》った。

家斉が盃を措きながら、首を廻し、

「もう、よかろう。美濃は居るか」

ときいた。すでに酔いが廻っていた。

美濃守が前に進むと、

「どうじゃ、歌は集ったか？」

と家斉は問うた。

「は。ただ今、手もとに揃いましてございます」

美濃守は答えた。

「どれくらい集ったな？」

「みなで、八十二首でございます。なれど、悉くを上覧に入れますと刻《とき》を移すばかりでございますし、稚拙な和歌もござりますので、奥御祐筆《ごゆうひつ》組頭荒井甚之丞ならびに御歌学者北村再昌院の両名にて下撰りを致させ、十五首ほど選び出してござります」

「十五首か」

家斉は呟いたが、

「よかろう」

とうなずいたのは、その中に、多喜の方の歌があることを信じて疑わなかったからだ。

「それでは、これへ」

と家斉はあごをしゃくった。

長さ一尺五分、幅一寸八分の金砂子《すなご》、雲砂子地の短冊が十五枚、函《はこ》のようにきれいに重ねられて、梨地金蒔絵の台の上に載せられた。

家斉は、それを覗きこんだが、眼が少し酔っている。ほかの者にも聞かせてやるつもりか、気を変えたように、

「美濃、そのほうが読んでくれ」

と身体を動かせて、脇息に凭《よ》った。

美濃守は短冊の方へ摺り寄った。家斉に頭を下げ、次に夫人の方へ一礼して、

「上意により、美濃守、詠進のお歌を朗詠仕ります」

と述べたが、夫人は会釈も返さず、冷たい顔で庭の方を眺めていた。午《ひる》をすぎた陽ざしは、一めんの桜の上に光を降りそそいでいる。その光を含んだ花が、反射のように輝いていた。

樹間に張られた幔幕の内からは、ひそとも声が洩れない。屯《たむろ》した女どもは、これから披露される歌合せの結果を、遠くから窺《うかが》っているのだ。太い吐息だけが、この春の昼の

庭の上に、陽炎《かげろう》のように揺れているようだった。

お坊主が、にじり出て、美濃守の横に這いつくばった。

美濃守が、重ねられた短冊の上の一枚をとり上げると、雅《みやび》やかな口調で読みはじめた。

きれいなことで、声には自信があるのだ。

「――よも枝にこもれる花にあらざらん、君がいでますよき日と思へば……」

家斉は少し考えていたが、首を左右に振った。

家斉が首を振ったのは、その歌の下にしるされた「詠《よ》み人」の名を聞いたからかもしれない。歌の出来は、さして拙くないが、といった顔つきである。

美濃守は、ちらりと家斉を見て、短冊を横のお坊主に渡す。それから次をとり上げた。

「――ながながし春の一日もみぢかしや、千代ともたのむ花をながめて」

ここまで朗詠調に云って、

「八重」

と詠者の名を少し低い声で云った。八重とは中﨟の一人である。

家斉が何とも云わぬので、美濃守は、次をとり上げた。

「――まつ程の心づくしも惜しからぬ、花のさかりに今日あひにけり」

家斉は首を振った。

「――色も香も千代まで匂へ桜花、み代をことほぐ今日さながらに」

美濃守は、家斉の様子を見て、お坊主に渡した。

十五枚の短冊の山が次第に薄くなった。家斉は盃を口にふくんで黙って聞いている。

黙っていたり、首を振ったり、どうも気に入ったものがない、といいたげな顔色だった。

この滝見茶屋には、大御所つきのもの、夫人つきのものが、奥役人、奥女中を合せて三、四十人は詰め合っていた。のみならず、それぞれの茶屋や屯《たむろ》から、こっそり様子をうかがいに忍んで来た女中どもが、その後の方にひしめいていた。いずれも、主人や朋輩の詠進した歌の運命を気づかっているのだ。

陽は相変らず、明るく照り、微風に花片が乱れ落ちるが、誰ひとりとして声を上げる者もなかった。うららかな春昼だけに、この息苦しさは異様だった。

「――花に飽かぬなげきぞけふのなげきなる、ながき春の日暮れずもあらなん」

「誰じゃ」

家斉が、初めて咎《とが》めた。

「しのどのでございます」

美濃守が答えると、家斉は少し嫌な顔をした。しのは中﨟だが、もう数年前からお褥《しとね》から遠ざけられている。かつての寵愛の座から滑り落ちた女の嘆きと憾みがこの歌の意にこもっている。

家斉が不快な顔をしたのを、夫人はじろりと眺めて皮肉な笑いをうかべた。

「次」

家斉が云ったので、美濃守は急いで次を手にとった。

最初の一字が眼に入ったので、彼は緊張し、自然と声まで改まった。

「――吉野山水無瀬の霞も何ならん、けふ吹上の花ざかりなる……お美代の方様にございます」

家斉は、美濃守の澄んだ声をきいていたが、

「美代のか」

といって、しばらく黙っていた。考えているというよりも、気迷っている風にみえた。

美濃守は、短冊を両手で捧げるように持って家斉の決断を待った。これになされませ、
と促しているようでもある。

「まず、とっておけ」

家斉がぼそりといったので、美濃守はほっとした。無論、彼はそれをお坊主に渡さず、
丁重に自分の傍に置いた。

美濃守は、次をとりあげた。

「——照り返すさくらのいろにつつまれて、人もうらうらかがよひて見ゆ」

家斉は興を示さない。

つづいて二首とも首をふった。

次の短冊を手にとって美濃守は、はっとした。雲形金砂子の上に流れるように書かれた文字は、松花堂流のあざやかなもので、眼が醒めるようだった。素早く、詠み人の名を見ると、「多喜」とあった。

彼は唾を呑んで、声を出した。

「——吹上の御苑《みその》に匂ふ花のいろに、衣染めてんのちのかたみに」

美濃守が、そっとお坊主の方に置こうとすると、家斉が身体をつと動かして、

「誰じゃな？」

と訊いた。

「は、多喜の方様にござります」

「待て」

家斉は手に持っていた盃を置いた。

「よい歌だな、とっておけ」

その云い方に、今までの気乗り薄な調子がはじめて消え、弾みのようなものが出ていた。

「はア」

美濃守は仕方なく、それをお美代の方の短冊の上に重ねた。いかにも仕方がないといった置き方だったが、美濃守の動悸は鳴り出した。

あるいは、という不安が襲ってきた。歌の出来もどうやら、こっちの方が優れているように思える。それに、心配なのは家斉の瞬間の動作だった。多喜の方と聞くと、急に顔の様子まで違ってきたではないか。

残りの四、五枚を彼は無意識のうちに披露したが、家斉は、そのどれにもうなずかなかった。

果して、残されたのは、お美代の方と多喜の方の二首だけであった。

「それで全部じゃな？」

家斉は念をおした。

「は。左様でございます」

家斉は脇息に肘をかけ直した。

「うむ」

「美代もうまいが――多喜が少し勝《まさ》っているな」

家斉が、多喜の歌が勝れているな、と云ったから満座が一瞬にしんとなった。

勝負はあった。それは歌の巧拙ではない。固唾《かたず》をのんだのは、その裁定の裏に流れた閃光である。お美代の方が音たてて転倒するのを人々は幻に見る思いがした。

美濃守の胸が慄えた。いつもなら、家斉の意見に容易に賛成するところだが、今度は違う。お美代の方の不機嫌がおそろしい。殊に、その歌を讃めて、今日の第一でござる、と多喜の方も遠く及びますまい、と請け合った手前、この結果では面目が全く無い。

いや、それよりも、お美代の方にうとまれて、突放されるのではないか。今まで、と取り入って来ただけに、その反動が怕《こわ》い。まして、現在の彼の地位に、反感と嫉妬を抱いている人間も多いことだ。一旦、傾くと、誰かに追い落されることは必定である。

「恐れながら」

と云い出した美濃守の声は少し上《うわ》ずっていた。

「大御所様のお鑑識《めがね》、恐れ入りましてござりますが、この二首はともに抜群の秀歌にて甲乙つけがたいところ、今しばらくご鑑賞のほどを願わしゅう存じまする」

必死の食い止めだった。彼の額には、うすい汗が滲んだ。

「よく考えろと申すのか」

家斉は脇息から身体を起して問うた。その声が少し不機嫌そうだったので、美濃守は顔が火のように熱くなった。

「はア」

と美濃守は平伏した。

家斉は黙った。考えているのは、さすがに相手がお美代だという心かららしい。

「これへ」

と手つきで、改めて見せろと命じた。美濃守が、二枚の短冊を捧げるようにしてさし出した。

家斉は、二枚を前に置いて、身体をかがめ、短冊の和歌に見入っている。比べるようにしていたが、

「どうも、多喜のがよいようだが」

と呟いた。

それを聞いて、美濃守が、

「多喜の方様のお歌、さすがに優雅に詠まれて結構に存じまするが、お美代の方様のは、格調の高さといい、規模の雄大さといい、また花の豪華なるを表わしたるところといい、さらに一段と絶妙に存ぜられまするが……」

と首筋に汗を出しながら云ったとき、

「美濃」

と鋭い声がかかった。

美濃守が、はっとして声の方を向くと、離れたところから大御所夫人がけわしい眼つきをして睨んでいた。

「そちは、いつからそのように和歌の嗜《たしな》みがあったのじゃ？」

美濃守は、額を畳にすりつけたまま急には返事が出来ない。不意に強襲を食らったかたちで言葉に窮した。

「どうじゃ、美濃」

夫人は追及してきた。

「そのほうの和歌の講釈ははじめて聞き及んだが、それほどの素養を誰について積まれたか知りたいものじゃ」

「素養などとは――」

美濃守は口ごもった。彼が衝撃をうけたのは、夫人がはっきりと多喜の方に付いて、彼を攻撃してきたことである。その裏には、無論、お美代の方を嘲《あざけ》ろうとするすさまじい気魄《きはく》があった。

「ただ、手前の感じたるところを申し上げたまでにございります」

「感じたと申せば、それ相応の心得がなくてはなりませぬ。さなくては、大御所様の思召しに、とやかく口出しは出来ぬ筈。妾《わらわ》も後学のためじゃ。そなたの和歌の講釈を聞こうではないか」

夫人は嵩《かさ》にかかってきた。

「なかなか、もちまして」

美濃守の首筋には汗が流れた。

「左様な心得など手前にございましょうや」

「屹《きっ》とそうか？」

「はあ」

「異なことを聞くのう。心得が無いものが、どうして上意を矯《た》めるのじゃ？」

「これはしたり、矯めるなどとは――」

美濃守は色を失った。次第に夫人の言葉の魔術にひっかかって来そうである。

「黙るがよい」

と夫人は叱咤《しった》した。

「大御所様は多喜の歌が御意に叶っていると仰せられている。それを、その方が、何と申したか、格調が高いの、何が大きいの、といろいろならべて、申しくるめんとしているではないか。心得なき者が左様なことを云い立てるのが奇怪な話。美濃、その方は不忠者じゃな。それとも、何か下心があってか――」

「決して――」

美濃守は平ぐものようになった。言い訳をすればするほど絡《から》まれてくる。彼は夫人の鋭い眼と語気の前に降参した。

「もうよい」

と家斉が、眩《まぶ》しそうな顔で助け舟を出した。

「美濃とても、他意があってのことではない。そうであろう？」

「は」

美濃守はさらに背を低くした。

「よい、よい。とにかく、これは多喜の勝ちじゃ。美濃、多喜をこれへ呼べ」

家斉の言葉を、美濃守は頭上で遠雷のように聞いた。

夫人が皮肉に嗤《わら》っていた。

騒　動

多喜の方は、静かに家斉の前に坐った。

面を伏せ、両手をつかえているが、襠《かいどり》の前は妊《みごも》った腹を庇うように合せている。

「多喜か、これへ来い」

家斉は細い眼でさし招いた。多喜は膝を動かして少しすすんだ。

「その方の詠んだ和歌は、さすがに佳《よ》い出来じゃ。見事なものじゃな」

多喜の方は、低い声で、

「恐れ入りましてございます」

と礼を云った。

艶々と結い上げた髪が重たげに見えた。もとより、華奢《きゃしゃ》な身体つきだった。垂れたうなじが熟《う》れ切らぬ果実のように蒼白い。家斉の眼がそれを鑑賞した。

「まず、盃をとらす、これへ」

家斉が盃を出すと、多喜の方は素直ににじり寄った。介添の中﨟が、盃を取次ぎ、酒を注ごうとすると、

「真似ごとでよいぞ」

と家斉はこまかい注意を与えた。妊った身体を気づかったのである。

美濃守は、自分の列に戻って、それを眺めた。今ごろはお美代の方がどんなに憤怒《ふんぬ》していることであろう。それを聞いているお美代の方の形相を想うと、いずれ彼女に報告があるに違いない。それを聞いているお美代の方の形相を想うと、怯《お》じ気が出た。

いずれ、その反動は自分に来るかもしれない。美濃守は、家斉の移り気と、夫人のお節介とが恨めしくなった。

そういえば、御台所は、と夫人の方をうかがうと、彼女の顔には先刻の険悪な色は消え、至極なごやかな表情が出ていた。

彼女は、やはり多喜の方が気に入っている。いや、お美代の方への憎さで、多喜の方にひいきしているのだと思った。

（やはり、夫人はお美代の方への対抗に、多喜の方を出した――という女中どもの陰口は嘘ではないな）

美濃守は、夫人の顔色をそっと眺めながら考えていた。

盃は、多喜の方から家斉に返された。

「何か、褒美《ほうび》を遣《つかわ》したいが」

と家斉は、思案していたが、

「まず、その前に」

と多喜の方の短冊を手にとった。

「今日の晴れに、その方の歌を、どこぞよい桜の梢《こずえ》に結ぶがよい。花もよし、歌もよし、それを眺めながらの花見も一段と風流じゃ」

家斉は、自分の思いつきに興じたように、にこにこしていた。

ほかの中﨟が起ってその短冊をうけ取ろうとすると、

「いや、これは多喜に結ばせるがよい。多喜が詠んだ歌じゃ」

と当人の方に云った。

多喜の方は、短冊を頂くようにして家斉の前を退った。さすがにうれしそうなのは、その上気して赧《あか》んだ顔でわかった。

夫人がいなければ、家斉も起って彼女と一緒に庭に降りて行くところであろう。しかし、日ごろから勝手なことをしていても、やはり夫人が近くにいては牽制《けんせい》されるものがあるのか、気詰りそうな顔をして坐っている。

薄い雲がひろがって、陽射しがかげりはじめた。満庭の桜には、光の斑《ふ》が出来た。

夫人は桜の方を見て、傍にいる年寄と何か話をしていた。花曇りになったことについて興じているのであろうか。機嫌がよい。

そういえば、夫人はさっきから家斉と少しも言葉を交さない。家斉が入来したときは、さすがに出迎えたが、それも、

「ご機嫌うるわしく」

といった程度で、形式的な云い方だった。

あとは知らぬ顔で自分の場所に坐っていた。滅多に家斉と同席しないのだが、来たら、言葉を交さないことで、家斉に威圧を与えているようにさえ見える。視線は、いつも家斉から離れて、あらぬところに向っていた。

もっとも、さっき美濃守を叱ったのは、家斉大事とその威光を立てるように一応はみえるが、実は目当てはお美代の方への攻撃だった。それが成功し、彼女が晴れの場で敗北したのが心地よくてならぬ風である。美濃守を睨みつけたときとは打って変り、至極柔和な笑いで、一旦退いた多喜の方が庭に現れるのを待っているようだった。

本丸にいる現将軍の家慶は、おとなしいばかりで、万事、家斉に遠慮している。だから、大御所様思召しといって、西丸から本丸に家斉の意向が伝達されると、家慶は至上命令のようにそれに服している。

本丸老中は、水野忠成のあと、水野越前守忠邦《ただくに》が登用されているが、家斉の眼の黒いうちは怪腕を揮うことは出来なかった。大御所思召しと称しても、その多くはお美代の方の吹き込みが多い。それは誰もが知っているが、抗議出来ないことだった。夫人のお美代の方への憎悪は、そんなところからも来ていた。——

座に、しずかなどよめきが起った。

多喜の方が庭へ姿を現して、桜の方に歩いていた。供も介添もない。たったひとりである。

白綸子の襠《かいどり》を片手でからげ、一方の手には短冊を持っている。自分の詠んだ短冊の上端には、枝に結べるよう銀の撚《よ》り糸をつけていた。

多喜の方は、よき枝ぶりを探すように、花を見上げながら、迷うように歩いていた。一同の坐っている場所から見ると、その臈たけた姿は、花に浮かれた天女か妖精のように映った。

家斉は、うっとりと眺めた。

多喜の方は、よい枝ぶりをと歩いて行く。花一色の中を、さまよっているあでやかなその姿は、たとえば舞台の上をひとりで踊っている晴れ姿にも見えよう。

それは家斉の居る滝見茶屋からだけではなく、お美代の方の坐っている花壇茶屋からも、八重、るりの方などの居る鳥籠茶屋からも望見されるのだ。

いまや茶屋といわず、奥女中の屯《たむろ》している幔幕の内といわず、多くの眼が、多喜の方の姿一つに集っているのだ。無論、その中には、羨望の眼ばかりはない。嫉妬も、憎悪も複雑にくるまっている。

心ある者が観察したら、お美代の方のいる花壇茶屋のあたりからは、見えざる黒い炎が上っているようにも思われよう。

当日は、「お締り」と称して、日ごろ警固の男どもも一切木戸の外に追い出されている。それでも、この華麗な遊びをのぞこうと、垣の外に声を殺してひしめいているのだ。

その何百人という眼を集めながら、迷うように逍遥していた多喜の方の姿が、ある地点でぴたりと停った。

白い顔は上の梢を見ている。気に入った枝ぶりがあったという様子である。

しかし、その姿には新しい迷いがはじまっていた。彼女の頭と、上の梢の距離があまりに遠いのである。華奢《きゃしゃ》な多喜の方は、背も高い方ではない。

多喜の方は、一旦、諦めて別な梢を探すように見廻していたが、やはりその枝が一番気に入っているとみえて、未練気に、また眼をもとの枝に戻して見上げていた。瞬間、あたりが、さらにしんとなって静まった。どうするつもりか、との気遣いと興味で息をつめた感じだった。

このとき、ひとりの奥女中が突然、庭に現れた。みなが眼を見はっているうちに、その女中は何か両手に抱えて小走りに、多喜の方に近づいた。多喜の方の傍に来ると、一礼して跼《ひざまず》いて持った物を置いた。

踏台だった。

その女中は、お末の者であろう。若いし、無論、襠もなく、着ている衣裳も美しくはなかった。彼女は踏台を置いたことで任務が済んだように、さっと小走りにもとの方角へ走った。

「機転の利いたお女《ひと》じゃ。すぐに踏台を間に合すなどとはな」

「どこのお部屋の者であろう？」

「さあ、ここからは、よく顔が分らなんだが」

見物の女中どもが云い合った。

多喜の方は、思わぬ助けを借りたという風に、うれしそうに見えた。

だが、誰もが夢にも予想せぬ珍事がそれから起った。

踏台は、長局《ながつぼね》で使うのだから、赤漆《うるし》で塗って、高さ一尺ばかりのものだ。

多喜の方は、気に入りの梢の下の位置にその踏台をおいた。一応、安定を確めるようにして、しずかにその上に足をかけた。綸子に金糸縫取りの菊模様の襠が、ふわりと台の上に立つ。

皆は眼を見はって凝視していた。

春昼、花下にひとりの臈たけた御殿女中が立って、和歌の短冊を花の枝に結びつけようとしている。――

「とんと、錦絵が生きているようでございますなア」

「いいえ、多喜の方さまの気品は、倭絵《やまとえ》にたとえた方がよろしゅうございます」

見物の女たちの間には、小さなささやきが漣《さざなみ》のように起っていた。

大御所、夫人をはじめ、西丸奥女中数百人の凝視を集めて、これほどの晴れ姿はないのだ。観ている者の眼には、金銀の砂子が、花と人の上に撒かれているかと思われた。

多喜の方は、枝に手を伸ばし、両の指で短冊の紐を結びつけている。微風に短冊が光って揺れている。

が、揺れたのは短冊だけではなかった。金糸大輪の菊がゆらりと大きく揺れた。

息を呑む間もなかった。多喜の方の身体が妙な傾き方をすると、襠の菊は空に舞って、彼女は踏台を蹴って、地上に転び落ちた。

誰も、すぐには声を上げなかった。突然のことなので、嘘のようにぼんやりしていた。

が、騒ぎは、二、三秒の後に起った。倒れた多喜の方をめがけて、女どもが乱れて走り寄った。

「多喜の方様」

「しっかりなされませ」

口々に叫ぶ声は、多喜の方の倒れた場所に集った輪の中から起った。茶屋や幔幕のかげから走り出てくる女どもで、輪は広がるばかりである。

家斉は、半身を浮かして、脇息をつかんでいる。夫人も顔色を変えていた。

「美濃」

家斉は叫ぶように云った。

「常春院、常春院」

「はっ」

美濃守は、広縁から足袋《たび》のまま庭にとび降りて、走った。こんなことには敏捷だった。

「鎮まれ、御前であるぞ。鎮まるがよい」

彼は騒いでいる女どもを先ず叱った。それから前に出て、多喜の方を見ると、仆《たお》れた彼女は、身動き出来ないで横たわっている。血の気のない顔は、眼をむいたまま悶絶《もんぜつ》していた。

美濃守は、心の中で思わず笑いが出た。

その日の夕刻、奥医師中川常春院が長局から退出してくるのを、水野美濃守はお広敷で待ちうけた。

「常春院殿、多喜の方様のご容体は如何ですな？」

顔には心配そうな表情を出しているが、眼つきは偵察である。

「されば」

と常春院は正直に心配そうな顔をみせた。

「ここしばらくが大事でございますな。手前も今夜からほかの医師三名と、ずっと宿直《とのい》いたす所存です」

「ほう。それほど悪いか？」

美濃守は眼を思わず大きくした。

「いや、今のところ、お生命には別条ございませんが、なにしろ、お身重《みおも》なお身体を転倒なされましたでな」

「と、申されると？」

「お気の毒ながら、ご流産でございます」

「ふーむ」

美濃守は声を呑んだが、心では光明のようなものが、瞬間に射した。

「いや、まことに悪い時にお転びなされたものでございます」

医師は美濃守に見舞を云うように頭を下げた。

「それで、常春院殿。多喜の方様のお身体には心配はございますまいな？」

「いやいや、それがまるきり楽観もいたされませぬ。何しろ、あのように華奢なお身体つき故、このまま出血が多量なれば油断がなりませぬ。それで心痛いたしている次第です」

常春院は、実際に心配そうに眉をひそめた。

「で、ただ今のご容体は？」

「お気はつかれましたが、激しい下腹の痛みで先刻まで苦しんでおられました。ただ今、煎薬《せんやく》を召し上ってから少々は落ちつかれた様子です。けれども、貧血のために、お顔色が悪く、意識もはっきりせず、お脈もよろしくございません。今夜か、明朝あたり、ご容体が急変せねばよいが、それのみを案じております。……美濃守様。今日のお花見がとんだことになりましたなア」

「まことに」

と美濃守は相槌《あいづち》を打った。

「災難はいつ突発して来るか分りません。それでは、常春院殿、大御所様も大そうお気遣いゆえ、お手当はくれぐれもよろしく」

常春院と別れて美濃守は考えた。

まことに一寸先は闇だ。花下に立って、満座の注視の中に胡蝶のような晴れ姿を見せて誇っていた多喜の方が、一瞬に転落して、この大事になろうとは！

(待てよ)

美濃守は、或ることに気づいて、眼がぎょっとなった。

騒ぎの直後、あの踏台が無かったことに気づいたのである。

美濃守は考え込んだ。

多喜の方が不意に踏台から仆れたとき、女中どもが大勢でかけよった。みんな仰天して、多喜の方の介抱に一生懸命であった。そこへ、医者を呼ぶ。多喜の方をみなで抱えて長局のお部屋へ運ぶ。しばらくは蜂の巣をつついたような騒ぎだった。

そのあと、花見の行事はつづけられたが、大御所も、夫人も、早々に西丸にお帰りになって、大そう白けた花の宴となった。つまりは、あの思わぬ一事で滅茶滅茶になったのだ。

それは、まあいいが――あの騒動の直後に踏台が其処にあったような記憶がない。そのときは、さすがの美濃守も多喜の方に気をとられて、踏台に注意しなかったが、残っていたら当然に眼に入った筈なのだ。

（見えなかったのは？）

誰かが片づけたのか、とにかく、踏台は無かったことになる。

踏台はなかった！

そのことの重大さに美濃守は思い当った。無いのは誰かが持ち去ったのだ。何故か。人に見られてはいけないものが、踏台に細工されていたのではなかろうか。

今までは、多喜の方の足が踏台から辷《すべ》ったか、或は踏台の安定が悪くて傾いたかと思い込んでいたのだが、そんな自然の現象でなく、もし、踏台そのものに人為的な工作がなされていたら――

（そうだ、そうなると、人目に触れてはいけないから、誰かがすぐに運び去った）

誰か――なにしろ、あの場所には女どもが、わっと寄って来て、しかも、後から後から人数がふえて、ひどい混乱だったから見当がつかない。また、それだから気づかれずに持ち去られたのだが。

すると、美濃守の眼にはあの不意の出来事が決して不意ではなく、ちゃんと何びとかによって計算された一幕のように映った。

そう思うと、あの場合、踏台を早速に間に合せた女が不思議である。一体、花見となると、女どもは、追羽根、凧《たこ》上げなどして遊ぶから、とかく木に縺《もつ》れやすい羽根をとったり、糸をはずしたりするため、踏台はかねて近くの場所に用意してある。あの女中は機転を利かしてそれを持って来たものとばかり思っていたが、

（もしや、その女中が）

という疑惑が美濃守に湧いた。

一体、あの女中は何者か、どこの部屋の女か。

美濃守は、奥女中総取締の年寄に会って、その身許を知ろうと思い立った。

「お坊主」

と彼は使いを呼んだ。

御広敷に待っている美濃守の前に出て来たのは年寄樅山《もみやま》であった。

「これは美濃守様、今日のお花見はとんだことでございましたなア」

樅山は美濃守が花見の準備に骨折ったことを知っているので、気の毒そうに云った。

「まことに思わぬことが出来《しゅったい》しました。折角のお女中衆のお楽しみが散々でしたな」

美濃守は云った。

「女中どもの楽しみも、さることながら、一番お気の毒なのは多喜の方様、わたくしもあの晴れ姿が瞬《また》き一つの間に、ご不運なことになろうとは、今でも夢のようでございます。多喜の方様のお部屋は、大そうな騒動でございます」

「手前もお見舞申し上げなければなりませぬが、なにしろ男子は出入りが叶《かな》わぬ所、よ

そながらお気遣いしております」

「美濃守様」

と樅山はうすい眉をひそめた。

「勿体ないことながら、多喜の方様はお腹様を失われたそうにございますな。ちょっとしたはずみが何とも申し上げようもないことになりました。お上《かみ》にもご落胆でございましょう」

樅山は普通に云っているが、大御所が落胆しているだろう、というのは、もっと深い意味の拡がりがある、と美濃守は思った。

お中﨟でも、お腹を生むと生まぬとでは勢力に大そうな違いがあった。多喜の方が仆れて流産したのはそれだけ将来の勢いを削《そ》がれたことになるのだ。競争相手にとっては、何よりの喜びの筈だ。

のみならず、身体を打って流産したとなると、どうしてもその無理が容色に響く。大御所の失望は、単に己の子を失ったというだけでなく、当人の花の色香の褪《あ》せようにも向うのではないか。殊に、病身となれば、家斉の寵愛もしばらくは遠のくことになる。誰かが、すかさず、その空隙を狙えばよい。いや、もう、それは始まっているかもしれない。

踏台一つが転がったことで、えらい成行になった。しかも、もしその踏台に何かの仕かけがあったとすると――？

「ところで樅山どの。今日、多喜の方様に踏台を差し上げたのは、何という名のお女中でしょうな？　あなたに訊ねると、分ると思いましたが」

美濃守は、ようやく彼女を呼んだ用事にふれた。すると樅山は彼の顔をじっと見て、

「美濃守さまには、何ぞ、そのことでご不審でも？」

と云ったので、彼は、

「いやいや、機転の利いたお女中ゆえに、ちょっと伺いたくなりました」

と澄まして云った。

「その機転の利きようが、思わぬ災いとなりましたな」

と樅山は何も知らぬげに云った。

「多喜の方様に踏台をさし上げねば、あのようなことにはなりませなんだものを」

「まことに、人間、どこに災難があるか分りませぬ」

と美濃守は、さりげなく相槌を打っておいて、相手に余計な警戒心を起させぬようにして、

「それで、あの女中は何と申しますな？」

ときいた。

「はい、登美《とみ》と申します。お末の者です」

「登美……ですな？」

「はい、今年十九、去年よりご奉公に上りました」

樅山は答えた。

お末というのは、お目見得以下の身分の低い奥女中で、風呂、膳所の水汲みなど、す

べて水仕《みずし》の業《わざ》をとったり、御台所やお代参の高級女中のお供をしたりする。時には、諸国の簾中が登城して大奥の御台所に拝謁のときには、お座敷からお三の間までの乗物をかつぎ入れるなど、陸尺《ろくしゃく》の役目もつとめた。だから日ごろから駕籠をかく稽古もしたものだ。要するに、そんな雑用をつとめる女中である。

「それで、その登美の請《う》け親は、どなたでございますか？」

美濃守は、訊いた。

「これは、美濃守さまのご念の入ったこと」

と樅山は笑った。

「お旗本、島田又左衛門殿でございます」

奥に奉公する女中は、それぞれ保証人として請け親をこしらえなければならない。登美の請け親は島田又左衛門なる旗本というが、美濃守には未知の名であった。

「ところで、美濃守さま」

と樅山は彼の顔を見て云った。

「登美のことを訊かれましたのは、あなたさまがお初めてではございませんよ」

「ほう、どなたが？」

「お美代の方様、お申しつけで、さる方より訊かれました」

「なに、お美代の方様に！」

美濃守は眼をむいた。

「して、登美は、ただ今、どうして居りますか？」

「登美は、お末の部屋には、もう居りませぬ」

「なに？」

「先刻より、お美代の方様のお声がかりで、中年寄菊川殿のお部屋附となりました」

美濃守は、その早業に、あっと思った。

菊川はお美代の方の気に入りである。多喜の方を転倒させた登美を、お美代の方は早速に庇《かば》うように引き取ったのだ。

家斉が、多喜の方の見舞に出向くという通告があったので、部屋に詰め合せた医者も女中たちもお成りを待ちうけていた。

多喜の方は、北の御部屋に寝かされていた。

この部屋は、御産所であって、御台所でも中﨟でも懐妊五カ月目にはこの部屋に住み換えるのだ。

御台所も、側妾も、同じ部屋でお産をするというのは奇態のようだが、上様のお胤《たね》を宿した上は、中﨟といえども正夫人と同格であるという理由からだ。

多喜の方は、まだ懐妊して四月であったが、不時の流産で、その手当のため、この部屋に収容したらしい。部屋の周囲には、いくつもの間がとり巻き、医師や見舞人の詰めるところ、次の間には産婦づきの女中の控えや、用具などが置いてある。

家斉は、年寄の先導で、北の部屋に入った。

居合す一同は平伏してお迎えする。病室にくると、年寄は敷居際でうずくまった。

純白の綸子の蒲団の中に多喜の方は横たわっていた。髪は解かれて、枕の上に流れている。家斉は、つかつかとその方に歩いた。上からさし覗くと、多喜の方は眼を閉じていた。家斉が、ぎょっとしたことには、その眼のふちがくろずんで、隈どられている。

「ただ今、お睡《やす》みになっておられます」

横で、お医師常春院が申し上げる。

しかし、家斉が見ていると、それは睡っているというような平和な状態ではなかった。紙のように白い色をし、呼吸もせわしそうである。鼻梁も、頰も、蒼いかげがついて面貌を険しく見せている。睡っているとしても、極めて不自然な状態だった。

「容体は?」

家斉が、匍いつくばっている常春院に訊いた。

「は。ただ今のところ、お大切と存じます」

常春院は、額を畳にすりつけて云った。

「そうか」

家斉は、もう一度、多喜の方の顔に見入った。化粧も剝がれて、こうして蒼い顔でいると、眼の下のうすい雀斑《そばかす》も目立ったりして、顔の各部分の欠点がさらけ出されていた。

「大事にするように」

家斉は、そう云い捨てると、畳を踏んで、もとの方角へ引返した。一分間もそこには居なかった。

家斉は索然とした気持になっていた。何か裏切られたような心と似ていた。廊下を歩きながら、あれではもう用に立つまいと思っていた。

年寄を呼ぶと、

「美代に、今夜、参るように申せ」

と云いつけた。

家斉は、久し振りだから彼女から厭味を聞くだろう、とひとりで苦笑した。

家斉は、夜に入って、御小座敷に向った。

この御小座敷に行くまでの道中が、かなり長い。御座《ござ》の間と称する自分の居間を出て、南の廊下を次の間の前でつき当り、南に曲って、お鈴廊下を歩む。この廊下が十八間もある。

大御所の前には、お坊主といわれる頭をまるめた女が、燭をささげて立ち、後には女中が随う。すでに大御所が御小座敷お成りのことは通告してあるが、いよいよ出向くときには、お鈴番が廊下の鈴を鳴らす。その音色が、しんと静まったあたりに響いた。

十八間の廊下の突き当りが、一構えの御小座敷で、これは大奥の西南隅に当っていた。その模様は、「十二畳敷にて高麗縁《こうらいべり》なり。西の床は間口九尺、奥行三尺にて板畳を敷く。床柱は檜の糸柾《いとまさ》、違棚は欅《けやき》のタメ塗り、上の袋戸棚の襖《ふすま》は縁《ふち》黒、雨中漁舟の墨絵を描きたる下は、極彩色に海棠《かいどう》に雀なり。南東北に建て廻したる襖は、六《む》玉川《たまがわ》を極彩色にて描き、天井及小壁は地白に銀泥の菊唐草形なり」とある通りである。

つまり、このような部屋で大御所はお手つきの中﨟と夜を語り合うのである。

すでに、入口には、お美代の方が、総白無垢《むく》の衣服に、髪を櫛巻きにして、大御所をお迎えしていた。傍には、年寄と御用の中臈が控えている。

（美代と会うのも、久しいな）

と家斉は、ちらりと美代を見て、床を背にして坐った。

お美代の方が、見上げて、

「ご機嫌うるわしく、祝着に存じます」

と云った。眼のふちに衰えはあるが、充分に美貌の冴えは残っていた。また、灯影で見る彼女の表情には、うれしさがこみ上げているように見える。

家斉は、多喜もよかったが、この女の好さを改めて認識する思いだった。

「美代、そちと語り合うのも、しばらくぶりだな」

家斉は眼に皺をよせて笑った。

「まことに」

と美代は、唇を綻《ほころ》ばせた。

「お気に入りの、どなたさまかとばかり夢中におなり遊ばして、美代には、もはや、御用のないことと諦めておりました」

家斉は、返事をしないで、眩《まぶ》しい笑いを洩らした。

（妬《や》くと、女の眼は、やはり異ってくるな。うるんだ色になる。頬にまで艶が出てくるものか）

と思いながら、手でさし招いて、

「美代、これへ来い」

と云った。

年寄、お三の間などのお附の女中が、黙ってお辞儀をして退いた。

上段の間には緞子《どんす》の夜具が二つならべられ、障子の外に置いた真鍮製四つ足の行灯《あんどん》の淡い灯影に、眼のさめるような色彩が映し出されている。

たとえ中臈でも、大御所の御寝に御用の女は御台所と同じ待遇で、夜具すべて正夫人なみであった。

家斉が常服を脱ぎ捨て、鼠羽二重の無垢に、白羽二重の襦袢を着ると、美代が手伝って、柔かい緞子の帯を二重廻しに前で結んでやる。お添番のお清《きよ》の中臈が、脱ぎ捨てた家斉の衣服をたたみ、黒塗り金紋の御召台の上に重ねて東の方へ置く。その上から紫縮緬《ちりめん》の袱紗《ふくさ》をかけた。

年寄も、お附の女中も去ったが、このお清の中臈だけは残っている。お清というのは上様のお手がついていない中臈の名で、一晩中、同じ部屋に臥《ふ》すのである。

鴛鴦《えんおう》の秘めごとに他人が傍に寝ているというのは奇怪なことだが、添番の中臈は実際に上様の睦言《むつごと》の逐一を、背中を向けて聞いているのである。一晩中、寝もやらず、全身を耳にして聴くと、翌朝、これを別室に当直している年寄に、

「昨夜は、格別のおうち融けにて、かくかくのお戯れがありました。また、御用の御中臈よりは、これこれのお話を申し上げました」

などと、詳細を報告しなければならない。

この奇妙な風習は、添寝の中臈が寵愛に甘えて、上様に慮外なおねだりをすることを

封じたのである。すべて男というものは、このような場合、前後の分別も思慮もなく、女の囁きに溺れて、どのような願いごとでも訳もなく、うなずき勝ちであるから、傍に添番して掣肘《せいちゅう》しようというのだ。

ついでに書くと、これは五代綱吉のとき、柳沢吉保《よしやす》が己の通じた女を将軍に献じ、宵の御寵愛の折に百万石のお墨付を頂かんものと図って以来、この制度となったという。

――雨中漁舟の墨絵も、海棠に雀、さては六玉川の極彩色など四周の襖絵は、朧夜の月影のような淡い照明に沈んで、時々は家斉の咳《しわぶき》と、枕元に置いた蒔絵の煙草盆に金無垢の煙管《きせる》を叩く音がしていたが……

傍に臥している因果な添番のお中﨟の耳には、背中の大御所とお美代の方のささめきがいやでも耳にきこえた。いや、これを聴き取るのも役目である。

「……美代、そのほう、少し肥えたようじゃな」

「いいえ、痩せております。肥える道理がございませぬ」

「そうかな、わしには、少し顔が肥えて、若くなったように見えるが」

「上様のお口のお上手なこと。それにご覧あそばせ。痩せたのが肥えたとお眼にうつるほど、上様は、美代を永いことお呼び下さっておりませぬ。美代はこの世をはかなんでおりました……」

添番のお中﨟が背中で聞いている家斉とお美代の方のささめ言は、まだつづく。

「いやいや、それは、そなたのひがみじゃ」

と家斉の声はやさしかった。

「何でそなたのことを忘れていよう、やはり、わしにとって第一に可愛い女じゃ」

「いえいえ、そのお言葉には、すぐには乗れませぬ。それなら多喜様へのご寵愛は何とお申し開き遊ばす？」

美代の声は甘えた抗議をした。

「仔細《しさい》もない。あれは一時の気まぐれじゃ。やはり、そなたがわしの心を捉えている」

「お口ばかり」

「これよ、よう聞け。総じて男には、これと定めた可愛い女はひとりじゃ。また、その女は心を打ち込んできてくれている。たとえば、そなたのような」

「あれお憎らしい」

「男は、それで、安心している。だがな、安心しているから、ときには移り気も出る。そこが男じゃ、一つのところにはやはりじっとしておれぬ」

「それごらん遊ばせ」

「まあ待て。それは一時だけのこと。飽くのは当り前じゃ。云うてみれば、少々そこらを歩いてみたが、初めから戻るところは元の場所と決めている。だから、こうして、そなたのところに戻って参った」

「あれ、何やら云いくるめられそうな」

「ごまかすのではない、これがわしの本心じゃ」

「そのようなお気持は、美代は嫌いでございます」

「はて」

「美代はやはり大御所様のご寵愛をたった一人で戴きとう存じます。数あるほかのご中﨟方はまだ眼をつぶりますが、あのお方だけは我慢がなりませぬ。美代は泣いておりました」

「多喜のことかな？」

「はい」

「もう申すでない。多喜のところへはもう行かぬ。あれは、もう駄目じゃ」

「何と仰せられます？」

「もう役には立つまい。身重で転んだのが不仕合せじゃが……」

「ほんに、お気の毒な」

「今もあれの顔をのぞいて来たが、血の色はなく、日ごろのとりつくろいが、みな剝《は》げて見られたものではない。わしはだまされていたような気がした」

「いまに美代もそのような」

「これ、そなたには変らぬと申すに……」

――突然、お廊下の鈴が鳴り出して、このむつ言を妨げた。

大御所が御小座敷に入ったら誰も寄りつけないが、緊急不時の場合だけ、お鈴を鳴らして入ることが宥《ゆる》されるのだ。

お鈴廊下を踏んでくる慌《あわただ》しい足音が聞えた。

廊下の鈴が鳴り渡ったときから、添番の中﨟は起き上った。

一旦、御小座敷に入った家斉に、不時に会いに来るのはよほどの重大事に違いなかった。鈴の音を聞いて、次の間に宿直《とのい》をしている年寄も出て来た。

美代も起きる。家斉も褥から身体を起した。

廊下に聞えた急ぎ足は、御小座敷の入口で停った。

「申し上げます」

という女の声も、慄えを帯びていた。

年寄が、そこまで出て行った。襖際に坐ると、

「何じゃ?」

と訊いた。

「はい、多喜の方様がただ今、ご危篤になられました」

襖の向うで声が答えた。

「なに、多喜の方様が!」

年寄がびっくりした。

家斉が聞いて、あっ、というような顔をした。それに、年寄が進んで来て、

「多喜の方様、ご危篤の由を知らせて参りました」

と取り次ぐ。この声も慄えていた。

家斉は、黙ってうなずいた。しかし、すぐ行くとも行かぬとも云わぬ。黙って考えていたが、

「煙管を」

と美代に云った。

「まあ、ご悠長な」

美代が非難するような眼をして、

「お早く、お出ましを」

と云った。が、彼女の声だけは慄えていなかった。

「多喜様、ご危篤なれば一刻も早うお見舞に渡られますよう」

「うむ」

家斉は、美代に火をつけてもらった煙管を手にして一服した。

「恐れながら、知らせの者には？」

と年寄が伺ったが、家斉は、うむ、と口の中で云って、煮え切らなかった。

年寄は、それを見て、襖際に戻って行き、

「言上いたしました。左様伝えるように」

と云うと、廊下を帰って行く足音が遠ざかった。

「上様」

美代が云った。

「ほかの場合ではございませぬ。何卒、一刻も早う多喜様のお傍にお越し遊ばしませ。美代へのご遠慮はご無用に。いろいろ申し上げましたが、上様の思召しを承り、美代は安心しておりますほどに」

「それでは、ちょっと見舞ってやるか」

「はい。お帰りをお待ち申して居ります」

と云った美代の顔には、勝利者の表情が晴れ晴れと出ていた。

家斉は着更えると、廊下を少し急いで歩いた。

北の間近くまで行くと、騒動の模様が響いてくるように分る。女の泣き声まで交っているようだ。

つかつかと枕元まで行くと、みんな慌しく平伏していたが、年寄の一人が、

「多喜の方様、お命が……」

と身体を起し、伸び上るようにして云った。

法印常春院はじめ四人の医師が、多喜の枕元を蔽うようにして集まり、うなだれていたが、家斉が来たので少し退った。

常春院だけが脈をとっている。

家斉が、年寄の運んできた厚い座蒲団の上に坐り、多喜の顔をのぞきこんだ。

一目見て、これはいけない、と思った。

眼は相変らず閉じたままだが、蠟のような顔は、眼のふち、鼻の下などに黒ずんだ色が濃くなって、死相が出ている。鼻翼《こばな》だけがせわしげに動いて、浅い息を吐いていた。

「常春院、どうじゃ？」

脈を診ていた常春院が、そのまま身体を折るように平伏して、低い声で、

「恐れながら、もはや、ご恢復のお見込みは……」

「駄目か？」

医師は黙って、さらに頭を下げた。

家斉も、多喜の顔を見ているうちに不愍《ふびん》を催してきて、

「多喜、多喜」

と連呼した。

常春院が、傍から云った。

「恐れながら、お耳には達しませぬ」

意識不明で、このまま死ぬのか、と家斉は思った。

「どれくらい保《も》つかな？」

「まず……明朝、明け方までと存じまする」

家斉は、そんなに早く死ぬのか、と思った。人間の生命ほど脆《もろ》いものはない。この若さで可哀想な。たった今日の昼には花見などして短冊をもって桜の下を歩いていたが。


——


（身重な身体で転んだのが生命とりだったか。どこを打ったか知れないが、流産とは恐ろしいものだ。そうしてみると、男というものは気楽なもんだな）

そんなことを思っていたが、意識の無い病人の枕元に坐っても、話が出来る訳ではなし、手持無沙汰なものだった。

家斉は、そろそろ退屈してきた。美代が待っていて、あまり時間がかかると、また厭味を云われそうだった。

（可哀想だが、仕方がない）

家斉は、起ち上る前に多喜の顔をじっと見た。

（今生の別れかも知れないな）

と思い、手で乱れた多喜の髪を撫でてやった。

多喜附の女中たちが耐えかねて、袂《たもと》を嚙んで泣き出した。

多喜の方は死んだ。

大奥では、しばらくはその話でもち切りである。女中どもは長局で寄ると触ると、互に顔を寄せ合って、ひそひそと話を交す。

「おきれいで、お若いのに、お気の毒な」

というのは、死者に対しての一致した同情だが、

「これで、お美代の方様も、ほっとご安堵でございましょうな」

と、こっそり囁き合った。

「そういえば、大御所様には昨夜も、お美代の方さまを御小座敷にお召しになりました」

「まあ、昨夜も。それでは二晩つづけてでございますなア」

「大御所様も、現金な。あれほど多喜の方様ばかりご寵愛でございましたが、手のひらをかえしたようにお美代の方様にお傾きでございます。お美代の方様の御部屋は、まるで春が帰って来たようでございます」

「死んだ者が損でございますなア」

「大御所様もちとお薄情に存じます。これでは多喜の方様も浮ばれますまい」

「なにせ、あの花見の時の踏台がご懐妊の多喜の方様の命とり、お美代の方様の福の神

でございました。聞けば、あの踏台をさし出したお末の者は、菊川様のお部屋附となり、お美代の方様に大そうお目をかけられているとか……」

「それは、そのくらいのことはあってよいはず。お美代の方様にとっては恩人でございます。いわば、憎い多喜の方様を殺してくれたも同然……」

「あれ、お声が高うございます。滅多なことを口に出されますな」

女中達の間でも、多喜の方の死は、お美代の方を立直らせ、今までの勢力を安泰にさせたことになる。それで、誰が考えても、結果的にはそのお末の女中が、美代のために多喜を殺したようにとれる。

しかし、その登美というお末の女中は、美代の勢力下の女ではない。その影響の中に入らぬくらいの下級女中だった。だから、美代のためを図って、多喜を転倒させたとは誰も思っていない。

あれは、やはり不運な偶然のなせる出来事だった——と思われている。

だが、その直後に、お美代の方が、気に入りの菊川へ登美を預けたのは、その偶然の功を感じたからであろうが、一つは夫人側の憎しみから守ってやったのであろう。

だが、登美という女に、何となく不安な予感を感じる男がいた。

水野美濃守忠篤だ。

美濃守は、登美の請け親である「島田又左衛門」なる旗本を、武鑑《ぶかん》をとりよせて、調べてみた。

怪談

美濃守は、お坊主が御用部屋から持って来た旗本武鑑を披《ひら》いてみた。丹念に見て行ったけれど、登美の請け親である島田又左衛門と称する名は、役附のどこにも無かった。

彼は前年の分を取り寄せて見て探した。これにも載っていない。

彼は、その前の、その前のと、とり寄せさせた。武鑑は彼の膝のところに五、六冊積まれた。

すると、七冊目にやっと、

「御廊下番頭《ばんがしら》　七百石　島田又左衛門。やしき　あさぶいいくら片丁」

という文字が、ぎっしり詰った名前の中から出てきた。

(御廊下番頭だったのか)

さして軽い役ではない。旗本は千石以上を大身《たいしん》と呼ぶくらいだから、七百石なれば低い家柄でもない。

しかし、この武鑑によれば、六年前にお役を退いているから、現在は無役の小普請《こぶしん》組に編入されているのであろう。

美濃守は、しばらく考えていたが、どうも落ちつかない。彼は人さし指を栞《しおり》がわりにして挾んで持ち、表の祐筆部屋に行った。

「これなる島田又左衛門という人物を知っているか？」

祐筆は老人だったが、筆を休めて机の前から首を上げた。

「島田……」

と眼鏡の奥からじっと見て、

「ああ、それは」

と云った。この老祐筆は何十年とこの机に坐ってきた表役所の生字引であった。

「覚えているか？」

「はあ。そのご仁なら、六年前の秋に、お役をご免になりました」

「何ぞ、落度でも？」

「いえ、ご病気引籠りのため、その願い書を出されたのでございます。たしかに、それを書類の上で覚えております る」

よく覚えているだろう、と云いたげに老人の顔は自慢げであった。

美濃守は、そこからわが居間にかえった。島田又左衛門という七百石の御廊下番頭が、六年前に病気のためにお役を辞した。

それだけでは何でもない。よくある平凡な事実である。

（しかし……）

しかし、何となく気にかかるのは、その男が登美という奥女中の請け親だということである。——美濃守は眼を閉じた。

多喜の方を転倒させて、その偶然の功名が喜ばれて、登美がお美代の方に拾われた。

どうも登美は機転が利きすぎるようである。機転が利きすぎるから、美濃守は彼女の請け親に関心をもったのだ。

それにしても、美濃守は一度その登美という女を見たいと思った。

聞けば、登美は、お末から拾われて、お三の間に出世したという。すべてはお美代の方の指図から出ているのだ。

菊川に話して、登美を見せて欲しい、といえば訳はないが、それには然るべき口実が立たぬ。まだ彼の考えは胸中だけのものだ。

それに、長局の女中が何の役目もなしに、大奥事務局ともいうべき御広敷に出てくる訳もない。大奥から此処に来る資格の女は、年寄を除けば、表使いくらいなものである。

「はてな」

と腕をくんで美濃守は、突然、眼をあけるとわが膝を打った。

「そうだ」

思わず微笑が浮んだ。大そういい知恵が浮んだ時の笑いだが、この表情には妙に複雑なものがまじっていた。

彼は奥御用人を呼んだ。

御用人は御広敷役人中の筆頭である。

「つかぬことを頼みたいが」

美濃守は云い出した。

「ははあ、何でしょう?」

御用人は側衆の美濃守にそう云われたので見当のつかない顔をした。

「長局のお見廻りは、今日はその番に当っているかな？」

「お見廻り？　ご老中のですか？」

「いや、お留守居役のだ」

御用人は考えるような眼をしていたが、

「たしか、今日がその当番だと思いましたが」

「そうか」

美濃守は、少しためらうようにしていたが、

「どうじゃな、これは今日限りのことだが、某《それがし》を見廻りの中に加えてくれぬか？」

と云ったので、御用人がびっくりした眼をした。

大奥の長局は、女中の住居だが、三日に一度は留守居の見廻りがある。このほか、月に一度の老中の見廻りがあるが、これは長局までは行かない。留守居の時は七ツ（午後四時）を合図として、女人だけの世界を点検して廻るのである。

この留守居というのは、御広敷役人が退出したあと大奥の火の取締り一切を監督する役で、たいてい枯木のように古くなった老人が当っていた。女が見ても、男とは感じない年寄りなのである。

その見廻りの随行を美濃守が申し出たので、御用人も愕《おどろ》いたのだ。随分、変った志願をする人だと思って、眼をまるくしたのだ。

「いやいや、これには、ちょっと存じよりのあることで」

と美濃守も、さすがに少し赧《あか》くなって云った。

七ツの太鼓を合図にして、留守居役の見廻りは始まった。

案内の添番が先に立つ。これは奥役人の下役だ。次が表使いの奥女中、次が留守居役で、臨時の美濃守はその後についた。最後に御使番の女中が随った。

西丸大奥は、本丸よりやや規模が小さいが、それでも大御所の座所、夫人の御座敷、対面所、清の間、御小座敷、客座敷、新座敷、呉服の間、奥膳所、御広座敷、御使座敷、化粧の間、仏間など十数の間数があり、一番南の端に四棟から成る長局がある。

これらの間を廊下が縦横に走っているから、慣れない者が入ったら、まるで迷路に踏み込んだようである。

「お廻りでござる。お廻りでござる」

と添番が、時々、声をかけながら歩く。

老中と違い、留守居の見廻りは常時のことだから簡略で、別に中年寄、御客会釈《あしらい》などが御錠口に迎えることもない。奥女中たちも常のままにしていればよいのだ。

夏などは、女中どもが老人の留守居を莫迦《ばか》にして、湯殿の戸口を開けたまま浴《ゆあ》みして揶揄《やゆ》したくらいである。

しかし、今夜は違う。

留守居のあとに、美男として聞えた御側衆、水野美濃守忠篤が従っていることが分ると、女中たちも意外な目つきをして畏っている。美濃守は女中どもに人気のある一人だ。

各部屋を一通り見廻って、いよいよ四百人からの女中どもの私室である長局に一行は向った。

奥御殿とこの長局とは六十間の長廊下でつないでいる。長い。まるで家の中を旅しているみたいである。

七ツを過ぎると、陽の加減も傾いて、お廊下は暗くなりかかっている。

「お見廻りでござる」

添番は、ようやく長局に達して声を上げた。

長局は四棟で、一の側から四の側まで、これまた四十間の長廊下でつないでいる。一棟には数十の部屋があり、年寄、上臈、中臈、中年寄などは一人ずつ部屋を貰うが、あとの女中は三人か五人の相部屋である。部屋の表には、名を記した紙が貼ってある。

留守居の老人は、廊下をゆっくり歩いたり、ちょっと停ったりして、各部屋を見廻っている。部屋の中では、女中どもが、御用から解放されて、しゃべり合っているのもあれば、菓子など食べているところもあり、さいころなどして遊んでいるところもある。日ごろ、さして気にとめぬ留守居役の見廻りの中に、今日は美濃守の姿を見て、あわてていた。

美濃守の眼が、或る部屋の入口の貼紙をみて、足をとめた。

美濃守の眼には、貼紙三人の名前の端に、

「登美」

という字が入った。

美濃守の足がとまったものだから、先に行きかけた留守居役が不審気に戻って、

「何かありましたか？」

と寄った。

「されば、これなる登美と申す女を、見たいものだが」

美濃守は低い声で云った。

「見たい、と仰せられると？」

「いやいや、ちと存じよりがあってな」

と彼は少しあわてて、

「別段、仔細《しさい》あってのことではない。それとなく当人を見たいまでじゃ。ついては、お手前から、登美という女に何か話しかけて貰えないか。この部屋に三人もいれば、どれが当人やら分らぬでな」

「ははあ」

留守居は半分納得が出来ないままにうなずいた。

「では、何となくものを申せばよろしいので？」

左様、と美濃守は応《こた》えた。この間にも、部屋の中では廊下に立ち止った見廻りに気づき、三人の女中が坐ったまま会釈していた。

留守居はその方に顔を向け、

「登美と申すのは？」

と云うと、

「はい」

と端に坐った女が手をつかえて顔を上げた。

美濃守は、留守居のうしろからじっと見た。その女は、まだ十九ときいているが、細い面《おも》をした稚《おさな》げの残っている顔であった。が、黒い瞳《め》が大きく開いてきりっとした感じをうけた。

「その方が登美か?」

「はい」

声にも気丈なものを感じさせた。

留守居はそれ以上に云うことがないから、

「その方、お三の間に上《のぼ》ったそうな。新参なれば、万事、先役に見習って粗忽なきよう務めるがよい」

とお茶を濁した。

「はい。ありがとう存じます」

登美は頭を下げた。

留守居役は美濃守を顧《かえり》みた。このくらいでよろしいか、という意味である。美濃守は眼でうなずいた。

(あれが登美という女か。若いが、確《しっか》りもののようだ。よし、覚えておこう)

美濃守が歩き出すと、留守居役の老人がささやいた。

「美濃守様。あれなる女に、何ぞ大御所様のお思召しがかかりましたかな?」

苦笑して美濃守は首を振ったが、そう云われてみると、なるほど登美という女は美しい顔をしているな、と思い当った。

一つの城郭のような大奥のことだから、夜に入ると森閑として陰気な静寂があたりに籠る。昼間の女たちのざわめきとは打って変るのである。すべての声はひそみ、屋台が大きいだけに底に引き入られるような気味悪い暗黒な寂寥が支配するのである。

だから、よくあることで、怪しげな話がよく伝わるのである。

綱吉のときであったか、夜半、あたりが静まった丑《うし》の刻（午前二時）、御座の間の庭外で何十人と集った声で、流行謡《はやりうた》を唄う声が聞えた。綱吉が、誰か見届けて参れ、といったので、近侍が弓矢をおっ取り、雨戸を開け放って見渡すと、築山の繁る木の下蔭で、狐狸が多く群がって唄っていたという。

あるいは、やはり夜中に、どんと大砲《おおづつ》を打ったような響きが聞える。調べてみると、誰の耳にも入っているが、その聞えた方角が定まらなかったという。

あるいは、夜、長局の部屋の戸を叩いて、「おたのみします」という声がしたので、はい、と答えて出てみると、何者の影もなかったという。

あるいは、女中たちが用所（不浄）に入るとき、突然、黒髪を撫でるように切られるので、この用便所に入る前に、

「髪切りや姿を見せよ神国のおそれをしらば早く立ち去れ」

と三べんくり返して唱えると何ごともないという。

これらの怪異は、すべて紅葉山や吹上に棲む狐狸の仕業と思われていた。実際に、夜中にお廊下を遊んでいる狸を見た者も少くはなかった。

江戸城の庭はそれほど木立が深く、まだ武蔵野の名残りをとどめた深い繁みが少くはなかったのである。

しかし、そうと分っても、気持が悪い。わけて、寝静まった夜半の見廻りは、当番の女中にとってかなり度胸の要《い》ることだった。

火の番の女中は、宵の戌《いぬ》の刻（午後八時）からはじまり、一刻《とき》おきに、暁方の寅《とら》の刻（午前四時）まで廊下を見廻って歩く。湯殿、台所を検《あらた》め、火消壺の蓋までとって見るのである。手ぼんぼり一つをもって、真暗な、深海のような大奥を巡回するのだから、気の強い、度胸の要る仕事である。

その晩も、お蝶という火の番が、丑の刻、詰所を出て巡回をはじめた。

一の側から四の側までの長廊下、それぞれ四十間を往復するのである。無論、どこの部屋にも灯かげはない。闇が、天井からも、横の杉戸からも、足もとの廊下にも起ち上って彼女を圧迫していた。

「お火の元、お火の元」

お蝶は、そう触れながら、二の側から一の側への曲り廊下に来た。

お蝶が、その廊下の角を曲ると、暗い中に白いものが立っているのが見えた。手にもっているのは、手燭の一種だが、手ぼんぼりというもので、明りは足もとを照らすくらいなものである。とても一間先まで照明は届かない。

夜廻りには慣れて気丈な女だったが、四囲の壁から闇が匍《は》い上って押しつつむような暗黒の中に、白いものがぼんやり立っているのを見ると、さすがに血を凍らせた。

彼女はしばらくそこに立ちどまって、先方を凝視した。実際は、足が前に動かなかったのである。こちらは、たったひとりという孤独感と、丑三刻《うしみつどき》という時刻を考え合せて、悲鳴を上げたくなるところだった。

闇の中の白いものは、立ちどまっているのではなくて、ゆらゆらと動いていた。お蝶が後に走り出そうとする前に、その白いものは大きく動いてこちらへ近よって来るように見えたので、彼女の足はまた釘づけになった。

進みも退きもならず、棒のように立って息を呑んでいるお蝶の眼に、その白いものが次第に一つの輪郭を整えてきた。それは顔も胴も無い、女中の着る裲《かいどり》だけがずぼっと立っているのだった。

「あっ」

と口の中で云って、危うく手ぼんぼりを落すところだった。膝がしらから力が抜けて足が慄えた。その間にも、裲の化物は、恐怖の眼をいっぱいに開けているお蝶の方へ吹かれるように寄って来た。

声を上げる前に、裲の化物がものを云った。

「お女中」

やさしいが、男のように嗄《か》れた声だった。

「御用所は、どちらで……」

お蝶は、咄嗟《とっさ》に指を上げた。まるで無意識に、命令されたようにそうしたとあとで云っている。黙ったまま、指だけ御用所の方に上げたのである。口が利ける道理がない。

襠は——何でも大柄な模様が付いていたように思うが、意匠も色もさだかでなかった。ゆらゆらと動くと、ふわりと離れるようにお蝶から遠のいた。

それがお蝶の足を解放したのか、彼女はくるりと身体をかえすと、もとの方へ廊下を走った。

闇はどこまでもつづいている。四十間の廊下の長さがこの時くらい遠かったことはあるまい。後から追いかけられるような戦慄が、彼女の足を何度も倒しそうにした。それでも、恐怖がまだ彼女の口を縛っていた。

ようやく詰所の障子の明りが見えたとき、安心がその呪縛を解くと共に、新しい怖れが身体中に湧いてきた。

お蝶は詰所の前で、はじめて声を上げて倒れた。

翌朝の長局では大へんな騒動である。お蝶をとり巻いて女どもの詮議がはじまった。

「お襠が動いていましてね、それが頭も胴もない、ふわりとしたものです」

お蝶は昨夜の幻覚を手真似で説明した。

「足は？」

と訊く者がいる。

「さあ、足は……」

とお蝶は考えて、

「足も見えませんでした。なにしろ、お襠だけが暗い中で、ふわりふわりと動いていていて……」

「ものを云ったのですね？」

「はい、御用所は……」

「まあ、声まで似せて気味の悪い。今夜からこちらの御用所も怕《こわ》くて行けませんよ。どうして、また、化物が御用所を訊くのでしょう？」

「そこが狙い場なんでしょう」

といったのは別の者である。

「そら、髪を切られるのは御用所ですから」

「怖い」

と女どもは顔色を変えた。

「やはり、お庭の狐狸の悪戯《いたずら》でしょうか？」

「ここしばらくは出ませんでしたがねえ」

「あの……化物が人間の声を出すのでしょうか？」

と訊いたのはご奉公に上って間もない女中だった。

「そりゃあ自在なもんです」

とおどかすように云ったのは先輩の女中だった。

「戸を叩いて、今晩は、と云ったり、お頼み申します、と云ったり、歌を唄ったり、何でも人間なみに申します」

「でも、お蝶さん」

とほかの一人がきいた。

「お前さん、見たのはお襠だとお云いだったが、狐狸がお襠に化けるとは珍しいことがあったもの。お襠の模様はどんなだったか分りませんかえ？」

「それが、何か模様がありましたが、怕くて……」

「菊の縫取り模様ではございませんでしたか？」

「えっ」

と云って、思わず声を呑んだのは、それを聞いたまわりの女中たちだった。思わず、それを云い出した女中の顔を見ると、

「菊の模様のお襠は、先日亡くなられた多喜の方様。もしや、あのようなご最期で、御霊魂がまだお迷いなされているのでは……」

一同は、しばらく黙った。唇の色まで白くしたのは、たしかにその理由がないことではないからである。

「ねえ、お蝶さん。お前さん、見ていないというけれど、よく思い出してごらんよ。それは菊模様ではなかったかねえ？」

強《し》いて、興味的に問われると、お蝶も、

「さあ、よく分りませんが、そうおっしゃると……」

と曖昧に答えたものである。

火の番のお蝶が見た怨霊《おんりょう》は、多喜の方の襠だったという噂は、ひそかに拡がった。これはお美代の方の手前、あまり大きな声で云えることではない。が、怪談には誰でも目の色をかえて飛びつくものだ。わけて、話題に飢えている長局の女中どもが、抑えても

黙ろうはずがない。

その日の昼には、この話を年寄の樅山まで、わざわざ届けた女中がいた。

「昨夜はお火の番が二の側の廊下から一の側に廻りますと……」

刻《とき》も丑三ごろだから、怪談の時間にしては符節が合った。樅山にその話をする女中は二、三人だったが、顔は怕そうにしかめているけれど、無論、興味でいっぱいだったのである。ところが、聞いている樅山の顔が次第に曇ってきた。それは怕いからではなく、何か気に入らぬ話でも聞いているようだったが、

「もう、黙るがよい」

と途中で遮った。その云い方が少し強すぎるようだったし、あきらかに険のある眉だったので、折角話をしていた女中たちが、びっくりしたくらいである。

「臆病者が、こわさのあまりあらぬ幻を見たのであろう。埒《らち》もないことじゃ」

臆病者の幻覚だと云い捨てられると、女中たちも少し物足りなく感じたが、

「いえ、そのお火の番は、わけて気丈なお女《ひと》だそうでございますが」

と註釈すると、

「お黙り。聞きとうないと申している」

と樅山は、ぴしゃりと叩くように云った。それから自分の癇《かん》の立った声に気づいたのか、

「大方、それはお庭の狐狸のいたずらかもしれぬ。久しく退治なされぬので、近ごろはまた殖えたとみえる。お庭番に申しつけさせ、近いうちに狩り立てるように致さねば」

と少し落ちついたように云った。

「では、昨夜のも、狐か狸の悪戯《いたずら》でございましょうか？」

「知れたことじゃ。上様ご威光のお城に、何で亡霊など出ましょうか。向後も、そのような白痴《たわけ》た話を持ち廻るでないぞ」

屹《きっ》と睨まれて、女中どもは首をすくめた。日ごろからきつい顔だけに、凄味が利いて、この方がよっぽど怕かったのである。

女中たちは樅山の前からさがって、わが部屋で叱られた話を朋輩にしていると、これに耳を傾けた女がいた。

細い顔だが、大きな黒い瞳に矢のように表情が走った。それがお三の間に取り立てられたばかりの登美だった。

そっと部屋を辷るように出ると、用事でもあるような顔をして、お廊下を西の方へ歩いた。

お火の番詰所は、その曲ったところの端にある。

「お蝶さん、居ますか？」

と、登美は火の番詰所に来て訊いた。

詰所では、二人の女中がいたが、登美の顔を見て、

「お蝶さんは、今日は非番で部屋におりますが」

と云った。なるほど、昨夜は勤番であるから今日は休みに決っている。殊に、あの騒ぎで肝を潰しているに違いないから、或は寝込んでいるかもしれなかった。

「お蝶さんに用事ですか？」

登美の困った顔を見て、その女中は云った。そうだと答えると、

「では、お呼びしましょう」

と気軽に云った。登美が当惑したように佇《たたず》んでいるのが気の毒になったのかもしれない。お半下《はした》部屋の方へ連れて行ってくれた。

御半下部屋は、七ツ口に接したところにあった。七ツ口とは、奥女中の宿下りや、内から外に買物するとき、或は外から呉服ものや小間物などを売りに来る商人の女房などの通用口である。

間口五間、奥行十二間という広い一間になっているのが御半下部屋で、身分の低い女中たちの雑居所になっていた。

囲炉裡にある鉄漿《かね》壺で歯を黒く染めていた女中が、

「お蝶さん」

と次の間に呼んでくれた。ここは二十畳の板敷き、次は同じ広さの畳敷きだった。

眼を腫《は》らした小柄な女中が出てきたが、彼女は怪訝《けげん》そうに、登美を見上げた。

「お前さまがお蝶さんですか？」

登美がきくと、

「そうです」

とお蝶はうなずいた。

「わたしはお三の間づとめをしている登美という者ですが、ちょっとお訊ねしたいこと

がありますの。少し、そこまで」

登美が誘うと、お蝶は素直についてきた。長局と奥との間は庭になっていて、両人《ふたり》はそこを歩いた。

植込みの蔭まで来て、登美はあたりを見廻した。どこにも人影は無かった。

「昨夜は、さぞびっくりなされたでしょう？」

登美が云うと、お蝶は、少し羞《はず》かしそうにうなずいたが、その顔はまだ平静が戻っていないのか、蒼かった。

「もう、お局のお女中の間では、その話でもちきりですよ」

「そうですか」

お蝶は眼を伏せた。

「でも、本当にあなたが見たのかどうか、疑っている者もありますけれど」

「いいえ、確かにこの眼で見たのです」

お蝶は、すぐに眼を上げ、強い調子で云った。

お蝶の抗議を登美は、微笑で受けた。

「お蝶さん。分りました。それで、あなたが見たのは、お襠だけだったのですか」

「はっきりとは分りませんが、そんな着物でした。ぼうと白いようなもので……」

「模様は？」

「それまではよく分りませんが」

「菊の模様ではなかったのですか？」

この質問の意味を知ってお蝶は曖昧に首を振った。

「そう訊かれた人もありますが……でも、本当はよく分らないのです」

「そうですか」

登美はうなずいて、次にはもっと低い声で訊いた。

「お襠は、どんな形をしていましたか？」

「どんな形？」

「お襠だけが、ふわりと宙に流れるように浮いていたのか、それとも、だらりと垂れ下っていたのか？」

「……」

今度は、その質問の内容が分らなかったので、お蝶が登美の顔を見つめていると、

「顔も胴体も無かったといったでしょう。でも、人間が頭からずぼりとお襠を被って、裾の方がだらりとたれ下っていた、そんな恰好ではなかったのですか？」

と、登美は低い声で訊いた。

お蝶は眼を宙に向けた。それは形を想い出そうとする努力だった。

「そう仰言《おっしゃ》れば」

と彼女は急に云った。

「たしかに、お襠をそんな風に人間が被った恰好でした。ああ、そうか。やっと思い当りました。お襠の上の方が、まるくなっていたようです。そうでした。いま、気づきました」

「びっくりなさったので、それは無理もありません」

と登美は利発らしい云い方をした。あたりを見廻して誰も居ないのを確めたのは、この会話が飽くまでも人に聞かれてはならないからである。

「それから、御用所は何処か、と訊いたのですね？　人間の声で」

「そうです」

「どんな声？　いいえ、女の声か、それとも男の声のようでしたか？」

「しわがれたような太い声でしたが、女なら年を召した方の声でした」

ここで、お蝶は或ることに気づいて俄かに愕いた眼をした。

「お局《つぼね》で、男の声が聴けるものでしょうか？」

この反問に、登美は複雑な顔色をした。

「お蝶さん。そんなことをあなたが不審がってはいけませんよ。誰にも云わないことです。やはり、狐狸の悪戯《いたずら》でしょうね。狐や狸なら、どんな人間の声でもお得意のはずです」

登美はそう云うと、お蝶に、もう自分の傍を離れた方がいいと云った。

「ああ、それから」

と最後に念を押した。

「わたしがこんなことを訊いたとは、誰にも云わないで下さいましよ」

夜ふけの吹上の庭は闇の中に塗りこめられている。昼なかでさえ、森の中に入ると、深山幽谷の趣があるのだから、夜は黒い瘴気《しょうき》が立ちはだかって凄涼さを覚える。

夜の警戒は、新御門の番衆が当るのだが、暮を過ぎたら、一刻に一度ずつ見廻りに出る。無論、広大な庭の全部を廻るのではない。御門の塀に沿っての内外、それと、滝見茶屋あたりまでがせいぜいの巡路である。魔性をひそめた暗黒の木立が、男でも奥へは寄せつけないように思えた。

暮から二番目の見廻りが済んだあとだから五ツ（午後八時）を廻った頃であろう。ひとつの人影が滝見茶屋から鳥籠茶屋の方へ走っていた。

夜のことで、茶屋には番人が居ない。天地間《から》、人といってはこの動いている影だけである。顔は頭巾で包んでいるが、着物の搦げ方や帯の締め具合は奥女中の身なりそのままであった。小さい灯がちらちらしているが、これは手にもった提灯を長い袖でかこったのが洩れていると分った。

真暗い中を、うすい灯が歩いている。獣の声の聞えそうな林が四囲に壁のように仁王立ちしている場所を女がひとりで動いているのだから、叢《くさむら》にひそんでいる狐か狸の化けたのかと思われよう。闇の中をほの白く見えるのは咲き誇った桜がしっとりと夜気に濡れているのである。季節も弥生《やよい》の半《なかば》で、姿も御殿女中だから、鼓《つづみ》でも下座から鳴りそうな有様だった。

女は鳥籠茶屋まで忍ぶように来ると、こっそり床下の柱に手をかけた。あたりをうかがったのは、人をおそれたのか狐をおそれたのか分らない。滝から流れ落ちる水音が高いばかりである。

女は床下の中に身を滑らせて入った。提灯の明りが足もとをまるく照らした。その円い光の輪の中に、贅沢な床下の造作の部分が映ってくる。この時代の将軍住居の建築として、すべて床が高く造られてある。女なら、少し背を屈むだけで自由に入れるのである。

提灯は床下の隅にすすんだ。井桁《いげた》に組んだ床組みが光にうつる。或る位置まで来ると、女は動作をやめた。そのまま動かなくなったのである。

提灯の光だけが、何かを捜《さが》すようにしばらく揺れていたが、それも無駄だったように止った。

「無い！」

女の口から、溜息のように洩れたのは、この一言だった。

遠くから知らない者が眺めると、茶屋の床下にぼうと火魂《ひのたま》のような一点がともり、あたりには暗黒の瘴気が流れているから、これも狐火と見たかもしれない。

風が出たか、黒い森が騒ぎ出した。

貂《てん》の皮

春の明るい陽が当っている。道の両側の塀が眩《まぶ》しいくらいである。わけて、上杉弾《だん》正《じょう》の中屋敷の長い塀に匍《は》った蔦《つた》は、くっきりと葉のかたちを黒く描いたように土塀の上に落していた。春も、この陽射しでは、初夏を思わせるくらいである。

麻布の飯倉片町というのは、一方が大きな屋敷ばかりならび、一方が小役人などのいる小さな屋敷が押し合うように詰っていた。要するに、このあたりは、武家屋敷ばかりなのである。

「おう、椎茸《しいたけ》さんの宿下《やどさが》りか」

「なるほどな。乙に澄まして歩いてるぜ」

鼠坂《ねずみざか》を上っているどこかの屋敷の仲間者《ちゅうげんもの》が、すれ違いに下って行く登美の姿を見てひやかした。

御殿勤めの女中というのは、髪のかたちや着つけの具合から一目で分るのだ。髪の結いようは、俗に椎茸タボといって奥女中にだけ許された特別なものだった。

「なかなかの上玉だな」

浅黄《あさぎ》色のお仕着せ半纏《かんばん》を着た仲間がまだ遠くに行ってから話しているのが聞えた。

「吉原《なか》に出したら、すぐにお職もんだぜ」

自分のことを云っているらしいが、この意味は登美には分らない。鼠坂の急な勾配《こうばい》を下り切ると、正面がどこかの大名の中屋敷で、その塀について北に曲った。

この辺も、寺と小屋敷がある。ここから、また坂は上りになった。飯倉は坂道ばかり多いところで、それぞれの屋敷の屋根が段々になっていた。

塀から往来にのぞいた桜は、花が全く散っていて、葉ばかりが繁っていた。どこかで、かすかに沈丁花《じんちょうげ》が匂っていた。

この匂いをかいだとき、登美は目的の屋敷の近くに来たことを知って微笑した。塀の内で毬《まり》のように丸く繁っている沈丁花を何度も見て覚えているからである。

その屋敷は角になっていた。かなり広いが手入れは行き届いているとはいえない。塀の上に出た植木も繁り放題であった。

乳鋲《ちびょう》のついた大きな門の方には歩かず、登美は裏側に廻って通用口から入った。薪を割る音が高くしていた。

勝手の分っている家だから、構わずに歩くと、薪を割る音が急にやんで、

「これは、お縫《ぬい》さま」

と、ひょっこり尻をからげた老人が鉈《なた》を手にもって出てきた。

「あ、爺やさん」

お縫といわれた登美が微笑《わら》ってお辞儀をすると、

「こりゃアお珍しい方が見えました。丁度、殿さまもご在宅でございます」

——この屋敷は、もとの御廊下番頭、島田又左衛門の住居であった。

島田又左衛門は刀の手入れをしていたが、爺やの吾平《ごへい》の取次ぎを聞いて、

「縫が参ったと？」

と眼をあげた。

三十をいくつも出ていない。浅黒い顔だが、ひごろは柔和な印象を与えた。これで剛直な一面があって、短気がかくされているとは知らない者には想像が出来ないのである。

「お宿下りだそうでございます」

もう二十年もこの家にいる吾平が縫のことを云った。

「早いな」

これはひとりで呟いて、刀の始末をすると、起ち上った。箱のようにがっちりとした体格である。

待たせてある部屋に行くと、お城の中では登美と呼ばれている縫が、両の指をつかえてお辞儀をした。

「おじさま。お変りもなく……」

「遊んでいるから、変りようもない」

島田又左衛門は笑って坐りながら、

「宿下りだそうだな？」

と縫を見た。

「はい。昨日、おゆるしが出ました」

「この前からあまり経っておらぬが」

「今度、お三の間になりました。それで向後は容易に宿下りが叶いませぬので、お美代の方様のお声がかりとやらで、菊川さまから特にお許しが出ました」

「聞いた」

と又左衛門が云ったのは、縫が三の間に出世したことである。

「吹上の花見で、多喜の方に変事があったという。そなたの持ち出した踏台から多喜の方は足を踏みすべらしたそうな」

縫はうつむいた。声も急に細くなって、

「その通りでございます」

とこたえた。肩も急に落ちたようにみえた。

「お美代の方にとって多喜の方は敵であった。その敵を落したそなたの手柄を買って、三の間にとり立てたのじゃな」

「そのようでございます」

「そなたは機会をつかんだのだ。お美代の側にうまく食い込んだ訳だな。縫、よくやった。こうまで早く成就しようとは思わなかったな。これから先、万事、便利になる」

又左衛門は眼を輝かしていたが、或ることに気がついたように、

「しかし、多喜の方には気の毒だが、うまく足が滑ったものだな。まるで注文したようだが」

云いかけて、縫の顔をじっと見た。そうした時のこの男の眼には鋭い光が出た。

「縫、その踏台に、そなたは何か手を加えなかったか？」

縫の返事はすぐには無かった。

縫は顔を上げて、又左衛門を見た。

「細工は、いたしました」

ときっぱり云ったが、眼をかなしそうにしていた。

「やっぱり、そうか」

又左衛門は見つめた。

「多喜の方様が、お短冊を持って桜の枝に結ぼうとなされましたが、お手が届きませぬ。わたくしはその前夜、ほかの道具と一緒にお踏台をお庭に運んだことを思い出し、それをすぐに取りに参りましたが、とっさに一つの考えがわきました」

縫は話し出した。

「お美代の方様は、多喜の方様に歌合せで敗けられて、どんなに口惜しい思いをされているか、多喜の方様憎しとおぼしめしていられるでしょう。もし、ここで多喜の方様をお転ばせ申したら、どのようにお美代の方様は腹癒せにお喜びになるかしれません。ほかの場合ではございませぬ。大御所さま、御台所はじめ、満座の眼が注がれている晴れの場所でございます。多喜の方様は不面目なお姿になる訳でございます」

「うむ、それで、そなたは多喜の方を転倒させ、お美代に気に入られようとしたのじゃな?」

「踏台に手をかけたとき、とっさにその思案がつきました。お美代の方様にお気に入られることが、わたくしの探索の便利になると存じました」

「その通りだ。そなたは機会をつかんだと、わしは申した」

「幸い、お道具置場のあたりにはお女中衆が居りませなんだ。わたくしは、傍にある花飾りの提灯の中から蠟燭をとり出し、踏台の上に、蠟を塗りました。誰でもその上に上ると、足が滑るようにしたのでございます。それを持って、すぐ多喜の方様のところへ参りましたが……」

縫は口をつぐんだ。あとは言葉に出すことが出来なかったのか、また顔をうつ向けた。それから急に袂《たもと》を掩《おお》って泣き出した。

「泣くことはあるまい」

と先に言葉を出したのは島田又左衛門の方だった。

「そなたは、目的を遂げたのだ。美代に気に入られたではないか。何ごとも手段は用いねばならぬ」

「手段とおっしゃいますか……」

袂を払いのけて、縫は赤くなった眼で又左衛門を直視した。

「手段のためなら……人殺しでも」

「なに？」

「おじさま。わたくしは人殺しをいたしました。罪もない多喜の方様のお命を縮めたのでございます！」

又左衛門は縫の泣くのをしばらく黙って見ていた。庭の沈丁花がここまで匂ってきた。

「人殺しとそなたは申したが」

と又左衛門が云った。

「そなたの意志で多喜の方が死んだのではない。そこまで考えることはあるまい」

この言葉が気休めととれたのか、縫は激しく首を振った。

「いいえ、おじさま。多喜の方様を踏台から落したのはわたくしでございます。それが因《もと》で、ご懐妊のあの方は急死なされました。してみれば、直接に手をおかけしなくとも、わたくしがお命をお落させ申したようなものです。罪もうらみも無いお方を……」

「縫」

と又左衛門は少し激しい口調で云った。

「そこまで考えることはない、とわしは申している」

「でも……」

「多喜の方は不運であった、と考えてくれ。そなたの気持は分らぬではないが、これは忘れてもらわねばならぬ」

又左衛門は諭《さと》すように云った。

「縫、これからはもっといろいろなことがあろう。強い心をもってくれ」

もっといろいろなことが、これから先にある――縫はこの言葉を嚙みしめるように黙った。

「分ったな？」

はい、という返事の代りに微かにうなずいた。

「よし」

又左衛門の方が元気にひとりで二、三度うなずいた。

「それでよい。もう気に患《わずら》うな。そなたの気性だ。立ち直ってくれると思う」

又左衛門の顔色にも、ほっとしたものが流れた。浅黒い顔に微笑が出た。

「今日は、ゆるりとして行ってくれ」

「いえ、おじさま」

「うむ？」

「今日のお宿下りを幸い、ぜひ、申し上げたいことがあって参りました」

と云った縫の眼は、今まで沈んだ時にない光が出ていた。

「ほう」

「実は……」

と縫が話し出したのが、お蝶というお火の番の体験した怪談であった。高級奥女中の被る裲《かいどり》が深夜廊下に立って、お用所は？　と嗄《か》れた声で訊いたというのである。

それについて、縫が当のお蝶に会って問い質した話を詳しく話した。

話の途中から眼をいよいよ光らせて聴いていた又左衛門が、最後に聞き終ると、

「そうか」

と腕を組んだ。肩のあたりに力が入った。

「そうか。いよいよ大奥に坊主をひきずり込んだか？　……法華《ほっけ》坊主めが」

と又左衛門が渋い顔をして云った。

「夜中に裲を坊主頭の上から被って、用所が分らずにうろうろするとは笑止千万だ。な

るほど庫裡《くり》と違って、長局の廊下では迷うのは当り前だ。坊主の迷うのは法界坊と相場が決っている。やはり怪談だな」

うつむいている縫を見て、

「感応寺の坊主であろうが、奥女中も寺詣りでは飽き足らず、坊主を長局の部屋に引き入れるとは増長したものだ。どこの、誰の部屋から迷い出たものか？」

「さあ」

そこまでは、お火の番のお蝶は見届けていない。が、その襠をきた人間の立っていた廊下の場所から考えると、年寄、中年寄、中﨟、お客会釈《あしらい》、表使いなどの部屋が近いのである。一の側は、こういう重い役の女中たちで、一部屋に一人ずつ住む。同じ造り方で、一部屋の間口が三間、奥行七間あって二階造りである。

幽霊の立っていた場所は、これらの部屋に近いのだが、さてそれが誰の部屋から出たものか、縫にも見当がつかなかった。

それを云うと、又左衛門もうなずいた。

「縫、これから先がそなたの仕事だ。すでに大奥の内にまで坊主を忍び込ませているとなると、容易ならぬ事態だ。また、それだけに尻尾《しっぽ》が摑めるかもしれぬ」

「いえ」

と縫は遮った。

「あの時の幽霊騒動で懲りて、もう二度とその危い真似はしないでしょう」

「うむ。すると、やはり参詣か。どうじゃ、相変らず、智泉院への代参は多いか？」

「それは、もう」

と縫は羞《はに》かんで云った。

「お局でも、その志願でいっぱいでございます。お年寄も、それが捌《さば》き切れぬのでお困りでございます」

「美代が大奥の風儀を乱した張本人だ」

と又左衛門は嘆息して云った。

「大御所様は美代のとりこになってござる。美代が法華宗に熱を上げているものだから、大御所様も法華信者となってお題目を唱えてござるそうな。それにつれて、出世を願う諸大名めが、われもわれもと太鼓叩きだ。大奥女中が智泉院へ詣でて祈禱をうけるのが手柄になっているそうな」

又左衛門は苦々しく笑った。

「その祈禱がどのような祈禱か、縫、そなたは知っていよう」

「はい」

縫は、さしうつむいた。

「これから、いろいろなことがあると申したのは……縫、そなたも場合によっては、その祈禱所に参らねばならぬのだ」

島田又左衛門の屋敷は、七百石取りだが、無役であるから、主人の手元の不如意を表わしたように、いかめしい門も、土塀も手入れの行き届かないところが、荒廃となって眼に見えていた。

ただ、この屋敷の前を通って気づくのは、かすかに漂ってくる沈丁花の匂いである。

眩しいばかりに明るい陽が降っている道路を、ひとりの男が、ぶらぶらと歩いていた。島田の屋敷の前を通り過ぎたかと思うと、戻ってくる。それから、また足を回《かえ》した。四十恰好の武士で、供も無いくらいだから、あまり身分が高そうではなかった。

用があるような、無いような歩き方である。さりとて、邸の内からかすかに流れてくる沈丁花の匂いを賞玩するような風流人でも無さそうである。

この男は、縫が島田の屋敷に入った時からこの辺をうろつきはじめていた。

正確にいうと、縫がここに来る途中、鼠坂を下っている時から、あとを歩いて来ていたのだ。だから、どこかの仲間同士が、

「椎茸さんの宿下りか。あの容貌《きりょう》なら、吉原《なか》に出したら、すぐにお職もんだぜ」

と縫の品さだめをしていたのを聴いたはずである。

いや、実は、それがすれ違いに耳に入ったものだから、それまでぼんやり歩いていた彼の眼が急に先方を注意したのであった。

縫の後姿を見て、この男は小首をかしげた。それから自分の記憶を正確にするため、少し足を早めて追ったのだ。これは追い抜いて、さり気なく女の横顔を覗いてみようとする魂胆だったが、それが成就せぬうちに、縫の姿が島田又左衛門の邸の内に消えたのであった。

しかし、縫が裏門に廻るために変えた姿勢から、彼女の横顔をちらりと見ることには

成功した。

「やはり、あの女中だ」

思わず動いた唇には、この言葉が低く出た。

彼は、しばらくそこに立って考えた。それまでに無かった熱心さがこの男の顔色に流れたのはこの時からである。

急ぎの用事の無い身体か、あっても、それを放棄したのか、とにかく、彼は島田の門前を行きつ戻りつ歩きはじめたのであった。それも、ただ、ぼんやりと歩いているのではない。眼は絶えず裏の勝手門に奪われていた。それは、いつかは其処から出てくる縫の姿を待っている表情であった。

このあたりは、あまり通行人がない。たまに、近所に住んでいる小役人か、その家族らしい者が通りがかるくらいである。そのたびに、男は何気ない風に、自分も通行人のひとりのように装っていた。眼つきは鋭かった。

この男は、ただ屋敷の前をうろうろしているだけではない。近所の女が折よく通りかかったのに訊いたものである。

「あのお屋敷は、どなたのお住居ですか？」

島田又左衛門様と教えられて、彼は首をひねった。彼の覚えの中には無いらしいのである。

どういう人間であろうか、と考えているような顔であった。が、とにかく、縫の出て来るのを待ちうけていることには変りはない。

近所には寺が多い。男はその寺の門前に彳《たたず》んだり、塀に沿って歩いたりしている。無論、通行人に不審がられないためだったが、眼は島田の屋敷以外には遊んでいない。

晩春の陽をぞんぶんに浴びて、彼が少々退屈したときだ。

「これは落合《おちあい》さま」

不意に後から声をかけられて、彼はぎょっとなって振り返った。五十年輩の男が、お辞儀をして笑いながら立っていた。

「なんだ、お前か」

と云ったのは、相手が大奥の屋根直しの御用で出入りしている鳶の親方だったからである。

「今日はお非番でございますか？」

「うむ」

と男が渋い顔をすると、

「結構でございますな。今日はお天気がよろしくて。落合様はこの辺にお知り合いでも？」

「いや」

と、添番落合久蔵があわてて打ち消したのは、自分の行動に臆したものを感じているせいである。自分たち添番の住居は四谷塩町だと相手に知られていた。

「ちょっと、寺に知り合いの回向《えこう》があってな、その帰りに、人を待ってぶらぶらしている」

「なるほど、ご仏参でございますか。それはご苦労さまでございます」

鳶の親方で神田に住む六兵衛という男だったが、小腰をかがめると、添番落合久蔵の傍を離れた。

「ご免下さいまし」

五十をすぎた丁寧な男で、久蔵が西丸に詰めているとき、番所近くの七ツ口にはよく顔を見せた男である。添番という役目柄、鳶が仕事をしている際は、久蔵は現場を見廻ったものだが、しかし、その時の六兵衛の顔は、屋根の上で働いている職人たちを見上げて、まことに厳しいものだった。眼の動き方一つで、若い連中を手足のように働かせていた。まるで戦場の侍大将だな、と久蔵でさえ思ったものだ。たった今の、おだやかな物腰とはまるで異《ちが》う。

（いやな所で遇ったな）

何となくそう思って、久蔵が歩いて行く六兵衛の背中を見送っていると、意外にも彼の姿は島田の屋敷の裏門をくぐって消えた。

落合久蔵は、おや、と眼をむいた。

島田又左衛門と縫とは、まだ向い合っていた。

「美代の勢力を大奥から追放するには」

と又左衛門は云った。

「美代の周辺に集っている役つき女中どもの非行から曝《あば》かねばならぬ。それが何よりの突破口じゃ。林肥後、水野美濃、美濃部筑前、それに中野播磨、内藤安房、瓦島《かとう》飛騨、竹本若狭などの連中が美代と結託して容易ならぬ野望を企てている。それを挫くには、美代の腹心の女中どもを引っくくり、美代を打ちのめすことが早みちじゃ」

「容易ならぬ野望と仰せられますと？」

縫は不審な眼をあげた。

「いや」

又左衛門はその眼を遮った。

「いずれ話す。重大なことだから、わしももう少し考えねばならぬ。そのうち、そなたにもうすうすその様子が知れる筈」

「はい」

「とにかく、水野、中野の一派を大御所の周囲から追い落さねばならぬ。美代と結んで増長した奴らが飛んでもない野望を企んでいることだけは知っていてくれ。縫、単にそなたの父に関わったことだけではないぞ」

「はい」

父のことと云われて、縫はさしうつむいた。父はお美代の養父、御小納戸頭中野播磨守清茂に疎《うと》まれて、あらぬ咎めをうけ、閉門の後、知行所に引込んで不遇の後に死んだのである。この島田又左衛門の義兄で、粕谷《かすや》市太夫という名だった。六百石で、お城では御納戸役をつとめていた。

父が死ぬまで中野播磨守を恨んでいたことは縫の脳裡にしみ込んでいる。まだ将来への志もあって、勤めには精励していたのだが、陥穽《かんせい》に落ちて、途中で廃人同様になったのがどんなに口惜しかったかしれない。父の死を早めたのは、その絶望と、中野播磨への憤怒の果ということができる。

中野播磨守は、隠居して石翁と名乗り、向島の壮大な別墅《べっしょ》に引込んでいるが、お美代の養父を嵩《かさ》にきて、今でも西丸での勢力が少しも衰えない。大御所家斉の「相談相手」として勝手なときに、いつでも登城する。

登城するのでも、向島から屋形船に乗って隅田川を下り、辰《たつ》の口に着けるという気儘ぶりである。船の障子は阿蘭陀《おらんだ》渡りのギヤマンで張るという豪勢さだ。花見どきでも、石翁の別荘があるため、諸人恐れをなして、川向うから桜見をしたというくらいである。隠居しても、布衣《ほい》以上の格式の行列で登城した。

縫が父の恨みを石翁に晴らそうとしても、とても手の出る相手ではなかった。その心を知っている島田又左衛門が、己の計画に彼女を引き入れたのである。

又左衛門が、縫に、父のことだけではないぞ、と云ったのは、この仕事がもっと公辺につながっているという意味なのだ。西丸老中林肥後守、御小納戸頭取美濃部筑前守、西丸御側御用取次水野美濃守の三人は大御所家斉の寵臣であり、お美代の方に加勢している。これに美代の養父中野石翁が加わって、四奸臣が何ごとか画策しているという。又左衛門は縫にその詳細は云わないが、縫が想像しても公儀を動顚《どうてん》させるぐらいな野望らしい。

縫がそのことを探るのはとても不可能であり、又左衛門にしても正面からぶつかることは出来ないのであろう。そこで考え出したのが、お美代の方の勢力失墜である。

「美代さえ落せば、奸臣の策謀も自然と消滅する」

というのが又左衛門の云っていることなのだ。この策謀が何であるか、又左衛門はまだ口を閉じている。

しかし、美代を追い落すことは容易ではない。家斉の寵愛をうけ、その腹にもうけた二人の女《むすめ》は加賀の前田と安芸《あき》の浅野に縁づかせている。権勢絶頂の彼女を落すことは何人にも不可能である。

が、それには、たった一つの方法があるのだ。

美代は、実は、法華宗中山智泉院とその別寺感応寺の住職日啓の娘である。彼女が法華信者になったのはそこからきている。大奥の女中が挙げて法華宗なのは、無論、美代に媚《こ》びているからだ。

智泉院や感応寺は、老女の代参が頻りである。のみならず、加持祈禱のため、衣類が長持に詰められて旺《さか》んに運ばれる。

しかるに、感応寺の坊主と大奥女中との奇怪な関係が世間に近ごろ取沙汰されるようになった。

ないことではない。何年か前に、谷中《やなか》の延命院事件というのがあった。これも法華宗である。この時は住職の日当という坊主が多数の大奥女中の帰依《きえ》を得て、遂に五十数名の女を籠絡《ろうらく》した一件である。

大奥女中の行状は、そのころ眼にあまるものがあったが、何分、相手が大奥であるから歴代の寺社奉行が見て見ぬふりをしていた。うかつに手をつけたら、己の失脚となりそうだからである。

文化十年、播州《ばんしゅう》竜野城主、脇坂《わきさか》淡路守安董《やすただ》が寺社奉行となるに及んで、思い切ってこれを摘発した。硬骨漢の脇坂は坊主と奥女中とを検挙して世間の喝采を博したが、さすがに奥女中の方には遠慮して、人数も最少限度にした。その点は、まだ不徹底であった。それでも、脇坂淡路守は、一度は退職せねばならなかった。大奥とは、それほどの怪物である。

延命院事件で打撃をうけた大奥女中も、ほとぼりがさめると、またもや虫が起って感応寺の妙な祈禱をうけるようになった。

今度は前回と違い、美代の実父が住職をしている感応寺だけに、お詣りはなかなか派手である。美代の周囲の役づき女中が、いろいろな口実をつくっては御代参を買って出る。

ところが、今度、前の寺社奉行脇坂淡路守が、再び寺社奉行に復帰した。硬骨漢の脇坂が出たというので、世間はよろこんだ。

狂句好きの江戸町民は、早速、

「また出たと坊主びっくり貂《てん》の皮」

と落首した。

貂の皮は、脇坂の槍の投げ皮である。

しかし、感応寺の坊主が、脇坂の再任で果してびっくりするかどうか、それは今後の彼の手腕である。

島田又左衛門の身内の縫が、大奥に奉公してお美代の方の周辺に近づいたのは、どうやら脇坂淡路守と線がつながりそうである。

そして、そのことは更に、又左衛門の云う奸臣の野望挫折にも関連がありそうなのである。

又左衛門が縫に云った、

「そなたの父のことだけではない」

という言葉には、これだけの意味があったのだ。

「しかし」

と又左衛門は縫に云った。

「そなたが心に咎めるのは尤もだが、多喜の方の一件で、美代に気に入られたのは何よりじゃ。よくやった。脇坂どのが聞かれたら喜ばれよう」

大そう満足げな顔である。彼の口から、果して脇坂淡路守の名が出た。

「けれど、おじさま」

縫は、つと顔をあげて又左衛門を見た。今までとは違った眼である。妙におびえた色があった。

「腑《ふ》に落ちぬことがございます」

「何だな」

「わたくしが細工した踏台が、隠した場所から消えておりました」

「と申すと？」

「多喜の方様を落した踏台でございます。わたくしは騒ぎが起ってから、誰にも気づかれぬようにお鳥籠茶屋の床下に隠したのでございますが、あの幽霊騒ぎが起った翌晩、処分しようと取り出しに行きました。すると、いくら探しても、もとの場所には……」

「無かったのか？」

「はい、もしや誰かが取り出したのでは……見られたらすぐ分ります。踏台には蠟《ろう》が塗ってありますから、多喜の方様がお転びになったのは、その細工のためだということが……」

「ふうむ」

島田又左衛門の表情もむつかしいものになった。

「隠した場所に間違いはないか？」

「しかと覚えております。他人《ひと》に見られてはならない品ですから」

縫の眼には動揺があった。

「どんな奴だろう？」

と又左衛門が呟いたのは、むろん、その踏台を隠した場所から取り出した人間のことである。

掃除する男が何気なく床下から拾い出して片づけたか。もしそれなら別段のことはないが、品物のとり片づけ方によっては、それから先、誰かが細工に気づかぬとも限らないのである。

「今日で幾日になる？　例のことが起ってからだ」

「お花見の時からおよそ一カ月近く経ちます。わたくしが踏台を取り出しに行ったのが、その五日あとでございます」

「誰かの手で、踏台がとり出されたのは何時《いつ》のことか知れぬが」

と又左衛門は云った。

「とにかく、そなたより先《せん》を越した者があるのだ」

「事情を知ってでございましょうか？」

縫は不安そうに訊いた。

「さあ」

又左衛門も迷っていた。

「それから二十日以上も経ったが、踏台のことでは誰も騒がぬのだな？」

「はい」

「してみると、仔細はないかもしれぬ。いまごろは、ひっそりとどこかの物置に抛《ほう》り込まれているのかも分らぬ。事情を知らぬお庭の掃除番が、塗った蠟まできれいに拭った上でな」

「それでは、あんまり……」

「気楽過ぎると申すか。いや、心配するほどではないかもしれぬぞ。無論、気をつけるに越したことはないが」

又左衛門は縫を安心させるように云った。が、自分でも、それで落ちつきたいような云い方であった。

縫はそれきり黙った。眼は又左衛門の坐った太い膝と、その上に置いた逞しい手とを見ている。それは意志を感じさせ、縫に信頼を与えている手であった。今もそれを思ったのだ。

縫は幼い時から、おじさま、と呼んでいるこの母方の叔父に信頼を置いていた。一徹だが、気のやさしいところが好ましいのである。その代り、この男は、嫌いとなると、頑固なくらい意地を通すのである。御廊下番頭の役を棒に振ったのは、西丸老中林肥後守と衝突したのである。三十を過ぎた今でも独身を通しているので、世間では偏屈な人だと云っている。

「申し上げます。神田の六兵衛が参りました」

と吾平が襖《ふすま》を開けて取り次いだ。

こちらの人々

「六兵衛が参ったと？」

と又左衛門は急に明るい眉をした。

「ここへ通せ、いいところに来た、ここへ通せ」

言葉にも、弾《はず》みが出ていた。

六兵衛は庭から廻って姿を見せた。いつも丁寧な男で、座敷にいる又左衛門に向って、地に膝を突いた。

「殿様。ご機嫌よろしゅうございます」

「うむ、まあ、上れ」

又左衛門は快活に云った。

「丁度よかった。今日は待ち人ばかり来る。おぬしにも、珍しいひとがここにいる」

「おや、これは、お縫さま」

と六兵衛は坐っている縫に云った。

「お久しぶりでございます。ただ今、吾平さんからお前さまの見えていることを聞きましたので、よろこんでいたところでございます」

縫が微笑して頭を下げた。

「そのことだ」

　と又左衛門がひき取った。

「まず、ここに上れ」

　ご免下さいまし、と六兵衛は羽織の下で端折っている裾を下ろした。懐から板のようにたたんだ手拭いを出して、着物の埃を入念に叩き、遠慮そうに上って、座敷の隅に畏った。

「六兵衛、聞いたか？」

　と又左衛門が云った。

「縫のことだ、花見の一件で、菊川の部屋附になったそうだ」

「承っております」

　と六兵衛はお辞儀をした。

「お文《ふみ》の奴が申しました。お女中方は羨ましがっているそうでございます。なにしろ菊川さまと申せば、お美代の方様の第一の気に入り、まず家老格というところでございましょう。その方の部屋附となれば、とりも直さず、お美代の方様の歴とした幕内でございます。これは、万事都合がよくなったとひとりで喜んでいたところでございます」

「そうだ」

　又左衛門はうなずいた。

「おれも、彼女《これ》に気合を入れているところだ。これからは探索も容易になり、いろいろとためになる聞込みも多くなろうというものだ。おぬしも、お文にしっかりするよう云って貰わねばならぬ」

文というのは六兵衛の妹で、長局に出入りする小間物屋の女あるじであった。

「そりゃア、もう」

と六兵衛は力を入れて首をたてにふった。

「おっしゃるまでもないことでございます」

「ところで、長局に出た幽霊の一件、聞いたか？」

「へえ、お文から聞きました。世間にはまだ洩れねえが、お局では大そうな評判だそうで」

六兵衛は、又左衛門と縫とを等分に見た。

「殿様。坊主め、いよいよ増長して参りましたな」

「ほう」

と又左衛門が感心した顔を六兵衛に向けた。

「襠《うちかけ》の化物が、坊主と気づいたのは、さすがじゃ」

「女の衣裳と坊主とは昔からの因縁でございます。なに、これは加持祈禱を看板のお題目坊主のことでございますがね」

六兵衛は笑いもせずに云《へえ》った。

「しかし、坊主が長局に入って来る。まさかご通行勝手のお切手が新しく下《さが》った訳じゃあるめえし、こりゃどういう手順でございましょうね？」

「そこじゃ」

と又左衛門は膝を動かした。

「何か計略《からくり》がある。これ一つでも、奴らの尻尾を押える決め手になるわ。それも縫に探らせようとしている一つじゃ」

「お縫さまにね」

六兵衛は縫の姿を見て、初めて浮かぬ色をした。この場所で莨《たばこ》がのめるものなら、一服喫いながら思案顔するところであった。

「そりゃアあまり、お急《せ》きにならぬ方がよろしいようでございますが」

と、やがてぽつりと云った。

「うむ」

「相手もさるものでございます。お縫さまがお美代の方様にお近づきになったとはいえ、まだしんから心をゆるしているとは思われません。功を急ぐのあまり、ちょくちょく手出しをすると、かえってこちらの細工を見破られねえとも限りません」

「うむ」

今度は又左衛門が考える番であった。彼は腕を組んで、

「大事をとるのはよいが」

と重い声で云った。

「逡巡して、時機を失してはならぬ。こういうことはやはり勇気と決断が要るでな」

と、黙っている縫に半分は聞かせるように云った。

「すると、殿様」

と六兵衛は低い声で訊いた。

「芝口の方でお急ぎになりますので？」

芝口一丁目は寺社奉行脇坂淡路守安董の上屋敷であった。

又左衛門は、そうだとも違うとも云わない。ただ瞳を重く据えていた。

「左様でございますか」

と六兵衛も声を沈めて云った。

「けれど、これは、あんまり駈け足にならねえ方が安心だと思いますがね」

「六兵衛」

「へえ」

「あまり猶予はならぬのだ。云っておきたいことは、われわれは大奥女中の風儀を直すのが目的ではないのだ。もっと、その背後《うしろ》の、巨きな怪物の陰謀を仕止めるのが、本当の狙いとだけ申そう。いや、その方にも今はこれだけしか云えないが……」

又左衛門は云った。

「六兵衛。歯に衣《きぬ》をきせたような云い方で納得出来ぬだろうが、これは察してくれ」

「へえ、そりゃ……」

六兵衛は明るい顔で答えた。

「承知の上でございます。いえ、承知と云っちゃ口幅《くちはば》ってえ。あっしは、芝口の殿様からお声がかかった時から、理屈抜きにしております」

「うむ、うむ」

「あっしの親父の時から、脇坂様のご先代様には大そうお眼をかけられました。また、ご当代になって、前《さき》に寺社をお勤めになされましたときにご普請《ふしん》方にお働き下さって、お城の出入りが叶《かな》いました。当節、何でも賄賂《わいろ》の袖の下のと小判がものを云うとき、手前からお願いもせぬのに、そのご恩をうけました。普通のお方では出来ぬことでございます」

「そうだ」

と又左衛門はうなずいた。

「脇坂殿は立派なお仁《ひと》じゃ」

「手前がご恩をうけたから、お讃《ほ》め申し上げる訳じゃございませんが、全く今どき珍しいお殿さまでございます。その証拠は、何よりも世間がよく知って居ります。寺社にご再役遊ばされたときは、前の手なみを存じ上げて居りますから、また出たと坊主びっくり貂《てん》の皮、だの、輪違いは間違い坊主の疝気《せんき》筋、などと囃《はや》しております。脇坂様のお槍の投げ皮や、ご定紋のご威光を江戸で誰も知らぬ者がございません。あっしは、それを聞くごとにうれしくって……」

「聴いた。何度も、そなたから聴いている」

「いくら殿様にお話ししても、あっしの気持は足りねえくれえでございます。ですから、脇坂の殿様から頼むと仰せられたら、あっしゃもう、理屈抜きに水火の中にとび込むつもりでおります。万事は、島田の殿様のご下知をうけるように申しつけられましてからは、こうして訳も分らずに殿様のところへお出入りするような次第で。黙ってお指図をうければよかったものをつい、出過ぎた口を利いたようでございます」

「いや」

と又左衛門は誠実な表情で遮った。

「そなたの気持はよく分っている。脇坂どのが申されたような男だ。わしにも、それは分っている」

「恐れ入ります」

「寺社奉行には、町奉行と違って、探索方の部下が無い。何を探るにも、これは眼も手足も無いと同然じゃ。これは苦しいぞ。そこで前々より気持を知って貰っているわれらにご相談があった。俺も血が燃えたものじゃ。ははは。偏屈者といわれているが、こんなことになると身体中が勇み出すのじゃ。片棒を買って出たよ。先祖は三河者だが、おれは江戸っ子だとほめてくれ」

島田又左衛門の云う通り寺社奉行には検挙に当る直属の部下が無い。

職務は諸国の社寺の神官僧侶の進退、寺社の領地及びその訴訟を審理する役で、自邸が役所であった。そこにいて訴訟を聴くのである。

南北両町奉行には、いわゆる町方と称して与力《よりき》、同心があり、その下には小者《こもの》がつく。これが岡っ引とか目明しとかいう連中である。しかし、彼らは、寺社奉行の許諾なしには、寺社の領内に踏み込むことは出来なかった。

つまり、寺や神社に限って、町方の探索からは治外法権であったが、さりとて寺社奉行には探索専門の部下が無いのであった。町方でいう与力や同心、岡っ引などに当る配下を持たないのだ。脇坂淡路守安董がいかに俊英でも、手足となって働いてくれる部下が無いでは、坊主の監察も行き届かないのが道理である。検挙に当っては、寺社から町奉行に頼んで与力や同心を頼むのだが、これでは徹底した査察は出来かねる。

それでも、脇坂安董は前任のときはよく勤めて谷中の延命院一件を片づけた。今度の再勤で世間は彼の手腕に期待しているが、脇坂自身は前の経験から、部下に優秀な探索方を持つ必要を痛感している。

しかも、この度の中山智泉院と雑司ヶ谷の感応寺はお美代の方の実父が住職であり、家斉はじめ大奥女中が挙《こぞ》って帰依《きえ》している。大奥女中が代参にこと寄せて、感応寺の坊主とよからぬ所業に耽っている噂は高いが、淡路守は慎重であった。

もともと、大奥女中の不行跡は前々からあって珍しいことではない。絵島生島の一件は世に喧伝されたが、今の言葉でいえば、これもたまたま露われた氷山の一角であった。

大奥女中が公然と外出する機会は、お寺詣りよりほかにない。きびしい制度と、華麗な檻《おり》の中に閉じこめられて、抑圧された女たちの欲望が、これも女人を断った寺院の僧侶と結びついたのは、皮肉な天の配剤とも考えられる。

歴代の寺社奉行は、大奥女中と坊主の関係を知ってはいたが、見て見ぬふりをしてきた。うかつに手を出すと、大奥からの攻撃で己の地位が危いからだ。一体寺社奉行というのは、官僚の出世街道の一つで、これから若年寄、老中と昇進するのである。誰でも、出世の中途でキズをうけるのは厭である。

しかるに脇坂安董ひとりはそうでない。彼は再勤を好機として、恐れ気もなく大奥の風儀を摘発しようと非常な決心をしている。彼は今度が二度目だから、まるで大奥女中と坊主退治に生れてきたような男であった。

が、さて、大奥にしても寺にしても、探索に直属の部下を持たない彼は、どのような手段を考えついたか……?

「六兵衛」

と又左衛門は云った。

「今日の縫の宿下りを幸い、脇坂殿にいろいろと耳に入れなければならぬ。今後の方針もある。一度、伺って見たいと思うが、芝口では、ちと人目に困るな」

芝口は脇坂の上屋敷であり、寺社奉行としての役所である。縫を連れて行ったのでは、何かと目立って都合が悪いというのだ。

「そのことなら」

と六兵衛は云った。

「ご心配はいりません。脇坂様は、昨夜から築地にお越しでございます」

「なに、下屋敷に居られるか?」

「へえ。今朝、ご家来衆から承りました」

「そりゃ好都合だ」

又左衛門は手を拍たんばかりだった。

「下屋敷なら万事隠密に話せる。縫」

と黙っている縫に云った。

「そちも参るのじゃ。何分のお指図もあろう。しっかりするのだ」

「はい」

縫はかすかにうなずいた。

「六兵衛」

「へえ」

「済まぬが、その辺で町駕籠を傭ってくれぬか？」

「へえ、畏りました」

「吾平。吾平」

と又左衛門は呼び立てた。

「他出するのだ。支度をしてくれ」

女気の無い屋敷なので、吾平が器用に世話を焼いている。縫が手伝いに起ち上ろうとするのを、

「構わぬ」

と云って又左衛門は別間に足早に行った。

「お縫さま」

六兵衛が坐っている縫に云った。

「大変なお役でございますなア」

と、つくづく見て、

「手前もお城普請の出入りで、大奥の御様子は垣間《かいま》見たりして、世間の人間より知って居りますが、いや、この眼で見ているだけに、お縫さまのご苦労がお察し出来ます。けれど、お縫さま」

六兵衛は、強い眼で見た。

「どんなことがあっても、お命を捨てるなどというような了簡は起さぬことでございます。ここの殿様や、脇坂様の御用をおつとめになるのは結構ですが、そのために己の命を失うのは……」

と次に云った言葉も強かった。

「……ばかの骨頂でございます」

六兵衛の凝視には、何かの不安が縫の身体から黒い炎のように昇っていると映ったかもしれない。

六兵衛はそれだけ云って町駕籠を探しに外へ出た。

落合久蔵は、まだ、島田又左衛門の屋敷の前で頑張っていた。

かれこれ、もう一刻《とき》（二時間）近くなる。しかし、久蔵は飽きもしないで、うろうろして、門のあたりを見張っていた。

彼は、この屋敷の主、島田又左衛門が何者であるか、その素姓について知っていなかった。いや、先刻までは、その知識が無かったというのが正確である。

ところが、久蔵がこうしている間、つい、さっきだったが、又左衛門の隣屋敷から小《こ》者《もの》がひとり用あり気に出て来た。

久蔵は、とっさに思案をきめて、この小者に問い質《ただ》した。

「卒爾《そつじ》ながら、少々訊きたいが」

と彼は出来るだけ愛想笑いを泛《うか》べて、やさしく云った。こういうときの要領を彼は知っていた。

「この島田又左衛門なる御仁は、どういうご身分の方か存じているなら教えてくれぬか。いや、実は友だちから事情あって頼まれてな」

久蔵は、そう云いながら、小者の懐に一朱銀を捻《ね》じ込んだ。

小者は、中年男だったが、にわかに相好を崩した。

「島田さまは、もと御廊下番頭で七百石の御知行とりでございます」

七百石なら大した旗本である。久蔵のような微禄とは異っていた。なるほど、荒れてはいるが、大きな屋敷だと思った。

「もと、御廊下番頭だったのか？」

「へえ。それが、何でも西丸老中の林肥後守様のお気に合わずに、お役を召し上げられたそうでございます。いえ、これは人の噂で。へえ」

人の噂といっているが、多分は彼の主人からでも聞いたに違いない。その証拠に、この小者は別れ際にこんなことを云った。

「旦那の前ですが、ここの殿様は、少々変り者でしてね。お役をお辞《や》めになったのも、その偏屈が祟《たた》ったということでさ」

どうやら、隣屋敷同士はうまくいっていないらしい。

それはいいとして、久蔵の顔が急にけわしく変化したのは、島田又左衛門なるこの家の主が、西丸老中林肥後守に睨まれた男だと知ってからである。

それまで、目をつけた大奥女中が出て来るのをぼんやり待っていたような彼の顔が、ひきしまった表情になった。眼つきも、何かを考えていそうな深いものになったのだ。

一刻も、他人の門前にぶらついて待っている辛抱は容易ではない。しかし、それを我慢させたのは、久蔵が島田の経歴の知識を得てからだった。

――やっと、島田の屋敷から人が出てきた。

誰か出て来たので、落合久蔵は、いそいで身を退《ひ》いた。生憎《あいにく》と長い塀ばかりつづいている場所なので、遮蔽《しゃへい》物が無い。仕方がないので、さり気なく寺の方へ、それも出来るだけ塀の下を歩いた。

五、六歩、歩いてふり返って見ると、すたすたと向うに歩いているのは、先刻遇った、神田の鳶の親方の六兵衛だった。

六兵衛が島田の屋敷に入ったのは見たが、今度は、そこから出て、何処かに行くらしいのである。

久蔵は、立ち止って見ていたが、

(島田又左衛門と、六兵衛とは、どういう関係だろうか?)

と思った。

六兵衛はお城出入りの屋根直しで、久蔵も彼から挨拶を受けるほどよく知っている。

律義な男で、職人たちに睨みを利かせている。

その六兵衛が、何で島田の屋敷に出入りするのか、見当がつかなかった。

それから、さらに彼が疑問なのは、あの大奥づとめの女中であった。顔には見覚えがあった。

去る吹上の花見の際には、久蔵も添番として、吹上の警固に当った。当日は平常の御門番は退けられて、大奥から伊賀者と添番とが代って警戒するのである。

花見の時は、お供として御庭に入った重臣以外は、男子の見物は禁じられている。しかし、内密は、張られた幔幕の隙間から、覗き見することは黙認されていた。久蔵も、その一人である。

何分、花よりも、その下に群れならぶ大奥の女どもの華麗さに肝を奪われていると、思いがけない珍事が持ち上った。云うまでもなく、御中臈多喜の方の転倒であった。その禍《わざわい》となった踏台を多喜の方にすすめた女中の顔に見覚えがある。それがさきほど、鼠坂のあたりで見かけ、今は島田又左衛門の屋敷の内に入っている若い女なのだ。

久蔵は、今までは、その女が出て来るのを待っていた。待つだけの理由が彼にはあったのだ。

が、島田又左衛門の素姓を聞いてから、久蔵の考えは少し異って来た。今までは、その大奥女中だけを考えていたのだが、今度は、島田又左衛門との間を考えはじめたのである。それはさらに神田の六兵衛との関係にひろがっていた。

（はてな）

腕をくんで考えながら佇《たたず》んで、屋敷から人が出てくるのを待っていたというのが落合久蔵のこれまでの様子であった。久蔵は目はしこい男だと仲間からも云われていた。明るい陽は、相変らずこの屋敷町に落ちている、久蔵の眼が、ふと我にかえった。向うから六兵衛が町駕籠屋を連れて帰ってくる。駕籠は二挺であった。

「駕籠が参りました」

と六兵衛が戻ったとき、又左衛門も外出の支度が出来て待っていた。

「ご苦労だった」

又左衛門が縫に、

「それでは参ろうか」

と云うと、縫も起ち上った。

「ちょっとお待ち下さいまし」

六兵衛が制《と》めた。

「いま、妙な奴が表にうろついておりますから、手前が話をして参ります」

「妙な奴？」

又左衛門が怪訝《けげん》な眼をした。

「どういう男だな？」

「なに、お城勤めの添番で落合様というご仁ですがね。どういうつもりか、手前がここに参る時から、ご門の前に立っておりました。今も、まだそこに居りましたので、ちょっと妙に気にかかります」

「何をやっているのだ？」

「当人は、寺詣りの帰りで誰かを待ち合せていると云っていましたがね。もう、一刻にもなるのに、同じ所にうろうろしております」

「おれの屋敷をうかがっているのか？」

又左衛門が眼を光らせて云った。

「どんなものでございましょう」

六兵衛も確かな判断はつかないようだった。

「とにかく、妙なご仁でございます。なに、大したお方ではございません。手前も普請の御用場では、ちょいちょいお顔を見かけておりますので、知らない人ではありません。少し狡《ずる》いところがあるので、添番のお仲間うちの評判は、あまり好い方ではないようでございます」

「どういうのだろう？」

と又左衛門が云ったのは、その落合という添番の挙動のことである。

「何か嗅《か》ぎつけて参ったのかな？」

「まさか」

と六兵衛は打ち消した。

「そんな気遣いはございますまい。第一、それだったら筋合が違います。添番衆がそんな探りを云いつかる訳がございませんからな」

「それはそうだ」

又左衛門はその意見に賛成した。

「やはり、人を待ち合せているのかな」

「けれど、用心に越したことはございません」

六兵衛は云った。

「万一、お駕籠のあとをつけて参るようなことがあってはなりませんから、手前が何とか捌《さば》いて参ります」

「駕籠のあとをつけて来ると？」

「万一でございます。そんなことはございますまいが、用心のため念を入れるのでございます」

空《から》の町駕籠が二挺、島田又左衛門の邸の前に下りている。客を待っている駕籠かきが、棒鼻にもたれたり、しゃがんだりして、煙管《きせる》をくわえていた。

落合久蔵は、乗る筈の客がしばらく出て来ないものと見て、駕籠かきのところに近づこうとした。誰が乗るのか分らない。しかし、一つは、あの大奥女中であることは確かのようだった。

駕籠かきから、行先を訊き出そうというのが彼の目的である。彼はまっすぐに歩き出した。

すると、急に裏門が開いて、人影がいそいで出てきた。それを見て、久蔵の歩いている足が、ぎょっとなって停った。その人物が、たった今、駕籠屋を呼んで来たばかりの六兵衛なのである。

悪い男が出た。久蔵は駕籠屋の方へ行くのを止めて踵《きびす》をかえした。知らぬ顔をして、ぶらぶらと寺の方に引返す。

背中に草履を踏む音が近づいた。六兵衛だ、と思ったとき、

「落合様」

果して六兵衛の声が呼びとめた。

仕方がないので久蔵がふりかえると、六兵衛の顔が愛想笑いをしていた。

「おや、まだ此処でお友達をお待ちでございますか」

いかにも気の永い人だといわんばかりに、じろじろと見た。

「うむ」

久蔵は顔をしかめた。咄嗟のことで、怪しまれてはならぬという気持で、思わず、

「いや、もう、そろそろ帰ろうと思っていたところだ」

と弁解めいて答えると、六兵衛はその言葉尻を摑まえるように云った。

「左様でございますか。そうでしょうとも。未だにお越しがないところをみると、ご先方にご都合が出来たのでございましょう。ああ、そうだ、落合様のお宅は四谷でございましたね?」

何を云い出すかと思うと、

「手前も、丁度、途中まで用事がございますので、ご迷惑でなかったら、お供したいと存じますが」

久蔵が答えに窮していると、

「ここで落合様と道づれになろうとは存じませんでした。ありがとう存じます。それでは、ご一緒に参りましょう。今日はいいお天気でございますね」

六兵衛は久蔵を引き立てるように歩き出した。久蔵は自分が胡散《うさん》な行動をとってきただけに、断る理由を失った。

彼は苦虫を嚙んだような顔で、不承不承、六兵衛と歩いたが、途中でふりかえって見ると、駕籠には、三十くらいの士《さむらい》と、あの大奥女中とが今や乗り込んでいるところであった。

久蔵は駆け戻りたくなるのをこらえて、六兵衛の存在を呪った。

又左衛門と縫を乗せた駕籠が、築地の脇坂淡路守の下屋敷に着いたのは、陽が傾きかけたころであった。

用人に会って、又左衛門が淡路守の都合を訊くと、奥に入って取り次いでいたが、出て来て、

「主人がこちらへと申しております」

と庭を廻って案内してくれた。

下屋敷だから、くつろいだ設計になっている。広大な泉水があって、石組みも見事である。築山から池の上に、鶴亀になぞらえた枝ぶりの松がさしのぞいていた。

「どうぞ」

と導かれたのが、この景色を木立ちで遮断した、狭い露地の奥の茶室であった。寂《さ》び

った。

簀戸《きど》から入って、躙《にじ》り口にまわるのに気づいたことだが、この藁ぶき屋根の茶室が、
　全く屋敷の内でも孤立していることだった。つまり、どの建物からも交通が出来ない仕組みになっていた。山間の山家になぞらえた古風をそのままに、植込みの樹林の中にあった
「申し上げます。ご案内いたしました」

　躙り口の外から用人が手をつかえて云うと、

「これへ」

　と内から返事があった。主人の淡路守安董の声である。

　又左衛門は、淡路守の早いのにおどろいた。面会を申し入れて、どれほども経っていない。用人はそのまま帰って行った。

　又左衛門は作法通りに手水《ちょうず》をつかい、躙り口から入った。縫もうしろにつづく。内部は四畳台目という狭いものである。

　淡路守は左隅の炉の前に坐っていたが、昏《くら》くなっているので影法師のようにみえる。

「参られたか」

　先に又左衛門を見て声をかけたのは、淡路守だった。声は少し嗄《しゃが》れていた。

　又左衛門が挨拶をし、縫もつづいて挨拶すると、それにうなずいて、

「狭いところでな、窮屈でござろうが」

　淡路守の声は微笑していた。

「内証話をするにはここがよい。誰も寄りつかぬ。が、ともあれ茶屋じゃ。まず、点前《てまえ》

をみて頂こう」

縫はその様子を見まもっていた。胴服をつけた淡路守の顔は、薄い明りに馴れるにしたがって次第にはっきり見えてきた。

去年、この任務のため、初めて会ったときよりも、顔は老けていた。髪も半分は白くなっている。皺も多い。しかし、霰釜《あられがま》の中から湯を柄杓で汲んでいる淡路守の伏せた眼には、柔和な色が漂っていた。口もともやさしいのだ。

が、よく見ると、その眼も、口も、かすかな疲れのようなものが、そこはかとなく泛んでいた。柔和だと感じたのは、実は疲労のかげなのである。

(ご苦労なされている)

縫は、五万石の大名で、寺社奉行の顔をそう眺めた。


「聞いている」

と淡路守が云ったのは、又左衛門が縫のことを述べ終ってからだった。楽焼茶碗で一服頂戴したあとである。

「花見の騒動は聞いたが、なるほど、そのときの働きの女中が、こなたであったか」

と縫を見た。

「左様でござる」

又左衛門が、どこか明るい声でひき取った。

「思わぬ働きで、美代の声がかかり、菊川の部屋附になりました。淡路守様、これは何かと探索させるのに便利になりました」

「うむ」

淡路守は、そのあとを黙っていた。

釜には湯の沸《たぎ》る音がしている。淡路守は、あとをつづけないで、その音を聴いているような風だった。

「しかし」

とやがて彼はぽつりと云った。

「むつかしいな」

又左衛門の顔色が動いた。

「何と仰せられました？」

「いや」

と淡路守は又左衛門にかすかに笑いかけて、

「そこまで踏み込んだのは偉い。が、大変なのはそのあとじゃ。相手は海千山千の油断のならぬ者ばかり。こちらは利口でも女ひとり。容易ではないと申したのじゃ」

「淡路守様」

又左衛門が膝をすすめた。

「手前の口から申すも、おかしなものですが、これは元来が確《しっか》り者、そのご懸念はご無用と存じます。また、女ひとりと仰せられますが、一体にこのような仕事は連累《れんるい》の無い方が看破される気遣いが少うございます。愚かな者が十人よりも、かえって安全と存じますが」

「云い方が悪かったかな」

淡路守は謝るように云った。

「縫どのが不適任と申したのではない。それは、初めて貴公が連れて来て会ったときから見込んで、わたしから頼んだくらいだ」

縫はあかくなった。

「しかし、懸念は、今までと異って、敵の懐に入っただけに、危険も大きいということなのだ。探り出すことも容易になり、またそれだけ、もっと知りたい欲が起きる。若いだけに無理はあるまい。むつかしいと申したのはそのことじゃ」

「そのことなら、よくこれに聞かせております」

「くどいくらい云ったがよいな。縫どの、あせることはない。ゆっくりした気持で、落ちついてやって貰いたい。万一のことがあってはならぬ。いや、そのことでわたしに累が及ぶのは構わないのだ。わたしは、今度の事件では死を賭けている。が、そなたは違う」

淡路守は、今度の事件では死を賭《と》していると云う。この人のことだから、別段、強い語気ではなく、淡泊な云い方だったが、かえってそれが又左衛門の胸に響いた。

霰釜には相変らず湯の音がしている。端然と坐っている淡路守の姿は、部屋の中が次第に昏《くら》くなるにつれ、黒い影となってゆく。又左衛門は凝固としてそれを見つめた。

この人は、過去に延命院一件を手入れして、大奥女中と坊主とを検挙している。歴代の寺社奉行に不可能だった仕事を、この男はやってのけたのだ。

世間は喝采した。だから今度の再勤では、坊主びっくり貂《てん》の皮、などと云って囃《はや》し立てている。以前の手なみを知っているだけに、期待が大きいのだ。

が、誰よりも、そのことの困難さを知っているのは、淡路守自身なのだ。滅多に、過剰な表現をしないこの重厚な男が、死を賭けている、と云い切っているのである。

大奥という巨大な魔物。あらゆる陰湿な権謀と政治がメタン瓦斯《ガス》のように泡を吹いている腐った泥沼である。

が、泥沼ならまだいい。同時に、これは権力の厚い壁なのだ。誰もここには寄せつけない。手を触れる者があったら、地に叩きつけられて息の根をとめられてしまう。

淡路守が敢てそれに挑戦しようというのである。死の言葉を吐いた彼の覚悟が、又左衛門を衝《う》ったのである。

「お覚悟、お見事と拝見仕る」

と又左衛門は云った。

「それでこそ、失礼ながらわれら安堵いたしました。淡路守様にくらべれば、われら如きものは、いつでも命を投げ出しております」

「貴殿も立派じゃ」

と淡路守が笑って応じた。

「歴々の旗本だが、好んで身上を潰《つぶ》そうとしている」

「なんの、当節はやりの賄賂《わいろ》とか申すものはさっぱり腹の虫が好かぬばかりか、好んで上役と喧嘩する男でござる。だが、腐った臭いには人一倍我慢のならぬ方でございます。ことに眼にある悪企《わるだく》みが奥の方でこそこそとやられていると、意地でも嚙みつきたい性分でござる」

「損な性分だ」

「これは、申されました。淡路守様こそ左様でございましょう。寺社奉行ともなれば、やがては若年寄から幕閣への双六《すごろく》道、それを棒に振られるばかりか、悪くすると、播州竜野の五万石が改易ともなりかねますまい」

「老中への出世や、わが生命は惜しくないがな、五万石の召し上げは痛い。家中の者が路頭に迷うでの」

淡路守は微笑を消さずに云った。

「しかし、島田氏、それも今は覚悟している」

若い男

門が開いて、足音がしたので、吾平は主人の島田又左衛門が帰宅したのかと思い、玄関に出て見ると、立っていたのはひとりの青年であった。

「吾平か。しばらくだな」

「これは新之助さま」

島田新之助といって又左衛門の甥である。死んだ又左衛門の兄の子で、惣領は二百五十石で小普請組《こぶしんぐみ》、新之助は次男で部屋住みであった。二十三歳といえば立派に一人前だが、思うような養子口も無く、ぶらぶらしていた。

微禄の旗本では分家も出来ない。二百石より下はお目見得以下で御家人《ごけにん》という。だから二百五十石では旗本でも最下位の方で、御家人とすれすれであった。その次男だからどうにもしようがなかった。

「珍しくお越しになりました」

吾平はお辞儀をした。

「お前も達者だな」

「いいえ、年齢《とし》を取りました」

「そういえば、この前より皺が二本ほどふえている」

「新之助さまは相変らずでございますな」

と吾平が笑った。

「これは居るか?」

新之助は親指を一本立てた。

「あいにくとご他出でございます。半刻ほど前でございましたが」

「やれやれ、折角来たのに、居らぬとはのう。居ると叱言《こごと》をいうし、居らぬと淋しい。叔父貴もまだ若いくせに、どうも年寄り臭くていけねえ。あれで、嫁をとらぬとは、どういうことじゃ」

「それは手前どもには……」

「分らぬかのう。床下の草一本も知っているお前が叔父貴の七不思議が解けぬか?」

「七不思議と仰言いますと?」

「はて、融通の利かぬ奴だ。七は語呂じゃ。いちいち咎めるな。そのうち、お前がこの家の古い飼い猫みてえに化物じみてくると、七不思議の一つになる」

「まことに、手前も永く奉公いたしました。今年で二十年になります」

「律義な奴だ。今どき珍しい男だな。今に叔父貴に花が咲いて、老中にでもなれば、若年寄にでも取り立てて貰うさ」

「旦那様に花が咲くときが参りましょうか?」

「これ、眼の色変えて訊くな。あの性分では、まず、駄目だな」

「左様でございましょうか。お気の毒でございます。無類に立派な方でございますが」

「いくら立派に見えても喧嘩早くて損な性分だ。喧嘩早いのはこちとらもご多分にもれねえが、相手を見ることだ。強そうな奴なら除けて逃げるんだな。叔父貴のように、強いのばかり相手に吠えるのは当節じゃねえ。長いものにはおとなしく捲かれることだ。――ところで、吾平、酒があるか？」

酒が出たので、新之助はあぐらをかいた。

「うまい。この家で気に入ったのは酒だけだ。これは滅多に口に入らぬぞ」

逞しい筋骨だが、頬から顎にかけて邪気の無い線がのこっている。

吾平が横からそれを眺めた。

「新之助さま、今はどちらにお住いでございますか？」

新之助は疾《と》うに兄の家を出ている。当主の兄は誠一郎といって律義な男だ。弟がそれを煙たがって兄の家を出ていることは吾平も知っていた。

「住居というほど大そうなものではない。そうだ。友達の家だ」

その友達という素姓も吾平には察しがついた。又左衛門が日ごろからこぼすところを聞くと、どうやら市井《しせい》の無頼の徒と交っているようである。どこに居るのか、自分の口からはっきり云ったことがない。こうして思い出したように訪ねて来るのである。

（あれで、兄よりは出来のいい男だと思っていたが、案外なことになった）

と又左衛門はよく述懐した。

（世の中がいけないのだ。こう人間ばかりふえて、世知辛さがひどくなっては、まともな人間も狂ってくる。早い話が、お城の中まで狂人ばかりだからな。しかし、新之助は

存外、あれでまた見どころはある)

会えば、叱言《こごと》を云うが、陰では又左衛門は新之助をひいきにしていた。叔父と甥といっても、年齢にひどい開きがないから、知らぬ人は兄弟のように思う。

「ときに、叔父貴は何処に行ったのだ?」

新之助は雫《しずく》のついた唇を掌で横に拭った。これは武士の作法に無いことだから吾平は眉をよせた。そういえば、新之助の服装からして崩れが目立っている。

「旦那様はお縫さまと……」

吾平は云いかけて気づいたように、

「そうそう、今日はお珍しいお方ばかりお見えになります。お縫さまが午《ひる》まえからお越しになりましてな」

「なに、お縫さんが?」

つと顔を上げて吾平を見た眼には、一瞬に複雑な色が動いた。

「そうか、お縫さんが来ていたのか」

と眼はまた盃に落して、

「お城から下《さが》ったのかな?」

「はい、お宿下りだということでございます」

「そうか、……まあ、おれにばかり飲ませずにお前も飲め」

「いえ、手前は……」

「下戸だったたな。お前はどこまでも不自由に出来ている。……ところで、吾平、叔父貴とお縫さんは何処に行ったのだな？」

「はい。何でも築地の脇坂様のお下屋敷ということでございましたが、尤も、これは内聞でございます」

「なに、脇坂の邸に！」

又左衛門が縫をつれて脇坂の下屋敷に行ったと聞いて、新之助は濃い眉を少しひそめた。

「叔父貴はお縫さんを、いよいよ道づれにする気かな」

これはひとり言のような呟きだったが、手酌で一口飲むと、

「吾平。お縫さんはお城で手柄をたてたそうだな」

「よくは存じませんが、旦那様のお口からそのようにちょっと承ったことがございます」

「危い人だ」

「え。お縫さまがでございますか？」

「叔父貴のことだ。あの気性だから云っても直らぬがの。踊らされているお縫さんが気の毒だ。おとなしいが、一途な女《ひと》だからな」

「何のお話か存じませせぬが」

と吾平は抗議した。

「旦那様は立派なお方でございますから、まさか……」

「違いない、聞いたばかりだった」

新之助は苦笑した。

「その立派なだけに余計に厄介なのだ。吾平、世の中には立派なことが欠点《あら》になることもあるのだ。まあ、おれくらいが頃合の湯加減かもしれぬな」

「いえ、新之助さまもお立派でございますよ。お怒《おこ》りになっちゃ困りますが、手前は新之助さまのご気性が好きでございます」

「べら棒め。ほめられて怒る奴がいるか。お前のような皺爺《しわじじい》からほめられても、うれしいものだ。これが白粉で皺をかくした年増女房なら、ぞっとするがな」

吾平は新之助の横顔をのぞくように見た。

「新之助さま。やはり今も、どこかの姐さんとご一緒でございますか？」

「急に風向きが変ったぜ。お前の話は生酔《なまよ》いの足みてえに決りがなくていけねえ。まあ、そうおれのことをほじくるな」

「旦那様がご心配なすってこぼしていらっしゃいますよ」

「そうか」

と盃を伏せると、

「まあ、よろしく云ってくれ」

「おや、もうお帰りでございますか？」

「叔父貴に会おうと思ったが、お前の話を聞いていると、会わずに帰りたくなった」

「お気に障ったのなら、申し訳ございませんが、もう少しお待ち遊ばしたらどうでございます？　折角、お縫さまも見えていることでございますから」

「いや」

と、もう起ち上っていた。

「又のことにしよう。お縫さんにも永く会わないが、よろしく云ってくれ。あ、そうだ。叔父貴に引っぱられて、あまり無理をせぬように気をつけてくれ、と、これだけ伝えてくれ」

新之助が又左衛門の屋敷の外に出たときは陽が傾きかけて、塀が長い影をつくっていた。

その影の中にかくれるようにして、二人の男が立っていたが、新之助を見るとはっとしたように、更に塀の際に身を寄せた。

一人は短い羽織の着流しで、細身の大小を差し、紺足袋に雪駄をはいている。武士でこういう服装《なり》をしているのは八丁堀の与力以外にはない。すると、その横に寄り添うようにしている縞《しま》の羽織の男は、眼つきの鋭いところといい、身のこしらえといい、誰がみても堅気ではなく、与力に所属する岡っ引と知れた。

この両人《ふたり》は、新之助の歩いて行く後姿を見ると、何やら囁き合っていたが、与力の男だけが、新之助の後を追った。岡っ引は、うずくまるようにして様子を眺めている。

与力は、新之助に追いつくと、

「卒爾《そつじ》ながら」

と声をかけた。

「わたしですか？」

ふりかえると、与力の男が商人のように愛想笑いをしていた。

「ちょっとお訊ねしたいのですが」

「ははあ、どういうご用件で？」

新之助も呼びとめた男が一目で与力と分っている。

「まことに失礼だが」

と与力は眼尻に皺を寄せた。

「お手前は島田殿のお屋敷から出られたようだから少々お訊きしたいのです」

「なるほど」

「島田又左衛門殿とは、どういうご関係ですかな？」

「はて」

新之助は与力の顔をゆっくり見た。

「島田又左衛門に何か不都合がありましたか？」

「いや、決して」

と与力は強く云って、

「左様な訳ではないが、参考までに」

「妙な話を承る」

と若者は云った。

「不都合のない者の身辺をどうして八丁堀がお調べになる？」

「誤解されては困ります。決して左様な筋合ではありません。申し遅れましたが、手前は北町奉行所附の与力下村孫九郎と申します」

与力は丁寧に名乗って、

「それでは、率直にお訊ねしますが、島田殿のところに女客はございませんでしたか？」

「女客？」

新之助は考えるような顔をしたが、これは無論、相手の意図を察知する間《ま》をかせいだのだ。

「女客と申されても漠として居りますな。女にもいろいろある。どういう女客です？」

「それは当方からは申せない。ただ、女客といえばお心当りがあろう？」

「一向に」

と新之助は即座に云った。

「知りませんな」

「しかし、島田殿の屋敷うちには、女中衆が無い筈、女客があれば、当然お手前の眼にふれる訳ですが」

「わたしは座敷には上りませぬでな。無役の旗本だが、瘠せても枯れても七百石の屋敷、庭先より覗いても、とんと誰が来客になっているやら分り申さん」

「失礼だが」

と与力は新之助の顔にまた軽い笑《えみ》を送った。

「島田又左衛門殿と、貴殿とはどういうご関係で？」

「同じことを申される。お答えすることはないと思うが」

「ご姓名も？」

「お断りしたい」

と強く云った。

与力下村孫九郎の顔からは相変らず薄い笑いが消えない。しかし、黙ったまま視線は新之助から離れなかった。これは役人が審問の場合、手強い相手に心理的な動揺を与えようとする常套《じようとう》手段とみえた。

この与力は顔の長い男である。頬骨が高く、眼に粘《ねば》い光がある。これが、じっと新之助を見まもっている。放すのでもなく、ひき留めるのでもないといった態度である。この瞳《め》で見詰められると、嘘を云った人間は思わず眼を伏せるらしい。

新之助は知らぬ顔をした。が、彼にもふと一つの考えが起きたようである。

「思い出した」

彼は急に云った。

「女客の姿は見なんだが、それらしい様子はありましたな」

「ほう」

「玄関の脇に女ものの草履が脱いでありました。左様、いま思い出した」

「なるほど」

与力の顔が和《なご》んだ。

「して、その草履はどのような……？」

「普通の武家の女子《おなご》には派手すぎます。さりとて町家の女の履物ではない。絹の紅緒で裏白、まず、そのように見うけましたが、あれは大奥勤めの女中衆の履物ですかな。その辺のところは、わたしには知識が無いが」

それを聞いたとき、与力下村孫九郎の顔がぱっと明るくなった。

「なるほど、なるほど」

何度もうなずいて頰を綻《ほころ》ばせた。

「して、その女草履は貴殿のお帰りまで、無論、あった訳ですな？」

「いや、もう見えなかったようです」

「なに、無かった？」

与力の顔がまた変った。

女草履が無かったと聞いて、与力下村孫九郎の眼はまた光った。

「では、大奥女中は……いや、その女客は帰ったのですか？」

「それは分らぬ。ただ、わたしは帰りには草履は無かったと申し上げているだけだ」

「奇体な話だ。同じ屋敷の内に居られて、客の帰りをご存じないとは……」

「妙なことを云われる」

新之助は云った。

「わたしには関係ないことだ。わたしは当屋敷の人間ではないからな」

「しかし、この屋敷から出られた」

「それでは野良犬でも穿鑿《せんさく》なさるか？」

「なに」

「ははは。そう申してみたくなる。屋敷の内から出た者が悉く係り合いがあると見られるなら、迷惑な話だ。今も申した通り、わたしは門をくぐって入っていただけだ。座敷の中の模様は知らぬ」

「しかし、屋敷に入られた以上は、主《あるじ》の島田殿に会われたであろうが」

「それが、一向に用事は無かった」

「なに」

「わたしが屋敷に入ったのは、尾《び》籠《ろう》な話だが、厠《かわや》を借用しただけなのだ」

与力の顔が呆れた。

「少々、近ごろ下痢をしていましてな。いや、こういう時の他出は難儀じゃ。かりにも武士の恰好だから、そこいらの町家にとび込むわけにもゆかぬ。さりとて腹の方は承知せぬ。汗をかきました。我慢ならずに、この屋敷をみかけ、傭い人に頼みこんだ始末です」

「………」

「つまり、とび込んだ時には、玄関脇に草履があるのを見かけ、用が済んで出るときには無かった訳です。お分りですか？」

与力が、むっとした顔になったのに新之助は笑いながらつづけた。

「左様なわけで、主の島田殿とやらには挨拶もして居らぬ。従って、女客も見なかった。

……が、何かそのお女中に詮議でもかかりましたか？」

「いや、別に」

「奇妙な話ですな。随分、執拗なお訊ねのようだったが。わたしもかようにお訊ねをうけた以上、些《いささ》か承ってもよいと思うが」

「いやいや、別段の儀ではない」

「左様か。しかし、通りがかり同然のわたしに訊かれるより、当屋敷に入られて、直接に主に当られるがよろしいと思いますが」

「貴殿のお指図はうけぬ」

与力は仏頂面をした。

「ははは、余計なさし出口かな。尤も、天下の旗本屋敷にうかつに町方が踏み込めば一悶着起りますからな。では、わたしはこれでご免仕る」

与力の下村孫九郎は、新之助のゆっくり歩いて行く背中を睨んでいたが、塀のところにしゃがんでいる岡っ引を顎でしゃくって呼んだ。

「庄太」

「へえ。如何でした？」

低い声で云った。

「妙なことを云っていたが、女はもう屋敷には居らぬらしい」

下村も岡っ引の耳にささやいた。

「おれもあの女中は居らぬと踏んだ。だが、ただ居らぬでは芸がないからの。何処に行ったか突き止めて見てえ」

「しかし……どういうご詮議でしょうね、大奥で盗みでも働いたのでしょうか？」

「そんなことはおいらには分らぬ。御奉行から直々の命令だ。有体《ありてい》にいえば、御奉行ももっと上の方から云いつけられているのではないかな？」

「へえ、御奉行さまの上といえば、ご老中からでございますか？」

岡っ引は眼をまるくした。

「そんなことは、われわれには分らぬ。とにかく、大事な仕事ということだけは分っている。庄太」

「へえ」

「あの若い士《さむらい》のあとをつけろ。どこに塒《ねぐら》があるか見届けて来るのだ」

「へえ、ようがす」

岡っ引は、新之助の小さくなって行く後姿に眼を凝《こ》らすと、片側の塀の下を伝いながら歩き出した。

与力はそれを見送っていたが、むきを変えて反対に歩いた。しばらく島田の屋敷を見上げていたが、何か思いついたらしく、また足を戻した。

陽はいよいよ沈んで、空に夕映えの色がひろがっていた。人通りの無い、淋しい屋敷町だが、向うから小者がひとり忙しそうに歩いて来ていた。

「ちょっと、訊ねたい」

「へえ」

小者は立ち停った。

「この辺に町駕籠屋があるか？」

「へえ。そうですな。相模屋ってえのが一番近えようです」

「それは何処だ？」

その道順を教わって与力は、今度は大股で歩き出した。

島田又左衛門のところに宿下りの大奥女中が来ているかどうか、出来ればその動静を探るのが下村孫九郎の云いつかった使命である。しかし、当の大奥女中は島田の屋敷から外出している。

足弱の大奥勤めの女のことだ。外出なれば駕籠を傭ったに違いない。即ち、駕籠屋を穿鑿すればその行先が分る、というのがこの与力の推測であった。


「良庵は居るか？」

構えはあまり立派でない玄関に新之助は立った。薬草の匂いが奥から漂ってくる。見習の男が取次にひっ込むと同時に、この家の主の良庵が自身で出て来た。

「新之助さんか。こりゃ珍しい。思い出したように来たものだね。まあ、上んなさい」

良庵は四十を越している。新之助の父がまだ生きていたころからの馴染だった。町医者だが、若い時は長崎に勉強に行ったこともあって、腕は確かな方なのである。ただ、酒が無類に好きで、気儘な性分だから、それが祟《たた》ってあまり繁昌はしていない。

「相変らず、門前雀羅《じゃくら》だな」

新之助はあたりを見廻した。

「その通り、その代り酒だけは欠かしていない。今夜は飲もう」

「あんたと飲み出したら夜が明けるでな。今日は勘弁願おう」

「ほう。それでは何のために見えた？」

「馬を連れて来たんでね」

「馬？」

「表にうろうろしている。わたしの家を今おしえる訳にはいかないので、あんたのところを思い出して来たのだ」

「やれやれ、ひどい人だ。僅かな飲み代なら立て替えてもよい。何処に居る？　しかし、宵にもならぬうちから馬とは豪勢だ」

「そんな粋な馬とは違うのだ。ちと、執拗《しつこ》い野郎馬でな。飯倉からこの下谷まで、埃をかぶりながらくたびれた足をひきずってついて来ている」

「何だね、そりゃ？」

「どこかの目明しらしい」

「へえ、目明し？」

「そう眼をむくほどではない。わたしにも訳が分らないのだ。飯倉の叔父の家を出たら、途端にこんな目に遇ったのだ」

良庵は暮れかかっている表の方に眼を遣《や》ったが、そこらに人影は無かった。

「どこかで見張っているのだ」

と新之助が説明した。

「面倒臭いから、ここの家の玄関から裏口に通り抜けさせて貰おう」

「おや、それだけの用事で見えたのか。念の入った話だ。横町に入って駆け出す訳にはいかなかったものかな？」

「これでも武士の恰好だからね」

「大きにそうだ。しかし、何でもよい、わしの家を思い出してくれたのは有難い。まあ、上って、ゆっくり腰を据えて貰おう。そのうち、先方が待ちくたびれて帰るだろう」

良庵は一旦はそう云ったが、

「しかし、それもどうも落ちつかないな。よろしい。わしが出て行って追い帰してあげよう。新之助さんは上にあがって待っていなさい」

狭い玄関を降りた。

新之助が上りこんでいると、良庵はとぼけた顔で戻ってきた。

「どんな男か、ついぞわしの眼には見当らぬがの。もう帰ったのではないか」

「おおかた、その辺にしゃがんでいるのだろう。折角ここまで送って来た男だ」

新之助は笑って答えた。

「あんたは診察《みたて》はきくが、その方の眼は一向に利かぬからな」

「大きにそうかもしれぬ。しかし、そんな奴に構うより酒にしよう」

弟子を呼んで酒を運ばした。銚子ではなく、一升徳利であった。

「いかんなア、わたしは夜明しの相手は出来ん」

新之助は顔をしかめた。

「無理とはいわぬ。まだ宵だ。……が、帰る当てはあるのか？」

「これでも二本差しているからな。犬猫とは違うようだ」

「今、どこだね？」

「云わぬが花だな」

と新之助は笑って盃をとった。

「そうか」

医者は酒を注ぎながら、

「しかし、兄さんは困っている。この間会ったが、いろいろとあんたについての愚痴を聞いた」

「愚痴よりも悪口だろう」

新之助は云った。

「兄貴は、わたしと違って小心で固い男だ。どうも性分が合わぬ。それに微禄の旗本にいつまでも大の男が厄介もならぬでな」

「自分の生れた家だ。大威張りで寝転んでいたらいいと思うが、照代さんが気遣っていた」

嫂《あね》の名を聞いて、新之助は瞬間に眼を伏せた。このときの彼の頬には、秋の水のような色が流れた。医者はそれを気づかぬ風に眺めて酒をなめた。

「新之助さん、悪いことは云わぬ。どこに居るのか知らぬが、もしいい加減な暮しだったら、早く切り上げることだな。照代さんが心配している」

「嫂には関りのない話だ」

新之助はぽつりと云った。

「わたしが何をしようとね」

「そうか」

良庵はじっと新之助の顔を探るように見た。その視線をうけて、新之助の眼は強く弾き返していたが、急に笑い出した。

「夜明けまでの約束をしなくてよかった。意見を肴《さかな》に飲まれようとは思わなかった。どれ、そろそろ裏口から退散だ」

「新之助さん、待ってくれ」

「まだ足りないか。それならご免だ」

「いや、そうじゃない。別のことだ。腑に落ちぬことがある。あんた、飯倉から岡っ引につけられたと云ったね？」

「ああ」

「飯倉なら、島田又左衛門殿のとこだな？」

良庵は訊いた。

「そうだ。あんたと同じように、わたしの顔を見ると叱言《こごと》を云う男だ」

「どういう筋だね。そこから、あんたが町方に狙われて来たというのは？」

「分らん。わたしも合点が行かぬ。飯倉の叔父が夜盗の頭目にでもなったのかな」

「そこだ」

医者はうなずいた。

「町方が探っているのは島田殿だ。新之助さんは、たまたまその屋敷から出たので、あとをつけられたというところだろう」

「しかし、何故だ。飯倉の叔父が何をしたというのだな？」

「心当りはないのか」

「一向に」

だが、それは嘘だった。心当りはある。叔父と脇坂淡路守の線だった。大奥を敵に廻して闘った前歴のある脇坂安董に叔父の又左衛門が食い込んでいる。しかも、その深入りには縫を道伴れにしている。

又左衛門は大奥政治の弊害を日ごろから痛憤しているのだ。殊に大御所側近の奸臣には怒りを燃やしているが、そこから延命院一件で坊主と大奥女中の不行跡を検挙した脇坂に近づいたのは自然である。

しかし、困ったことは、何か策動めいたことをしようとしているのだ。その企みが無いとはいえない。現に、従兄の女《むすめ》の縫を養女にして大奥に出している。今日、飯倉に行くと、宿下りしたその縫を連れて脇坂の屋敷に行ったという。

見ていて、はらはらするのだ。叔父は敵を甘く見縊《みくび》っているのではないか。相手は妖怪のような大奥である。叔父は向う見ずな冒険をしようとしている。現に、今日、町方が偵察に出ているのは、敵が察知した証拠ではないか——。

しかし、これは良庵にはまだ話せなかった。わざと何故叔父が狙われている、と反問したのは、そのためだった。

「危いな」

医者は、ぼそりと云った。

「なに？」

ぎくりとした。良庵はうつむいて酒を呑んでいる。

「島田殿の身辺を町方が探索している。何かある。何かあるのは、島田殿が何か動いているのだ。その方角は、大体分る。だから危い」

新之助は愕《おどろ》いて良庵を見た。先刻、良庵の診立《みた》てだけをほめたが、これは見直す必要があった。

それとも何か得体の知れない気味の悪さが、臭いのように伝わるのだろうか。

しかし、人間は今、関係の無いことと思っても、一寸先が分らない。その二、三日あとにもう、良庵がその得体の知れないものに、先に捲き込まれてしまった。

蔭の迎え

雨の降る日である。

町医の良庵は奥で酒を飲んでいた。部屋の中は鬱陶《うっとう》しい。

玄関の方で声がしたが、これは弟子が出て応対している。七ツ（四時）近い時なので、病人は途絶えていた。

弟子が戻ってきて、

「先生、急な病人だそうでございますが、ぜひご足労をと玄関に来ております」

「誰だな？」

「それが初めての武家で、駕籠を連れてきていると申しております」

「何処だ？」

「谷中からだと云っています。ご案内するといって、場所は、はっきり申されません」

「断ってくれ」

良庵は酔った顔を振った。

「折角、酒がうまくなったところだ。雨の中を出かけることもない。まして初めての病家だ」

弟子は良庵の気性を知っている。玄関に引返して行ったが、押問答の声が聞え、やがて困った顔で戻ってきた。

「強《た》ってのお願いだとお武家は申されています。お金ならいくらでもお礼をしたいと云っていますが」

「金か。金なら要らん。断ってくれ」

「どうも、手前には歯が立ちません」

「意気地の無い奴だ。弥助、士《さむらい》であろうが何であろうが、気の向かない時は断るのだ。よしよし、お前が尻ごみするなら、わしが出てやる」

良庵は起ち上った。少々、縺《もつ》れ加減の足で玄関に出ると、なるほど、一人の中年の武士が立っていた。

「この家の主《あるじ》です。折角ながら今日はどこもお断り申す」

良庵は酔った声で云った。

「ただ今、申し入れましたが、急病人故、ぜひまげて診て頂きたいのですが」

迎えの武士は云った。

「お断りしたいとご返事している」

良庵は答えた。

「金のことを云われたそうだが、それもあまり気が向きませんでな」

「いや、それは失礼を申した。なにしろ寸刻も早く診に来て頂きたいばかりに申しましたが、他意あってのことではありません」

武士は良庵の赤い顔を見上げたが、おだやかな微笑を湛《たた》えていた。良庵は知らないが、これが西丸添番の落合久蔵であった。

「しかし、どうやらご酩酊《めいてい》のご様子。しからば、よその医者を探すといたしましょう」

「お待ちなさい」

良庵が大きな声を出した。

「酔ったと申されたな。しからば、酔ったから病人の診療《みたて》は出来ぬと云われるのか？　面白いことを申される」

添番落合久蔵は良庵に云った。

「いかにも酔っておられては、診療も叶うまい」

「参ろう」

と良庵は急に云った。

「いささかの酒を食らっているからとてわたしの腕を疑うとは奇怪な話だ。これでも若いときには長崎で修業して腕には和蘭陀《おらんだ》渡りの筋金が入っている。あんたがこの界隈を走り廻っても、わたしほどの医者は無い筈だ」

良庵は酔った上に、さらに顔の筋肉が怒張した。

久蔵は良庵の顔をじっと見ていたが、

「左様なればお越し願おう。なにしろ急病人故、寸刻も早く医家を迎えよとのことで、駕籠も用意して来ています」

その言葉が良庵の耳を咎めた。

「なに、それでは病人はあんたの主人筋か？」

「いや」

と久蔵は曖昧に返事しようとしたが、思い直したか良庵の傍に一足寄って、

「実は、さる高貴のお方が外出《そとで》の先で患いつかれたのでござる。されば、くれぐれも粗忽のないようにお診立てを願いたい」

「高貴の方？」

良庵は云って失笑した。

「それはありがたい。当節、下賤の患家しかもたぬわたしには滅多に無い機会《おり》じゃ。医者冥利《みようり》に拝まして頂く」

それほどとは思っていない。笑った時の臭い息が久蔵の鼻を打った。

「弥助、弥助」

と奥へ向って弟子を呼んだ。

「薬箱の支度じゃ」

その用意が出来て、弟子が薬箱を抱えて師匠の供をする気でいると、

「それは無用です」

と久蔵はおし止めた。

「薬箱ならわたしが持とう。今日は良庵どのおひとりでお越し願いたい」

「やれやれ、お前は要《い》らぬそうじゃ。何でもよい、参ろう」

良庵は面倒臭そうに草履を突っかけた。足が揺れていた。

待たしてあった駕籠は立派なものである。その辺の辻駕籠の類《たぐい》ではない。

「やあ、これは大そうなものだ」

良庵は見て、はじめて首をひねった。

「まず」

と久蔵が良庵の肩を抑えて、駕籠の中に押し込むように入れた。

良庵は坐ったが、尻から背中に敷いた座蒲団も厚くて柔いもので、日ごろ乗りつけた辻駕籠と違って快適であった。

「急いでくれ」

駕籠の傍で久蔵が云った。


良庵はうとうとと眠った。大そう気持がよかった。

ただ、夢うつつに、眼のあたりに邪魔なものがあった。深い眠りの快適を妨げるものがあるとしたら、そこの部分だけ自由を緊縛されたような感じであった。しかし、それで眼が醒めることもない。例えば、寝顔に蝿がとまって無意識に顔をしかめるようなものである。


無論、どの道を駕籠が通り、どれくらい時間が経ったか分らない。

揺り起された。

良庵は眼を開けたが、まだ眠っているのかな、と思った。暗いのである。

手をとる者がいる。

「そのまま、お上りなされ」

久蔵の声だった。

夢ではない。おかしいと思った。まだ何も見えないのである。

はっとした。眼かくしされているのだ。眠っているときに、妙に不自由な感覚があったが、手拭いが眼を縛っているのだった。

思わず、手をかけようとすると、

「そのまま」

これは聞いたことのない別の男の声でその手を押えられた。

「これは理不尽な」

良庵が声を上げようとすると、

「騒がれるな」

と云ったのは女の声だった。それも抑えるような調子で、

「仔細《しさい》あってのことです。別にそなたに危害を加える訳ではない。ただ、われらの手のとる方へおすすみなされ」

「わたしは頼まれて病人を診《み》に来た医者だ。このような扱いに遇う道理はない」

良庵は抗議した。

「分っています。でも、こちらに少々事情がある故、しばらく御眼を塞《ふさ》ぎました」

「勝手な云いようだ」

「それも承知。が、あまりお騒ぎなさると身のためにはなりますまい。おとなしくなされていたら、われらはお手前をお迎えしたもの、決して粗略な扱いは致しませぬ」

これ以上、粗略な扱いがあろうか。が、声を呑んだ。黙ったのは理由がある。面白い、と思ったのだ。医者の迎え方が変っている。秘密めいて、いやに仰々しい。あたりの気配から感じると、相当に大きな屋敷らしいのである。それにいろんな人が居るようだ。鬼が出るか蛇が出るか、試してみようと思った。

「病人はいずれじゃ?」

医者は云った。

「こうおいでなされ」

女は安心したように、良庵の片手をひっぱった。良庵の鼻には、女の身体につけた芳香が匂った。

廊下を踏んで歩いたが、それはいくつも曲っていた。

女の芳香は相変らず風のように漂ってくるが、その漂いの中に、突然に線香の匂いがまじってきた。

良庵は、ぎょっとした。病人はすでに仏になったのかと思ったのだ。が、すぐに線香は鼻から遠ざかった。

おかしな家だと考えた。眼かくしは依然として外されないままである。一方の手は女の柔い手が握って導いている。

「そこは二段上って」

とか、

「今度は曲りになる」

とか注意してくれる。声からすると、かなりの年増のようだった。それに良庵の背後からも数人の跫音《あしおと》がしていた。

「ここまで」

と女が云った。実際に立ち停った。すると、うしろについて来た跫音は去った。

「ご不自由をかけました。それではただ今から眼の布を除《と》りまする」

うしろに廻って、眼かくしの結び目を解いてくれた。ばらりと外れた。良庵は両手で眼を擦《こす》った。痺《しび》れたようで、しばらくは視界は明かない。

やっと普通になって、まず女を見て愕いた。椎茸髱《しいたけたぼ》で、きれいな襠《うちかけ》を着ている。明いたばかりの眼にこれが入ったから、あっと思った。

「良庵どのと申されたな」

と女は云った。良庵はすぐには返事の声が出なかった。酔がさめていた。

「ご病人は高貴のお方ゆえ、粗相の無いように」

同じ注意を前に迎えの男から聞いた。しかし、芝居でしか見たことのない、大奥女中の身分ありげな装いをしたこの女から聞くと、良庵も別な世界に踏み込んだような思いがして、知らずに頭を下げた。

しかし、御殿にしては、いやに建物のつくりが異っていることに気づいた。広い家には違いない。だが、絵草紙などで見た御殿はもっと華やかで立派であった。

襖《ふすま》も、杉戸も、素っ気ない造作であった。が、それだけに、金糸の縫取りを附けたこの女中の襠の華美が浮き立つように鮮かであった。

襖の前に女中は襠《うちかけ》を捌《さば》いて膝を突いた。

「ただ今、医者を召し連れました」

誰も居ないところに向って云っているようだった。襖の内部からは何の返事もない。

その代り、襖は内側からひとりでに開いた。良庵は内部を見た瞬間、眼の中に一どきに色彩がとび込んできた。

綸子《りんず》の蒲団が重ねてある。眼のさめるような派手な模様の蒲団の中では、かすかに呻《うめ》き声が聞えていた。

外には雨が降っている。部屋の中は薄暗かった。

美しい蒲団の色は、それでも浮き上っている。これも椎茸髱の女が蒲団に手をさし入れて動かしていた。いうまでもなく、病人を介抱しているのだった。

「昼ごろより急にご気分がお悪くなられましてね」

案内した年増の女中が良庵に小さい声で云った。

「みぞおちのあたりが落ちつかぬと仰せられましたが、そのうちお嘔《は》き遊ばすのです。早くおさまるようなお手当をなされませ」

女中の云い方には権高なところがある。が、それは抑えるような声によく似合った。良庵は不思議と抵抗を感じなかった。別な人種に接したような愕きがまだ残っている。

良庵がうなずくと、

「これへ」

と女中が誘った。良庵はいざり寄って病人の枕元にすすむ。

その枕には大ぶりな椎茸髷が揺れていた。顔を下に伏せているのだ。よく見ると、畳の上に油桐《ゆとう》を折って敷き、小さい盥《たらい》が置いてある。盥には紫色の袱紗が掛けてあった。盥の内容は嘔吐物らしかった。

「いかがなされましたかな？」

医者は訊いた。病人は乱れかかった髷を振って答えない。

「それでは、上に向きを変えて下され」

介抱していた女中は若く、可愛気《かわいげ》な顔をしている。これが手を添えて、病人の身体を仰向きにした。

大儀そうに寝返りした女の顔は、昏い中に白い花が咲いたようである。きれいだ、と良庵さえ思った。年齢《とし》は若くはないが、女の旺《さか》りか、甘酸《あまず》っぱいような匂いが鼻を打った。

女は眉をしかめ、眼を閉じて、唇を苦しそうに曲げていた。白い歯がわずかにこぼれた。

「いかがなされました？」

良庵はもう一度同じ問いを発して、女の顔を覗き込んだ。

女は唇から微かなうめきを洩らしているだけで応答しなかった。

「腹痛がいたしますか？」

病人の代りに傍の女が云った。

「お腹痛《はらいた》は無いそうです」

良庵は、直接の応答が聞けなかったので、やや不満気に、今度は黙って蒲団の下に手をさし入れた。

握られた女の手がぴくりとした。良庵は指で脈の在りばを探したが、まるで象牙の細工でも撫でているようにすべすべしていた。

良庵に脈をとられている間、女の顔はさらに眉を寄せていた。

「それでは、お腹《なか》を拝見しましょう」

良庵は手を放して云った。

女は白羽二重の下着で寝ている。蒲団の下の良庵の手は羽二重の上から腹を撫でるように軽く抑えた。

「痛みますかな？」

女は、かすかに首を振った。

「ここは？」

手はみぞおちのあたりにさわった。柔かい絹の上だから肌に触れるようである。脂肪の厚みが知られるのは、病人が女ざかりだからであった。

この時、女は眉の間に皺を寄せて苦痛の表情をした。口をかすかに開いた。

しかし、声は出さない。始終、沈黙を守っていた。女の体臭と芳香とが良庵の鼻をついてくる。彼は顔をしかめた。

手を蒲団から抜き出すと、小盥《こだらい》の上に蔽ってある縮緬《ちりめん》の袱紗をはぐり、病人の吐瀉物《としゃぶつ》をのぞいた。

それから黙って女の顔を観察していた。

「お伺いするが」

と傍の女に訊いた。

「ご病人は、今朝、何ぞ変ったものを召し上りましたかな？」

「別段に」

と答えたのは、良庵を手引きしてくれた年増の女であった。

「心当りがありませぬ。食べものは別して吟味されたものばかりで、左様なはずはない」

「左様、左様、その筈じゃ」

良庵はうなずいて、眼を再び病人の白い顔に戻した。それから見るともなく、枕元に視線を移した。

この女は莨《たばこ》をたしなむのであろう、錦の切れでつくった女持ちの莨入れが置いてあった。幅四寸五分、竪《たて》二寸五分くらいの叺《かます》形で、裏には紅の繻子《しゆす》がついている。良庵の眼はその銀の金具に落ちていた。丸に梅鉢の象眼《ぞうがん》である。

「もしや霍乱《かくらん》ではありませぬか。それならすぐに痛み止めのお手当をなされ。いずれ本復の治療は、帰ってよりゆるゆると受けます」

女が横から云ったので、良庵は眼をいそいで返した。

「霍乱と仰せられるか」

良庵は笑った。

「霍乱ならよろしいが」

「何と云われる？」

「ご病人の前ではお話しも出来ぬ。どこか別室に参りたい」

女の顔に僅かな変化が起った。黙って、自分から先に起った。

その部屋は狭かった。明り障子の向うに雨の音が聞えている。

良庵は、女に向い合って坐った。

「まずお訊ねしますが、ご病人にはご亭主が居られますか？」

女は首を振ったが、顔色が蒼くなっていた。

「そ、それは」

椎茸髱の女は、何かを察知してうろたえた。

「お前さまには、返答は出来ませぬ」

「左様か」

良庵は微笑した。

「これは余計なことをお伺いしました。わたしは、では、診立《みた》てだけを申し上げますかな」

女は黙っている。良庵はそれへいざり寄ったので、女が少し身を退《ひ》いた。

「ご病人は霍乱ではありませぬぞ」

「………」

「あれは、おめでたです」

「え」

「女のおめでたは、つまり妊娠《みごもり》です。胸がおさまらずに吐いたりなされるのはつわりの徴候じゃ」

覚悟していたようだが、女は、はっきりと聞かされていよいよ顔色を蒼くした。彼女は別間に寝ている女をうかがうようにした。

「それで、いく月になりますか？」

女は小さい声できいた。

「左様、三月《みつき》かと思われます。この秋には目出度くご出産ということになりましょうかな」

「三月……」

女は考え込んでいるようだった。顔をうなだれ、眼を閉じている。襠の前をかすかに合せた。

別間から呻きが起り、口から吐く異様な声が聞えた。

女は思わず耳を塞《ふさ》ぐようにして、

「良庵どの。何とか、あの不快が癒りませぬか。われらは刻限があって、それまでには帰らねばならぬ者。このままでは帰るにも帰られませぬ」

「ははあ、当座の手当をしてくれろと云われるか？」

「頼みます」

「ふうむ、しかし、なにしろつわりだでな、腹の始末からかからねば癒らぬが。左様なれば、よろしい。胸のむかつきだけは何とか薬でとめて進ぜましょう」

「ぜひ、頼みます」

女はいくぶん生き返ったような顔をした。しかし、色はやはり蒼かった。

再び、もとの居間にかえると、女は蒲団の横に匍《は》い寄り、

「ただ今、医師がお薬をさし上げます故、ほどのうお楽になられましょう」

と枕元にささやいた。

病人はやはり一言も答えない。苦しそうに枕に顔を伏せていた。

「それでは」

良庵が再び病人の前に進んだ。薬箱はいつの間にか持ち込まれて、横に置いてあった。

良庵は、また枕元の莨入れに眼をとめた。

良庵は薬を調剤した。

「これをお呑みなされ。少しは胸がおさまりましょう」

病人は白い顔を少し上げ、苦しげな息をついた。

良庵が見ても佳《い》い女だった。三十前後の年齢のようだが、暮しが高級なのか肌のきめが細かい。ほかの女たちが主人のように仕えているところを見ると、云われた通り、身分ありそうだった。

ものは相変らず云わない。唖でないことは無論だ。どんな声が出るか、聞きたいくらいであった。

この女たちが、変った方法で医者を招いたわけが分りそうだった。町医者が診察する

ような人種ではない。外出の途中で患ったというが、現在、寝ついている場所を知られては困るのだ。困る理由があるから、駕籠の中で目かくしされた。道順を分らなくするためである。

病人が湯呑の水を、薬と一緒にごくりと呑んだ。白い、きれいな咽喉《のど》が動いた。頬には乱れた髪筋が粘りついている。良庵でさえうっとりした。

「それでは、お大事に」

良庵は病人に云い、膝を起した。

例の年増の女中が、前の別間に導いて行き、

「お世話になりました。それで、どれほど経ったらおさまりましょうか？」

ときいた。

「まず、あと半刻ですかな」

「半刻？」

女中は困惑した顔をした。

「もそっと、早う癒りませぬか？」

良庵は、さては門の刻限に間に合いかねるので気を揉《も》んでいるのだなと考えた。もはや、この大奥女中たちが公式の外出をしているのでないことは確実だった。

「左様、それは介抱次第ですな」

女中はうなずいたが、良庵の顔に強い視線を当てた。

「良庵どの。今日のことは他言はなりませぬぞ」

急に居丈高になった。これも佳い女だけに、睨むと眼が凄い表情となった。

「ここに来たことも、どのような病者であったかも、一切、他に洩らしてはなりませぬ」

きっぱりと宣告するように云った。

「もし、うかつに他人に洩らすと、生命にもかかわりましょうぞ」

面白い、と良庵は心の中でうなった。が、露骨には顔には出さぬ。

彼は、威に打たれたように低頭した。

「医者は病者のことはしゃべらぬものでございます。ご安心なされ。その代り、薬代を少々おはずみ下され。なにしろ不自由な扱いで参りましたのでな」

女は小判二枚を出した。

「礼金です」

良庵は眼をむいた。二両とは法外な薬代である。こんなにくれるとは思わなかった。

が、この中には無論、口止め料が入っている。

「忝《かたじ》けなく頂戴いたします」

良庵は丁寧に礼を云い、袂の中に落した。

「それでは、これで」

暇を告げて立ち上り、次の間に出ると、

「しばらくお眼を塞いで下されませ」

と別の椎茸髱の女が布で眼かくしをした。来た時と同じ方法で帰すらしい。

良庵はおとなしくした。その手を女が握って案内する。一歩一歩、足もとを探るようにして手引かれた方へすすんだ。

「ここから曲ります」

「ここは二段下りて」

と案内人はきれいな声で注意した。まさに来た道を通って行くのである。

(この辺で、線香の匂いがしていたが)

と良庵が思っていると、果してその匂いが鼻に漂ってきた。

随分、広大な屋敷らしいが、所有者はどのような人間か見当がつかなかった。遠くで跫音がいくつもしているところをみると、使用人も多いらしい。

このとき、読経の声が離れて聞えてきた。

(寺だ!)

迂潤な自分に気づいた。なるほど線香の匂いがする筈だった。建物の様子も寺だと知ると合点がゆく。

読経はすぐに止んだ。誰かが注意したらしい。が、経の文句は耳に入らなくても、それが法華だとはすぐに分った。ちょっとの間だが、太鼓も鳴っていたのだ。

さては、と良庵はひとりで合点した。

ちかごろ噂に高い大奥女中のお寺詣りである。身分が高いだの、高貴のお方だの、しきりと云っていたが、あの女は代参の年寄であったか。

その高貴の代参女中が、つわりで悩んで町医者を呼んだのは、不覚にもただの腹痛と勘違いしたからである。やはり、下々《しもじも》の女とは違う、と良庵は感心した。妊娠の相手は誰か。男禁制の大奥だから、これはお城の外以外にはない。良庵は噂にあやまりのないことを知った。

それにしても、あの女は誰だろう。枕元には女持ちの錦の莨入れがあった。金具には丸に梅鉢の紋がついている。良庵の眼にまだそれがはっきりと残っていた。

あの紋は、女の家紋か、それとも拝領物か。——

良庵の腕をとっていた手が、急に男の手に代った。

「ご苦労でしたな」

と云ったのは、迎えに来た男の声である。女の手から男の手に移されて、声まで前に返った。

良庵は駕籠の中に入れられた。すべて逆の順に運ばれてゆく。

一体、あの寺は何処だろう、と良庵は思案しつづけていた。法華宗の寺ということだけは確かである。しかし、ご時勢で法華太鼓を打つ寺が近ごろむやみにふえた。中でも、大奥女中の代参で、毎日、女乗物が絶えないと評判されているのは中山の智泉院だが、これは江戸から四里の遠さであるから、それでもない。

駕籠に揺られて頻りと考えているうちに、良庵は、ふと妙計が浮んだ。

眼はふさがれて、外を見ることは出来ない。相手は道順を知られたくない目的で、こんな失礼な待遇をしているわけだが、眼は見えなくとも見当はつこうというものだ。

つまり、乗った駕籠がどう動き、どう曲るかだ。

（来るときは不覚にも酔って睡っていたが、今度はそうはいかぬぞ）

駕籠はしばらく真直ぐに歩いて行くようだ。耳をすませたが、人声は無い。寂しい道らしい。駕籠の横にぴたぴたと草履の音がするのは、迎えに来て、今度は送る役目のあの男のものである。良庵の背中が揺れた。駕籠が曲った。

（ははあ、左の方へ行ったな）

あの寺を出て最初の曲り角である。

そのまま、まっすぐに行っていたが、今度は早く左に曲った。

（どの辺か分らぬが、三つ角かな）

また、しばらく歩いていたが、右に揺れた。どうもこみ入った道を行くようだ。

（よし、覚えておくぞ）

道の長さと、曲り角の数を記憶する努力で良庵は懸命になった。

そのまま駕籠は歩いて行く。

「良庵どの」

突然、男の声が聞えた。送ってくれる男が話しかけたのだ。

「ご病気は何でございましたな？」

「霍乱でござる」

良庵は答えた。

「霍乱？」

男は云ったが、

「お診立ては、真実、霍乱ですか？　他にもお疑いは？」

ときいてきた。

「わたしの診立てに誤りはない。あれは霍乱だ」

と良庵は断言して答えた。

男はそれきり黙った。良庵は駕籠の動きを覚えるのに一生懸命である。

「良庵どの」

駕籠の傍を歩いている男がまた云った。

「何じゃな」

良庵はこの男が煩《うるさ》くて仕方がない。道順の暗記の邪魔になる。

「霍乱とはいかなる病症でございますかな？」

「されば……」

駕籠が右に曲った。遠くで人声がしている。どこかに町家があるらしい。

「万安方の巻十一に、霍乱の状は、吐かず痢せず、気喘《きぜん》悶絶、而《しこう》して心腹張《は》りて痛むなり、今人之を知らず。内癰《ないよう》のためと称す。治むるに、人命を誤る、悲しむべし、とある。昔から大病とされたものだが、当今では医術がすすみ、さほどでもない」

「なるほど」

良庵の身体が前のめりになった。坂道を下っているらしい。どこの坂かな、と思っていた。

「それでは、やはり口から飲食するものによって病の原因《もと》になりますか？」

「左様」

面倒臭くなった。第一、人の眼の自由を縛っておいて、質問もないものだ。

「それは、ちと、おかしい」

男の声が不審げに呟いたので、良庵は、おやと思った。

「さほどの悪い食物を召上るお方ではない。霍乱とは解せぬ」

良庵は返事をしない。一体、この男は何を訊き出そうとしているのだろう。単純に病人の症状を気遣っているだけではなさそうだ。その口吻《くちぶり》には好奇心がよみとれた。

（他言は無用じゃ。他人に洩らすと、お命にも係りますぞ）

と女がおどかすように云った言葉が思い出された。厳秘である。無論、下役のこの男が真相を知る訳はない。だが、男の疑い深い質問には、うすうす何かを察知したようなところがあった。

良庵はふと、あの女が何者か、この男の好奇心からひき出して探ってみたい気が起った。

駕籠は相変らず進んでゆく。良庵の耳に、笛や太鼓の音が遠方から風に送られてかすかに届いた。

祭だな、と思った。耳を澄ますと、人のざわめきまで微かに交っているように思える。

（どこの祭だろう？）

そうだ、これが鍵になると考えついた。

今日の祭はどこだったかを調べる。たしかに方角を知る重要な手がかりであった。

（よし、必ず突きとめてやる）

眼かくしされて連れて行かれた腹癒《はらい》せもある。それに良庵自身が大きな好奇心に動かされていた。

大御所御患い

　家斉は湯を使っていた。

　湯殿は、間口二間、奥行二間あまり、四方はハメ板で、天井ともすべて檜の糸柾《いとまさ》である。板の間も同じく檜の厚板で、風呂は白木の小判形の丸桶になっていた。

　家斉は湯につかりながら、ぼんやり何か考えていた。とりとめのないことばかりである。湯は好きで、長い方であった。

　傍には御小納戸の湯殿掛が筒袖糯袢を着て控えている。これは絶えず大御所の好みに合せて湯加減を測らねばならない。脇に白木綿の糠袋《ぬかぶくろ》が七、八個用意してあった。

　家斉が湯音を立てて風呂から上った。風呂桶に接して四尺四方もある栗の台がある。家斉は蒸れた身体で台の上に坐った。

　待っていた湯殿掛は、糠袋で大御所の顔、胴、手足を洗ってやる。家斉は幼児のように眼を瞑って洗われている。糠袋は身体の部分が違う毎に次々と取り替えられた。たとえば、一度顔を洗ったら、同じ糠袋で胴も手も洗うことは出来ない。

　家斉は断片的なことを考えていた。相変らず漠然とした思考だ。過去の想い出もあれば、空想もある。屈託の無い人間の考えだった。

　そのうち、家斉は、ふと気が遠くなるような感じがした。眼の前の檜のハメ板が瞬間に少し黝《くろず》んできた。

(湯に酔ったかな)

と思った。手をとられて皮膚を擦られていたが、そうすると余計に気持が悪くなるようなので、

「もうよい」

と止めさせた。湯殿掛が不思議そうな顔をして中止した。ふだんはお洒落だから丁寧に洗わせる方なのである。

家斉は、気分の不快が鎮まるかと思って、しばらくじっとしていたが、胸の動悸が高くなり、嘔き気さえ催してきた。

これはいけない、と自分でも思った。

起ち上りかけると、湯殿掛はあわてて、別に用意の湯を直径八、九寸もある丸柄杓で背中からそそぎかけた。

余計なことをする、と叱ろうとしたが口に出すのが大儀であった。そのまま、ふらふらと上り場に入った。

六畳敷の上り場には小姓が浴衣を十枚ばかり持って控えていたが、大御所の裸に手早く一枚をかけた。それをすぐにとって新しいのを一枚かけ、肌の乾くまで何枚も掛けるのである。手拭いのようなものを使用することはないのである。

家斉はそこに立っていることが苦痛になり、まだ肌の乾かないうちに、歩こうとした。小姓があわてて浴衣をもって動いた。

家斉は、小壁の地白に藍の雲形模様が急に傾いたと思った。

小姓の叫ぶ声が僅かに耳に残った。

御上場《おあがり》に仆《たお》れた家斉の身体は、小姓の急報で駆けつけた医師や坊主、側衆の手で抱え上げられ、お鈴廊下を通って、西丸大奥の御小座敷に運び入れられた。

この御小座敷は、普通、大御所が奥入りして休息するところで、名称は同じだが、お手つきの中﨟と語り合う部屋とは違う。十畳ばかりの小部屋だが、西の溜りに御次の間がついている。

西方の上段に急いで床を敷き、家斉を寝かせた。法印中川常春院が許されて、じかにお脈をとる。法眼栗本端見、同じく河野良以、吉田長禎など五、六人の医者が家斉の身体をとり巻いた。

家斉は意識不明で昏睡《こんすい》をつづけていた。おそろしく大きな鼾《いびき》をかいている。

急を聞いて、真先に来たのはお美代の方であった。裲《うちかけ》を踏みそうな足どりで、よろけて走ってくると、御小座敷の入側《いりがわ》に倒れるように坐った。

この時は、医師以外、お側の女中やお坊主しか居ない。お美代の方は起ち上り、膝で歩いて黒塗の框《かまち》の下まで近づいた。真蒼な顔をして肩で息をしていた。

「ご容体は？」

と急き込《せ》んで医師に訊いた。

常春院が脈を栗本端見と交替して、お美代に一礼すると、静かに云った。

「ご安静第一でございます。ただ今のところ、ご憂慮申し上げるほどではなきかと存じまするが」

お美代の方は泪《なみだ》を流して家斉の顔を凝視した。家斉は知らぬ顔をして眼を閉じ、鼾を発している。

「ご病名は？」

「されば」

常春院は小さな咳払いをして、

「卒中のように拝しますが、未だ確《しか》とは……」

卒中と聞いて、お美代の方から血の気がひいた。

西丸大奥はこの不意の大事突発に大そうな騒動である。いと、八重、るり、そで、蝶、とせ、などのお手つきの中﨟が十数人、長局から走り出てかけつけ、御小座敷のお入側に群れる。年寄、中年寄、中﨟、御客会釈《あしらい》などの女中はお廊下にひしめいて、早くも泣き声を上げていた。

この時になっても、まだ御台所の姿は現れなかった。急な報らせは一番に届いているはずだが、どういうものか一向にやって来ない。

急報は八方に飛んだ。先ず、本丸の将軍家に申し上げる。老中・若年寄は退出のあとだったが、それぞれ屋敷に急使が立つ。

将軍家慶《いえよし》は折から本丸の奥で夕食中であったが、箸を投げ出し、供揃いも待たずに、足袋はだしで西丸へ来たという。

「表締《しま》り、表締り」

これも急を聞いて登城した側衆水野美濃守が、狼狽《ろうばい》している奥役人どもに早くも下知していた。

大御所の病間では、現将軍の家慶との対面が行われている。やがて急を聞いた老中、水野越前守、真田信濃守、堀田備中守などが急登城でやってきた。

大奥には、普通、男子の出入は禁じられている。用ある者は、せいぜい御広敷までだ。しかし、大御所が俄かに仆れた現在は特別例外である。老中はじめ主だった諸役人を立入らせねばならない。

側衆水野美濃守忠篤が、

「表締り、表締り」

と叫んだのは、このためである。表締りとなると、奥女中どもは悉く追い出される。

紀伊、尾張、水戸の御三家が不時の登城をする。つづいて加賀の前田宰相、安芸の浅野少将が登城して西丸に急ぎ参向する。この二家は大御所がお美代の方の腹に生ませた姫を輿入《こしい》れさせている。

子福者の家斉は子女を縁組みさせた大名が多い。三家をはじめ、仙台の伊達、越前の松平、会津の保科、高松の松平、佐賀の鍋島、鳥取の池田、萩の毛利、津山の松平、姫路の酒井、館林の松平、阿波の蜂須賀、川越の松平、明石の松平、そのほかに一橋、清水がある。これらの外戚に加えて、在府の大名達が大御所の急変を聞いて騒動したが、何ぶんの沙汰あるまではと各々在邸のまま、いつでも登城出来るように待機した。

大御所といえば隠居である。しかし、何度もいうように、実権は現将軍の家慶よりも家斉にある。諸家の動顛はそのためだ。

その家斉は、御小座敷で二刻近く眠っていたが、やがて鼾が止むと、眼を開けた。視界の定まらぬ濁った眼である。

脈を左右からとっていた医師が狂喜した。

「お気づきでございましょうか?」

中川常春院が恐る恐るのぞき込んだ。

家斉の顔色は、まだ普通でない。どろんとした瞳《め》で、天井の地白に銀泥の花唐草を茫《ぼう》乎《こ》として眺めていた。

小さな動揺が傍にいる家慶をはじめ、控の間に詰めている老中や外戚の大名たちの間に起った。

家斉は溜息のようなものを洩らすと、急に顔をしかめて、医師にとられている手をふりほどこうとした。それから大声で叫んだ。

「頭が痛い。割れるようじゃ」

はっきりとしてはいた。言語の障害はない。さてはご回復かと諸人眼を輝かす。

家慶が見舞の言葉を何か云いかけたが、家斉は眼もくれず、

「頭が痛い、頭が痛い」

と繰り返す。

このころ、中野石翁が舟で登城して来た。

いつもの悠揚な態度と違って、さすがにあわてていた。

家斉の病名について医師団の見解が決定した。

「卒中風《そっちゅうふう》」である。

ただし、これについて主治医である中川常春院の「所感」が付いた。

「そもそも卒中風というは、食事胃を塞ぎ、暑寒体を冒《おか》し、元気これがために鬱渇し、悪血《おけつ》虚に乗じて衝逆し、気道を閉絶するに由り起ります。恐れながら大御所様、多年に亙る御政道御仕置きのお疲れより出たことと拝察いたします。さりながら、卒中風によく見られる口禁不開、舌強、言語不正、失音、身体不仁などの徴候が上様に少しも拝しませぬのは、御威光の然らしめるところで、恐れ入ったる次第にございます」

中風で倒れはしたが、半身不随などの障害は起らないというのである。

これについて家慶をはじめ重臣たちから質問があった。

「御頭脳《おつむり》の方は如何《いかが》であろうか？」

これが最大の懸念であった。脳に支障があるのと無いのとでは、家斉が廃人になるかどうかの岐《わか》れである。

「下賤の例《ため》しを以て、上様にくらべ奉るのは恐れ入ったことにございますが、今までの相似たる病症からみまして、いささかもお変りなきことと存じます」

一同、これを聞いて安堵した。

もっともこの安心は一様でない。最も欣喜したのが林肥後守、土岐豊後守、水野美濃守などの側近衆である。己らの位置が安泰であるからだ。現将軍家慶の本丸側は内心落胆したであろう。家斉が健在である限り、いつまで経っても実権は廻って来ず、わが世の春が遠いのである。

だが、そんなことは内部の事情で、

「まず、天下のために祝着《しゅうじゃく》」

と複雑な慶賀を表した。

ただ、家斉夫人寔子だけは、一番遅くに病床を見舞って、一番早くに己の部屋に引き上げた。

水野美濃守忠篤がお廊下までお見送りすると、夫人はじろりと見て、

「美濃、世話じゃな」

と一口いった。

美濃守が礼を云われたものと勘違いして、

「は、恐れ入りまする」

とお廊下の板に額をすりつけると、

「向後は上様のお世話甲斐が一段とありそうじゃな」

と皮肉たっぷりの短い言葉が頭上に落ちた。

美濃守は、内心を見すかされたように、ぎょっとした。どうも夫人は苦手である。

「美濃守様、御老中がお呼びでございます」

と坊主が呼びに来た。

これは西丸老中林肥後守のこと、先刻、登城した中野石翁と談合しているのを美濃守は知っていた。

美濃守が導かれた部屋は十畳敷ばかりの広さで、西丸老中の林肥後守と側用人美濃部筑前守とが中野石翁と膝を突き合せるようにして対座していた。ほかには誰も居ない。

石翁は大きな坊主頭を向けて、美濃守を手招きした。

美濃守が一礼してその座に加わる。不思議なことに、隠居の身の石翁の大きな図体が上座で、西丸老中の肥後守がその下に着いている。お美代の方の養父という勢威に、家斉の相談相手といわれる箔《はく》が重くついているのだ。

「大御所様のご容体がさほど大事に至らずに済んだのは、まずめでたい」

石翁は美濃守の顔を見て云った。

「左様でございます。ご隠居様も急遽のご登城お大儀でございましたが、大御所様もわれらがお案じ申し上げたほどでなく、祝着に存じます」

美濃守は応えた。

「しかし、美濃殿、医師共の診断によると、大御所様は卒中風とのこと、幸い言語や手足のご不自由は無かったものの、在来通りのご健康まではお望み出来ぬということじゃ」

林肥後守が細い声で云った。

「されば、何ぶん御齢《よわい》六十八に渡らせられます故、大事の上に大事をお願い申し上げねばなりませぬ」

美濃守が云うのを、

「いやいや、われらが申すのはそのことだけではない」

肥後守が遮《さえぎ》った。

「大御所様、長きご不快に渡らせられると、ご政道にとかく不安が来るというものじゃ。そこにつけ込み、ご本丸が動いて来るのは必定。すでに大御所様のご容体をみて、ご逝去間近しと早合点したものは、医師の言葉を聞いて落胆したであろう。将軍家をはじめ本丸の大奥女中ども、表では越前あたりがそうであろうな」

越前とは、老中水野越前守忠邦《ただくに》のことである。

「しかし、たとえ御病が篤《あつ》からずとはいえ、ご病状が永びけば、ご本丸ではご養生第一を申し上げて、次第にわが方にお仕置の威光を加えるよう企らむに相違ない。そうなっては、われらにとって一大事、ご隠居様はそれを懸念して居られる」

傍の美濃部筑前守は、首を合点合点させた。

石翁は赭《あか》ら顔にかすかな笑いをたたえ、

「肥後殿が申された通りじゃ、ご本丸では長いこと痺《しびれ》を切らしているでな」

と厚い唇を動かした。

「実のところ、大御所様のこの度の御急変にはわれらも驚愕《きょうがく》仕《つかまつ》った。いつまでもお元気に渡らせられるものと思い、お日頃のお身体を恃《たの》みすぎたでな。されば、美濃殿、かねがね、われらで談合していた一件を、早々に固めねばならぬぞ。もっと近く寄られい」

中野石翁を首座として、林、美濃部、水野の四人が人けの無い座敷で額をあつめ密議した内容は何であろうか。

十二代将軍家慶は、大御所家斉の次子である。凡庸では決して無かったが、家斉が生存している間は、将軍とは名ばかりで実権がない。すでに四十八歳であった。政令決裁、悉《ことごと》く大御所から出るのを面白く思っていなかった。

それで家斉百歳の後は、将軍としての実権を回復するのが念願である。この願望は家慶の側近や本丸大奥も同じことだ。

そうなると、今まで家斉の威勢のかげで陽の目を見ていた家斉側近は第一に追放されてしまう。これは一大事である。彼らとしてはいつまでもわが世の春を謳《うた》っていたいのである。

同じことはお美代の方にもいえる。これはもっと痛切だ。昨日までの栄華の報いで、本丸から虐待されることは分り切っている。

その災難は養父の中野石翁に及ぶものである。家斉の話相手というのが一枚看板であった。諸事の請託、すべて向島の隠居（石翁）を通さねばとあって、諸大名が贈った賄《わい》賂《ろ》だけでも莫大なものだ。

平戸藩主、松浦静山の「甲子夜話《かっしやわ》」に、次の記事がある。

「或人、売薬の功能書を示す。

立身昇進丸。大包金百両。中包金五十両。小包金十両。

一、かねがね心願を成就せんとおもふ事、この薬、念を入れて用ゆべし。
沢瀉《おもだか》　尤も肥後の国製法にてよろし。
奥女丹《おくじょたん》　このねり薬持薬に用ひ候へば、精力を失ふことなく、いつか功能あらはるるなり。
（頭註　奥女丹の上、一本大の字あり）
隠居散《いんきょさん》　この煎薬《せんやく》酒にて用ゆ。
（頭註　この散薬は酒を忌む。されど別煎に用ゆるか）
右の通り御用ひ候て、縁談、滞府、拝借の外、定り候例《ためし》なき事にても、即効神の如し」

つまり、林肥後守と、家斉つき大奥女中と、中野石翁の専横ぶりを皮肉っているのだ。家斉は仆れたが、幸い、すぐに危篤というほどではない。それで死なぬうちに、何とか己たちの勢力の安泰を画そうと石翁はじめ四人は相談している。

将軍家慶は、彼らにとって苦手である。その世子、家定は十七歳だが身体が弱い。もし、家斉亡きのち、家慶を大御所にまつり上げ、意志も身体も弱い家定を将軍にすれば、彼らにも望みがないでもない。

問題は、その次の将軍の後つぎである。

お美代の方の生んだ女《むすめ》が、加賀の前田と安芸の浅野に縁づいて、男子を挙げている。このような線をたどると、いま、中野石翁や、林、美濃部、水野の密議の内容の想像がつくのである。

密議は一刻近くかかって済んだ。どのような相談がまとまったか、四人の顔には晴れ晴れとしたものがある。

「どれ、拙者は今一度、大御所様をお見舞申し上げて下城いたそう」

石翁はそう云うと肥えた身体を御小座敷の方に運んで行った。後から見ても大入道である。

林肥後守と美濃部筑前守とが連れ立って御広敷の方に行こうと起ち上るのを、水野美濃守は肥後守の袂《たもと》をひいた。

「肥後殿、ちとお耳に入れたいことがござる」

美濃部筑前守だけが遠慮したように、御免、といって先に去った。

肥後守は座に坐り直った。小さい眼が吊り上り、反歯《そっぱ》だから老狐のような感じがした。美男の美濃守とは対照的である。

「何じゃな？」

「いや、つかぬことをお訊きするが」

美濃守は云った。

「貴殿は、島田又左衛門なる旗本をご存じか？」

「島田又左衛門……？」

肥後守は名前を訊き返して、すぐに判ったという顔をした。

「存じておる」

「ははあ、ご存じで。して、どのような人物ですかな？」

「虫の好かぬ男じゃ」

肥後守は実際に顔をしかめた。

「もと、御廊下番頭であったが、何かと拙者の指図に楯《たて》つく気配が見ゆる故、お役を召し放した。融通の利かぬ偏屈者でな、同僚との間も円滑には行かなかったようじゃ。評判があまりよろしくない故、左様な処置をとったが……」

と彼は美濃守の顔を見た。

「その島田又左衛門がどうかしたといわれるのか？」

「眼放しの出来ぬ男と申し上げたい」

美濃守が云ったので、肥後守の顔色が俄かに引き締った。

「ほう、どのような……」

「西丸大奥に胡散《うさん》な女中を一人見つけました。で、その女中の請け親を調べたところ、それが島田又左衛門という名でござる」

「うむ、うむ」

「それで、その女中の宿下りのとき、島田の屋敷を探らせると、女中は果して島田の屋敷に行って居る。請け親だから、これは仔細はないが、話はこれからじゃ。その女中と島田とはやがて駕籠を傭《やと》っていずれかに行った。拙者は北町奉行に頼んで、その手の者に調べさせました。その報告によると、いや、肥後殿、何処だと思われる？」

「さあ」

「寺社奉行脇坂淡路守の下屋敷じゃ」

聞いた肥後守の顔色が変った。

「なに、脇坂の屋敷だと？」

林肥後守の小さい眼がきらりと光った。

「左様、これは篤《とく》と見届けた者の報告でござる」

美濃守が答えると、肥後守は彼の顔を見つめた。

「淡路が、また、なにかやろうとしているのか？」

「延命院一件で世間の評判を得た男ですからな、人間は評判を得ると、とかく図に乗りたがるものです」

「しかし、島田又左衛門が淡路を訪ねたというのは？」

「島田が伴れて行った奥女中でござる、問題は」

「その奥女中がどうしたというのだ？」

「女中の名は、お城では登美と申すが、実の名は縫といって又左衛門の義兄の娘じゃそうな。ここまでは奉行所附の与力に調べさせました。が、われらが知っているその登美なる女中はもとお半下《はした》部屋に奉公したる女、それが去る三月に図らずも手柄を立てました」

美濃守は話し出した。

「肥後殿、この春の吹上の花見に、中﨟多喜の方が、桜の枝に短冊を結ばんとして踏台から足を滑らせ、懐妊の身で転倒したのがもとで亡くなられましたな？」

「うむ、そのことなら存じている」

肥後守は答えた。

「そのとき、多喜の方に踏台をさし上げたのが登美、すなわち又左衛門の縁故に当る縫です」

「うむ、なるほど」

「登美は、図らずも多喜の方を仆した訳でござる。かねて多喜の方を快からず思われておられたお美代の方様はひそかに満足に思召し、いや、これは拙者の当て推量だが」

肥後守はそれに黙ってうなずいた。

「とにかく、登美はお美代の方様に気に入られ、菊川殿の部屋附に出世いたしました。ここまでは、さしたることではない。肥後殿、不思議なのは、その登美が何で密かに脇坂淡路の門を叩いたか、でござる」

「ううむ」

肥後守は唸った。

「淡路は大奥女中衆の落度を何とかして捉《とら》え、今一度、世間に功名顔をせんとする所存、その懐にとび込む登美の量見は云わずと知れて居る。つまり、脇坂淡路の廻し者、大奥女中の動静を逐一報告する役目と思います。この間に、島田又左衛門が一枚加わっている」

肥後守の眼は、話のすすむにつれていよいよ光った。

「こう考えると、登美が多喜の方を転倒させたのは、お美代の方様に近づき、そのお気に入り女中衆の様子を探らんとする企みでござる」

「まことに、よくお気がつかれた」

と肥後守はうめくように云った。

「早速に、町奉行に手を廻させて、その辺のところを調べさせたのは、さすが貴殿らしい機転の利きようじゃ」

彼はまず美濃守の周到を讃《ほ》めて、

「しかし、機転といえば、登美がさし出した踏台で、よくぞ多喜の方の足がうまうまと滑ったものだな？」

と怪訝《けげん》な顔をした。

「さ、そこでござる」

美濃守は一膝のり出した。

「これは誰が考えても不審だが、あの時は偶々《たまたま》それが起ったと皆が思い込んでおりました。が、よく考えてみると、あまりに見事な多喜の方様の転げよう、ちと腑に落ちぬとはあとで気がつきました」

「うむ、うむ」

「そこで、あの騒ぎのすぐあと、踏台を見ようと存じたが、その場では見当りませなんだ」

「無かったのか？」

「左様、あの時は多喜の方様の介抱で女中どもは混乱しておりました。その間に踏台を片づける余裕などはまず考えられぬ。さすれば、これを持ち去ったのはそれを他に見られてはならない者の仕業、こうは考えられぬか？」

「道理じゃ」

「拙者は、はっとなった。そこであとからその女中の名前を訊いて、登美と承知し、さらに島田又左衛門が請け親と分りました。拙者の本気な探りがそれから起ったわけです」

「うむ」

肥後守は眼をむいた。

「それで、踏台を持ち去ったのは、登美の仕業かな？」

「まずその辺でしょうな」

「しからば、登美を糺明しては如何《どう》じゃ？」

「それは易《やさ》しいことだが、少々、拙《まず》い」

「はてな」

「それほどの強《したた》か者、容易に口を割る道理がありませぬ。それよりも、動かぬ証拠を突きつけて白状させた方がよろしかろう」

「だが、その証拠をどうして見つけるのじゃ？」

「踏台ともなれば、大きさから申してそうやすやすと滅多な場所にかくせる訳でもありませぬ。またお城の外にも持ち出せぬ。必ず大奥の何処かに在るか……」

美濃守は次の言葉に力を入れた。

「吹上《ふきあげ》のお庭のいずれかに匿《かく》したかと存じます」

「吹上だと？」

「左様、それが一番見込みが強い。咄嗟の場合の隠し場所は、お庭の人目の届かぬ場所か、お茶屋の縁の下と思われるが、今はそれも分らぬ」

「それでは、登美なる女を大奥よりつまみ出そうではないか」

肥後守の面上には、怒りと不安とが漂っている。

美濃守は手でそれを抑えた。

「さ、それは手前も考えぬではなかったが、あまり上策とは申せぬ」

「はて、どうするのじゃ」

「されば、しばらく気儘に泳がせて置きまする。向うは、してやったりとこそこそと動き廻るに相違ござらぬ。淡路への通謀も必ずある。そこを抑えれば、両者一断でござる」

「なるほど、目的は淡路じゃな」

「左様。たかが知れた女ひとりはどうでもよろしい。これは餌でござる。淡路守を釣り上げるな」

肥後守は美濃守の眼を見た。冷たいが、思慮ありげな瞳《め》である。

「しかし、美濃殿。それは上策だが、大奥女中の行儀があまり外に洩れるのも痛し痒《かゆ》しじゃでな」

肥後はまだ不安そうだった。

「大事ない。たとえ少々のことが知れても、骨のあるのは脇坂淡路ただひとり、余の者に何が出来ましょうや」

「さすがの貴殿も、淡路はえらく煙たく見ゆるな」

「肥後殿」

美濃は強《こわ》い眼つきをした。

「淡路の目的は、ただ大奥女中衆の行儀取締りを行い、再度、世間の評判を呼ぼうためだけではござらぬぞ」

「なに？」

「淡路はどうやら我らの様子に眼をつけているようじゃ」

「それは、まことか？」

肥後守の吊り上った眼が光った。

「嘘とは思えぬ節がある。奴め、いろいろと探りを入れているらしい。これは手前の推量だが」

「うむ」

「淡路は御本丸老中の水野越前あたりとひそかに気脈を通じているのではないか」

「では、越前から上様（家慶）に申し上げる魂胆か」

「それもある。しかし、もそっと苦手の別なお人が居られます」

「誰じゃ？」

「大御所御台《みだい》様でござる」

林肥後守はそれを聞くと、表情に動揺が来た。かすかな惧《おそ》れさえみえる。

「それは一大事。美濃殿、どうする？」

肥後守も大御所夫人が怕《こわ》い。お美代の方の息のかかった者は、すべて夫人に憎まれている。その顔色を眺めて、美濃守は云い出した。

「されば、大御所様ご不例中には拙者だけが御病床に近侍し、余人のお目通りを防ぐ所存。これが一つ」

家斉病中は、余人を一切、病床に近づけず、美濃守ひとりで看侍すると彼は云った。

「これは隠居様（中野石翁）からの指図でもござる」

「結構だ。邪魔者を防ぐ良策だな」

肥後守は深くうなずいた。

「次には、なるべく早く、例のお墨附を頂戴するように致したい」

美濃守は一段と声をひそめて云った。この時、両者の間は、殆んど額が触れ合わんばかりであった。

「そのこと、そのこと。それが何より肝要じゃ」

肥後守は熱心に賛意を表した。

「大御所様ご不例は軽微とは云い条、恐れながらご老齢と申し、また卒中風は再発し易い病気の由。二度目に起ると生命を絶つそうな。さらば、大御所様大漸《たいぜん》（危篤）となられてからは万事手遅れ、今のうちにお墨附を頂くこと第一じゃ。それさえあれば、御本丸がいかに策動しようとこっちのもの。越前も淡路も口惜しがるばかりであろう」

「肥後殿の申される通りだが、ただ今のところはそう手放しに安心しても居られませぬ」

美濃守は相手の俄かの楽観ぶりを抑えるように云った。

「お墨附のこと、また、本郷への筋も、向うはまだ気づいておりませぬ。そこまではさすがに心が廻らぬようです。さりながら油断は禁物、殊に脇坂淡路の狙いは、大奥女中の風儀を捉《とら》え、お美代の方様の周囲を一掃して累をわれらに及ぼさんとする所存。畢竟《ひっきょう》するところは、西丸勢力を蹴落す肚です。油断のならぬは脇坂淡路でござる」

「うむ、その警戒も肝要だ」

「警戒?」

美濃守のきれいな眼は、肥後守の顔を愍《あわ》れむように見えた。

「警戒とは手緩《てぬる》うござる。拙者は彼を手もとにひきつけ、追い落さん所存」

肥後守の狐のような顔は、美濃守の言葉を頼母しく聞いて合点をした。

「例の女中が囮《おとり》となるのじゃな?」

「まず、その辺」

美濃守は眼をかすかに笑わせた。

「しかし、その女中が菊川殿の部屋附ならば、一応、菊川殿の耳に入れておいたがよくはないか?」

「その辺は心得ております。先刻、菊川殿を呼びにやった故、程なくこれへ参りましょう」

「そうか」

肥後守は、何でも気がつく、という風に美濃守の顔を見て、

「本郷への連絡は如何なっているか。奥村大膳から何か云って来ぬか？」

ときいた。

本郷への連絡はどうなっているか、奥村大膳から何か云って来ぬか、と林肥後守が訊いたのに対して、美濃守は、

「奥村大膳には四、五日前に会いました。その際の話に、犬千代様ご機嫌よろしく、また溶《よう》姫様にもお健やかに渡らせられるとのことでござる」

と応えた。

「左様か、それは重畳《ちようじよう》」

肥後守は満足そうに切れ長の眼を細めた。

両人で云っている本郷とは、大手より三十二町、上本郷五丁目に在る百二万石加賀宰相相泰《すけやす》の上屋敷のことである。つまり前田家を指す。

溶姫とは、家斉の女《むすめ》、お美代の腹に出来た子で前田家に輿入れして当主相泰の内室となっている。犬千代とは溶姫の生んだ嫡子であった。

また、奥村大膳というのは、前田家江戸屋敷の用人である。これは溶姫附であった。わが女房でありながら、将軍家の女を大名が貰うと、邸内に別殿を建てて住まわせねばならなかった。この別殿を御守殿《ごしゆでん》といい、門はすべて朱で塗るのが普通だった。前田家の朱門は現在東大の赤門となって遺っている。

御守殿住いの内室は、将軍家の威光をもって夫を威服し、御守殿女中までがそれをかさに着て、屋敷者に威張った。ましてや溶姫お附の用人となると権勢は大そうなものである。

その奥村大膳と、水野美濃守とはしばしば連絡がとれているらしいのだ。林肥後守がそれを聞いて安心顔をしている。――

このとき、お坊主が来て、

「美濃守様。大御所様、お召しにござります」

と告げた。

美濃守が、それでは、と云って起つと、肥後守が、確《しっ》かり頼む、といった顔をした。

中﨟菊川を呼んでいるから、もう此処に来るころだが、と美濃守が少し躊躇していると、別なお坊主が報告に戻った。

「菊川殿はご病気にて、お宿下りの由にござります」

「なに、病気で宿下りと申すか」

「はい、両三日前よりお城を下られたようでございます」

美濃守と肥後守とは顔を見合せた。

菊川が病気だとは知らなかった。そういえば、近ごろ面《おも》やつれがしていたようだが、と美濃守は思った。

登美の素姓を彼女に警告して置こうと考えていたのだが、それでは、全快まで待たねばならない。

（登美のことで思い出されるのは、あの踏台だ。一体どこに匿しているのか）

美濃守は考えながら家斉の病間に向った。

雲

「懐妊……？」

男の顔色は明らかに変った。

鼻が大きく、唇が厚い男である。多血質な、赭顔《あから》なのだが、それが一瞬に褪《さ》めたようになり、濁った眼が大きく開いて、相手の白い顔を凝視した。

男は、前田家江戸屋敷の用人で奥村大膳という名である。四十の男盛りが太い猪首にみえていた。

見据えた相手の白い顔は、奥村大膳の五寸と離れぬ前で喘《あえ》いでいた。上体を男の膝に投げて、熱にうるんだ瞳《め》でうなずいた。

女の甘くすえた匂いが男の鼻をうっている。衿がはだけて、脂肪の乗った胸乳《むなぢ》の白さが露《あら》わであった。

男は袴を脱いでいる。女は襠《うちかけ》も、白い綸子《りんず》の袷も脱ぎ、白羽二重の下重着《したがさね》の姿だけになっていた。

部屋は四方とも襖や障子を閉め立てていた。森閑としたものである。外からは声も聞えない。用事があって呼ぶまでは、誰もここには来ないはずであった。

「菊川殿、その懐妊とは真実か？」

大膳は確かめるように重ねて訊いた。

菊川は、それにもまた黙ってうなずいた。恥かしいが真実である、という応えが、その首のかすかな振り方に出ていた。

「その、徴候《しるし》は、はっきりとございます」

菊川のつけ足した言葉はふるえていた。

大膳は女の顔を見詰めている。眼の不安はかくれもなかった。

「して、何月《つき》になる？」

彼は、恐れるように訊いた。

「三月《みつき》をすぎております」

菊川は細い声で、膝の上で答えた。

「三月……？」

大膳は、眼をむいた。

「そ、それは一体、誰が診《み》て申した？」

「ご案じなされますな。御城の御医師ではございませぬ」

菊川は媚びるように云った。

「この前、ご代参に詣りましたとき、不快になり町医者を喚《よ》びました。その節、その町医者がはっきりと申しました」

「町医者を寺に喚ばれたのか？」

大膳の声が尖った。

「それも心得ております。駕籠で目かくしして医者を送り迎えいたしました。決して寺の名も在所《ありか》も判ってはおりませぬ」

菊川は男を安心させるように云った。

「滅多なことをなされますな」

大膳は叱るように云った。

「僅かな粗《そ》漏《ろう》から、どのような大事になるか分りませぬぞ」

「でも、奥村殿」

女は男の膝に力を入れた。

「わたくしの身も大事に思召して下さりませ」

「もとより菊川殿の身も大事に思っているが」

と奥村大膳は少し言い訳を挟んだ。

「ただ、迂《う》闊《かつ》なことをなされるな、と申している」

「それを心得ているから、町医者の迎えには悟られぬよう工夫しました。でも、あのときの胸の不快には我慢が出来ませんでした。奥村殿、あなたは男じゃ。女の苦しみはお分りになりませぬ」

菊川は拗《す》ねたように云った。

「いや、それは分っている。して、お城では、そなたの懐妊を知っている者はありませぬか？」

大膳は問うた。

「わたくしの部屋の者二人だけでございます。これは腹心の者で大事ないが、ほかは煩《うるさ》き局《つぼね》のことゆえ、不快の因《もと》を匿すのに苦労いたしました」

「病気宿下りを願い出ても、どなたもお気づきにならなかったか？」

「はい。誰も疑ってはおりませぬ」

「お美代の方様も？」

「こればっかりは申し上げられませぬ。お美代の方様は大事に養生せよと仰せられました」

「養生をな」

大膳の眼が、宙の一ところにじっと据わった。工夫を考えている眼であった。

「菊川殿」

と大膳はやさしく云った。

「わたしの知っている医者がある。腕はいい。信用してよろしい。この者をひそかに呼んで治療いたさせましょう」

「治療？」

菊川の眼が動いた。

「この不快を癒してくれます？」

「無論、腹の子の始末をすれば、そなたの頭痛、嘔き気、衰弱などあとかたもなく無くなります」

菊川が大膳の膝から身体を刎《は》ね起して、男を凝視したのは、この言葉を聞いてからあった。

「何と仰せられます？」

声が上《うわ》ずっていた。

「それでは、この子を闇から闇に葬るおつもりですか？」

「左様」

大膳は軽く答えた。

「第一、腹が目立つようになってはお城勤めも出来ますまい。そなたのためじゃ。今のうちに出して、しばらく養生をし、しかるのちに大奥へお戻りなされよ」

「いや！」

叩きつけるような声で女は叫んだ。

「怖ろしいことを申されますな。折角、授かった子を殺せとは！　あなたの血をうけた胤《たね》じゃ。わたくしは可愛い。わたくしは、きっと生みまする」

子はきっと生みます、と云い切った菊川の眼はぎらぎらと光っていた。

「お城の方はどうなされる？」

大膳は眉を寄せて訊いた。

「申されるまでもありませぬ。これきり病気を云い立てて身を退きます。気苦労ばかり多い大奥勤めは、とうから嫌になっておりました」

「はて、そなたとしたことが聞き分けの無い」

と大膳は困惑をかくしてやさしく説いた。

「左様なことをなされては、そなたの身に疵《きず》がつく。菊川殿といえば、お美代の方様お気に入りの御中﨟、権勢あるご身分じゃ。ちとその辺をお弁《わきま》えなされ」

「その菊川をこのような身体になされたのはどなたじゃな？」

「いや、それは、しかし」

「奥村殿」

菊川は再び激しく男の膝にとりついた。

「わたくしは、あなたが好きじゃ。あなたからやさしい言葉をかけられた時から、眼の前がぱっと燃えるようでございました。それから口実を設けてお城を脱け、短くて果敢《はか》ない逢瀬《おうせ》を重ねるにつれて次第にあなたから離れられなくなりました。わたくしも女、この年齢《とし》になってこの歓びを味わおうとは思いませなんだ。わたくしは心も身体もあなたに溺れておりまする」

菊川の声は泣いていた。男の前に恥を忘れた女は、髪が乱れても掻き上げようとはしなかった。

「それほど好きなあなたの子を、生むな、殺せ、と申されるのは、あんまりでございます。あなたのお心の冷たさが怖ろしゅうございます」

女は怨《えん》じた。

「いや、わたしとても、そなたが可愛い。ただ、今の場合、子を生むのは困る。事情が許さぬ。又の機会も巡ってくることじゃ。それは分ってくれるであろう？」

男は諭《さと》したが、女は激しく首を振った。

「うそです。うそじゃ。あなたは、わたくしを利用なされたのじゃ」

「利用だと」

大膳はどきりとした。

「お美代の方様との取引に便利のよいわたくしを籠絡《ろうらく》して使われたのじゃ。わたくしはその道具になっていたのじゃ」

「それは大そうな思い過し。そなたの邪推だ」

男は、うろたえて一生懸命になった。

「わたしの言葉に嘘はない。真実、そなたが可愛いのだ。分って欲しい」

「そんなら、腹の子を生ませてくださるか？」

女は屹《きっ》と顔を上げた。

「しかし……」

「奥村殿」

菊川は血走った眼で睨んで云い放った。

「わたくしは生みまする。あなたがどのように邪魔されても！」

この宣言が大膳には狂人の言葉に聴えた。

相変らず、この部屋には誰も近づいて来ない。襖も障子も締め切ったままで、ひと組の男と女を密室の世界に置いていた。

家は手入れの行き届いた植込みの深いところにあった。石の布置も洒落たものだったし、その上にさしのぞいた松の枝ぶりも華奢《きゃしゃ》な感じであった。

外には明るい陽が当り、それが前面の広い不忍池の水を光らせている。池には青い蓮が群れて浮き、岸辺には芦がそよいでいる。

上野の山内《さんない》を目の前に見渡せるこの辺は、茶屋や料理屋が多い。公儀では、風紀に目に余るものがあって、度々撤去を命じているけれど、今も昔も同じことで、何のかのと云っては居据っている。現にこの梅屋という家も大きな構えで商売をしていた。

本郷に近いせいもあって、奥村大膳は、梅屋にとって大事な客であった。よく使ってくれるのである。

奥村大膳が、中年寄菊川との逢瀬にこの家を利用してから半年くらいになる。法華の信心詣りをする菊川は、帰りを池の端に寄り途するのだが、梅屋では女乗物の鋲《びょう》打ちの駕籠をこっそり人目にふれぬところに匿してくれるのだ。大膳と菊川とが会っている時の離れの座敷には、猫の子も近づけさせない配慮をしている。

外には、おだやかな陽が当っているが、昼間でもわざと薄暗くしたこの部屋の中では、大膳と女との闘争があった。

菊川の血走った眼に、奥村大膳は説得の自信を失ったものか、弱い表情になった。

「それほどまで思い詰めるなら詮方《せんかた》あるまい」

と彼は折れたように云った。

「おお、それでは無事に生ませて下さりますか？」

菊川の眼が輝いた。その眼の妖気に思わず男はたじろいだようにうなずいた。

「お礼を云います。奥村殿」

女は男の膝を力をこめて揺すった。

「ご恩にきます。あなたの可愛いお子を儲けて、お傍から離れとうございませぬ。それが女の仕合せでございます。お城勤めなど味気ないことで一生を終りとうございませぬ」

「そなたがそれほどの決心なら、わたしもその考えにする。安心するがよい。もともとそなたが可愛いのだ」

「そりゃ真実でございましょうな？」

「無論じゃ」

「わたくしはお心変りをなされたかと思いました」

「何を、ばかな。左様なことがあるものか？」

「うれしゅうございます」

菊川が身を投げると、大膳はその背に腕を廻した。

女の身体が大膳の膝に重い。その重さは男の心の重さでもあった。大膳の眼は抱擁の情熱とは離れて、別なことを冷たく考えていた。

半刻静かなうちに過ぎた。

菊川は櫛で髪を直した。顔はまだ上気しているが、落ちつきが動作にあらわれていた。

大膳は脇息に身を凭《もた》せて、それを眺めている。屈託のある眼だった。女の全身には、歓びのあとの余韻が漂っていた。男には、それが鬱陶しく映っている。

菊川は、化粧直しをすると、向き直ってにっこり笑った。安心し切った微笑であった。女は自分の云い分を通して、勝ったつもりなのだ。悠々としたものである。さっきの取り乱し方が嘘のようだった。

女は、ゆっくりと莨入れをとり出して、銀の細い煙管を抜いた。莨入れは紅繻子の裏がつき、表は錦仕立て、銀金具《かなぐ》には丸に梅鉢の紋が象眼してあった。

菊川は一服吸うと、気づいたように、莨入れを掌に載せ、男に見せた。

「これをあなたがわたくしに手渡されたときのお言葉、よもやお忘れではなかろうな？」

菊川は確めるように男の顔を見詰めた。眼に媚と執念がこもっていた。

「忘れては居ぬ」

大膳は仕方のないような返辞《へんじ》をした。

「ほ、ほ。そのお顔つきでは怪しいものじゃ。わたくしには、まだ昨日のことのように耳に残っている」

菊川は粘い調子で云った。

「梅は加賀殿の御定紋、それを拝領して円《まる》に梅鉢はこの奥村の家紋じゃと申され、いつまでも己を忘れるな、とこれを下さいました。わたくしは片時も肌身からこの莨入れを離して居りませぬが、あなたは、いつのことだったかとけろりとしたお顔をなさってお られますな」

「それは無体な云いがかりじゃ。わたしはそれを見るたびになつかしく思っている」

「お口のうまいこと」

と菊川は、それでも上機嫌に笑って云った。

「あなたが、どのように逃げようと思われても、わたくしからは逃げられませぬぞ。お覚悟なされ」

冗談めかした云い方だったが、妙な迫力があって、大膳は唇が白くなった。

「ときに、菊川殿」

と大膳は話を変えるように云った。

「そなたを診たてたというのは、どこの町医者かな？」

「あとで、傍の者に聞きましたが」

と菊川は男の質問にうっとりと答えた。

「何でも下谷の方から、当日供についた添番の者が喚んで来たそうです。名前は、良庵とか申したようですが、お城の奥医師と違い、なかなか気軽な医者と見うけました」

「下谷の、良庵とな……」

大膳の眼がひそかに光った。冷たい、陰険な眼になって、何かを思案していた。

吹上の庭一帯は警備の詰所の者が見廻ることになっている。しかし、広大な地域全部に亙ることは稀で、巡路区域はたいてい決っていた。

しかるに、この度、御広敷用人から命令が出て、お庭一帯、殊に滝見茶屋、花壇茶屋を中心として隈なく掃除を行うべし、との達しが、伊賀者、添番にも有った。

この両番の役は大奥の雑用を勤める者だが、将軍家や大御所または御台所が吹上へのお成りの際には、番所の者に代って警固をつとめる。従ってそういう際以外にはお庭に出ることがない。

ところが、警備の役人で足らず、伊賀者、添番まで狩り出して掃除に当らせるというから、何事かと思われた。

その指令の一つに、

「お茶屋の床下、天井裏、林の中、岩の間なども仔細に掃除し、異物ある時は、これを捨てることなく、定めたる場所に集めること」

とあった。

異物というのは甚だ抽象的だ。何を指して居るか分らない。とにかく異な物と解釈するほかはない。

「一体、どうしたというのだ」

添番の間でも話題になった。

添番は昼夜交替で、西丸では十五人ずつが組となって勤める。つまり、三十人の定員であった。

「何か、吹上のお庭にお催しでも有るのかな」

と首をかしげる者もいた。

「いや、まず左様なことはあるまい」

否定する者は云う。

「大御所様、ご不例の折柄じゃ。上様にも御台所にも、万事御遠慮の節、臨時にお催しがあるわけがない」

それでは、何だと訊き返すと、確かなことを答える者は無い。

「さあ」

と首を傾げるだけだった。

しかし、分らないとなると興味は募る。わざわざ組頭まで訊きに行った者がいるが、

「わしにも何が始まるのか分らぬ」

と組頭までが頭をしかめた。

ただ、この中に、ひとりだけ思い当る顔をした者がいた。背が低くて、あまり風采は上らないが、眉が薄くて、眼がぎょろりとしていた。

落合久蔵である。

彼の眼のふちに薄い笑いが上ってきた。

それでも彼は組頭に一応の伺いを立てた。

「異物とは、何でございましょう？」

「異物は異物じゃ、変った物を取り除けばよい」

組頭は不機嫌に答えた。

組頭も知らぬ。命令は上から来ているのだ。久蔵は顔を撫でて、愉しそうに何かを考えている。

吹上庭の不時の掃除は誰からの指令であるか、落合久蔵は知りたがっている。表向き

の命令は誰であろうと、実際に伊賀者や添番まで動員させたほどの実力者を知りたい。組頭の口吻から察しても、上の方からの伝達である。

面白くなった、と久蔵は思った。

その指令が、上の方からであればあるほど、彼はほくそ笑むのである。

添番詰所では朋輩たちが相変らず臆測に花を咲かせていた。

「大御所様ご不例の際に、かような事が始まるのは、何か大仕掛けなご平癒のご祈禱がお庭でとり行われるのではないか」

と云う者もいる。

誰が考えても、結構な催しものがあるとは思えないから、自然に大御所の病気に結びつく。

「いやいや、そうではない」

と仔細らしく云う者もいた。

「大御所様平癒の祈禱を感応寺でとり行ったところ、住職の日啓殿の申されるには、吹上のお庭の方角に大御所様をお悩ませ申し上げる異物が埋まっているそうな。それに悪霊がこもり居るから、まず異物を見つけ出して取り除けとのお告げだったらしい。それでかくは不時の掃除と相成った次第じゃ」

もっともらしい意見なので、皆は耳を傾けた。智泉院住職日啓はお美代の方の実父で、家斉がお美代可愛さに日啓まで取り立てて自ら日蓮宗に帰依したくらいだから、かれの威望は大そうなものである。

「日啓どのが云い出したからには、さもあろう」

と一同はうなずいた。

「しかし、その異物とは何であろう？」

この疑問には、さすがの説明者も困って、

「されば、異物とは異物、異なものを片端から取り除けばよいのであろう」

と曖昧なことになった。

しかし、異物の正体を誰よりも直感的に覚ったのは落合久蔵である。

彼は同輩が話に夢中になっている隙に、詰所の屋根裏に梯子《はしご》をかけて上った。屋根裏といっても、高さ六尺もあって人が立って歩ける。ふだんは詰所の不用な雑具を置いていた。

久蔵が、こっそりと雑具のならんだ奥に眼を向けて蠟燭の灯で確めたのは、一個の赤漆塗りの踏台であった。

乏しい明りをうけても、踏台の上は雲母《きらら》のように光っている。まさしく蠟を塗ったあとだった。

「これだ、これだ」

久蔵は思わずひとりで呟いて笑いを洩らした。

実は、この品は、去る花見のあと片づけの時、偶然に鳥籠茶屋の床下から彼が発見し、ひそかに持ち帰り、この場所に隠しておいたものである。

落合久蔵は、いま、薄暗い屋根裏で蠟燭を手にもって、踏台を見ながら、これを発見した時のことを思い出している。

あの時の花見は、多喜の方の不慮の珍事があって、散々な結果であった。騒ぎが起って、大御所も御台所も怱々《そうそう》にお帰りになる。お美代の方はじめ、大勢の女中に取り巻かれた中﨟たちもひき上げるで、大奥女中どもが半年も前から愉しみにして待っていた今年の桜見が前代未聞の惨めさで終った。

お半下《はした》部屋の女中どもは前夜から庭に運んだ道具を片づけて持ち帰るのに一騒ぎであったが、当日、お庭の警固をうけ持った伊賀者や添番もあと始末に汗をかいた。

久蔵が、鳥籠茶屋の床下から赤漆塗りの踏台を見つけたのは、この付近のあと片づけの時だった。

床下は、人が立って入れるくらいに高いが、床束《ゆかつか》と大帯木《おおおびき》が井桁《いげた》に交差した奥に、踏台は人目からかくすように置いてあった。

変だ、と思ったものである。

入り込んで、その品を取り出して検分すると、まさに長局の備品であることは、踏台としては華奢な造りと、派手に塗った赤い色で判った。

どうしてこのような場所に、と思って、ふと気づくと足を乗せる板のところに蠟が一めんに塗られてあるのだ。そのときも、春の陽をうけて蠟がうすい乳色に光った。

明らかに誰かが細工を施したものであり、それを人目につかぬよう此処に匿して置いたのである。

早速に届けよう、と思ったが、待てよ、とすぐに久蔵は考えた。

この踏台こそは多喜の方を転倒させた品物である。重要な証拠物件には違いないが、ただ届けただけでは、ああそうか、と受け取られるだけである。組頭が口先で賞めてくれる位が関の山で、自分には何らの利得が無い。

落合久蔵は機会をいつも狙っている男だった。この品がもっと値打ちの出るころまで待とうと考えた。今、この物件を持って届けるのと、あとで持ち出すのとでは、大そうな違いになるかもしれないのだ。

必ずこの品を求められる時が来る。詮議がやかましくなる時だ。その際に、発見者として持って出ると、今度は組頭の口先だけでなく、褒美の金でも貰えそうだ。或は、うまくゆくと、出世の糸口にならぬとも限らぬ。

久蔵は、添番の五十俵高の薄給生活には飽き飽きしていた。せめて百俵高の御広敷御番衆くらいには出世したい。それがとうからの念願であった。

やはり頭は働かすものだと久蔵はひとりで自慢した。その品を此処に今まで移しておいてよかったのだ。みろ、誰か知らぬが、上の方の偉い人がこれを、今、探しているではないか。

しかし、彼の心にも変化があった。

落合久蔵の気が変ったのは、ほかでもない。

踏台の細工をしたのは誰か、彼にも見当がつかなかったが、その推察がついたのは、非番の日に麻布を歩いている際、大奥女中の登美を見かけたときであった。

通りすがりに登美を見たのだが、はてな、と思ったのだ。

花見の時には、久蔵も警固の役について、よそながら見物をゆるされた。一同、注視の中を中﨟多喜の方が花の下に立っていた。今や大御所の寵愛を一身にあつめている女だ。あでやかな襠《うちかけ》を着て、すらりと佇《たたず》んだ姿はまるで絵のようだった。多喜の方は自作の和歌を認《したた》めた短冊を花の枝に結ぼうとして当惑しているのだ。そのとき、踏台を持って小走りに近づいた一人の女中があった。

踏台を捧げて、その女中は早速に退いたが、あの転倒の騒ぎがそれから起っている。麻布の往来で、久蔵が登美を見かけて思い出したのが、その踏台を持って出た女が、彼女であったという記憶である。

あの騒ぎで、気にもとめなかったが、そのときに彼女を見て、はてなと考えたのは、自分が鳥籠茶屋の床下から見つけ出して、添番詰所の屋根裏にかくした踏台とのつながりである。

あの女が！

と思い当ったときには、自分でも身体がとび上るほど、はっとした。

そうだ。どうしてこれに気がつかなかったのか。迂闊《うかつ》だった。

踏台の細工のことに気づかぬ他人はともかくとして、明らかに、それに足をのせれば滑るように出来た仕掛を知っている自分が、それを持ち出した当人が一番怪しいくらいは、もっと早く心づきそうなものだった。

たしかに、登美だ――

遅かったけれど、気づいた。

そう考えれば、当日、彼女が咄嗟に、騒ぎにかくれてその踏台を床下にかくす推定も無理ではない。おそらく、一時、そこを隠匿場所にして、他日とり出して処分するつもりだったのであろう。

下手人は登美だ。

そう信じて間違いはないと思った。それで彼女のあとをつけたのだが、鼠坂を上ったところで、女はある屋敷に入った。そのときも、女の出てくるのをその屋敷の前で待ち伏せしていたくらいである。

何故か。

登美の顔を見て、落合久蔵は別な欲が起ったのだ。もとから女好きの男だった。

彼は登美の急所を握ったと信じている。証拠品は彼の手の中にある。この弱点を武器に女の身体を奪う野心が起ったのだ。

その欲望は、今もつづいている。いや、強くなっていた。

吹上の庭の大掃除は、その日の巳の刻(午前十時)より始まった。

なにしろ、広大な地域であるから、容易にはかどらない。東西五町、南北十町、十万坪を越す大そうなものである。

その中には、武蔵野を偲《しの》ばす原野があり、畑地があり、深山幽谷を思わす樹林がある。

当日、清掃の人数も夥《おびただ》しいものだったが、広い地域では、さしたる数とも見えなかった。しかし、重点的には、花壇、馬場、並木茶屋、滝見茶屋、鳥籠茶屋、新構茶屋を中心に展開された。これらの地域は、当日、花見を行った場所である。

異物というので、何でも拾い集められて出した。草履の片方がある、足袋の古いのが出る、こわれた薬籠《やくろう》が出る。

しかるに、それらは満足でなかったものの如く、清掃作業は一向に中止されない。

「異物とは何であろう？」

と捜索の連中は顔を見合せた。

「判じ物じゃな」

「悪霊のこもったものとあれば、よくよくの物であろう」

「とんと宝さがしじゃ」

泥だらけの手をして、自分らだけで評定した。

「御茶屋の床下、屋根のあたりも油断なく見るがよい。異物があれば、何であれ取り除き持って参れ」

という指令が出る。

その集積された「異物」は、殆ど塵埃同様の役にも立たぬ廃物ばかりで、これぞというものはなかった。

ところが、落合久蔵は、同僚たちが、せっせと身体を動かし廻っているのを見て、鼻で嗤《わら》っていた。

ふん、あるものか。

と心で嘲笑している。探している「異物」が例の踏台であることは、いよいよ明らかになったのだ。

彼は箒を義務的に持ったまま、のろい動作をつづけていた。目的が分れば、馬鹿らしくて働く気がしない。

ふと、見ると、芝生の上を一団の人間が歩いていた。日ごろ傲慢な組頭が、その先頭の男に、ぺこぺこして案内していた。

その男を見て、落合久蔵は、はっとした。かれこそ今や権勢の側用人水野美濃守ではないか。

美濃守は、広場のあちこちに集積された異物を見廻っているところだった。時々、立ち止っては、むずかしい顔をして首を振っている。

なるほど、美濃守だったか！

久蔵の顔が輝いた。

上の方からの命令だとは思ったが、水野美濃守とは知らなかった。大物だ。

久蔵が元気づいたのは、これが意外にも自分の幸運の相手だということだった。が、女の方も捨て切れない。彼は迷った。

大御所側用人の水野美濃守が、何故、今ごろ踏台の詮議をしているか、添番の落合久蔵にはもとより真相は分らない。

だが、それが大事なことは、遠くから眺めた美濃守の気むずかしい顔つきでも分るのである。この人は大奥にいつも引込んでいて、滅多にこんな場所に出て来ることはないのである。

たしかに、あの踏台は値打ちがありそうだ。

久蔵は胸の中で笑いが拡がってくるのを覚えた。あわよくば、待望の出世の蔓《つる》になりそうだった。

しかし、だ、と久蔵は、ふくらむ己の胸に云い聞かせた。

登美という女だって悪くはない。美しいし、若いのである。今まで、そういう種類の女を久蔵は高嶺《たかね》の花と考えていた。

なるほど大奥の添番といえば、七ツ口に詰所があり御殿女中のあでやかな姿は日夜見なれてはいるが、いずれも縁の遠い存在だった。どれもこれもが手の届かぬところに咲き乱れている花なのだ。

それが、踏台一つで、その中の女の一人に近づけるのである。しかも、登美は優美な花だった。

久蔵はすでに四十に近い今まで、そのような美しい女に甘い言葉をかけられたことはなかった。貧乏やつれした女房以外に女というものを知らない。

いま、登美のような若くて、きれいな女が、都合次第で、手に入りそうだと思うと、高嶺の花が急に手近に見えてきた。

登美のあのきれいな顔と、若い肢体が、この腕に抱ける。まるで夢のようだった。

出世もしたい。しかし、女も欲しかった。久蔵の迷いはそれである。

ただ、どうして登美に近づき、企らみを遂げるか、それが少々厄介である。

添番詰所と大奥との間には、お錠口というものがあって男子の出入りが禁じられている。

が、障害があればあるほど、久蔵はやり甲斐を覚えた。

（まず、女だ）

と彼は決めた。胸が、わくわくした。眼までが活々としてきた。

が、一方、水野美濃守の眼は憂鬱そうだった。

探すものが無いのである。

吹上庭の掃除は夕景近くまでかかったが、遂に踏台の欠片《かけら》すら発見出来なかった。

どこに匿したものか。まさか、外に持ち出せる品ではない。第一、そんな時間は無かった筈だ。

見当は必ず吹上の内だとつけたのだが、これほど捜索しても出て来ないとは？

美濃守は腕組みして、首をかたむけた。

密　謀

加賀藩前田家の用人奥村大膳は、ひるすぎに向島の中野石翁の隠居所を訪うた。

天気のいい日である。堤の桜は葉ばかりとなって繁り、それに初夏の眩《まぶ》しい陽が光っていた。

駕籠は二挺つづいていた。前には大膳が乗り、後には人間でなく、進物が乗っている。進物は熨斗《のし》飾りで、美しく化粧してあった。

隠居所といっても広大な屋敷である。墨田堤から一町ばかり離れたところで、邸内は植込みの樹と庭石で埋っていた。いずれも数寄を凝らしたもので、金を出して買った物より諸大名からの寄進が多い。殊に石翁が石を好むとあって、世にも珍奇な石が争って各藩の領内から選り出されて移送された。

石翁が石を好む理由は、その雅号に因《ちな》んでいる。家斉から清《しん》の儒者沈徳潜《しんとくせん》の真蹟「碩《せき》翁《おう》亭」の扁額をもらって、はじめ碩翁と号したが、のち憚ることがあって石翁と改めた。

その邸宅は、外から眺めると、屋敷というよりも見事な庭園である。

こんな話がある。――

そのころ、或る藩の勤番侍が二人、江戸見物をしていて、この辺りまで来た。見ると大そう立派な構えの植木屋があるので、その奥を覗きたく思い、ふらふらと門内に入った。掃除していた下男のような者が咎めると、自分たちは某藩の家来だが、今度はじめて江戸に来て、諸方を見物している。今日、この前を通りかかったが、樹の枝ぶりといい、石のかたちといい、まことに結構である。一つ中まで観せてくれまいか、と頼んだ。田舎侍ではあるし、植木屋だと思っているから遠慮がない。そのまま、ずんずん垣の中に入ってきた。

主人らしい坊主頭の隠居がこれを見て、騒ぐ下男どもを制し、ゆっくり見せてやれ、と云った。侍二人は見物に廻ったが、想像以上の広さと立派さに肝をつぶした。なるほど、江戸というところは広大なものである。どこに何があるか分らない。

二人は方々、見て歩き、もと来た道に出ると、池に臨んだ立派な家の縁の前に大石があり、その上に前の坊主頭の老人が腰をかけている。

「まことに見事なお手入れで愕《おどろ》き入った。これで国への土産が一つふえました」

と礼を云うと、老人は茶をのんで行けという。

出された菓子は味わったこともない上等のもので、茶器も豪華である。あきれていると、貴公たちは酒を飲まれるか、と老人は云った。

「頂戴仕る」

と答えると、それでは、と縁の上にあげられ、酒肴の馳走にあずかった。これがまた珍味ばかりで、田舎侍はいよいよ舌を巻いた。

そのうち、酒が良いので酔が廻ってきた。

二人の勤番侍は、いい心持になって、いろいろなことを話し出した。

自分の殿様の庭も結構だと思っていたが、これには到底及ばない。思わぬ眼の保養をしたと喜び、且は大そうなもてなしをうけたと謝した。隠居は黙って笑っていた。ついては江戸の風習として茶代を置かねばならないが、これはほんの心づけであると侍は云って、いくらかの小銭を紙につつんで出した。坊主頭の隠居は別に拒みもしないで受取った。

侍はそれで安心し、これほどの家は江戸でも滅多にあるまいから、次には友達を呼んでもいいか、と訊く。老人は一向に構わないと答えた。それでは家の名を教えてくれと云うと、老人は、これを持っておいでなさい、と云って何か書いたものをくれた。

翌日、二人の侍は出仕して、同藩の者と話しているうちに、昨日の物語りをした。あんな立派な庭の家を見たことがない。主人と約束したから、お望みなら案内しようと云った。

聞いた連中が、それは誰の家かと尋ねると、あいにくと貰った書きつけを自宅に忘れたのでよく覚えぬが、座敷の鴨居の上に、石摺りにした大きな文字の額が掲げてあった、何でもその一字は「碩《せき》」というような字だったと思うと語った。

騒動がそれから起った。それはまさしく中野石翁の邸である。知らぬといいながら、植木屋と間違えて藩士が無礼を働いたのだから、どのような仕返しがあるか分らない、と藩主はじめ重役一同が蒼くなった。一先ず、その勤番侍二人を押し込め処分にして、謝罪の使者を石翁のところへすぐに立てた。

使者は、藩士の無礼を平グモのようになって謝った上、件の者は取り押えて押込めにしておいたが、どのような重刑を加えたらよいかと伺いを立てた。

石翁は大きな褥《しとね》の上に坐って笑い、田舎の人が知らぬでやったことだから別に咎めるにも当るまい。藩主の耳にも入っていまいからすぐに釈放なさるがよろしかろうと云った。

その藩では、二人の勤番侍をすぐに国元に追い返したが、そのあとが大変である。百方手を尽し、金品を贈って石翁の機嫌をとったということである。

これなども、諸人がどれだけ石翁を畏怖していたか分る話である。

「新渡の鮫鞘《さめざや》、毛の羽織、何を着たとてかまやせん、腰に短かき御太刀を佩《は》き、一寸見附の花が生き、枝珊瑚珠も江の島の、土産に同じ貝細工、または蠟色《ろいろ》の上品も、縁に頭に目貫まで、今出来揃ひ桐尽し、葵、沢瀉《おもだか》、虎の皮、御馬が三匹何ぢややら」（巷街世説）

というのは、中野石翁が出仕の行列の驕奢をうがった一文である。

さて、奥村大膳は、その石翁の向島別荘の門をくぐった。

中野石翁は十徳のようなものを着て坐っていた。大きな坊主頭の上には、例の「碩翁亭」の石摺りの扁額がかかっている。

石翁の着ている十徳は普通のかたちとは少し違っていた。

これについては由来がある。

中野播磨守が隠居し、石翁と号して出仕した時、家斉が石翁のきている十徳姿を見て云った。

「その方の着ている十徳は、茶道坊主とも医師とも見えて甚だ紛らわしい。少し色、容《かたち》を変えたらどうか？」

これは家斉の寵愛から出た親切心であった。石翁はこの重恩に感激して、十徳の変形をつくった。以来、石翁の着ているものは十徳に非ざる十徳で、色も白でつくり特殊な意匠であった。

その特別な恰好で石翁は奥村大膳の挨拶を鷹揚にうけていた。

「ご隠居様にはいつもながらの御機嫌で恐悦に存じます」

大膳は頭を畳にすりつけて云った。

それについて、石翁からは、いつも心使いをしてもらって済まぬ、と会釈があった。大膳の持ち込んだ熨斗飾りの品のことを云っているのである。

「大膳、茶でも参ろうか」

石翁は云った。この座敷の隅には風炉《ふろ》が切ってある。そこにはいつでも火が埋っていた。

石翁は炭斗《すみとり》から炭をつぎながら、

「大膳、犬千代様のご機嫌はどうじゃな？」

ときいた。

「はっ。至極ご壮健にて、日増しに大きくなられておられます」

大膳は頭を下げて答えた。

「それは重畳《ちょうじょう》。何よりもめでたい」

石翁は何度もうなずいて、厚い唇に微笑を漂わせた。犬千代は、石翁の養女のお美代の女溶姫が加賀侯に縁づいて生れた子である。石翁にとっては義理の曾孫に当るのだ。

「この上とも、犬千代様にはお気をつけてくれ。大切なお方じゃ」

「それは、もう、仰せまでもございませぬ。われら身命を賭してお守り申し上げております」

大膳は力をこめて云った。

「ついては、大膳、今日、その方を呼んだのは余の儀ではない。その犬千代様についてのことじゃが」

「はっ」

「もっと、近う来い」

大膳は肥った身体を動かして、にじり寄った。

「恐れながら大御所様のご不例は」

と石翁は低い声で云い出した。

「ここ半年の間であろう。ご全快なされるのではない。その逆じゃ。つまり大御所様のご大漸も間近いと医師どもはひそかに申している」

奥村大膳はそれを聞くと思わず眉をひそめた。

「大御所様のご容体は、それほどお悪うございますか？」

「悪い」

石翁は云い切った。

「このままだと半年がもつかどうか」

「……………」

「そこでな、大膳、わしが思うに、今のうちに大御所様の例のお墨附を頂いておかねばならぬ。お頭脳《つむ》が溷濁《こんだく》しては万事休すでな」

「はあ」

大膳は眼を伏せた。

「それでなくとも、ただ今はご衰弱が増しておられる。頭が割れるように痛い、痛い、と喚《わめ》くようにお訴えなされる。医師共は手にあまって半泣きじゃ。それを水野美濃がひとりでご看病申し上げ、失禁のお始末から何までお世話申し上げている。とんと女房、いや、女房でもああはゆくまい。美濃は連日着たままでお傍に仮眠し、ご発病以来、わが屋敷に戻ったことがない」

「美濃守様のご忠勤、ほとほと感じ入りましてございます」

「うむ、出来た男だ」

石翁は、泡立った茶碗を大膳の前に置いた。

「それ故、大御所様の美濃へのご信任は一入《ひとしお》、今では女どもを遠ざけられ、美濃ひとりを頼っておられる」

「君臣の情、承っても涙が出て参ります」

「従って、本丸へのご政道向の指図は、すべて美濃守の口を通じてなされている。大御所思召しは悉く美濃より出ている。分るか？」

「……」

「ははは、分るであろう。お側には美濃ひとりが詰め切りじゃ。たとえ御姻戚の大名方がお見舞に参ってもご大切を申してお側には参られぬ。ご病間には誰も近づけぬ」

石翁の言葉の含みが、大膳にも次第に判ってきた。かれの眼は輝いてきた。

「しかしな、ご病状がもっと悪くなれば、それも崩れてくる。ご危篤となると、誰もかれもが最後のお暇乞いに参るでな。例のお墨附を頂こうにも頂戴出来なくなる。今なら、それが出来る！」

ここまで石翁が云ったとき、襖の外の廊下を忍びやかに歩いてくる足音がした。石翁は急に茶を啜《すす》った。

「申し上げます」

襖の外で家来が云った。

「真田信濃守様、ご使者が参られました」

「何だな？」

石翁は問うた。

「ご挨拶とのことでご進物を、長持ち二棹、持参されましてございます」

「よし、貰っておけ、使者には会わぬ」

石翁はこともなげに云った。

「信濃め、煩さい奴だ」

使者を追い帰して石翁は舌打ちした。

真田信濃守の名を小耳に挾んだので、奥村大膳は、自分の話の途中ながら、

「松代侯がどうかされましたか？」

と興味を起して訊いた。

「うむ、例の出世亡者だ。それも大亡者での」

石翁は唾を吐くように云った。

「この間から、老中になりたいなどと申しては世話を頼みに来ている」

「ははあ、世間の評判はよろしいように承りましたが」

「それよ。それでのぼせたものか、いきなり老中を志望しおった。信濃は、まだ大坂城代も京都所司代も勤めては居ぬ。それを一足とびに老中にしろというのだ。人間は利口でも、のぼせると前後が分らぬとみゆるの」

「それでお断り遊ばしましたか？」

「断りはせぬ」

石翁は平気で云った。

「見込みが無いような、有るような、どちらともつかぬ返事をしている。大膳、この辺のかねあいが大切じゃ。信濃めは何とかおれに承知させ、出世の夢を遂げたいものと度度使者に時候の見舞品を持たせてくる。これが莫迦《ばか》にならぬ金でな。その注ぎ込んだ金のため、貧乏世帯の松代藩では家中に渡す扶持米給金に差し支えているそうじゃ」

石翁は笑っている。

「それで、ご隠居様は結局、お請け合いなされますか？」

「たわけを申せ。自体、考えても分るであろう。先例を無視して老中に成れる道理がある。信濃がそこまで財布の底をはたいたなら、もうそろそろ引導を渡してやらねばなるまい」

「………」

奥村大膳は呆れたような眼をした。

「大膳。わしは金が要る。犬千代様を加賀家よりお迎えして、西丸にお直しするには、やはり相当の運動資金が要るでな。口煩さい連中の手当じゃ。なるほど、わしは金を持っている。世の中には出世亡者どもがうようよしているでの、わしに頼めば何でも叶うと思い、先方から運んで来るのじゃ。わしは遠慮なく持って来たものは貰うことにしている」

石翁はこう云って、皮肉な笑いを消し、急に真剣な顔つきを見せた。

「それも、これも犬千代様を西丸に迎え、大御所様他界の後は、当将軍家を西丸にお移しして大御所に奉り上げ、右大将様（世子家定のこと）将軍に成られた後のお世嗣ぎにしたいためじゃ。大膳、わしの心は分るであろう？」

「さほどまでに犬千代君をお立て下さるご隠居のご厚情には、大膳、かねてより涙を流しておりまする」

石翁と奥村大膳との内談はそれからもつづいた。両人の間は畳半分も開いてはいない。

茶釜には湯が沸《たぎ》り、せせらぎのような音を立てている。その音よりも囁き声は低くきこえた。

家斉病歿の暁は、現将軍の家慶を大御所にする。世子家定をそのあとの将軍にし、それから前田犬千代を養子として迎え、世子となし、その次の将軍にしようというのである。

家定は身体が虚弱である。伝うるところによると癇が強く、いつも首をふる癖があって、将軍になってからは「癇性公方《かんしょうくぼう》」の名があったという。脾弱《ひよわ》で、神経質だったのであろう。

だから、たとえ家定が将軍となっても、短命に違いない。そのあと、世嗣ぎに直った犬千代が公方となれば、血統の上からいってお美代の方一派の勢力の伸展は望み通りだ。

これが中野石翁の構想らしい。

まことに、その通りになれば、林肥後守はさしずめ本丸老中となり、水野美濃守は将軍側用人となってめでたい話である。のみならず、加賀藩にとっても万々歳である。とかく百万石を白眼視されて幕府から目の敵にされてきた前田家にとって、これほど安全なことはない。

一体、前田家は始祖利家以来、保身の術に長《た》けている。

天正十年、賤ヶ岳の合戦の折、前田利家は柴田勝家の側について出陣した。彼は茂山にあって柴田軍の佐久間盛政部隊の掩護に当っていたが、戦闘中に陣地を放棄して、後方に移動し、北方へ脱出してしまった。

戦場放棄だから裏切りに等しい。事実、前田利家ははじめから秀吉に対しての戦意が無く、内通していたのである。思うに、秀吉の優勢を見てとっていたからであろう。このため、利家は秀吉の天下になってからは非常な優位を占めた。

徳川の天下になってからは、二代利長はじめ、代々、どのように保身に苦心したか分らない。鼻毛を伸ばして阿呆を装ったという逸話がある。

加藤、福島ら、豊臣家と密接な数々の大名が取り潰しに遇ったなかで、百万石を最後まで維持したのは偉とするに足りよう。とにかく、幕府から睨まれぬことが第一、ひたすら去勢された百万石を演技した。

しかるに、石翁のプラン通り、家斉の女《むすめ》の生んだ犬千代が将軍ともなれば、保身も万全である。

のみならず、溶姫、つまり前田家御台所附用人奥村大膳にも、こよなき春がめぐって来ようというものである。

この密談は長い時間をかけて終った。

石翁と大膳が声を合せて笑う声が聞え出した。

石翁と奥村大膳との間に笑い声が上ったのは、密談が面白く終ったせいである。

「もう一服どうじゃ？」

石翁は愉しげにすすめた。

「頂戴仕ります」

大膳はいつも礼儀正しい男だ。有難そうに一礼した。

石翁は二度目の点前《てまえ》にかかる。上手だったし、自分でも自慢している。殊に、愉快な話のあとだったから気分は爽かだった。道具は名物ばかりで、これも公辺の周旋を頼む諸大名からの寄進が多かった。

石翁の仕ぐさを客である大膳はじっと拝見している。静かだが、退屈な時間であった。凝視している大膳の眉のあたりが曇ってきた。茶には関係の無い、別なことを自然に思い出して、知らずに浮かぬ顔になったという感じであった。

この屈託げな大膳の表情を石翁が見のがす筈はなかった。が、すぐには云わず、黙って自慢の点前をつづけた。

茶碗が出される。大膳は一礼して作法通りにうけとった。黒の楽焼茶碗の中には緑の色が冴えて泡立っている。大膳は押し頂き、静かに緑の雫をすすりはじめた。

「大膳」

石翁が呼んだ。不意だったので、大膳は思わず茶碗を手からすべり落しそうになった。

「はっ」

見上げると石翁の顔には微笑があるが、眼だけは切り離されて光っていた。大きな、ぎろりとした眼である。

「どこか、身体でも悪いか？」

声はおだやかであった。

「いえ、別段には」

大膳は答えた。

「顔つきが変った」

石翁は截《き》るように短く云った。

「気分の悪そうな顔じゃな。何か心配ごとでも思い出したか？」

大膳がかぶりを振って否定しようとすると、

「隠すでない」

と石翁は云った。

「大事の前の小事、というが、とかく、ことは小事の災いから破れ勝ちじゃ。大膳、心煩わしきことがあれば、遠慮なく申してみい。たとえ些細なりとは云え、心に屈託があれば何ごとも精神こめて打ち込めぬものじゃ。われら大事の前、躓《つまず》きになりそうなものは今の間にとり除かねばならぬ。わしに隠さずに申せ」

大膳は、両手をついて身体を崩した。

「ご隠居様のご意見、肝に銘じました」

「うむ、話すか？」

「はっ。とうからご相談申し上げたいと思いましたが、何とも口から出すことが叶いませなんだ。お言葉に甘え、死ぬ気になって申し上げます。——実は中年寄菊川殿のことで……」

「なに、菊川？」

石翁も、これは意外だったらしく、眼の前に両手を突いている奥村大膳の太い首筋を眺めた。その首筋には、うすい汗が滲み出ている。

「どう申すのだ？」

「は」

と云ったきり、大膳はさすがに絶句してすぐには面《おもて》を上げなかった。

「遠慮は要らぬ。何ごとも云ってみい」

石翁に重ねて催促され、

「実は――」

と大膳が脇の下に汗を掻きながら、白状したのが菊川との特殊な関係だった。

それはすでに二年前からつづいている。菊川はお美代の方のお気に入りだ。それで前田家に輿入れした溶姫のご機嫌伺いに、菊川は度々本郷の御守殿に出入りしている。そのうち、前田家から溶姫に附けた用人奥村大膳と忍び合う仲となった。

加賀藩邸の長い塀の前は、溶姫が入輿して以来、遠慮を申しつけて、町家を片側一切取り払った。ただ寺院だけは残されている。そのなかで法華宗の寺で妙喜寺というのがあり、題目信心の溶姫お附の女中や、お見舞の大奥女中どもが参詣する。

奥村大膳と、中年寄菊川との逢瀬は、この妙喜寺の奥深い一室で行われていたと、これは大膳の冷汗まじりの白状であった。

告白はまだある。近ごろ、その菊川が懐妊し、どうでも子を産むと云い張っている。そんなことをされたら、一切が明るみに出て、一大事であるから、何とか堕《おろ》すよう云い聞かせたが、とりのぼせた菊川は一向に承知しない。まことに困った次第だ、近ごろそれが心にかかって夜もろくに眠れない、その屈託が思わず顔に出て、御隠居様に見咎められ、恥じ入った次第でございます、と大膳は平伏した。

「大膳、そのほうが菊川とのう？」

石翁は呆れたように眼前の小肥りの中年男を見つめた。人間は見かけでは分らぬといった顔つきである。

大膳は言葉もなく、うなだれている。日ごろ何かと仕事の捌ける男だけに、この悄気《しょげ》た恰好には、おかしさがある。

「なるほど、菊川も女ざかりじゃ」

石翁はお美代の供についている菊川の顔を思い浮べるように云った。

「大奥で暮した女が、あの年齢《とし》で男を知ると、これは怕《こわ》い。大膳、そのほうはえらいものに取り憑《つ》かれたのう」

石翁は笑った。

大膳は、いよいよ頭を下げた。

「女というものは、可愛い男との間に宿した子は産みたがる。それが女の愛情、とりわけ年増女はそうじゃ。大膳、そちは果報者じゃ、と申してやりたいが、なるほど、その深情は、ちと、こちらに迷惑じゃの」

石翁は、菊川の駄々に奥村大膳が弱っているのをみて、はじめ少々面白く聞いていた顔が曇ってきた。

「大膳、それは厄介なことになったな」

と凝《こ》ったように太い首筋をたたいた。

「女の一念、菊川が是が非でも子を生むと云い通し、そのようなことになったら、その始末がぱっと世間に出る」

「はあ」

大膳は肩をすぼめた。

「さらぬだに大奥女中の風儀が取沙汰されているとき、中年寄が前田家の用人の子を生んだ、これは恰好の話題じゃ。油に火をつけたように忽ち拡がるぞ」

石翁は自分の吐く言葉に顔をしかめた。

「喜ぶ奴が一人居る。手ぐすね引いて、そんな一件を待っている奴がな」

「……………」

「脇坂淡路じゃ」

石翁は、遠いところを見つめるような眼で、ぼそりといった。

「ご隠居様」

大膳はすがるように呼びかけた。

「手前の懸念も、そのことでございます。もし、これが脇坂殿に手がかりを与えると……」

「口実になるの。出会いの場所は法華寺、寺社奉行の管轄じゃ。容赦はすまい。得たりとばかり手をひろげて、その他の寺にも手入れをしよう。厳しくやるに違いない。そんな男だ」

大膳の顔は白くなっていた。

「淡路の狙いは、大奥女中と坊主の摘発からわれわれに附け入ろうとしているのじゃ。或はわれらの計画をうすうす勘づいているかもしれぬ」

「まさか、そこまでは……」

「いやいや」

石翁は首を振った。

「分らぬ。油断のならぬ奴じゃ。こちらはそれくらいの要心を踏まねばならぬ。大膳、いかにしても菊川のこと困ったものじゃ。いっそ、欺《だま》して薬でも呑ませるか？」

その意味は大膳にはすぐに通じた。

「左様にも考えましたが」

と彼は云った。

「子を堕すとなると、いろいろと世話がかかります。滅多な家は借りられず、特別な女だけに人目からも隠さねばなりませぬ。手前に、左様な心当りもなく、才覚がつきませぬ」

大膳は弱り果てたように云ったが、眼にも言葉にも、石翁を頼り切っているものがあった。

石翁はしばらく考えていたが、何を思ったか、俄かに眼が生きてきた。

「大膳、菊川はわしの邸に預かってやろう。ここなら何をしようと、誰も気づく者は居らぬでな。菊川の処置は、わしに任せてよいぞ」

「ご隠居様が菊川殿をお預かり下さいますか？」

大膳は思わず石翁の顔を見た。

「そちの難儀を見ておれぬでのう」

石翁は笑った。

「当屋敷なら安心じゃ、誰がひそもうと世間の奴は知らぬ。石と樹とに囲まれているからの。鶴も飼っている。亀も池に泳いでいる。御殿女中ひとりくらい置いても不思議はあるまい」

石翁の云う通り、この向島の別荘には鶴が居た。家斉からの拝領である。鶴は、将軍家以外、大名も飼うことが許されなかった。家斉の偏愛がどんなに石翁に傾いていたか分るのである。

奥村大膳はそれを聞くと、畳の上に再び蟇《がま》のように匍《は》いつくばった。

「それを承りまして、大膳、宙に浮ぶ思いが致しまする。何ともお礼の申し上げようがございませぬ」

あとは女のように細い涙声になった。

「大膳」

「はあ」

「女をわしの屋敷に預かった以上、わしの勝手な料理に任せるか？」

大膳は、はっとして、石翁の眼を見上げた。相変らず薄い笑いが老人の顔に残っているが、眼は大きく剝かれていた。大膳は意味も無くその眼に射すくめられた。

「はは、勘違いするな。わしは年寄りだ。色気は無い」

「……」

「菊川をわしが説得しても無駄であろう。いや、腹の子を堕《おろ》す話じゃ」

「はあ」

「そこで、心当りの医者を呼び、欺して薬を呑ませる手もあるが、それを知ったら菊川は狂乱するであろう」

「……」

「逆上した年増女のこと故、何をするか分らぬ。それがこわい。もしかすると、われらの思わぬ禍根になるかもしれぬ。むごいようだが、悪い芽は摘み取って置かねばならぬでの」

大膳は、その言葉に寒気《さむけ》を感じた。

「万一の事があっても、そちに異存はあるまいな？」

「はっ」

平伏するよりほか仕方がなかった。

「そうであろう、飽いた女じゃ。そちも、せいせいする筈じゃ」

大膳の頭の上で石翁が含み笑いした。

「して、菊川はまだ勤めているか？」

「いえ、病気保養を申し立て、宿下りの名目でお城を下らせ、手前存じよりの者の家に一時かくまっておりまする」

「莫迦め」

石翁は叱った。

「世間に知れたらどうする？　今宵にも此処へ連れて来い」

「は……」

「だがな」

石翁は、おだやかな言葉に戻って云った。

「今申した菊川の処置は、最後の手段じゃ。一応は、わしが説得してみる。菊川が素直にきけば、それでよい。腕のよい医者を呼んでやろう。安心して任せておける医者じゃ。絶対に外には洩らさぬ医者でな」

医者という言葉を聞いて大膳は、ぎくりとした。気がかりなことがあるのだ。

菊川が悪阻《つわり》を食中毒《あたり》と間違えて、本郷の妙喜寺に町医者を呼んだ。その町医者は、そのとき、はっきりと妊娠を言明したという。

菊川は医者を迎えるのは工夫して、場所の妙喜寺が悟られぬようにしたというが、町医者とても病人が大奥女中であることを知ったに違いない。髪の具合や衣裳で、一目で分ることだ。

椎茸髱《しいたけたぼ》が懐妊したとなると誰でも興味を起す。余分な金を与えて口止めしたというけれど、町医者のことだ、口が軽いに決っている。秘密な場所だってどう探られるか分らない。

奥村大膳の第二の心配はその医者の存在である。この処置も何とかつけなければならぬ。

　このとき、また廊下から家来の声が聞えた。

「小笠原壱岐《いき》守様お使者が見えましたが、いかが取り計らいましょうか？」

　石翁は顔をちょっと動かし、

「何か持って来たか？」

　と訊いた。

「は、羽二重五匹、袴地《はかまじ》二匹、その下に何やら重き物を敷いてございます」

　その重い物が小判であることは云わずと知れている。

「よし。取っておけ」

　石翁は面倒臭そうに云った。

「わしは不快で臥せている。そう主人に伝えよと申せ」

　家来はそれを聞いて去った。

　奥村大膳が、意を決して、町医者のことを石翁に話す気持になったのは、この問答を横で聞いてからだった。石翁の横着が彼に勇気をつけた。

「それは、いかん」

　石翁は事情を聞くと、やはり、むつかしい顔になった。

「その町の藪医は何と申す名だな、所も分っているか？」

　大膳が、下谷の良庵だと答えると、

「どうも悪い種ばかり撒きおる」

　石翁は呟くように云い、台子《だいす》の上に置いた鈴を振った。

「大膳、その始末もわしがしてやろう」

家来を呼んで置いて、石翁は大膳に笑いかけた。

「今度は、わしに手数をかけたな、大膳」

黒い手

陽は沈んだが、空にも町にも薄い明りが残っていた。わずかな風が吹いている。若い女が歩いていた。このごろのことで、なげ島田に両横の鬢《びん》がふくれて張り出している。灯籠鬢《とうろうびん》といって江戸に流行《はや》ったものである。

下谷二丁目というと、町芸者の多いところで、若い女の身装《みなり》も素人とはみえない粋なところがあった。

「おい、師匠が通ってるぜ」

縁台で将棋を眺めていた男が、女を見て友達に知らせた。

駒を手に握っていた若い男が、

「違えねえ、豊春《とよはる》だ。何処に行ったのだろう?」

と女の方を見た。

「何処に行こうとてめえが疝気筋《せんきすじ》を病むことはねえ。それよりも、うぬの王的はどこに逃げるのだ?」

相手が云った。

「何をいやがる。てめえと違わあ、おれにはちゃんと係り合いがあるのだ」

「ようよう、おめえの係り合いは柳原の夜鷹だ。こないだ見たぜ、金壺眼《かなつぼまなこ》に鰐口、頬っぺたには瘡《かさ》が吹き出た奴さ」

「そりゃ、おめえの馴染だ。二十三文貸しがあると喚《わめ》いていたぜ」

「ふざけるな。てめえこそ師匠に習い代《さら》をふた月溜めて顔が出せめえ。袖をひいて失敗《しくじ》った組だろ」

女が若い衆の方を向き、

「今晩は」

と小腰をかがめて通った。

「佳《い》い女だな。蹴出しの縮緬が凝ってらあ。中幅を二布《ふたの》にして、居るにも立つにもびらびらと致しやする」

「てめえの眼は裾の方ばかりだ。たまに顔を拝んでみろ。あれはうま相《そう》、よさ相、どうかおち相、はずかし相だ」

「しろ相、すべっこ相、やわらか相、尻がなさ相……」

「やき相、うるさ相、気がおお相、泣き相……」

「そりゃてめえの口説《くど》いた角の後家だ。やい、王的をどこに逃がすんだえ？」

「ええい、煩せえ野郎だ。唾が顔にかからあ」

将棋の駒をばらりと抛ると、若い者は通り過ぎた女のうしろに駆けた。

「師匠」

「あら」

女は振りかえって、

「今晩は。近ごろはお見えになりませんね。源さん、たまには顔を見せて」

とにっこりした。

「へへへ。野暮用ばかりでね、近いうちに伺いやす」

若い者は頭を押えて、うれしそうに笑った。

医者の良庵が、遠くの方から、きょろきょろしながら歩いて来た。

路地の奥に、小さな、小綺麗な家がある。出入口の明障子《あかりしょうじ》には桜草の紋を貼り、柱の小形の標札には「富本豊春《とみもととよはる》」と女文字が記してあった。

女が格子を開けると、音をききつけて小女が出て来た。

「お師匠さん、お帰んなさい」

「ただ今」

豊春は、すぐ上にあがらないで、

「おきみさん、塩を撒いておくれ」

「あれ、何がありましたか？」

小女は眼を丸くした。

豊春は昏《く》れて来た表の方を振り返って透かし、

「さっきから変な奴が尾《つ》けて来てるんだよ」

「変な奴ですって？」

「慈姑《くわい》頭に長袖でね」

「お医者さん……？」

「どこの藪か知らないが、さっきからあたしの来る方についてくる」

「気味の悪い」

と云いながら、小女は習慣になっている切火の石を豊春の頭の上に鳴らした。

「お師匠さん」

「何だえ？」

「もしかすると、お医者さんが富本を習いに来るつもりではないでしょうか」

「ばかだね。外を見ておくれ、その辺に居やしないか」

「はい」

小女は格子の外に出て覗いた。

「誰も居りません」

「そんなら、早く戸を閉めな。あ……」

と思い出したように、

「新さんは？」

「二階に居られます」

「そう」

安心したように、

「今日はずっと家《うち》だったんだろうね？」

「はい」

「早く塩を撒いておくれよ」

云い捨てると、鬢の上に手をやり、梯子段を急いで上った。

突き当りが襖で、それを開けると四畳半の小座敷、かたちばかりの床には三味線が二挺立てかけてあった。

畳の真ん中に着流しの男がひとり、顔を草双紙で蔽って横たわっていた。腰の物は大小とも枕の傍に置いてある。

富本節師匠豊春は、うしろ手に襖を閉めたまま、立って男の寝姿を、うっとりとした眼で見下ろしていたが、いきなりかがみ込むと草双紙を払い除けた。

「新さん、新さん」

と男の身体に手をかけて揺すった。

島田新之助の若い顔が眼を開けた。

「帰ったか」

と新之助は一旦開けた眼をまた睡そうに閉じようとした。

「いやだ」

豊春は男の身体にとりついて、胸を揺すった。

「何をするんだ。もう少し寝かせてくれ」

「いやいや。眠ってばかりいて。あたしが帰って来たというのに、眼がさめないの？」

「一生睡っている訳じゃない、そのうちいやでも眼がぱっちりと開く」

「あたしの顔に飽いたのかえ、いえさ、嫌いになったんじゃあるまいねえ？」

豊春は自分の顔を新之助の顔の真上に近づけ、柔かい指で男の眼蓋を揉むように擦った。

「止してくれ、くすぐったい」

「あんまり口惜しいからさ。新さん、好きだと云っておくれよ」

「……好きだ」

「あれ、気の無い云い方をして。いっそ憎らしいねえ、知らぬ顔で。あたしがどうなってもいいのかえ？」

豊春は、新之助の手をとると、衿をひろげ、自分の懐の中に入れた。

「分るかえ？」

「………」

「ほら、こんなに動悸《どうき》がうってるでしょ？」

「そうかな」

「あんなこと云って。もう少し親身になっておくれよ。こんなにどきどきしてるじゃないか」

豊春は自分の乳房のあたりに新之助の掌を押しつけ、じっと男の顔を見詰めながら、

「ああ、怕《こわ》かった……」

と大仰に溜め息を吐《つ》いた。

「どうした？」

新之助は退屈そうに訊いた。

「おかしな奴にあとをつけられてね、あたしが此処に帰って来るまで、うしろからずっ

と一緒で離れないのさ。気味が悪いやら、怕いやら、足が宙に浮いたよ」

「どんな奴だな？」

「あれ、うれしい。やっぱり気にかけて訊いておくれだったね。慈姑頭《くわい》の変なおやじさ」

新之助は笑い出した。

「そいつは聞かねえ方がよかった。とんだ艶消しだな。おれは若衆にでもつけられたのかと思った」

「たんとお嬲《なぶ》り、ひとのことだと思って。あたしは、ほんとにまだ動悸が鎮まらないんだから」

豊春が新之助によりかかろうとした時、

「お師匠さん」

と小女が梯子段の上から蒼い顔を出して呼んだ。

「お医者さんが来ましたよ」

「そら来た」

と新之助が云うと、

「あれ、気持の悪い」

豊春は怯《おび》えた眼をして男の身体に寄った。

小女が、

「あの、お医者さんが、新之助さんは居るかと云ってますが」

「やれやれ、折角だが、お前は振られたらしい。気の毒な」

新之助が起き上った。

「新さん」

豊春が心配そうな眼つきをした。

「どうやらおれの親類らしいな」

新之助は豊春の手を払って梯子段を降りた。

入り口には良庵が突立っていた。

「やあ、とうとう此処まで」

新之助が微笑した。

「見つけた。見つけた。えらく探しての」

良庵が新之助を見上げ、草履を脱ぎながら云った。

「しかし、よく此処を……」

「何となく鼻が匂ってな。えらく意気な家のようだが」

良庵は家の中を覗き込むようにした。小女が医者の風采を後から気味悪そうに見ていた。

「まあ、こっちへ」

新之助が先に立って梯子段を上ると、良庵は足を鳴らして後に従った。

豊春が座敷を片づけて待っていた。

「客だ」

新之助が医者をひき合せた。

「わしの親戚で、まあ名医だ」

「いらっしゃいまし」

豊春は、それでも眼もとに笑いをみせてお辞儀をした。

「やあ、やあ」

良庵は慈姑頭を下げ、

「聞いている。なるほど、なかなかの美形じゃ。新之助さんが世話になっているそうじゃが」

と豊春を眺めた。

「お世話などとは滅相な……」

豊春はうす赧《あか》くなった。

「良庵先生、この女《ひと》は先刻あんたにお目にかかっている」

新之助が云うと、

「わしは眼がうといでな。それは気がつかなかった。ただ富本節の豊春師匠の家を探して、きょろきょろして来たが」

良庵は何も知らない顔をした。

新之助が豊春に、

「動悸はおさまったか？」

「あれ」

豊春があわてて袖をひいた。

「酒だ。何はともあれ、珍客。すぐ酒にしてくれ」

「はい」

豊春が降りて行くのを見送って、良庵がにやりとした。

「どうしてここがお分りだったか？」

新之助が良庵に向い不思議そうな顔をした。

「なに、わしは下谷一帯に患家をもっているので、人の話は自然と耳に入る。富本の師匠の家に旗本の次男士《ざむらい》がごろごろしている。人相、風体、それだけ聞けば、あんたと見当がつかあな」

良庵は云って、新之助を見つめた。新之助はそれから眼を逸《そ》らして呟いた。

「来て貰いたくないところに見えられた」

「そりゃ分っている。いろいろわけがあってと言い訳をなさらぬところがいい。たいていの察しはついている。野暮は云わんが……」

豊春が小女に手伝わせて酒と肴《さかな》を運んできた。

「なんにもございませんが」

「馳走になります」

良庵が酌をする豊春の顔を眺めて、

「わしは酒が好きでな。酒さえ飲まなんだら、もう少しはやるから金を貯めて、あんたのような美人を囲って……」

「ご冗談ばっかり」

「これは医者を見ると動悸がする方でな」

新之助が口を出すと、

「あんた」

と豊春があわてて新之助の膝を叩いた。

「仲のよいことじゃ」

良庵が笑って、

「これはまだかな？」

と両手をまるく腹のあたりに描いた。豊春が赤くなって下を向き、首をかすかに振った。

と良庵は盃を豊春にさした。女が頂くように両手で受けるのを見て、

「ま、急《せ》くことはない。急いても、急かいでも、こりゃ授かりごとでの。もっとも、授かって迷惑筋もある。だいぶ難儀なのをこの頃見たでな。食中毒《あたり》かと思って診たら、とんだ中《あた》りものじゃ。富籤の当りは男の冥利、女の冥利は役者買いと近ごろ聞いたが、あれは当って男も女もとんと当惑じゃろう」

「そりゃ、何故でござんすか？」

「女の湯文字《ゆもじ》は男のふんどしにならんでの。これは長すぎる。長いものには巻かれろでも、巻かれ過ぎる」

良庵は訳の分らぬことを云った。

新之助の不審げな眼と良庵の眼とが合った。

「ここはいいから、お前はちょっと階下《した》に降りて居てくれ。そうだ、近所の肴屋に走って、何かみつくろって来てくれ」

新之助が云うと、豊春は心得たように、

「あい、それでは、先生」

と良庵に会釈して起った。

「やっぱり機転が利く」

医者が笑った。

「良庵殿、妙な話のようだ」

新之助が膝を組み直した。

「新之助さん、あんたがこの間、わしの家にとび込んで来たね？」

良庵が盃をさして云った。

「ああ、そうだった。あの時は厄介をかけた」

新之助はうなずいて応えた。

「おかげで相手を撒くことが出来た。こういう巣を知られては、ちょいと迷惑するでな」

「あれは、どういう手合いだ？」

「麻布の叔父の家からつけて来たので、大方、その辺に絡む筋だろうな」

新之助は淡泊に答えた。

「それよ、その筋にわしもちっとばかりこの間係り合いが出来てな」

「ほう珍しいことを聞く」

新之助が眼を向けた。

「まあ聞きなさい。あれから後、そうじゃ、二、三日あとかと思うが」

良庵は酒を呷《あお》って盃を措いた。

「わしを駕籠で迎えに来た病家がある」

「急病人」

「左様、急病人には相違なかった。が、迎え方が少々気に食わなんだ。わしを目隠しして連れて行きおったよ」

「それは……？」

「つまり、その病家の道筋を知らせぬためじゃ。怪しからぬ、と思ったが、面白いとも思ったでな。黙って乗せられて行ったが」

「………」

「着いた先も変っている。町家とは異う。広い家じゃ。仏事があるとみえて、線香の匂いがしていた」

「はて」

「いやいや、変っているといえば、その病人じゃ。女での、つんと澄まして﨟《ろう》たけている。いや、病中なれば、そうはゆかぬ。蒼い顔を枕に押しつけ、椎茸髱も鬢がほつれて乱れかけている」

「なに、椎茸髱？」

「迎えられたら行ってみることじゃ。だから面白い。どんな人間に行き当るか分らんでの。当人、頭痛と嘔き気とで死んだような顔をしている。何ぞ悪い食べものが中毒《あた》ったかと思い、医者を呼んで手当させるという段じゃ。わしはやさしい手をとって脈を調べ、次に柔かい羽二重の懐をひろげて、胸乳《むなぢ》から鳩尾《みぞおち》の辺、もう少し下って腹のあたりを撫《さす》ってみた。贅沢な人間とみえて、脂がよく乗って肥え、すべすべとまるで練絹の肌をなでるようじゃった。これも医者冥利、余人の役得には無い」

医者は笑った。

「いや、笑いごとといえば、その病気じゃ。食中毒《あたり》とは以っての外、何とこれが懐妊での、苦しんで嘔いたりするのはそのためじゃ。悪阻《つわり》を気づかぬとは、さすが椎茸さん、のんびりとしていて、いい話じゃ。が、面白がっても居られぬ。わしはその時、妙な物を見たよ。おい、新之助さん、何だと思う？」

「妙なものを見た？」

「左様さ、枕元にの」

と良庵は酒をのみながら云った。

「錦仕立ての女持ちの莨入れ、裏地は紅繻子じゃ。銀の金具に象眼がある。贅沢なものじゃ。銀の煙管に更紗《さらさ》の莨入れ、小菊の鼻紙、こりゃ当世通人の好みで、緋緞子《どんす》の莨入れに附いた金具には馴染の花魁《おいらん》の紋が彫らせてあると聞く。わしが見たのは女持ち、その紋は、新之助さん、何だと思う？」

「さあ、判らぬ」

新之助は銚子をとり上げて云った。

「梅にも春、その梅が円囲《まるがこ》いの中に納っていたと思いなさい」

「丸に梅鉢……？」

「椎茸さんの好みは、かたばみ、笹りんどう、常磐津は角木瓜《かくもっこう》、清元は菱に三つ柏、こちらの師匠は桜草じゃが」

「すると、前田の？」

「先ず、本郷あたりの出物と判じた」

良庵はうなずいた。

新之助は黙って酒を飲んだ。その顔に良庵は謎をかけるような笑いを送った。

「それから聞いてくれ、わしはあとでその病家を尋ねて行ったよ」

「目隠しされて駕籠で連れ込まれた家だな。しかし、よく分りましたな？」

「当り前だ」

良庵は肩を張って昂然と云った。

「わしは医者じゃ。医者を盲座頭にして病人が迎える法はあるまい。よし、どんな奴が居る家か、突き止めてやれと思った。そこで、道順通りを歩いて行った」

「たしか、駕籠の中で眼を塞がれていた筈だが」

「馬鹿にしちゃいけない、新之助さん、ここだ、ここだ」

と医者は慈姑に結った自分の頭を叩いた。

「余人ならばともかく、良庵、ここがちっとばかり働いた」

「はて」

「ありようは、帰りの駕籠での算用だ。駕籠の揺れ加減で、真直ぐに行く、しばらくして右に曲る、左に折れる、また真直ぐに行く、その数と間《ま》をいちいち心の中で覚えておいた。すると、逆にそれを辿って行けば、およその見当はつかあな」

「なるほど……」

「わしは、あくる日に早速やってみたよ。どこやら堀の横を行ったような気がしたが、これは仙台堀とまず見当をつけた。わしの心覚えで、右や左に曲って行くと、定火消《じょうびけし》御役屋敷から右に折れると竹町の坂になる。ああ、あの晩も坂があったから、これに間違いはないと思ったね。本町一丁目から左に曲る。すぐに右に入った覚えがあるから、その道を見ると、酒井兵庫という人の屋敷が角になっている。そいつを折れる。この辺で左に行ったな、と思って行くと、ある、ある、小笠原佐渡守の中屋敷の横道じゃ。いや、面白かった……」

「それから」

良庵は酒で舌を湿した。

「小笠原の屋敷に沿って真直ぐに行った。覚えはある。すべて、帰りの道順の心覚えを逆に逆にと進めばよい。すると、この道は菊坂に突き当った。はてな、と考えたね、こりゃ右か左かと迷ったが、その時、聞えて来たのは、新之助さん、何だと思う？」

「分らぬ」

新之助が良庵の顔を見ながら答えた。

「お題目だ。どんつく、どんつく、法華のこれさ」

良庵は、手振りで太鼓を叩く真似をした。

「わしは、ははあと思った。と、申すのは、わしが連れ込まれた病家では、法華のお経を上げていたからな。尤も、僅かな間だったが」

「寺？」

「左様、法華の寺に違いない。近ごろ、むやみとふえたがの。そこで、わしはそのお題目をたよりに行くと菊坂の田町というところ、その町家の裏に寺が二つちゃんと隣り合ってある。そこまで出る道順が、またいちいち心当りがあってな。寺は長泉寺と妙喜寺。いうまでもない、お目当ては妙喜寺じゃ」

「とうとう探し当てられたか？」

新之助は微笑した。

「ここを探して来られたことと云い、良庵殿は不思議な鼻をお持ちだ」

「病人のほかに、この方の見脈《けんみゃく》も利く。一つ、失せ物、尋ね人、方位方角の吉凶、家相判断の看板も上げようかの」

医者は酒を呷って、

「ところで、その妙喜寺、これは加賀藩邸のすぐ近くで、御守殿女中の信心の篤い寺じゃ。それ、前田加賀守殿の御台所がお美代の方の腹に出来た大御所の息女、お題目の妙喜寺の繁昌は当然じゃ。大奥女中衆の女乗物が、この寺にもしげしげと通うと聞いた」

新之助は眼でうなずいた。

「そこで、わしが診た椎茸さんだが、妊《はら》み腹と、寺と、莨入れの梅鉢の紋と、この三つをならべて何と解く？」

「そっちの吉凶判断の看板に任せよう」

「よろしい。引き受けた。まず、椎茸さんと寺では、誰でも坊主と出てくる。前代から大奥の流行《はやり》は、坊主買いと、役者買いじゃそうな」

「………」

「しかし、梅鉢が難物、坊主とは合わぬ。花札には無い図での。だから坊主を捨てて、女房と解く」

「………」

「はは、解らぬ筈、下手な洒落じゃ。女房は嬶《かか》、つまり加賀じゃ。新之助さん、椎茸さんを妊ました可愛い男は、加賀の方角じゃ。ここまで判じたら、あとは、その椎茸さんの姓名判断じゃ」

「それで、姓名判断は何と出ましたな？」

新之助は良庵の眼を窺うように見ながら訊いた。

「そりゃ、まだ、はっきりと卦《け》には出ぬが、わしが見たのは、奥女中の身なりからいって先ず中年寄か中﨟衆の格式。あの寺には無論初めてではあるまい。しけじけと参詣の名前の中から洗えば自然と出てこよう。もっとも、この参詣は仏に会うよりも、男に会うためじゃがの」

「あんたのことだ、もう女中の名は分っていよう」

「知らんな」

「莨入れの紋の梅鉢なら、いずれ前田家の下されもの、それを貰う大奥女中ならお美代の方の側近であろう。胤《たね》は本郷屋敷か」

「さてね」

良庵は酒を飲みながら、呆《とぼ》けた笑いをした。

「麻布の叔父が好きそうな話だな」

新之助は途中で、それ以上の質問を止めて云った。

「叔父なら眼の色変えて聞きたがる話だ。さしずめ、脇坂邸へすっとんで行くかも知れぬ。両人ともどこかで火の手の上るのを待っているからな」

「もの好きな人だ、と云ってるようだね、新之助さん」

「もの好きもいいところだ、揃っているよ、あの両人は」

新之助は小女が持って来た熱い銚子を相手に注《つ》いでやりながら、

「その話、何でわたしの所に持って来られた？」

とじろりと医者を見た。

「良庵殿」

「何じゃな」

「やあ」

良庵は額を押えて、

「怒っちゃいけない。世間話、世間話。この間、あんたに妙なことがあって、話が麻布と筋を引いていると思ったからの」

「それなら、世間話として置いて貰おう。ただし、麻布の叔父には聞かせてやりたくない話だ。また、虫が暴れ出す」

「……………」

「少々厄介な虫でな。余人の迷惑は考えない。己ばかりか、他人まで破滅の道伴れにしようという奴さ。当節、流行らぬ、身の程知らぬ虫じゃ。気はいいが、世上を見る眼が無い。自分では、何かやれるつもりでも、てんで非力なのを覚っておらぬ。それで身を亡ぼし兼ねない」

新之助は医者を強く凝視した。

「良庵殿。あんたも止めなさい。見脈は確かだが、余計な穿鑿《せんさく》はせぬこと。よろず判断もこの辺で看板を下ろすことだな。でないと……、あんたの生命が危い」

「お待たせしました」

豊春が料理を運んで来た。

「お話は？」

と新之助の顔を見た。化粧も新しく直していた。

「これは一段と美しゅう……」

良庵が云いながら盃をさした。

「話は済んだでな。これから腰を据えて飲み直そう、と云いたいところだが、そろそろ引取りたいと存じている」

「あら、もう」

と豊春は大げさに愕《おどろ》いて、

「何かお気に召さないお話でも……」

「気に入らぬ、気に入らぬ。わしに死相が表われていると、新之助さんが申されたでな。気分が悪うなった」

「まあ、新さん」

豊春は新之助を横に睨んで、

「そんなことを……」

「気にかけるお仁《ひと》ではない。構うな」

「あんた！」

と豊春が叩いた。

医者が立ち上った。

「新之助さん。とにかく、耳には入れておいた。わしは用があって、今日はこれで帰るが……」

「承った、と返事だけ申しておく。しかし、良庵殿」

「何だな？」

「家相判断の看板は下ろしなさるがよい。悪いことは云わぬ」

「あら、こちら、家相観《み》のほうも？」

豊春が良庵を眺めた。

「家相、人相、手相、失せ物、尋ね人、何でも心得ている。本道以外にちょこまかと動きなさるのがこの人の身の病《やまい》だ」

新之助が微笑《ほほえ》みながら答えた。

「清盛さんは火の病、わたしゃ鉄火が身の病」

良庵は口ずさみながら、よろよろと階段を下りて行った。

豊春が、そのうしろから送って降りた。

「どうも、失礼しました。ご気分をお悪くなさらないで、お近いうちにまたどうぞ」

「馳走になりました。ところで、あんたに頼むが」

良庵は豊春に向き直って、

「新之助さんを世に出して上げなされ。可愛い男なら、その分別、いずれは胸にあろうが……」

「……………」

「はは、初対面の挨拶ではなかった。あんたも気を悪くなさるな。では、ご免」

医者は背中を見せて路地から遠ざかった。

豊春が蒼い顔をして二階にかけ上ると、新之助は、良庵の姿を上から見送っていた。

「新さん！」

「何か医者から云われたか。気にするな。あの男、寿命が永くはない」

良庵がわが家に戻った時は、日が暮れて暗くなっていた。

「お帰りなさいまし」

内弟子が迎えた。

「よいご機嫌で」

内弟子は良庵の酒臭い息を嗅いで云った。

「ばかめ。よい機嫌なものか。お前なんぞには分らぬ。ああ、くたびれた」

「先生、病家からお迎えが参っております」

「明日来なさい、と云ってくれ」

良庵は畳の上に大儀そうに坐った。

「お留守の時に、左様伝えましたが、強《た》って今宵のうちに診《み》て頂きたいと、先刻から玄関わきに待っております」

「うむ、暗いところに、誰やら人がおるようだったが、あれがそうか？」

「六十近い老爺《おやじ》でございます」

老人と聞いて良庵は考えたようだった。

「どう云っている？」

「女房がひどい腹痛だそうで、苦しむのを見るのが辛くて、明日までは待ち切れないと申しています」

「やれやれ。年をとっても女房孝行の者がいたものだ。無論、初めて来た者だろうな？」

「はい。家はつい近くだそうですが」

良庵は起って玄関に出た。

「おい、そこに誰か居るか？」

暗いところに向って呼ぶと、へえ、と返事があって、ごそごそと人影が塀の傍から動いてきた。

「弥助、灯りを見せなさい」

内弟子が手燭を持ってきた。良庵はそれを掲げた。なるほど、老人がうずくまっていた。

「病人があるというのはお前さんかえ？」

「へえ」

老爺は、灯りを眩しそうに避けてお辞儀をした。

「女房が六ツ前から苦しみ出しまして。あっしは腹を揉《も》んだり、背中を擦ったりしましたが、どうにもおさまりません。余計に苦しみがひどくなりましてな」

「むやみと腹を揉んじゃいかん」

良庵は迎えの老爺の皺の多い顔をじっと見た。

「家は近いか？」

「へえ。あまり遠くはございません。けちな裏店《うらだな》に巣をつくっておりますので、分りにくうございますが」

「よし、よし、行ってあげよう」

良庵はうなずいて、一旦、奥に戻った。

「弥助、弥助」

と内弟子を呼んだ。

「ちょいと来な」

「先生、薬箱でございますか？」

「そんなものは、わしが持って行く。お前には別な用がある」

良庵は内弟子の耳に何かささやいた。

しゃがみ込んで石を鳴らすと、提灯に火を点《つ》けた。老人の顔が赤く浮き出た。

良庵が玄関に出ると、迎えの老爺はお辞儀をした。

「ご苦労さまでございます」

「弥助、行って来るぞ」

良庵は薬箱を自分で小脇に抱えた。

「行っておいでなさいまし」

内弟子が手を突いた。

老爺が提灯を持って先に立つ。背が少し曲っていた。

夜のことで、道に人通りもあまり無かった。風が吹いて来て、提灯の火が消えそうになったが、また、もとに返った。

「お前の家は何処だな？」

良庵は、よちよち歩いている親爺《おやじ》の背中に声をかけた。

「へえ、旅籠《はたご》町の仁兵衛店《だな》でございます」

老爺は嗄《しわが》れた声で歩きながら答えた。

「旅籠町か。あんまり近くはないな」

「へえ。済みません。けど、近道して参りますから近うございます」

頭を一つ下げた。

その言葉の通り、老爺は町角から右へ曲った。そのころの江戸の町は、夜になると、どんな昼間の賑かな場所でも暗かった。まして、横町に外れると、一寸先が暗闇である。星が出ている晩で、地上との境が影で知れるだけだった。その中を、提灯だけが歩いて行く。

「おい、まだ遠いかえ?」

良庵は声をかけた。

「へえ、もうじきに和泉橋に出ます。そこから直きなんで」

老爺は言い訳のように足を早めた。

材木の置き場があるらしく、星空に黒い棒がいくつも突き出ていた。

そこまで来ると、提灯の火が急に消えた。

「おい、どうした。風にでも吹き消されたかえ?」

良庵が老爺の背に近づいた。

が、このとき良庵の肩に衝撃が加わって、彼はうしろによろめいた。

「あっ」

良庵は片手を挙げた。その背後に人が組みついた。

「だ、誰だ？」

「静かにしろ」

うしろの声が低く叱った。

それから先は、何が何だか分らない。とにかく、良庵が覚えているのは、駕籠の中に無理に押し込められ、内で無茶苦茶に揺られ通しだったことである。

良庵はまだ脇に抱えた薬箱を放さなかった。どこを、どう走っているのか無論判らない。駕籠の横には絶えず二、三人の足音が附いていた。

内弟子の弥助は、良庵に耳打ちされた通りに、迎え人と良庵のうしろから跟《つ》けて行った。夜だから、この尾行は、人に見咎められぬ便利もあったが、相手を見失う不便もあった。弥助は尻をからげ、手拭いで頬被りして、懸命に二つの人影のあとに従った。

幸いに提灯が目標である。灯はゆらゆらと動きながら道を歩いていた。

やがて、それが角を曲った。

弥助は如才なく小走りになって追うと、灯は横町の先に見えていた。迎え人も老人だし、良庵も壮年ではないから、急がない歩き方であった。弥助はゆっくりと尾行すればよかった。

どの家も戸を閉めて、道は暗かった。空には星が出ている。一軒だけ灯りを道にこぼしている家があったが、そこからは百万遍を唱える念仏の声が聞えていた。

提灯は相変らず歩いて行く。

弥助は道の順序をしっかり頭に覚えるようにした。しかし、かなり長い道程《みちのり》であった。一体、何処に行くのか。つい、近くだといったが、それが迎えの老爺の嘘であることは分った。良庵の要心を、内弟子の弥助は、なるほどと合点した。

不意に、前方を行く提灯の灯が消えた。はて、と思っているうちに、黒い地上から人影が三、四人、ばらばらと現れて縺《もつ》れた。

弥助は息を呑んだ。思わず地面に屈んで見詰めると、駕籠が出て来て、揉み合った末に誰かを押し込んだようだった。それが師の良庵であることは疑いはなかった。

駕籠が上って動き出した。早い速力である。二、三人が、駕籠を衛《まも》るように両脇について走っていた。

自然と弥助も走り出した。動悸が打っているのは、この異常な場面に遭遇したからであった。同時に師の身が気遣いだった。

水が黒く淀んでいる濠に出た。向う岸にも町家の屋根がある。弥助が、これは和泉橋の近くだと覚ったとき、身体が宙に浮いて、次には地面に叩き伏せられた。

それだけが一瞬の感覚で、あとは気を失った。

「誰だな？」

と、これは良庵を乗せている駕籠の脇の声である。

「妙な奴が後から来ていたので投げて来た」

あとから追いついた声が答えた。

やれやれ、だらしない奴だ、と良庵は駕籠の中で苦笑した。内弟子のことである。何をやらせても頼み甲斐がないと思った。

良庵は脇の薬箱の抽出しに手をかけた。散薬や煎薬が詰っていた。

良庵が手当り次第、それを指で摘むと、そっと駕籠の垂れの隙から落しはじめた。

その薬を道に撒く作業は、秘密のうちに長くつづいた。

渦の行方

豊春が、習いに来た若い娘に三味線を教えていた。

縁側の簾《すだれ》に、今日の暑さを想わせる強い朝の陽が透いて見えた。鼻を突くような狭い庭は、さっき小女が水を打ったばかりである。

豊春は富本を低くうたいながら三味線を弾いている。弟子の娘は向い側にきちんと坐って三味線の手順を習っていた。

表で、男の声がした。

豊春は、ちょっと耳をそばだてたが、三味線をつづけた。娘が呑み込めないので、何回も同じところを弾いていた。

もう一度、男の声がした。聞きなれない声なので気にかかった。小女が、やっと出て行って何か話をしているようだった。

小女が座敷に来たが、稽古中なので躊躇していた。豊春は気が散った。

「今日はこれまで」

豊春が三味線を置いた。弟子の娘に愛想笑いをすることを忘れなかった。

「だいぶん上手に出来たけど、今のところをもっとね」

娘は、三味線を前に真一文字に置いて、

「ありがとうございました」

とお辞儀をした。

「何だね？」

豊春は膝を突いている小女に顔を振った。

「良庵さんのところから来たといって人が見えています。新之助さまにお会いしたいそうです」

小女は告げた。

「良庵さん……ああ、昨夜《ゆうべ》の飲んべえのお医者さん」

豊春は顔をしかめた。

「いやだね、つづけさまに来て、朝から誘い出しかえ？」

「何だか知りませんが、ひどく急ぐ用事で来たと云っていますよ」

娘がその話に聞き耳を立てるようにして、

「お師匠さん、帰ります」

と三味線を抱いて起った。

「しようがないね、どんな人？」

豊春が折れたように小女に訊いた。

「まだ若い男の人ですが、良庵さんのお弟子さんだそうですよ」

「へえ、あの医者に弟子があったのかねえ」

「帰しましょうか？」

「余計な口出しをしなくてもいいよ。あたしが新さんに訊いてみるから」

豊春は二階へ弾んだような足音を立てて上った。

新之助は、まだ床の上に腹匍いながら枕元に莨盆をひきよせ、煙管をくわえていた。

「新さん。あら、もう眼が醒めて……」

「当り前だ。この朝陽の射し込みを見ろ。顔が半分煎《い》られて意地にも眠っておれん」

豊春は、その新之助の顔をじっと見ていたが、うっとりとした笑いが浮ぶと、その傍に崩れるように坐った。

「新さん」

豊春は新之助の手首を握った。

「起きて下さいな。昨夜のお医者さんから使いの人が来ましたよ」

「良庵から？」

新之助は煙管をくわえたまま首を傾けた。

「はてな、どういう用事だろう」

「何だかいやなお医者さんだね、昨夜、はじめて来たかと思うと、もう、使いを寄越したりして」

「お前とは馬が合わぬらしいな」

新之助は鼻から煙を吐いて起き上ろうとした。

「新さん」

と豊春は新之助の首に腕を廻してとりついた。

「あたしゃ、別れないよ」

「これ、その腕が邪魔になる」

「いやいや、別れないと云っておくれ」

「何を急に……」

「昨夜、帰りにお医者さんの云ったことが気になるよ。これから新さんを呼び出して、とっくりと意見して、それから、あの藪医者がもっともらしい顔をして、あたしに別れ話をもってくる筋書だろ。おお、いやだ、いやだ」

「そりゃ、お前のひとり相撲だ、まあ、その腕を放せ」

新之助は豊春を突きのけた。

「新さん……」

豊春が泣き顔になった。

「心配するな」

新之助が二階から降りると、入口に若い男が突っ立っていた。

「わたしは新之助だが、良庵殿の使いというのはお前か？」

「はい。私は良庵の内弟子の弥助と申します」

弥助は頭を下げた。

「うむ、どういう用事だな？」

「はい、実は昨夜、良庵先生が誘拐《かどわ》かされまして……」

「なに、良庵殿が？」

新之助は使いの顔を見つめた。

弥助の急いだ話の内容はこうである。昨夜、病家から迎えに一人の老爺が来た。良庵は変だ、と思ったらしく、おれたちの後から尾《つ》けて来いと云った。それから万一、妙なことが起ったら、構わずに新之助のところへ報告してくれと、豊春の家の所在を教えた。

弥助が尾行して行くと、良庵は得体の知れぬ駕籠に無理に乗せられて行った。弥助が、命じられた通りにあとを跟《つ》けようとすると、突然に誰かに叩きつけられて気を失った。夜中になって正気づき、朝になるのを待ちかねて、此処を探して来たのだ、と云った。

「もうやって来たか」

新之助は腕を組んだ。

「それだから云わぬことではない。あれほど教えておいたのに」

豊春が、おずおずと二階から降りて、様子をうかがっていた。


「出てくる」

新之助が云うと、豊春が、

「お医者さんが何か？」

と話の端を聞いたらしく、眉を寄せて新之助を見上げた。

「お前の嫌いな良庵がどうやらお陀仏になりかけたらしい。早い、早い。昨夜、永くない相だと占ってやったばかりだが、こうまで早いとはわしも思わなんだ。八卦《はっけ》見の看板はわしが申し受けるかな」

「本当ですか！」

と豊春も顔色を変えた。

「今夜あたりはお通夜の支度をせずばなるまい。可哀想に、あれでまだ独り者だからな。ここで夜伽《とぎ》をしてやれば功徳になる」

新之助は身支度をして両刀を腰に落した。

「これから何処へ？」

「医者の骨を探しに行く。当人、ふらふらとしていて何処で臨終になったか分らぬ。手数のかかる男だが、知らぬ仲ではないからな。骨を拾って来たら、好きな酒でもかけてやってくれ」

「いやなことばかり……。あたしゃ唇が白くなったよ」

「なに、これでお前も安心だ。気に入らぬ話をする男が居なくて、せいせいしたろう」

「新さん、後生だからそんな気持の悪いことは云わないで下さい」

豊春は新之助を切火で送った。

新之助は、弥助とならんで歩いたが、弥助はびっこをひいていた。

「どうしたのだ？」

「はい、昨夜投げつけられた足腰の痛みがまだ消えませんので」

「治療は、お前のお手のものではないか？」

「いえ、手前のは本道でして」

陽が高くなりかかって、じりじりと暑さが増した。

「炎天の下を埃をかぶって、ご苦労な話だな。お前が投げられたのは、どの辺だな？」

二人は、和泉橋の近くまで来ていた。濠の水が眩《まぶ》しく光っていた。

弥助は、昨夜の現場を確めるように見廻していたが、

「はい、あの辺まで駕籠を尾《つ》けたように思いますが、いきなり手前が組みつかれたのは、この辺りで」

と忌々《いまいま》しそうに指で教えた。

「そう顰《しか》め面をするな。生命《いのち》のあったのが何よりだ。これでお前は五年は長生きする」

新之助は良庵の行方を考えるように、あたりを見ていた。

「あ、旦那」

弥助が声を上げた。

「こんなものが落ちていますよ」

弥助は地面を指した。

弥助が指した地面には鼠色の茶滓《かす》のようなものが点々と落ちていた。

「何だ？」

新之助は土埃の中からそれを拾い上げて、掌にのせた。

「へえ、それは煎薬でございます。原料は先生秘伝でございますが、四時正しからざるの気に感じ、腹いたみ、吐き下し、頭痛み、悪寒《おかん》発熱ありて、汗なきを治します」

弥助は、すらすらと効能を云った。

「うむ、邪熱《ねつ》の薬か。良庵殿の調合薬に相違ないな！」

「ほかの医者は持っておりません。旦那、先生は薬箱を持っておられましたから、抽出しの中からこれを落して、行先を知らせるつもりじゃございませんか？」

「そうかもしれぬ」

新之助も同じ考えだった。

和泉橋の手前は柳原堤で、いっぱいに植わった柳がだるそうに頭を垂れていた。この辺は夜になると夜鷹が出る。それを相手にひやかしに来る仲間や小者が、無論こんな煎薬を撒く筈はなかった。

新之助と弥助は和泉橋を渡った。

「旦那」

と弥助は新之助の袖をひいた。

橋を渡ると佐久間町三丁目だが、その道にも鶯色の粉がところどころ落ちていた。神田川から吹く川風に半分は散ったらしいが、小石の蔭などに目立たぬくらいに残っていた。

「何だね、これは？」

新之助はその一片をとり上げた。

「はい、それは諸病血虚に属するものを治します。陳皮《ちんぴ》一匁、半夏《はんげ》二匁、甘草《かんぞう》五分、そういう調合でございます」

「良庵どのもいろいろなものを落したものだな」

新之助も弥助も、道にこぼれた薬を目で追いながら歩いて行った。

神田川の北河岸《きたがし》に沿うて行くと、井上河内守邸の長い塀の角から左に曲る。天王町の閻魔《えんま》さまの前を通って突きすすむと、旅籠町、森田町、諏訪町の順になる。

道に落ちた薬は、とうとう両人を駒形《こまがた》まで誘った。

「旦那、薬は此処までででございますね」

弥助は地面に眼をさらしていたが、諦めたように新之助を見上げて云った。

「そうだな」

新之助も、そこで道の薬が切れていることが分った。

隅田川の流れがすぐ眼の前に光っていた。川の上には猪牙舟《ちょき》が二、三艘上り下りしていた。川風が吹いてくる。

新之助は涼むような恰好をして佇んでいたが、舟が眼に止ると、彼は何か考えはじめた。

新之助は川の方を見て考えていたが、

「弥助、舟に乗ろう」

と云い出した。

「へっ、舟？」

「うむ、暑いから川涼みだ。まあ附き合ってくれ。その辺に舟宿はないか？」

「そりゃ、無いことはございますまいが……」

弥助はきょとんとしていた。

「良庵どのも、この辺で薬が切れたらしい。探しても無駄だ。川涼みで頭を冷やしたら、いい知恵が浮ぶかもしれない」

「へえ」

弥助は首を傾《かし》げたが、それでも舟宿を探しに行って帰ってきた。

「旦那。上総《かずさ》屋というのが一軒ありました。この近くでは、そこだけです」

「そうか」

二人は少し歩いてその舟宿の軒をくぐった。

「いらっしゃいまし」

肥えたお内儀《かみ》が出て来て、

「猪牙でございますか。屋形でございますか？」

「猪牙でいい」

「畏りました。どの辺までお供するのでございますか？」

「そうだな、向島のあたりまで行って貰おうか」

新之助が云った。

「皆さんはたいていここからお下りになって、両国や永代をくぐり、お浜御殿の近くまでおいでになりますが、向島の方までお上りになるのも面白うございます」

お内儀は愛想を云った。

「そうか。思いつきで云ったまでだが、それほど面白いかな」

「それはもう、花はございませんが、向島堤の葉桜越しに、三囲《みめぐり》さまの鳥居や牛の御前《ごぜん》のお社を眺めるのも風情がございます」

「いや、わしはもう少し先まで上って貰おうと思っている。中野様のお屋敷が大そう立派だそうだが、その辺まで見物して帰りたい」

中野と聞いて、お内儀の顔色が少し動いたのを新之助は見のがさなかった。

「どうだ、お内儀、昨夜、三、四人連れで向島まで舟を出した客はいないか？」

新之助が聞くと、

「いいえ、そんなお客はございませんでしたよ」

とお内儀はあわてたように否定した。

猪牙舟が四、五艘、宿の裏に舫《もや》ってあってゆるい波に揺られていた。

「おい、幸さん、お客さまだよ」

お内儀が船頭を呼んだ。

「へえい」
二十二、三の船頭が、法被《はっぴ》の下に毛脛を出して現れた。
「お客さまは、向島までとおっしゃる。気をつけて、お供しておくれ」

舟は大川の真ん中に漕ぎ出して、川を上ってゆく。

「船頭」

「へえ」

船頭は櫓《ろ》を押しながら、新之助の方を見た。

「昨夜、三、四人の客を向島まで送らなかったか。いや、お前でなかったら、別の船頭

だが
「存じませんね」

船頭は横を向いて答えた。

「おれの友達がその中に居たのだ。本当に知らぬか？」

新之助は強い眼で見た。

「あっしは存じませんよ。舟宿も多うござんすからね。別の舟宿のをお傭《やと》いなすったんじゃございませんか」

船頭は新之助の眼を除《よ》けるようにして答えた。

「旦那」

と弥助が低い声できいた。

「先生は、舟で向島に連れて行かれたのですか？」

「おれの思惑違いかもしれぬ。まだ、何とも云えない」

新之助は答えたが、舟宿の女房の顔色といい、この船頭の隠したような表情といい、自分の推測が当っていると思った。

良庵の昨夜の話だと、誘拐される危険は本郷あたりだと考えられる。しかるに、良庵がひそかに撒いて教えた薬の道は、和泉橋を渡ってから湯島の方に向わずに、佐久間町、森田町を経て駒形に導いている。薬もそこで切れた。

前は大川である。道に撒いた薬が途絶したことは、良庵が舟で川へ出たと察するほかはない。

舟で連れて行かれるとしたら、何処か。

新之助の頭を掠《かす》めたのは中野石翁の向島屋敷だった。前田と石翁、この線はつながりそうだ。が、思わず身体が鞭をうけたようになった。

(石翁が出た)

新之助を緊張させたのはそのことの重大さである。不意に、眼の前に巨大な壁が歩いて来た感じだ。

良庵を探しに出て、自分も大きな波にさらい込まれそうな懼《おそ》れが起きた。気が重いのだ。だが、良庵を見捨てることも出来ない。危険だが、その大波をかぶらぬように要心することだと思った。

大川の流れはゆったりとしている。舟は単調な櫓音を立てて上ってゆく。だが、この川の水が海に注ぎ、その涯の昏《くら》い空の下にひろがっている荒波を考えるとき、似たような前途の危惧が新之助の胸にも湧いていた。

吾妻橋をくぐると、右手に水戸家の下屋敷が見えた。屋敷が炎天に光っている。それが過ぎると、向島堤の青い柳や葉桜の繁りが、漂うように近づいてきた。

「おい、船頭、その辺につけてくれ」

新之助は命じた。

「へえ、お上りになるんで？」

「ぶらぶらと歩きたいから、舟は帰ってくれ」

「へえ、承知しました」

船頭は舟先を岸に向けた。

三囲稲荷の赤い鳥居の見える真下の堤に舟は着いた。両人は堤の上までの短い石段を上って道へ出た。

「弥助」

「へえ」

「その辺から薬がこぼれてないか、気をつけて見てくれ」

「分りました」

弥助は眼を皿のようにして地面を見廻した。しかし、土と小石のほかにはそれらしきものは発見出来なかった。

「どこか別な場所から上ったかもしれないな」

新之助はそんなことを云って歩き出した。

葉の繁った桜並木の下は、恰好な日陰で、そこには五、六人の男女が腰を下ろして休んでいた。この辺が竹屋の渡しで、舟が来るのを待っているのである。

稲荷の角が川魚料理で知られた葛西《かさい》太郎である。

「弥助」

新之助が急に云った。

「お前も腹が空いたろう。鯉こくで飯にしようか」

「へえ、ありがとうございます」

弥助は遠慮そうに新之助のあとから店について入った。

註文の品を聞いて女中が去ると、新之助は弥助の袖をつついた。

「おい、弥助、あの小座敷で酒を飲んでいる武士《さむらい》の顔を見ろ」

「へえ」

弥助は眼顔で指された方を見た。簾のかげで、ひとりの武士が川魚料理を肴に手酌で飲んでいた。弥助は首を捻っていたが、思いついたように小膝を小さく叩いた。

「分りました。あのお武家は、いつぞや先生を迎えに来た仁《ひと》です。左様、お女中が腹痛を起して困っているということでしたが、手前が最初取次ぎに出ましたから、顔を覚えています」

「そうか。どうも勤番侍の恰好ではないと思って、通りがかりに見たのだが、やっぱりそうか」

新之助は、尚も相手に気づかれないように眼をその方にちらちらと動かした。

新之助も、弥助も知らないが、酒を飲んでいる武士というのは、西丸大奥添番の落合久蔵である。彼は、すでに銚子を一本あけて、たのしそうに鯉の洗いを箸でつついていた。

「旦那、あのお武家が先生の行方と何か係り合いがあるのでしょうか？」

弥助が新之助の耳に口を寄せて訊いた。

「まだ分らぬ。酒を飲みながら、渡し舟を待っているとは、贅沢な男だな」

新之助には、その酒を飲んでいる男が、落合久蔵であるとは分らない。ただ、弥助の言葉で、良庵を迎えに行った使いの男だと知っただけである。

ただ、その時の良庵の行先が、彼の話した大奥女中の一件であるから、その関係の人物だとは容易に想像がついた。

新之助は何を思いついたか、急に起つと、男の飲んでいる小座敷の簾の外から声をかけた。

「卒爾ながら、ちとお尋ね申し上げたい」

自分に呼びかけられたと知って、落合久蔵は盃から眼をあげた。簾は風に揺られている。その隙間から、見知らぬ着流しの若い武士が顔をのぞかせていた。

「失礼」

と咎められる前に新之助は、にこにこして手で簾を除《よ》けた。

「折角のところをお邪魔します」

落合久蔵は黙って睨《にら》んでいた。

「中野のご隠居様は、ご在邸でございましたかな？」

久蔵は、ぎょっとした眼になった。

「あ、あんたは？」

「いや、手前もご隠居様にお目にかかりに、これから伺う者だが」

「……」

「ご隠居さまから幸いに眼をかけられていましてね、手前は。常々、遊びに来いと仰せられているので、ただ今、ここまで参ったのです。ところが、お見うけするところ、どうやら貴殿もご隠居さまのお屋敷からお帰りのご様子と拝察したから、お在邸か否かをお伺いするわけです。折角、この辺まで足を伸ばしても、お留守と承れば、まことに詰りませぬでな」

落合久蔵の眼が迷った。正体の分らぬ相手の言葉を信じてよいかどうかの困惑だった。

「存ぜぬな」

久蔵は返答を決めて云った。

「拙者は、中野様のお邸に伺ったのではないのでな」

「ははあ、左様か」

新之助は、やはり笑っていた。

「いや、貴殿が中野様のお屋敷から出て来られたのを見たと教えてくれる者がありましたのでね」

久蔵の顔がびくりと動いた。

「失礼しました」

新之助は相手の表情を見届けて、自分の場所に帰った。

「良庵どのの居所は大体見当がついた」

弥助に話すと、彼は眼を輝かした。

「だが、少々厄介なところだ」

眉の間が少し曇ったが、すぐにのんびりと晴れた。

「ま、何とかなるだろう」

落合久蔵が両人の姿を、今度は簾の間から窺っていた。

名物、葛西太郎の鯉こくで飯をすませると、新之助と弥助とは店を出た。

「旦那」

と弥助が歩きながら云った。

「変なお侍ですな、先生を迎えに来たのもあの人ですから、やっぱり先生の今度の行先と係り合いがあるのでしょうか？」

「満更、縁がないとは限るまい」

新之助は風に吹かれた顔で答えた。

「鯉の洗いで一杯やりながら渡しを待っているなんぞ、貧乏侍の出来る芸当じゃない。懐に思わぬ金でも入ったらしいな」

「あれ、あのお侍は、店の戸口からこっちを見ておりますよ」

弥助は振り返って見て云った。

「やっぱり気にかかるのだろう。まあ放っておけ」

両人は土堤道を歩いた。

「おい、弥助。薬がこぼれてないか、よく気をつけろ」

「はい。先刻から見ておりますす」

しかし、薬の粉はどこにも発見されなかった。

堤に沿って右側に法泉寺の築地塀が見え、そのほかは一帯に寺島村の寂しい田圃道が見渡せた。ところどころ松がこんもりと繁っている。枝ぶりのよい木ばかりが集っているのは、この辺りが松の名所で、植木屋が多いからである。

「弥助、植木屋でもひやかして行こうか」

新之助が云った。

「へ、しかし」

「折角、ここまで来たのだ。見物のつもりで見て行こう」

新之助は先に立って道を曲った。

植木屋といっても、広い敷地の中に、たっぷりと樹木を抱え込んでいた。辰五郎、平作、甚平などという有名な植木師が居た。十一代将軍が初めてお成りになったという新梅屋敷もその傍にあった。今の百花園である。

「なるほど、見事だな」

新之助は囲いの外から木を見ながら、ぶらぶらと歩いた。弥助は仕方なさそうに頭に陽除けの手拭いを乗せていた。

「弥助、詰らなそうな顔をするな」

新之助が云った。

「あれを見ろ」

指した方を見ると、道のずっと向うに、駕籠が一つ、四、五人の侍に守られて進んでいるのが望見された。

「旦那、あれは女乗物でございますね」

弥助が云った。

「さすがにお前は眼が敏《さと》い。たしかに女乗物だ」

「どこへ参るんでございましょうね？」

「知れたことだ。石翁のところだ。あの先にその屋敷がある」

新之助はそれをじっと見た。

石庭

女乗物で来た中年寄の菊川が入れられた部屋は、廊下伝いになっている離れの六畳ばかりの小部屋だった。

この屋敷の主人の趣味で、どこの部屋も茶室風な構えに出来ている。この室で茶を点《た》てるかどうかは分らないが、渋い好みの中にも、金をかけた贅沢さが目立たぬところに潜んでいた。

昼すぎに、それまでの居所だった不忍池の端にある料亭から駕籠でここに運ばれたのだが、今は夜となっている。

扱いは丁寧だった。彼女を退屈させまいとして、昼間、女中が絵草紙を持って来たり、障子を開けて庭の景色を見せてくれたりした。

かねて聞いてはいたが、これほど立派だとは思わなかった。無論、広大さは吹上と比較にならないが、植込みの樹の選びといい、手入れの行き届いていることといい、その見事さはお城の庭に勝るように思われた。障子を開いてくれた瞬間、眼がさめるようで、あっと思ったのである。

普通の身体なら、菊川は庭を歩いてみたいのだが、袖を重ねても人目に知れるように思い、彼女は部屋から、名にし負う石翁の庭を眺めるだけだった。

奥村大膳からは、池の端に居るとき、伝言《ことづけ》があったのみである。

「しばらく向島の中野のご隠居さまの屋敷にいるように。自分は、いま手がはずせないが、あとで早急に行くから」

そういう手紙が届いた。

菊川はそれを当てにして待っている。夏の陽が傾き、女中が灯を入れに来てからすぐに夜になった。障子は明け放したままで、涼しい風を迎え入れたが、植木の黒い森の隙間には向い側の灯が洩れてみえた。屋敷も広いようである。

年とった女中が入って来て、何なりと用事があったら、遠慮なく申しつけてくれ、と云い、これは主人からの云いつけだと加えた。

「石翁様は？」

と訊くと、

「はい。ご挨拶に伺う筈でしたが、何かとお人が見えまして、ついおくれております。今日は夜に入ったこと故、明日にでも伺うとのことでございます」

女中はいんぎんに応えた。

菊川はうなずき、

「どうぞ、お心にかけられぬよう」

と会釈した。

相変らず、石翁のところには人が押しかけて来て忙しいようである。噂の通りだった。お城で見かける中野石翁は、にこにこして女中衆にいつも愛嬌のある笑顔を見せていた。ずんぐりした胴体に猪首がはまり、赭ら顔をして、いかにも大御所様の寵愛をうけて、やりての感じがした。

無論、菊川とも面識の間柄だった。

庭は樹木ばかりではなく、石が多い。眼を瞠《みは》るような巨きな石もあるし、小さな洒落た石もある。陽のあるとき、樹の影がそれに斑《ふ》をつくって、いかにも閑寂な気が滲《し》み出ていたが、夜となった今は、それが悉く暗黒に包まれて、深山の中にいるようである。ただ、近くの田圃から聞える蛙の声が、人里はなれた田舎を感じさせた。

菊川は奥村大膳を待っていたが、今日は遂に姿を見せなかった。夜に入った今は、もう来ないであろう。庭を眺めても、絵草紙を見ても、それが気になって仕方がなかった。女中の足音が近づく毎に、大膳を案内してくるのではないかと胸を躍らせたが、いつも期待が裏切られた。

夜が更けたのか、風が涼し過ぎるくらいになった。菊川は立って明り障子を閉めた。

女中が二人連れで入って来て、床をのべて去った。寝具もきれいなもので、お城の長局のも立派だと思ったが、これはそれに勝った。しかし、初めての部屋というのは落ちつかないものだ。菊川はすぐに横になる気にもならず、女中が代りに置いてくれた絵草紙にぼんやり見入っていた。

話し声一つ聞えないし、寂しいくらい静かである。

一冊の草紙を見終ったころ、廊下を踏んでくる足音が耳に入った。ひとりではなく、二人で、たしかに一つは男の力強い踏み方であった。

奥村大膳だと思って、菊川は急に胸の動悸がうった。風が舞うようにそわそわして身支度した。

「ご免遊ばせ」

と入口に手を突いたのは、今まで何かと世話をしてくれた老女中であった。

「殿様がお見えになりました」

菊川が、はっとすると、女中のすぐあとから、石翁が、

「やあ、これは」

と明るい声をかけて気軽に入ってきた。

ずんぐりした身体が丸い筒のような感じだった。大きな入道である。赭ら顔をにこにこさせているところは、菊川がお城で見なれている石翁と少しも変りはない。

菊川が畏って挨拶すると、

「いや、固苦しい挨拶はよい。それよりも、身体の方はよいか?」

と石翁は訊いた。

菊川は赧くなった。

「大体のことは奥村大膳から聞いた。当分はここに居られるがよろしかろう。まず、わが家と思って気兼ねなくなされい」

石翁は菊川の正面に悠然と坐って、女中のくんだ茶をのんだ。

「そのうち、大膳も来るであろう。用事は遠慮なく召使どもに申されよ」

と親切であった。

菊川の顔は、身体の具合からか、少し面やつれしてみえる。もとは、ふっくらと下ぶくれしていたが、今は瘠せて、顔色も蒼白くなり、険しい感じだった。

しかし、石翁のような年寄りには、こんな顔が年増の凄艶さに見えるらしく、眺める眼も愉しげなものがあった。

「大膳より大体は聞いているが」

と石翁は大きな眼のふちに笑いを漂わせ、

「やはり、添い遂げるつもりかな？」

と静かな調子で訊いた。

「はい、お恥かしき次第ながら、このような身体になりました上は……」

菊川はうつむき低い声で答えた。絹行灯《あんどん》の光が彼女の半顔を照らし、彫り物のような翳《かげ》りをつけた。

「別に羞《はずか》しがることはない。好きな仲なら、それも当然」

石翁は、もの分りのよい隠居の言葉で、

「それでは、お城の方はお退《ひ》きなさるか？」

「はい。……お美代の方様にはいろいろとご恩に預りましたが」

菊川は両手を前に突いた。

「お美代様もそなたが気に入っていた」

石翁は己の養女のことを云った。

「申し訳ございませぬ」

「いやいや。女の仕合せは別のところにある。生涯、お城に勤めても詰らぬでの」

「………」

「しかし、ちょっと、惜しいの。中年寄までにはなかなかに成れぬものじゃ。女の出世としては申し分ないが」

石翁は実際に、惜しい、という顔つきを表わした。

「はい、過分な大役を仰せつけられまして、有難いことでございました」

「いや、それはそなたの器量での、当人に力が無ければ、望んでもなれることではない。そなたには、それだけの力があった」

「恐れ入りましてございます」

「そなたが、お城を退きたい気持は、わしにはよく分るが、一方では惜しゅうてならぬ」

「………」

「お美代様も、実を云えば、そなたを頼りにしている。わしは、それを度々聞いている。あの世界に居ると、好ければ好いで、いろいろと陰で悪口を云う、嫉《ねた》みじゃな。他人の足を隙あらば引張ろうとする奴で、上面《うわべ》がよいだけに始末が悪い。つまり、そなたの前だが、御殿女中根性という奴だ。じめじめと陰気に、落し穴をこしらえて待っている。油断も隙もあったものではない」

「………」

「その中で、たよりになるのは菊川だけだとお美代様はわしに申されていた。いま、そなたが傍から離れると、どういうことになるか……」

話が違った方向に曲ってきたので、菊川は、はっとした。

石翁の話の風向きが変ってきたので、菊川は胸が騒ぎ出した。

「お美代の方様が、それほどまでにふつつかなわたくしをお力にして下さろうとは存じませなんだ。有難き仕合せでございます」

と、ともかく、一礼した。

「うむ、うむ」

石翁は顎でうなずいて、

「どうじゃな。お美代様も折角、頼りにしていることじゃ。いま暫らく、そなたが、傍に居てやってくれぬかの？」

「え、それでは、今一度、お城勤めをせよと申されまするか？」

菊川は、まじまじと石翁の顔を眺めた。

「そうじゃ。出来ればな。今まで通り、お美代様に忠勤を励んでくれい」

「なれども、ご隠居様」

菊川は息を詰めた。

「かような身体になりましたものを？」

「さ、そこじゃ」

石翁はやさしく云った。

「子は初めから授からぬものと思ってくれぬか？」

「何と仰せられます、それでは腹の子を始末せよと……」

「そなたの辛いのはよく分る。さきほども申した通り、女の仕合せは別なところにあろう。しかし、いま暫らくそれを待ってくれぬか。大事の前に、眼をつむってくれ」

「……」

「人間、思う通りには、なかなかゆかぬもの、わしもこれで随分と辛い我慢をして来た男じゃ」

石翁の述懐めいた言葉を、菊川は甲高く刎《は》ねかえした。

「わたくしは、いや、でございます」

「ほう」

「お言葉を返して恐れ入りますが、お城勤めをする気持はございませぬ。ご隠居様、殿方と女子《おなご》は違いまする。女は出世も権勢も望みは致しませぬ。小さな仕合せに満足いたします」

「下世話《げせわ》の、竹の柱に何とかじゃな」

石翁は鼻の先で笑った。

「それでは、どうでも、その子を生みたいと申すか?」

「わがまま、お許し下されませ」

菊川は背を伏せた。

「お美代様が力を落してもか?」

石翁は確めるように訊いた。

「ご恩に背き、申し訳ございませぬ」

「分った」

石翁は短く云った。言葉の調子には、今までの微笑が消えていた。

「そなたの決心、もう制《と》めはせぬ。だが、男の気持は、そなたが思うほどではないぞ」

菊川はぎょっとした。

「いや、大膳のことだ。菊川、そなたほどの女が、やはり色には迷ったな」

奥村大膳はさほどまでにそなたを想ってはいぬ、という石翁の言葉は、菊川の胸を刺した。それは、石翁が部屋から去っても、毒となって彼女の心の深いところにひろがった。

まさか、と思うが、思い当るところはいちいちある。以前ほどの熱心さが大膳に近ごろ無いのだ。殊に、妊娠の身になってから、とかく遁げようとしている。いや、怕《こわ》がっているところがみえる。

本当に好いてくれているのなら、可愛い子の生れるのを喜ぶ筈だった。こちらはお城勤めも退いて、大膳の傍に居たいと思うのだ。

子を宿したと告げたとき、大膳は顔色を変え、次には、生むな、闇に葬れ、と云った。女として予期しない男の言葉だった。

それには、猛然と反対した。かねてから気性の強い女の烈しい反対に会って、大膳は一応承知したものの、それが本心からとは思えない。池の端の隠れ家から、自分をこの石翁の寮に移したとき、人目につかない場所だから、と理由を云ったが、怪しいものだ。不審の第一は、石翁が、お美代の方を引き合いに出し、義理に搦ませ、お城勤めをせよと勧めたことだ。裏を返すと、子を堕せとの説得である。

大膳が石翁に頼み込んでいる形跡がうかがえるのだ。つまり、大膳が手に負えない女を石翁に任せて、始末して貰おうとの魂胆ではなかろうか。

菊川は、ここまで考えてきて、男の身勝手さに憤りが湧いた。

結局、自分は大膳に利用されたとしか思えない。お美代の方に気に入られている自分に近づき、何かと政治的な立場を築こうとする大膳の下心が読めたような気がした。

しかし、そう思っても、一方では大膳のいいところばかりが心に泛び上ってくる。逢っている時のやさしい言葉や、うれしいしぐさの数々が鮮明に思い出されるのである。男の嘘だとはどうしても考えられない。

そうなると、大膳の悪い部分が洗い流されるように去って、怒りも消え、いとしさが拡大されてきた。自分の方が男を疑って悪い女のように思えてくるのである。

いずれにしても、明日はきっと大膳が会いに此処に来るであろう。石翁などが何と云おうと、男の心を直接に確める。会えば、心が必ず通じ合うのだ。——

菊川が、ひとりで寝もやらず、そんな思案に耽っていると、庭の何処かに当って、かなり大きな物音がした。

思考を中断されて、菊川が耳を澄ますと、音はそれなりに熄《や》んで、かわりに数人の人々が騒ぐ声がした。ここからは離れたところだ。

その声もすぐに消えて、あたりはもとの静けさにかえった。菊川は自分に係わりないことだから、風が吹いた位にしか思わなかった。

菊川は、その夜、床についたが、夜あけまで寝返りばかりうって熟睡出来なかった。石翁の言葉から、奥村大膳の真意、果ては身重になった己の行末などを考えると、気持がいらいらして来る。思案の惑いは、夜明け方うすくまどろんでも夢ばかり見ていた。

夏の夜は短い。菊川が眼をさましたときは、明り障子いっぱいに陽が当っていた。

菊川は起きると身支度をした。

「お目ざめでございますか」

次の間から様子を窺っていたかのように、昨夜の年とった女中が入ってきた。化粧盥《だらい》に水を汲んでくれたり、鏡台を運んでくれたり、かいがいしく世話をしてくれる。

菊川は鏡に映った自分の顔を眺めて、ぎくりとした。頰が削《そ》げて、眼が吊り、色が蒼い。長局にいたときとまるで異った人相である。身体の変調ばかりでなく、精神的な苦労がこんなにも顔を窶《やつ》れさせるかと思うと、わが身がいとおしくなった。

それでも、長局の習慣通りに、長い時間をかけて髪を結い直し、仙女香のような白粉で顔を粧《よそお》うと、多少は見られるようになった。付添の女中はいろいろと世話をする。

今日も暑い。

菊川は、うんざりしながら、一日中、座敷で奥村大膳の来るのを待った。

いくら数寄《すき》を凝《こ》らした庭でも、二日つづけて眺めていると飽いてくる。絵草紙にも興味がなくなった。

大膳が来ない。

菊川は堪りかねて、女中を呼んだ。

「もし、誰ぞ使いを本郷までやって下され」

大膳に当てた文を認《したた》めて託した。そこは、多年、奥勤めで人を使いつけているから、他人の屋敷に居ても、わがままが平気で出てくるのである。

「畏りました」

と女中はうけ合った。

それから、一刻ほどのもどかしさは、起っても坐ってもいられない。自分が駆け出して行きたいくらいで、身の置きどころが無かった。

ようやく、女中が現れて、

「ご先方様はご多用のためしばらく伺えぬとのご返事を、使いの者が承って帰りました」

と報らせたときは、菊川は明るい眼の前が急に昏《くら》くなるほど落胆した。

忙しいのは分っている。しかし、多忙の中から駆けつけてくるのが男の真情ではないか。誠意が無いのだ。菊川は、不安と憤りで身体が慄えそうになった。

石翁は、今日は一度も姿を現さない。

煩悶《はんもん》のうちに二日目の夜が訪れてきた。

「ご免遊ばせ」

女中が何かを云いに入ってきた。

「今日もお暑うございました。さぞ、お気持も悪ういられましょう。何とぞ、お湯浴《ゆあみ》をなされませ」

女中は手をついて云った。

今日の昼も、夕も蒸し暑い。それに、菊川は気が苛々《いらいら》しているから余計であった。肌に汗が粘りついている。

「それでは頂戴いたしましょう」

菊川は起ちかけた。

「お髪《ぐし》が少々くずれているようでございます」

女中は椎茸髱を眺めて云った。

「いっそ、お湯でお洗い遊ばしたら、ご気分も爽やかになりましょう」

菊川は髪の庇《ひさし》に手を当てた。

「ほんに長う髪を洗いませぬ。でも、厄介なこの髱を結ってくれる者が居ますかえ？」

「ことのほか上手の者が居りまする」

栄華で聞える石翁の邸であるから、なるほど上手の髪結いも居そうだった。

「そんなら、そうさして頂きましょう」

「それでは、わたくしが」

女中は菊川のうしろに廻り、笄《こうがい》や櫛などを髪から外しはじめた。

「まこと、よいお髪《ぐし》でございますな」

女中は菊川の髪をほめながら、元結を切り、髪のかたちを崩してゆく。ばらりと背に流れた髪を女中は軽く櫛で梳《す》く。髪は菊川も自慢であった。いつか奥村大膳もほめた。菊川はそれを思い出し、今になってもまだ姿をみせぬ大膳にまた焦燥が起った。

「それではご案内申します」

女中が櫛を置いて先に立った。

菊川は暗い渡り廊下をあとから従った。夜の風がそよいでいる。

別棟になった廊下をいくつか曲って歩むと、女中は湯殿の戸を開けた。

「ごゆるりと。お湯加減、その他、ご用がございましたら、わたくしはここに控えて居りますのでお手を鳴らして下さりませ」

女中は侍るように、そこに坐った。

「造作をかけまする」

菊川は礼を云って、内部《なか》で衣裳を脱ぎはじめた。夏とはいえ、大奥の風儀をまだ守って、何枚も着物を重ねている

湯殿は檜造りであった。お城にある湯殿に劣らず立派である。

湯の加減はよかった。身体中が軽くなって浮き、快い感触に酔った。大事な頭を気にしないで済むのが何よりである。菊川は湯槽《ゆぶね》から出ると、髪を洗った。これも爽やかな気分である。

ふと、誰かが湯上り場に入って来たような気がして、思わずぎょっとなった。身を縮

めて、ふり向いたが、ほの暗い行灯《あんどん》があるだけで何事もなかった。

気の迷いか、と菊川は安心して湯を浴びた。

菊川は、洗った髪を手ぎわよく巻いて、湯から上った。

上り場にきて、はっとしたのは、己の脱いだ衣裳がそこに無いのである。思わず身を縮めて、その場に蹲《うずくま》った。

うすい行灯の光が、白い身体を容赦なく、晒《さら》しているようで、恥と驚愕で菊川の胸は騒いだ。さきほど、上り場に誰かが入ったように思ったのは、やはり錯覚ではなかった。脱いだ着物は持ち去られたのである。

菊川は、誰かに、このあられもない恰好を見られているような気がして、いよいよ小さくなった。理不尽な仕方への怒りと、羞恥で慄えそうになった。

「ご免遊ばせ」

女中の声が次の間から聞えた。

菊川は、ほっとしたが、返事をしないでいると、女中は忍ぶように入ってきた。両手に何かを抱えていた。

「お召替えを持って参りました」

なに、着がえをせよというのか。菊川が見ると、白地に藍色の麻の葉模様のある浴衣だった。裏衿に緋縮緬がついているのは、当世、下町女のはやりである。黒繻子の帯がその上にたたんで載せてある。

「これを？」

思わず眼を見はった。

「はい。殿様のお申しつけでございます」

女中は、いんぎんに答えた。

「なに、ご隠居様の？」

二度、おどろいた。

「殿様仰せには、当邸で御殿風に遊ばすのは何かと目立って憚りある故、しばらくは、これをお召し下さるよう、とのことでございます」

女中は微笑を含んだ声で云った。

聞いてみると、尤もなことである。こんな屋敷に、椎茸髱に襠《かいどり》を着た、芝居の鏡山の舞台にでも出てきそうな姿がうろうろするのはよくないであろう。当分、ここに起居する身であるから、石翁の云うことはうなずけた。

そうなると、菊川は、今の愕きも、怒りも去って、素直に、そのお仕着せをきた。女中は傍から、その着つけを何かと世話してくれた。

「どうぞ」

女中は、今度は菊川をもとの部屋に導いた。そこには、知らぬ女中が待っていた。

「お髪《ぐし》を結わせて頂きます」

髪結いの女だった。菊川は鏡台に向って坐った。女はうしろに立って、髪を梳《す》きはじめた。

「ほんに、よいお髪でございますなあ」

髪結いはお世辞を云いながら、半刻ばかりのうちに結い上げた。

鏡の中の己を見て、菊川は愕いた。

両鬢《びん》が帆のように張り出てふくらんだ島田髷、浴衣の衿には緋縮緬がちらりとこぼれているという、生粋《きっすい》の下町女の姿であった。

支度が済むと女中は云った。

「殿様がお召しでございます故、どうぞお越し下さいませ」

「ご隠居様が？」

菊川は、ぎくりとした。

夜が更けかかっている。それに、この姿である。一体、今ごろ、何の用事で呼びつけるのであろう。かすかな疑惑が菊川の胸にきざした。

女中は廊下の方に行かず庭に降りた。縁に屈んで、手燭を灯《つ》けている。

「ご案内申します」

催促するように女中は云った。声に、否応を云わせないものを菊川は感じた。

そう感じたのは、己はこの屋敷に預けられた身だという意識が多分に働いているせいである。家の主《あるじ》が喚んでいるのだ。断れない。

菊川は、仕方なしに起った。女中が庭下駄を揃えてくれた。

深い夜が、この石と樹木の庭を包んでいる。女中の手燭のあとに菊川は従って歩いた。

径は暗い中で曲っている。

身体が、自分のものと違うみたいだった。頭の髪が急に軽くなっていたし、衣も薄い。

まるで、別な世界に押しやられたようで、現実感がなかった。池がどこかにあるとみえて、魚が水を刎ねる音がした。

木立ちばかり多い径だった。黒い塊が右にも左にもかたまり、頭の上にも廂《ひさし》のように交差していた。気味が悪いくらい暗かった。

理由をつけて衣裳を着更えさせたばかりの自分を、石翁がなぜ呼ぶのか、菊川には分らないようで、半分は分る気がした。それは或る予感だった。同時に、歩いているこの暗闇と同じような不安であった。

柴折戸《しおりど》を女中が、ぎい、と開ける音がした。見ると、やはり黒い樹木の多い奥に、藁葺きの一棟がひそむように建っていた。

「参られました」

女中は灯のついている障子の外から云った。

返事は無い。

「どうぞ」

と菊川の傍で云ったのは女中だった。

躊躇が菊川の胸に突風のように起った。が、それを押しやったのは、内側の老人の太い声だった。

「これへ」

その言葉を合図のように、女中は一礼してもとの道へ下駄の音を戻した。

菊川は、茶室の躙《にじ》り口のように狭い入口を仕方なしにくぐった。灯の明りは、そこまで流れている。

大きな坊主がひとり、小さな床の前に絹行灯を置いて木像のように坐っていた。

「遠慮のうこれへ」

石翁が肩を動かした。

菊川が浴衣の袖で身体を包むようにして坐ると、石翁は正面から見まもって、

「これは一段と女ぶりじゃ」

と云いながら太い声で笑った。

この狭い部屋には、両人のほかは誰も居ない。行灯が石翁の大きな図体を半分浮き出させていた。

相変らず、或る不安が菊川の胸に続いている。猪首の据わった石翁の身体が、これほど息苦しい圧迫感を与えたことはなかった。

照明の加減で、石翁の眼が片方だけ光っているのも、気味悪かった。

菊川が言葉も出ないでいると、

「女どもに伝えさせた通り、そなたが御殿にいるときの身装《なり》では困るでの。わしの趣向で着更えてもらったが、いや、思いのほかによく出来た。そなたが、今、これへ入ったとき別の女かと眼が迷ったくらいじゃ」

石翁は、菊川の姿を上から下までじろじろと眺め廻した。

白地に麻の葉模様の菊川の浴衣は、灯影にほの白く浮いている。衿にのぞいた細い緋色が、紅梅のように艶めいて目立つのだが、石翁の眼はそれを愉しむようだった。

「大膳に、早う見せたい」

石翁の呟きが、菊川の胸に初めて鋭く応えた。

「ご隠居様」

菊川は手を突いて半身を思わず乗り出し、

「奥村殿が、これへ？」

と急《せ》き込んで訊いた。

「参る」

石翁は猪首をうなずかせた。

「そ、それは本当でございますか？」

息がはずんだ。

「わしが呼んだ」

「い、いつ、ここに？」

「やがて来る。わしが呼びにやったのだ。来ぬはずはない」

石翁は自信ありげに答えた。

菊川の胸が急に揺れた。肩までせわしく呼吸した。今までの不安も、疑惑もけし飛んで、歓喜だけが全身にあふれた。

「うれしいか？」

石翁が、ぼそりと訊いた。

「はい。もう……」

見栄も無く、答えると、

「そなたほどの女がのう。大膳も憎い男じゃ」

「ご隠居様」

「いや、西丸に聞えた菊川ほどの女をこれほど迷わせたのは、心憎き奴と申したのだ。ことにお城に居た時分と違い、こうして、くだけた姿を目の前に眺めると、一段の女房っぷりだ」

「これは、お戯れを……」

「戯れではない」

妙に断固とした云い方だった。

菊川が、はっとすると、石翁の身体が大きく動いた。

石翁の大きな図体が、ぐらりと揺れたので、菊川に再び、疑惑と危惧が起った。

相手の云い方も妙に縺《もつ》れてきた。大膳が程なく来る、といいながら、それにひっかけて搦《から》んでいるのだ。

気づくと、石翁の眼が、じっとこちらを見つめている。行灯の明りで、半顔が暗いが、瞳だけは光が点じている。その光に菊川は怯えた。

この恐れは、男の得体の知れない行動を予感した女の本能だった。

「菊川」

石翁が呼んだが、心なしか老人の声は咽喉に絡《から》んだように調子が異っていた。

「大膳はこれへ参る。しばらく待つがよい」

「はい」

返事しながら、菊川は胴が慄えた。

「その姿は、わしの趣向、大膳に見せるがよい。喜ぼう」

石翁はつづけた。

「どうじゃ、立ってくれぬか？」

「……………」

菊川は、石翁の言葉の意味が咄嗟に分りかねた。

石翁は笑った。

「わしは年寄りでな。なによりも女子《おなご》の変った姿を見るのが愉しい。大膳が参るには、まだ間《ま》がある。その間に、そなたの立姿を見せてくれ。坐っている姿も風情があるが、立姿も見たいでな。わしに見せてくれ」

「でも」

菊川に迷いが嵐のように起った。断ったものかどうか。しかし、拒絶出来ない不気味な圧迫が相手の石翁の姿にあった。じっとしていると、非常に危険な事態が起りそうな気がする。

この場合、菊川の心の頼りとなっているのは、程なく奥村大膳がここに来るということだった。

「奥村殿は、間違いなく、すぐに見えましょうな？」

菊川は念を押すように訊いた。

「おお、来るとも。使いが、その返事をもらっている」

石翁は請け合って、うなずいた。

菊川はそれに急《せ》かされるように立ち上った。ゆらりと裾が波だち、ほの暗い光の中に、白い姿が伸びて、浮き出るように輪郭を滲ませた。

石翁は、それを見上げて凝視した。年増女の胸から胴へかけての線を、薄い浴衣が描いている。菊川は、裸を石翁に覗かれているような耐え難さを覚えた。思わず前を掻き合せた。

低い声が入道の咽喉から洩れた。

「あっ」

と菊川が叫びを上げたのは、石翁が行灯の火を突然、吹き消したからである。

行灯の灯の消えた真暗な部屋で、菊川は声を呑んで、立ちすくんだ。

黒い恐怖が、身体中にのしかかってきた。立っている脚が戦《おのの》いている。

石翁は、しかし、まだ坐ったままである。

菊川との距離は、狭い部屋のことで、三尺とは離れていなかった。が、彼女には、耳の傍で、老人の息使いが聞えるように、もっと近く思えた。

菊川は本能的に出口へ逃げようとした。しかし、足は意志に従わなかった。膝頭の力が抜けている。それから闇に坐っている石翁の太い身体が釘のように彼女を動かさなかった。

お城で、大御所の寵をうけ、お美代の方の養父である中野石翁という権勢の存在が、知らずに菊川を圧伏しているのだ。

暗い中で、石翁と菊川とは、まるで見えない一本の糸を張ったように対立していた。そして、どちらかが、ちょっとでも動くと、この緊張した静止の状態は、ひどい嵐を呼んで崩れそうだった。

空咳《からぜき》が石翁の口から洩れた。老人の咳《しわぶき》は、菊川に衝撃を与え、そこに、へなへなと彼女を坐らせるのに充分だった。息が詰って、声が出ない。胸の前を両手で囲い、防禦の姿勢が精いっぱいであった。がたがたと胴震いがした。

大膳を、菊川は心の中で必死に呼びつづけた。早く、早く、と救助を叫んだ。

外は、こそとも音がしない。風はいつか止んだようだ。魚の刎ねる水の音が、時折するだけである。人声はおろか、足音も聞えぬ。突然、石翁が起ち上った。

その気配が、菊川には、まるで壁を倒すように轟いて聞えた。

石翁ともあろう者が――という最後の恃《たの》みは切れた。風を起して立ち上ったのは、一個の醜怪な大入道である。

暗闇の空気は、その坊主が近づいてくるのを波のように伝えた。菊川は上体を畳の上に突伏せた。石のように身体を凝固させた。

石翁がすぐうしろに来た。立っているのだ。菊川は、自分が入道に見下ろされていることを全身で感じ取った。眼の光まで分るのである。

空気の中で、妙な擦音がしていたが、これは高まってきた石翁の息使いだと知れた。

石翁の足が大きく動いた。菊川が絶望に眼をふさぎ、袂で顔を蔽ったとき、足は畳を踏んで遠のいた。

はっとした。石翁は去ったのだ。菊川は空虚な部分に風が舞い込むのを覚えた。が、或る恐怖が、彼女の頭をまだ上げさせないでいた。

その怖れの予感は当った。石翁とは違う、別な誰かの手が彼女の首に捲きついた。

誰かに背後から組みつかれたとき、菊川は気を失った。

脾腹に当て身を食わせたのは二人連れの士だった。暗いから、顔も何も分りはしない。

障子の震える音も立たない瞬間だった。

「灯りをつけてみるか？」

と一人が云った。

「その必要はあるまい」

女の肩を起して、両脇に手を入れた男が低く応えた。

眠ったような女を、両人で抱え上げ、狭い出口から引きずるようにして外へ出た。

外は、黒い木立ちが星空を塞いでいた。その繁みの前に、別な男が立っていた。大きな身体つきだった。

それに気づくと、女を運んでいる二人は頭を下げて会釈した。佇んでいる男は、黙って見送った。

松の枝が突き出ている下で、二人は女を肩から下ろした。魚の刎ねる水音が近いのは、すぐその下が池になっているからである。水面は遠くの一部分が、かすかに白くなっている。それでこの池の広さが知られた。

石組みは、夜眼にも区別がついた。一人がそこで女の顔を仰向きにさせ、胸のあたりを抱いた。女の姿勢は弓なりに曲った。頭が重く垂れ、白い顎が上った。

「気づきはせぬか？」

一人が心配そうに訊いた。

「いや」

短く答えたのは、女を抱いて膝をつき、水面に近づいてゆく男だった。

他人が見たら、悶絶しそうな操作がそれから始まった。

ぼちゃりと、石でも落ちたような音がしたのは、実は菊川の重い頭が水に漬けられた瞬間であった。

が、すぐに、水音は掻くように騒がしくなった。これは女が水中で意識を戻して苦しがっているのだ。声は出ない。出ないように一人が顔を水中に上から押え付けている。抱いている男は、女の両手を捲き、自由を奪っていた。

女が水面の下で顔を振り廻して死と抵抗していることは、水音の騒ぎがつづいていることで知れた。すべてが闇の中の出来事である。昼間だったら、水面が泡立ってみえる筈だった。

やがて、かなりの時が経って、池は静かになった。抱えている男は、犠牲者の手足から力が脱け、急にその物体が重くなったのを感じた。同時に女の死を知った。

気づくと、うしろの方に誰かが立っていた。

大きな坊主頭は、横着な懐手《ふところで》をして、さっきから見物していたが、あくびを一つすると、興なげにゆっくりと歩いて去った。

忙しい動作をしているのは、そこに残っている二人の男だけである。

「源助」

暗いところで、ひとりが低く呼びかけた。

「いま、何刻《どき》だえ？」

「さてね」

返事したのも、暗い中からだった。

「そろそろ九ツ半（午前一時）かな」

両人とも妙な場所にいた。大川に突き出た石垣の上に、及び腰で立ちながら釣糸を垂れていた。

空には星がある。その下の川は黒い色でひろがっていた。大川もこの辺が最も広い。大橋と永代橋の中間で、中洲《なかす》の突端だった。水は、汐の匂いが強い。

石垣は、田安殿の下屋敷の下に築いたものだった。この辺りは釣り舟を寄せつけないせいか、よく食いつくのである。昼間は、田安家の者がやかましいので近づけないが、夜になると、こっそり舟を忍ばせて寄り、石垣に匍い上って糸を垂れる釣り好きがあった。

かくれていることだから無論、提灯は無い。暗がりの夜釣りである。要心しないと足場が悪いだけに、川に落ちそうな危険がある。

「どうだえ、当りはいいかえ？」

源助と呼ばれた男が問い返した。小さい声である。声の語尾を川を渡る夜風が消した。

「うむ。当りは満更でもねえが、ちっとも食いつかねえ。妙な晩だな」

「ご時世で、魚も贅沢になったのかもしれねえな、卯之吉。そろそろ餌も考えなくちゃなるめえ」

それに返事が無かったのは、卯之吉が、大橋の下をくぐって来た一艘の小舟に眼を止めたからである。先方も、灯りが無かった。

その舟は次第にこちらに近づいて来た。隠れたことをしているだけに、卯之吉は、源助に、

「おい」

と細い声で注意した。

しかし、先方の舟はその辺で動きをとめた。舟に乗っているのが武士と分ったのは、覆面頭巾の恰好で慣れた夜目にも知れたのである。向うも二人だった。

こちらの町人両人《ふたり》には気がつかないらしく、先方の舟の上では、武士二人が何か長い荷物を抱え上げていた。距離が近いので、源助も卯之吉も、声を殺してその動作を見ていた。

舟の武士たちは、長い荷を舟べりにかけると、水の上に転がすように落した。

高い水音がし、波紋が伝わって、こちらの石垣につないでいる舟が揺れた。武士たちは、あたりの様子を見るように、前後を見廻したので、源助と卯之吉は縮んだ。

発見されなかったらしい。舟は武士の一人が漕ぎ手になり、一人がへさきに坐って、もとの大橋の橋桁《げた》の間を抜けて去った。すべてが声の無い行動だった。

「何を川に捨てたのだろう？」

源助と卯之吉とが、暗い中で顔を見合せた。

真昼の夜

朝、永代橋の橋杭に人の死体がひっかかっているのが発見された。

見つけたのは橋の上を通りかかった魚屋である。長さが百十四間の橋の西寄りの下を、ひょいとのぞいて、白っぽいものがゆらゆらと水に揺れているのが見えたのだ。

それが、人だと知ったのは、黒い髪が眼に入ったからである。魚屋は、顔色を変えて、折から橋上を歩いているほかの通行人を呼んだ。

それから騒動となった。

すぐに橋番に知らせる。橋番は町役人に報告する。

永代橋に死人がひっかかる例は、無いでもなかった。町役人は小舟を出させて、橋番に死体をひき上げさせた。

死人は水面に顔をうつむけて揺られていた。女である。着ている浴衣の麻の葉模様が印象的である。黒繻子の帯は解けかかって、一端が長く流れていた。

「南無阿弥陀」

橋番は、念仏を唱えて、仏を舟にひき上げた。

顔を見て愕いたのは、年増ながら凄いくらいの美しさである。

これは河岸に運んで、番小屋の前で町役人が見たときも、口沙汰になった。

「勿体ない話だ」

「これほどの顔での」

立会っている人間の眼がじろじろと見ている。

「おや」

と一人が気づいたように声を出した。

「妊み女だぜ、こりゃあ」

なるほど、そうだった。人々は別なおどろき方をした。

「どこかの若後家が、男に捨てられ、身投げしたに違えねえ」

意見はこんなところに決った。身なりからいって、町家の女だった。

町役人から、北町奉行所手附に報告が行く。同心が医者を連れて検死に来た。

「死人は水を飲んでおりますよ。左様、昨夜あたり、上の方で投身したのでしょうな」

医師は死体を検《しら》べて云った。外傷は無い。覚悟の自殺であることは、袂に入れていた小石でも分った。

身元の手がかりは無かった。どこの町に住む女か分らない。町家の女であると同心が判定したのは、髪のかたちと着物からだった。

「人相、年のころ、身なりなどを書き留めておけ」

同心は手先に云いつけた。

これは身元不明死体の告示を、高札場に掲示するためだった。

死体は近所の寺に預けて仮埋葬にした。新堀町の竜沢寺という寺だった。

声に、内職の草鞋《わらじ》作りに身を入れていた橋番の老爺が顔を上げた。

「誰だえ？」

小屋の戸口から入ってきたのは、思いがけなく武士だったので、橋番は少しあわてた。

「これは……」

足指にひっかけた撚り藁を、外そうとするのを、見知らぬ客は制《と》めた。

「そのままにしてくれ。少し訊きたいことがあって来たでな」

顔だちの整った若い男で、着流しだった。言葉もおだやかだし、町の人間に馴れたところがあった。これが島田新之助だった。

外は天気がよく、橋の上を歩く人の足音が明るく聞えた。

「へえ、まあ、どうぞお掛けなすって」

橋番は仕事をやめて、手で散った藁屑をはき、客の腰かける場所をつくった。

新之助は、礼を云って、無造作に狭い上り框《かまち》に腰かけた。

「昨日の朝、水死人がこの橋桁にかかったそうだな？」

新之助は橋番に問うた。

「へえ。そりゃ騒動でしたよ。旦那は、どちらからおみえになりました？」

老爺は新之助の顔をみた。

「わたしは、下谷の方から来たのだが、噂を聞いたのだ」

「へえ、あっちの方に、もう伝わりましたか。なにしろ、きれいな女でしたからね。それで、旦那に何かお心当りでも？」

「うむ。少々、気になることがあるのだ。詳しいことは云えないが、親類筋に心当りがないでもない」

「へえ、ご親戚に？　そりゃあ」

老爺は息子の齢くらいなこの若い侍の心安そうな態度が気に入ったようだった。

「どんな着物をきていたのだね？」

「浴衣ですよ。紺の麻の葉でしてね。粋な柄でさ。それがよく似合って、生きてらしたときは震いつきたいような年増ぶりでしたでしょうな。みんな、勿体ないと云っていました」

「いくつ位だ？」

「二十六、七、顔がきれいだから、もっといってるかもしれませんな」

「懐胎していたそうだが」

「それなんですよ、旦那。可哀想に、よっぽど死ななきゃならねえ事情があったんでしょうね。女衆も、あんまり別嬪に生れると災難でございますな」

「水を呑んでいたのか？」

「へえ、そりゃ大そうなもんで。あっしは、水死人を見つけておりますので、すぐ分ります。当人の袂にも小石が入っていたくらいで。気の毒に、腹の嬰児《やや》が道づれでさ。おや、旦那のご親類筋も、そんなお身体でしたか？」

懐妊した水死の女は、心当りがあるか、と橋番に問われて新之助は、

「どうも、わたしの探している親類筋の女のようだ」

と熱心な眼になった。

「へえ、左様で。やっぱり……」

老爺は、どんな事情が伏在しているのかと訊きたそうな顔つきをした。

「少し訳があってな。恥かしい話だ」

新之助は、わざと当惑そうな顔をした。

「どうだね、その仏に会わせてもらって、もし当人だったら引取りたいが」

「そりゃ、もう、順当な話でございます」

「誰に申し込めばいいのか？」

「町役人でございますな。それじゃ、ちょっとお待ち下さいまし。ここから近うございますから、手前が呼んで参りましょう」

橋番は、親切に云ってくれた。

「そうか、それは気の毒だが頼む」

新之助は紙入れを出して、いくらかを捻って老爺の手に握らせた。

「有難うございます」

橋番は頭を下げると、それを懐にして、駆け去った。かれの親切の中には、この当てが含まれていたようだった。

待っている間、新之助は大川の水面を眺めた。川は、潮の匂いが高いので、いかにも海に近い河口という感じだった。今は退き潮らしく、川の流れが速い。

いろいろな物が流れてくる。古い下駄だの、破れ傘だの、板ぎれなどが運ばれていた。橋桁には古い布などがひっかかっている。

新之助は川上の方を眺めた。一つ上の大橋が遠くにぼやけて見える。田安殿の下屋敷の石垣と屋根が左手の突端に在った。その右手には、広い水面がひらけていた。

新之助の眼は、その位置と、橋桁との距離を目測するようだった。

「お待ちどおさま」

橋番がうしろから声をかけた。新之助がふり向くと、小柄な町役人がひとり、むずかしい顔をして立っていた。

「いま、橋番から聞きましたが」

と町役人は云った。

「昨日の水死人にお心当りがおありだそうで？」

「左様、それで参ったのだが」

新之助は答えた。

「見せて貰えますか？」

「折角ですが」

町役人は首を振った。

「それは人違いではございませぬか？」

「人違い？」

「水死の仏のことです。あれは、身元が分って、引取り人があったそうです」

「引き取った者がいる?」

新之助は、思わず町役人の顔を見つめた。

「引取り人があった?」

新之助は町役人に強く云った。

「それは誰か、教えて貰いたい」

「手前が扱ったのではございませぬ。奉行所より、左様な達しがありましたのでな」

町役人は、無愛想に答えた。

町役人は奉行所の命令布達を町内五人組や家主、地主などに伝える役柄だった。たいてい世襲で、公用の外出には帯刀を宥《ゆる》された。つまりその支配する町の責任者である。

「それでは、他から引取りの申し出があったという訳だね?」

「左様です」

「奉行所よりの達し状には、その身元の名は載っていなかったか?」

「いや、それは、口頭であったのです」

「おかしい」

新之助はわざと首をひねった。

「水死人はここで扱ったのだ。それを、口の先で、あれは引取り人が出たから、もうよい、というだけで済むものかね。名前だけでも聞かせる筈だが」

町役人は、それを聞いてむっとしたようだった。

「失礼ながら、あなた様はどういうお方で?」

「わたしか」

新之助はちょっと考えたが、

「直参で、島田新之助という者だ」

旗本ときいて、町役人の眼は、少し変ったようだが、身なりから見て、部屋住みの次三男とみたらしい。

「お住居はどちらで？」

「それも申さねばならぬか？」

「伺わせて頂いた方が、手前も役目柄、安心してお話が申し上げられます」

「うむ」

咄嗟に思案に出たのは、叔父の名であった。

「麻布飯倉片町、七百石、もと御廊下番頭、島田又左衛門の家に居る」

この微妙な返答は、町役人に、新之助をそこの息子と早合点させたようだった。

「ありがとう存じました」

と町役人は頭を下げた。

「ご身分を承りまして、手前も安堵いたしました」

「では、誰が水死人を引き取ったか、教えてくれるか？」

「それが」

町役人が顔を顰《ひそ》めた。

「実のところ、ただ今、申し上げた話だけでございます」

「いや、実は手前も奇態に思ってはおりました。今までは、そういうことはございませぬ。ちゃんと変死人の身元、引取り人を御奉行所より知らせて参ったものでございます。手前どもは、それをいちいち、備えの帳面に記《つ》けますでな。ところが、今度ばかりはそれがありませぬ。あれは済んだから、そのように心得ろ、ということでございました」

「あれは済んだから、そのように心得ろ、とな？」

新之助は、おうむ返しに云った。

「それは、確かに北町奉行所からかね？」

「はい。いつもお目にかかる与力の下村孫九郎さまからのお言葉でございました」

「与力の下村孫九郎……」

新之助は口の中で、その名前を呟いたが、以前、島田又左衛門の屋敷の前で会ったことは思い出せなかった。それよりも、もっと別なことを考えている。

「仮りの埋葬は、この近所の寺か？」

この問いを、町役人は、執拗《しつこ》いと感じたらしい。

「失礼ですが、それでも、まだお尋ねになりますか？」

「水死人は、わたしの心当りの者だと云っている」

「しかし、もう、それは……」

「いや」

新之助は遮った。

「間違いということもある。先さまのことだよ」

「…………」

「話をきくと、わたしの親戚の女に似ているのだ。浴衣の柄といい、帯といい、そっくりだ。この上は、もっと確めねば気が済まない。間違えられて、他人に引き取られたら仏が浮ばれないからな。寺の名を教えてくれ」

「へえ、ですが」

町役人は、また、顔をしかめた。

「寺には、何も無い筈です。仏は、引き取られたということでございますから」

「寺に訊いてみるのだ。寺では、役目のことだから、引き取られて行った先の名を聞いているだろう。ここで分らなかったら、寺に訊きに行くのが順当だ。その仏のあとを、どこまでも足で追いかけてみたい。これは、身内の人情でね」

町役人は、呑まれたような顔をした。

「で、どこだね、お寺さんは？」

「新堀町の竜沢寺です」

町役人は遂に教えた。

新之助は礼を云ってから、思い出したように、町役人に云った。

「そうか。有難う」

「一昨日の晩、大橋と田安殿の間の大川に、舟を出して何やら捨てて行った者がいる。大きな水音がした筈だから、この辺まで聴えた筈だ。町内で気づいた者はいないかね？」

「さあ、一向に……」

「一昨日の晩、九ツごろからは上げ潮だった。あの辺で捨てたら、一旦、水の底にもぐって、大橋辺まで逆に行く。しかし、それから退き潮になって、水に浮び上った物は下に流れ、丁度、この永代の橋桁にひっかかるのが夜明け前だろう。見つけられたのが、その朝。この当て推量は、違っているかね？」

町役人は、ぽかんとした。

竜沢寺は、この辺では、思ったより広い寺域をもっていた。しかし、築地塀も、本堂も荒れていた。ろくな檀家をもたないらしい。屋根の上には、草が風にそよいでいた。

小僧が庭を掃いていたが、新之助の入って来たのを見ると、手をとめて立った。

「暑いのに精が出るな」

新之助は小僧に愛想を云った。

小僧は、見なれない新之助に、不得要領なお辞儀をした。

「昨日、新仏がここに埋葬になったね？」

新之助は、眼を笑わせながら訊いた。

「水死した女のひとだ。知っているだろう？」

小僧は、わずかにうなずいた。

「どこだえ、埋めたところは？」

本堂の脇から裏一帯には、申しわけだけの垣根が境になって、墓場が見えた。新之助は、それを見ていた。

小僧は、箒を握ったまま、すぐに返事をしないので、新之助は懐から小銭を出した。が、小僧は手を出さずに、もじもじしていた。それから何を見たのか、急いで離れた。

「惟念」

と新之助の背後で声が聞えた。

「早く、掃除を済ませぬか」

新之助がふり向くと、庫裡の方から、ゆっくりと歩いてくる瘠せた坊主に眼が当った。

「何か、御用ですか？」

白い着物をきた、五十ばかりの血色の悪い僧だった。

「ご住持か？」

「そうです」

住職は答えた。

「当寺にご用ならば、拙僧にお申し聞かせ下さい。小僧などにお訊きにならぬように」

これは、初めからこちらを警戒している言葉だった。

「失礼した」

新之助は、素直に謝った。

「こちらに、昨日、水死の女を仮埋葬したと聞いて上りました。わたしの身寄りの者と思われるので、実見したくて来たのです」

住職は、新之助の顔を見つめた。

「お気の毒だが、それは人違いです。引取り人は別にありましたのでな」

新之助は愕かなかった。

「いや、しかし、齢ごろといい、人相といい、着衣といい、時刻といい、わたしの聞いたところでは、どうも探している人間に似ている。あまり似ているので、仏を見ないと諦め切れないのです」

「引取り手が別にあったと申し上げています」

「それでは、その引取り人の住居と名前を教えて頂きたいものです」

「縁者が確めて引取ったのだから間違う筈はない。ほかの物とは違いますでな。どこか、よそをお探しなされては如何です？」

ほかの品物とは違う。死人を引取るのだから、縁者が間違う筈はない。——住持の云うことは理屈だった。

「ほかを探せと云われるか」

新之助は片頰に笑みを泛べた。

「折角だが、昨日の朝、永代橋にかかった女の水死人を仮りに埋めたのは、当寺以外には無い筈です。わたしには気にかかることだ。では、引取られた先だけでも知らせて頂きたい」

「どうなされます？」

住持は、眉をひそめた。

「先方に訪ねて行き、確めてみるのです」

「それは困ります」

「はてな。教えてもらえぬとは？」

「とにかく……困るのです」

住持は困惑した顔になった。

「和尚」

新之助は呼んだ。

「こちらの気持も察して貰いたい。身内の者として、じっとしておられぬことです。或は仏が迷っているかもしれぬ。これはお経を読んでいるだけでは済まぬと思うが」

「しかし……」

住持は新之助の強弁に遇って、弱り切った。その表情から、新之助は、町役人と同じ立場にこの坊主が立っていることを知った。

「それとも、明かして貰えぬ筋でもありますか？」

この返事はとれなかったが、その代り、住持の眼が何かを見つけて輝いた。

「これは、おいでなさいまし」

新之助の立っている背後の方にお辞儀をした。

ひとりの武士が、陽除けに扇子をかざして境内を歩いて来ているところだった。両刀は差しているが、腰までしかない短い夏羽織と着流しの恰好だった。着物の裾と、雪駄には白い埃が附いている。誰が見ても分る八丁堀の人間であった。

「昨日は、ご苦労さまでした」

住持は近づいて来た与力に挨拶した。

「いや、お世話になった」

与力は、新之助の横に廻り、流し眼で、ちらちらと観察した。

「丁度よいところにお越しになりました。ただ今、この方から、昨日の水死人のことをいろいろ尋ねられていたのでございます」

「どういう因縁だね？」

「下村さま、それが何でもお身内らしいということで」

「身内？」

与力は新之助を見た。新之助も、下村という名を聞いてふり向いた。両人の顔は正面から合った。

「あっ」

与力が小さな声をあげた。

新之助も彼を見て、眼を瞠《みは》った。

まさに、その与力の顔に新之助は覚えがあった。

以前、麻布の叔父島田又左衛門の邸に行っての帰り、その門の前でつかまった男である。

あのときは、大奥女中の草履が島田の邸に在ったか無かったか、などと執拗《しつこ》く訊かれた。登美のことを穿鑿に来ていたらしいのである。

それればかりではない、帰りを岡っ引につけさせたのも、この下村という与力である。そのときは、面倒だから、良庵の家へとび込んで、岡っ引を撒いたものだ。

町役人は、水死の女の沙汰は北町奉行所与力下村孫九郎から達しがあったと云った。

その与力が、偶然にも、この同じ男だったのだ。

「これは珍しい」

と挨拶したのは、下村孫九郎の方からだった。こけた頬に、薄ら笑いを泛べている。

「いや、その節は」

新之助も返した。

言葉とは別に、両人の間に、冷たい風が流れた。

「何か、この寺に用事で見えられたか？」

下村は改めて訊いた。

「いまも、この住持に話していたところです。昨日、ここに女の水死人を仮りに葬ったそうな。いささか、わたしの縁辺に心当りがある故、死人を見せて貰いたいと思いましてな」

「なるほど」

与力は新之助の風采を上から下まで一瞥した。

「たしか、島田又左衛門殿のお屋敷の前でお会いしたときは、貴殿のご姓名を承らなかった。おたずねしても、ご返答が無かったでな」

「その代り、貴殿指図で、わたしのあとを誰かが来たようだが」

新之助は応じた。

「ははは、申された」

下村は笑った。

「しかし、今日は、その手間もいらないようですな。ご姓名を承りたい」

「申さねばなりませぬか？」

「承りたいものです。死人縁故の者と申された。これは、ご姓名、住所などを承るのが順当でござろう」

新之助は、ちょっと考えた。が、あっさりと出た方がよいと思った。

「島田又左衛門甥、島田新之助という者です」

下村孫九郎は歯を出して笑った。

「承った。たしかに、今度は、すらすらと云われましたな」

与力の眼は皮肉だった。

「やはり、そうか。島田又左衛門殿の甥御か。なるほど、なるほど。無論、島田殿の邸にお住いであろうな？」

「いや、別です」

「ほう、それを承りましょう」

「お断りしたい」

「ほう、お住居は云えぬか？」

与力は意地悪い眼になった。

「何か、ご都合が悪い？」

「少々、仔細があってな。いや、これは詮議をうける筋ではないが」

「強《た》ってとは申さぬが」

与力は薄笑いした。

「水死の仏が、あんたの親類筋とは知らなんだ。これだけは承ってよろしかろう。どういうご縁つづきですかな？」

「されば」

新之助は詰ったが、思いついたままを云った。

「わたしの従姉《いとこ》に当る」

「やはり、島田又左衛門殿の……？」

「いや、母方《かた》の筋です」

「さてさて、島田殿には、いろいろな縁者がおられる」

与力の下村孫九郎は、あざ笑った。

「なに？」

「いや、お気の毒ながら、あれは別な引取り人がありました。島田殿のご縁辺ではない。それは、住持よりも申した筈です」

「聞きました。しかし、あまりに似ている故に、仏を一見したい。わたしも心当りを探しているところだ。引取られたら止むを得ない。先さまの名前を聞かして頂こうか？」

「無用です」

「はてな。段々、承っていると、北町奉行所が当寺より勝手に仏をほかへ移したように聞える。左様に解釈してよろしいか？」

「正当な引取り人が出た故に渡したまでです。先方の名をあんたに教える必要はない」

「北町奉行所附与力、下村孫九郎どのの計らいでか？」

「わたしが個人でする訳はない。わたしは町奉行所つきの役人だ」

「承った」

新之助は強く応じて、相手の顔を見まもった。

「ここは寺だ。すべて寺内のことは、寺社奉行の差配と聞いている。町方の役人が、寺社奉行に断りもなく、勝手に寺内に仮埋葬した仏を他に移してよいものか、どうか。下村氏のご了簡を教えて頂きたい」

下村孫九郎の返事は無かった。顔が赭くなっているのは、返答に詰って、血が逆流してきたからである。

「下村氏。ご返事は？」

新之助は催促した。

「む……」

与力は、睨むだけで、声が出なかった。

「それとも、これは町方に係りのある一件と考えられたか？」

新之助は、気の毒そうに云った。

「それなら、わたしも解らぬではない。下村氏、わたしの意見を申そうか？」

下村の顔に、ちらりと不安の影がさした。

与力、下村孫九郎の赭くなっている顔に、新之助は真正面から云った。

「一昨日の晩です。左様、見た者は九ツ半ごろだと云っている。丁度、田安殿の下で夜釣りをやっていました。そこへ、大橋をくぐって一艘の舟が来ました。乗っていたのは、たしかに武士で二人連れだったと申します。その舟が、大川の一番川幅の広い場所に停ると、舟で運んで来た何やらを、突然、川に落しました。その品が、どうやら人間らしいというので……」

下村の顔が妙な具合に歪《ゆが》んできた。

「奇態なことがあったものです。夜釣りの連中が、暁方に帰ってきて、わたしに話してくれたのです。町人ですから、怕《こわ》がっていました。いや、町人でなくとも、士《さむらい》でも怕い。死んだように、ぐったりとなっている人間を、大川に投げ入れるのですからな。それが本当なら、鳥肌が立ちます」

「……………」

「すると、昨日のことだ。永代の橋桁に女の水死人がひっかかっているという噂でした。丁度、前晩の潮の具合から考えると、舟から投げられた人間は、そういうことに相成る。夜釣りの人間が見たのは、嘘ではなかった」

「出鱈目だ」

与力は叫んだ。

「怪《け》しからぬ。左様な流言を放つとは。誰だ、そいつは。引っくくってやらねばならぬ」

「わたしも、名前も住居も知らぬ町人ですがね」

新之助は、とぼけた。

それは町内に住む卯之吉と源助だった。富本節を習いに、豊春のところへ通っているが、彼らがそれを女師匠に怪談仕立に話し、豊春が新之助に伝えたのだった。

そのことは、この与力には教えられぬ。

「町人は正直者です。話の辻褄も合います。下村氏は、その出来事をご存じないか？」

「知るわけがない。不届な町人の作り話だ」

下村は怒鳴った。

「作り話にしては、あんまり平仄《ひょうそく》が合いすぎますよ。わたしは、町方がそれを知って、あんたが動き出したのかと思った」

「………」

「いや、ご存じなかったのなら、これを話してよかった。ついでながら、大橋をくぐって、大川の上《かみ》から舟が下ってきたとすれば、さしずめ、向島あたりから運んで来たものか……」

下村は、唇を震わして、新之助を睨みつけた。

「しかし、それが飽くまで出鱈目として、お取り上げにならぬなら、町方が寺内に踏み込んで埋めた死体をよそに移される理由は無いはずです。それなら、寺社方の諒解が要る。下村氏、はっきりしたご返事を承ろう」

「無用だ」

与力は、声を慄わせて叫んだ。

新之助は、鬼面のような顔になって突立っている与力の下村孫九郎に背後《うしろ》を見せて、寺を出た。

暑い陽が照りつけていたが、風は涼しい。そろそろ秋口を思わせた。

新之助の足の爪先は、麻布に向っていた。久しぶりである。

遠いから途中で駕籠を拾った。

駕籠の中から眺めていると、いろいろな人が往来する。士もいるし、町人もいるし、商売人もいる。男も女もいる。みんな、それぞれ、忙しげな顔をしている。

印入りの旗を立てた薬売り、荷をかついだ刻み煙草売り、背中に厨子《ずし》を負った乞食坊主、売れ残りの品をかついでいる茣蓙《ござ》売り、馬に水を飲ませている馬方、みんな尤もらしい顔をしている。

どこにも変化は無い。至極、平凡で、当り前に見える。

しかし、この眼で見る世間の裏側では、何が匿されているか分らないのだ。自分たちの眼の届かぬ世界では、奇怪なことが現在でも進行している。

陽は、眩しいくらいに明るい。昼間だから当り前である。が、裏側の奇怪事を考えると、真昼が暗い夜に感じられるのだ。

ひとりの大奥女中が抹殺された。秘密が暴露しないために、彼らにはそれが必要だった。彼らには権力があった。官憲さえも、その圧力をうけて加勢した形跡がある。下村孫九郎という一与力などは問題ではない。かれは、もっと上の方から指令を受けただけである。

新之助には憤りが湧いてきた。敢えて、裏側の世界に足を踏み入れようと心に決めかかったのは、そのためである。不安もあるし、危険もあった。先方は巨大な壁のような権力であった。

その壁の向うに、知った男が、今も連れ込まれている。かれは、小さな町医者だ。大奥女中が殺された現在、それにつながる良庵の生命も危険だった。あるいは、もう絶たれているかもしれない。

医者がどこまで行ったか、新之助には痕跡が分っている。残念だが、そこまで追跡して行って、手が出ないのである。洒落た石と植込みに囲まれた別荘が、その壁の一つであった。個人の無力を、新之助はこのときくらい思い知らされたことはない。――

叔父の屋敷の前だった。構えが大きいだけで、相変らず、手入れが届かないので、貧乏臭くみえた。

新之助は門をくぐった。

荒廃した玄関に立つと、奥から謡の声が聞えた。叔父の島田又左衛門の声である。どう贔屓《ひいき》して聞いても上手とはいえなかった。

島田又左衛門は、甥の新之助のために、吾平に酒を出させて、話を聞いていた。

久しぶりに新之助が訪ねてきたので、機嫌がいい。甥の生活は、又左衛門の気に入らぬが、もとから彼を愛していた。子供のときから、気性のさっぱりした、明るいところが気に入っている。

「大川に舟を出して、人間を捨てたというのは、確かだな？」

一通りの話を聞いたあと、又左衛門は念をおすように訊き返した。

「見た男が、二人も口を揃えて云っているのです。町人ですが、嘘をつくような男ではありません」

新之助は答えた。

「しかし、捨てられた人間は、舟から落されるとき、声も出さず、あばれもしなかったのか？」

「まるで、品ものを落すようだったといいます。わたしは、その女が、もう殺されていたのだと思います」

「だが、死体は、大川の水を飲んでいたのだろう？」

「溺れて死んでいたのは確かのようです。しかし、飲んだ水が、大川の水とは限りますまい」

「どうしてだ？」

「溺れさせるのは、水のある所なら、何処でも出来ます。別の場所で溺死させておいて、大川に捨てれば、これは大川で身投げしたかたちになりましょう」

「別な場所か……」

又左衛門は腕を組んだ。

「向島……と云うのだな？」

「舟の来た方向、翌朝、潮の加減で永代の橋桁にかかった水死体の具合、たしかに、その方角と決めてよろしいと思います」

「水死の女は、町方の身なりだったのか？」

「紺の麻の葉模様の浴衣に黒繻子の帯、髪は水に解けておりましたが、これも武家うちの髪の結い方ではございませぬ。そのことは、はっきり橋番が申しておりました。しかし、いかにも町方につくった身なりが、かえって見えすいております」

「うむ」

同感とみえて、又左衛門はうなずいた。

「そちが、石翁の屋敷に大奥女中の乗る女乗物が入って行くのを見たというのは、今から三日前だな？」

「そうです。良庵を探しに歩いた日です」

又左衛門は暫らく沈思していた。盃の酒が冷めていくのも気がつかぬ。

「よし」

と顔を上げたとき、顔色が動いていた。

「そちの推量に間違いあるまい。殺されたのは、大奥女中の菊川というものだ。手を下したのは、石翁の指図であろう。なるほど、北町奉行所が、ただの水死人として、うやむやに処分しようとしたのも、その辺から出た命令だな。面白うなった」

又左衛門の顔は、生気を帯びてきた。

「新之助、面白い話を持ってきたな」

眼が細くなったものである。

「忘れるくらい、ここには顔を見せない男だが、どんな風の吹き廻しか、今日は珍重な土産を持って来た」

「お気に召しましたか？」

新之助は又左衛門の顔を見た。

「うむ、気に入った。家屋敷、身上ぐるみ質に入れて買おう、というところだな」

「相変らずでございますな」

新之助は微笑した。

「お言葉通り、あんまり肩を入れられると、身代ぐるみ消し飛ぶかも分りませぬぞ」

「覚悟じゃ。三河以来、永々と頂戴した食禄じゃ。権現様もお飽きなされたろう。この辺で返上しても悔はない」

「いや、ご扶持が飛ぶくらいなら、まだよろしいが、あるいは御身辺まで及ぶかも分りませぬ」

「これか」

と又左衛門は腹を叩いてみせて、

「美濃や肥後や石翁どもの奸物と、さし違えならば惜しゅうはない。が、やみやみと切られはせぬ。新之助、菊川の一件は決め手になるぞ」

と眼を輝かした。それから、言葉まで勢いづいて、

「菊川を殺して蟻の一穴を防いだつもりはよかったが、身元不詳の変死人で寺に埋めたは、敵の思わぬ手抜かりだった。そちの申す通り、寺社から町方に捻《ね》じこませねばならぬ。早速ながら脇坂淡路守殿に知らせよう。町方が死体をどこの寺に埋め変えようと、寺社奉行が厳重に布達を出せば寺も届け出ずばなるまい。淡路殿じゃ、きっとやられる」

力んでいった。

「菊川の死体が出れば、大奥の然るべき女中に首実検させる。懐妊腹だから、ただの詮議では済まぬ。動かぬ証拠じゃ。大奥女中の風儀の手入れは、淡路殿のお得意じゃ。菊川がお美代の方の側近だから、これは面白うなる。次第によっては、お美代の方を追い落せるぞ。石翁、美濃などの奸臣退治の火つけ道具になるかもしれぬ」

「叔父上」

いい気になってしゃべっている又左衛門に、新之助は口を入れた。

「大奥風儀といえば、探索の役を申しつけられたお縫さんはどんな様子です?」

「縫か」

又左衛門は愉快げに微笑した。

「あれも、やりおる。だんだん、わしの所に聞込みを寄越しおるでの。遠からず、確証が摑める筈じゃ。これもすぐに脇坂淡路殿に取り次ぐ手筈になっている。そうだ、菊川の一件は、すぐに淡路殿にお知らせしよう。新之助、よう働いてくれた」

お墨附

家斉は、床の上に寝たり起きたりである。

発病後、しばらくは意識がもうろうとしていたが、それは次第に恢復した。

「頭が痛い、頭が痛い」

と訴えたものだが、近ごろは、それも少くなった。

ただ、軽微だが、半身に痺《しび》れが残った。

典医、法印中川常春院はじめ、お附の医師たちの必死の手当も、これだけは及ばないようだった。

常春院のすすめた苦心の薬は当帰《とうき》の根、川芎《せんきゅう》の根、芍薬の根、木瓜《からぼけ》の実、おにのやがらの根、菟糸子《ねなしかずら》の種子《たね》などを乾燥し、粉末にして調剤したものである。これは、半身不随、言語渋り、気血渋滞し、遍身疼痛するを治す、卒中風の妙薬だった。

家斉も言語障害が多少残った。ただし、聞き分けられぬほどではない。

目下の最大の療治は按摩であるが、家斉が専門家を嫌うので、専ら、お美代の方と、水野美濃守とが当っている。

家斉は、近ごろでは美濃守の肩にすがって座敷を軽く歩くことさえ出来るようになった。この座敷は京間で三十五畳敷である。ただ広くて、いい運動場である。

寝ついていても、家斉は政務を見た。本丸の将軍家慶に実権が与えられぬことは、依然、同じであった。

尤も、これは、自分が眼を通すわけではなかった。本丸から廻ってきた書類を、枕元で美濃守が読み上げるのである。

「よろしゅうございますか？」

美濃守がきくと、家斉は、仰向けた顔を一つうなずかせる。それが決裁となる。

「いかが、致しましょうか？」

美濃守が枕元で問うと、家斉は黙って知らぬ顔をしている。不許可なのだ。

すべて、家斉の意志をきくかたちになっているが、美濃守の舵のとりようで決裁が決るらしい。

発病時からの習慣で、この病間には、余人は一切出入りを禁じられている。介抱人、水野美濃守ひとりが、つきっきりだった。その後「奥締り」が解けて、お美代の方が参加することになった。

他の者は、医師以外、御病間には、絶対に近づけぬから、万事、水野美濃守ひとりの計らいで政務が決着するような印象を本丸に与えた。

本丸側の不平不満は、もとよりである。

「あれは美濃めが独断でやりおるのだ」

と憤慨するが、家斉の寵愛がある以上、抗議も表立って出来ない。

病室には、お美代の方と美濃守だけが看侍しているのだから、大御所の命令は何ごとも意の如くなりそうだった。

が、実は、彼らの最大の望みだけは、そう簡単には実現しなかった。家斉は、現在は病気が小康を保っているが、いつ再発するか分らない。年齢も六十八歳である。今度、倒れたら、死は確実にくる。

それまでに、と水野美濃守をはじめ一党が熱望しているのが、家斉の内書だった。

——現将軍家慶を大御所に、世子家定を将軍に、その後嗣に前田大納言息犬千代を迎えて世子に直す。

構想は、その後に、身体の弱い家定を出来るだけ早く廃して、犬千代を将軍職につかせる。云うまでもなく、前田犬千代はお美代の方の生んだ溶姫が前田家へ輿入れして儲けた子であるから、林肥後守や水野美濃守などの一派は、家斉亡きのちも、今まで通り権勢が安泰だという次第である。

この墨附のことは、家斉に前々から、美濃守が請願しているが、さすがの家斉もすぐ書くとは云わない。内諾はしているものの、やはり重大だと思っているので、延ばし延ばししてきた。そのうちに、卒中風に倒れたのである。

水野美濃守の看病は、まことに至れり尽せりで、数十日もわが屋敷に帰ったことがないくらいだったが、この忠誠は、無論、お墨附頂戴の下心があってのことである。

家斉は病気恢復した。しかし、半身は痺れ、言語も明瞭ではなく、歩行も自由ではない。危く、廃人にならずに済んだのは、記憶や判断力だけは保っていたからである。

すべての仕置を、美濃守の読み聞かせる書状をたよりに決裁しているが、こんな身体になっても、まだ実権を家慶に譲らない執念はすさまじいものだった。

美濃守は、何とか早く墨附を家斉に書かせようと機会を狙っているが、病気になって以来の家斉の機嫌は甚しく悪い。

始終、床の上に暮しているのだから、いらいらしている。今までの自由気儘な生活を思うと、焦燥に駆られるのも当然であろう。

「う、う、う」

と家斉が突然、病床で唸《うな》る。

美濃守が、はっとして枕元に近づき、顔をよせて、その言語を聞き分けようとすると、

「こ、こ、こ」

と家斉は云う。起せ、という意味だ。

美濃守が、家斉の肩に手を入れ、床の上に起すと、突然、自由の利く片手で殴られるのである。

「こ、い、つ、め。こ、い、つ、め」

美濃守は折檻《せっかん》をうける理由は無いが、家斉の気の済むまで、打擲《ちょうちゃく》を受けねばならない。いらいらしている家斉は、理不尽な病気に対する憤りを、こんな暴れ方で晴らさねばならなかった。

近侍ひとりいない部屋で家斉の訳の分らぬ打擲の下にひれ伏している美濃守の心は、お墨附欲しさの一念で、じっと我慢していた。

家斉の折檻は、水野美濃守にだけではなかった。お美代の方に対しても同様である。

病人の気むずかしさは、最も愛する者を苛めるのである。理屈も何もない。抑鬱した病者の感情は、時ならぬときに爆発する。

家斉が、お美代の髪をつかみ、

「こ、こ、こいつ」

と、打擲している間、美濃守は傍に平伏して、その発作の鎮まりを待たねばならぬ。制止することは出来ない。

その代り、発作がすぎると、抑鬱した気分が晴れるとみえて、俄かに機嫌がいいのである。

不自由な舌を動かして、いろいろな話をする。発熱が去ったあとのように、けろりとしているのだ。憤りに燃えた眼には、忘れたようにおだやかな微笑が漂う。

こういう機嫌のいい時を見計らって、美濃守は例の墨附を家斉に書かせようと思うが、いざ、それとなく口を出すと、家斉も、さすがにことの大事を意識しているか、素直に、うん、とは云わない。また、家斉の上機嫌が間歇《かんけつ》的なだけ、美濃守は話が持ち出しにくいのである。

西丸老中林肥後守などは、

「例のものは、まだか？」

としきりに美濃守に裏で催促するが、

「いま暫らく」

と美濃守は、汗をふいている。

「大御所様に万一のことがあれば、万事は終る。今のうちに頂戴せねば」

と彼らは気を揉んでいる。

それに、この計画が本丸側に洩れるようなことがあっても大変である。その辺の気の遣い方は一通りではない。

そうでなくとも、美濃守ひとりがお側について、余人を家斉の病間に近づけないのだから、疑惑の眼で見られている。

ただ、家斉夫人だけは、時々、病室を見舞に来る。夫人まで制止することは出来ない。夫人は、家斉に一言か二言、機嫌伺いのようなことを云って、そこに控えているお美代と美濃守をじろりと眺める。

家斉も、夫人は苦手とみえて、至極おとなしい。眼をつぶって、たいていは睡った恰好をしている。

夫人は、くんくんと鼻を鳴らし、病間の空気を嗅ぐようにする。その、しぐさは皮肉だった。いかにも汚れたものを嗅ぎ当てるように、わざとらしさを露骨に見せていた。

美濃守とお美代にすれば、甚だ気持がよくない。自分たちの野心を嗅がれそうで、夫人が見舞に来るたびに、心が萎縮する。

家斉の寿命と、他から覚られない要心とで、美濃守の焦燥は次第に濃くなって行った。

「何とか早く運ぶ工夫はないものか」

美濃守は、あせりながら考えた。

林肥後守などは、美濃守の顔を見るたびに、

「例のものは、まだ下りぬか」

と催促する。

「なにぶんにも、ご機嫌がむつかしくて、容易には……」

美濃守は頭に手をやった。

「石翁殿も心配されている。貴殿のご苦労は、われら肝《きも》に感じているが、何とか早くお墨附を頂かねば安心がならぬでのう」

肥後守は心急《せ》いている。計画が成就すれば、将来は本丸老中に出世し、天下に采配が振れる。

反対に、その夢が破れると、家斉の死去後は、現在の地位を逐われるのだ。今まで、本丸側から憎まれているだけに、家慶の時代になったら、どのような追い討ちをかけられるか分らない。

出世と失意が、一に家斉のお墨附にかかっているのだ。

それは、無論、肥後守だけではない。美濃部筑前守や水野美濃守、中野石翁にも関連のあることだ。美濃守は若年寄、筑前守は御用御取次となって、本丸に転じ、今まで通り、いや、それ以上の権勢を続けようというものである。

石翁も、外孫が西丸に入って世子に坐れば、威勢はさらに加わることになる。

しかし、この夢も、家斉が何事も遺命せずに息をひくと、その瞬間から破れ、つづいて酷烈な免黜《めんちゅつ》を蒙るに違いない。

家斉の生命は薄氷の上に乗っているようなものだ。今度、仆《たお》れたら万事は終るのである。

「何とか、今の間に――」

と、かれらは気をもんでいる。

お美代の方も、局外者ではない。家斉が死ぬと、その日から髪を下ろし、お位牌をもらって尼の生活に入る。捨て扶持をもらって、細々と日蔭の暮しをするか、世子の祖母として、これまでの大奥の権勢を死ぬまで保てるかの岐路に立っている。

さればこそ、家斉のむつかしい機嫌をとり結び、お墨附下付の手伝いをしているが、何ごともすぐに承知した家斉が、今度ばかりは渋っているのである。

病床に昼夜、閉じこめられた病人の気鬱は、あらぬときに爆発して、まことに操縦が困難である。いま、笑っているかと思うと、次の瞬間には、身もだえして怒り出す。

「大御所様のご機嫌、なかなかに定まり難い。恐れながら、御脳《おつむ》も、通常とは見うけられぬが」

お美代の方は、陰で、美濃守にこぼした。

「されば、手前も困窮いたしております。ご病床に就かれて以来、日ごろのご気性がどこやらに失せ、仰せの如く、お人柄がちとお変りなされたように思われます」

美濃守は頭を抱えている。

「美濃どの、妾《わらわ》に一つの思案があるが――」

とお美代の方は云って、相手の顔を見た。

お美代が美濃守にささやいた思案とは何か分らぬが、美濃守がそれを聞いて膝を打ったことは確かである。

「まことに、それは名案でございます」

と彼は賛成した。

「よいところに、お気づき遊ばされました」

「そなたのような知恵者に賞められて、面映ゆい。首尾よくゆくであろうか？」

「お方様のお智恵こそ恐れ入りました。まことに妙計でございます」

「上様のお渡りは、いつか？」

「未だ、本丸よりお報らせがありませぬ。それがあり次第、とり計らいます」

将軍家慶は、家斉が倒れて以来、度々、見舞に来ている。重態の時は頻繁だったが、この頃は十日に一度か二度の割となった。

家慶が見舞に来るときは、本丸より事前に連絡があるのだ。家斉が卒倒した時は、足袋はだしで駆けつけた家慶も、病が小康状態になってからは、見舞の状態も落ちつきをとりかえした訳である。

美濃守が、お美代と打合せした翌々日、本丸より側用人岡部因幡《いなば》守が、美濃守に面会を求めてきた。これは、いつもの事務連絡である。

「上様には、明日未の刻、大御所様御見舞に参られるお思召しでございます」

因幡守は通知した。

「それは忝う存じます。さりながら、未の刻よりも、午の刻限がよろしきかと存じます」

美濃守は答えた。

因幡守は、おどろいて美濃守を見た。今まで時刻の指定をされたことがない。

「それは、何かのご都合あってのことか？」

とかれは訊いた。

「されば」

と美濃守は、顔をくもらせた。

「大御所様のご機嫌は、このごろは、まことにお変りやすく、お傍に仕えているわれらも、ほとほと困《こう》じ果てております。因幡殿、拙者などは、時ならぬご折檻を蒙り、身体に生傷のたえ間がござらぬ」

「ほのかには承ってはいたが、左様なご機嫌では、お側ご介抱の美濃守殿も容易ではござらぬな。美濃どののご忠誠は感服のほかはござらぬ」

「いやいや、拙者如きは」

と美濃守は赤面した。

「それよりも、大御所様、お機嫌悪しく、荒々しきご所行なされるとき、上様のお渡りを願っても、お側のわれらとして、何とも恐れ入る次第。されば、日頃よりご看病申し上げていて拝察したのでござるが、毎日のうち、最もご機嫌うるわしき時が、総じてお昼時分、わけても午の上刻が一番およろしい。上様には、何とぞ、その刻に、お渡りを……」

将軍家慶は、当日、午の刻（正午）、乗物に乗って本丸から蓮池御門を出て、西丸大奥に向った。

西丸御裏御門外までは、西丸側の諸役人が出迎える。将軍家は、この御門の前で輿《こし》を下りた。

大御所見舞として、このごろは習慣となっている。家慶は先導されるまま、徒歩でお広敷門から玄関にかかった。

水野美濃守は出迎えの中にいたが、御行列の供に御側衆岡部因幡守が随行しているのを認めると、素早く因幡守の横にすり寄った。

「因幡殿」

美濃守は低声《こごえ》で云った。

「大御所様のご機嫌、殊のほか麗わしゅうござる」

「それは重畳《ちようじよう》」

因幡守は微笑した。

「ついては、ご対面のあと、上様にご中食をさし上げまするが、ご病間にてお厭《いと》い遊ばすことはございませぬかな？」

「なんの」

因幡守は答えた。

「それは、上様にも一段とお喜びでございましょう」

「それにつきまして」

と美濃守は因幡守に耳打ちした。

「上様には、御膳に向われましても、なにとぞ、お箸をおとり下されぬように願います る」

因幡守はそれを聞いて怪訝《けげん》な顔をした。

「はて、その仔細は？」

「大御所様には、とかく、このごろ、お召上りものがすすみませぬ。されば、御前でお箸をおとり遊ばすことは、大御所様ご機嫌の手前、ご遠慮のほど願いとう存じます。また、ご病間なれば、上様に対してとかく恐れ多うございます」

「そのご斟酌《しんしゃく》はともかくとして」

と因幡守は顔をすこし曇らせて云った。

「貴殿より左様なお心遣いがあれば、早速にも上様に言上いたします」

「なにぶん大御所様のご機嫌は、ご不例以来、一寸先が定まりかねます。その辺のところ、よろしきよう言上願います」

因幡守はうなずいた。

家斉のわがままは聞いている。日夜、看侍している美濃守の注意であるから、至極もっとも千万と諒解したのである。

家慶はお広敷玄関を上り奥へ進んでゆく。ご病間までのお廊下には、女中どもが平伏して出迎えた。

「美濃どの」

お美代が、こっそりうしろから呼びとめた。

「誰ぞに話しましたか？」

美濃守は一礼して傍に寄った。

「因幡に通じておきましたゆえ、安心でござります」

そう云い捨てると、かれは廊下を病間の方へ急いで去った。

将軍家慶は、病室となっている御休息の間で家斉に対面した。

家斉は上座に敷かせた夜具の上に半身を起した。うしろに廻って介抱しているのは、いつものように水野美濃守である。

三方の襖《ふすま》は、杉に桜花の極彩色、襖の引手は花葵形、まわりに七子《ななこ》地《じ》御紋散らし、金具には金鍍金《めっき》がしてある。天井は貼《はり》天井で、金砂子に切箔《きりはく》を置き、天井下の貼付は金砂子に金泥にて雲形が描いてある。京間ながら三十五畳敷の畳は高麗縁《こうらいべり》で、敷居、鴨居、長押《なげし》は欅《けやき》を用いている。

北口長さ九尺、奥行三尺の床と、紫檀《したん》の違棚とがある。違棚の上の袋戸棚は四枚襖で、縁は黒塗、金砂子秋草の極彩色、下の袋戸棚は二枚襖で極彩色の山水を画く。

こんな極彩色に囲まれた居間に家斉は寝ているからとんと病間の感じはしないで、かれは結構ずくめの金襴《きんらん》の中に人形のように坐っているみたいである。

「大御所様の御気色《みけしき》、今日は一段と麗わしきようで祝着に存じまする」

家慶は見舞の口上を云う。

それに対して家斉から、

「将軍家には、今日のお見舞、千万忝けない」

という意味の会釈がある。もっとも、はっきりと口が廻らない。挨拶といっても簡単なものだった。

それが済むと、打ち融《と》けて御父子の間に四方山《よもやま》の話があるのが普通だが、家斉の舌が痺《しび》れていては話がある筈がない。しかも、この父子の間は円満とはいえなかった。

挨拶が済んだころを見計らって、お小姓が、黒塗梨地に金泥御紋散らしの食膳を捧げて入って来て、恭々しく家慶の前に置いた。

家慶はそれを見て、家斉に向って一礼した。これは昼餉《ひるげ》を賜った礼である。

しかし、家慶は膳を一瞥しただけで、箸を手にとろうともしなかった。

水野美濃守は、家斉の背後にうずくまって、家慶の一挙一動を窺っていた。家慶が箸を把《と》り、鶴の吸物椀にでも一口つけたら、計画は狂うのである。

家慶は、とうとう箸をとらなかった。

大御所に改めて別れの挨拶をすると、家慶はつつましげに座を起った。

見ている美濃守は、思わず安堵した。

蒔絵の食器は蓋をしたまま、ぽつんと畳の上に取り残されている。

将軍家が去り、諸人が退くと、家斉が俄かに肩を大きく動かした。

「み、み、みの」

性急なときは、ことに言語がはっきりしない。

「し、しょうぐんけには、い、いかなる、し、しさいで、ち、ち、ち……」

将軍家は如何なる仔細で食膳に手をつけぬのか、と問うたのである。美濃守が待っていた質問だった。

なぜ、将軍家慶は食事をとらぬか、と家斉に訊かれたとき、美濃守は、

「はい……」

と答えたまま、あとを黙っていた。云いにくいから躊躇しているという体《てい》だった。

「も、もうせ」

家斉は性急になった。顔つきが、もう険しくなっている。

「さればでございます」

美濃守は、云いかけたが、何と思ったか急に平伏した。

「恐れながら、臣下の手前として、こればかりは憚り多うございます」

「い、云え」

家斉は美濃守を睨み据えた。顔の半分が痺れているから、左右の眼の大きさが異っている。

「は」

美濃守は、もじもじした。

「み、の」

家斉の声は苛立《いらだ》った。癇癪《かんしゃく》を起す一歩手前の表情だった。

「さようなれば……」

散々、気をもたせた末に美濃守はようやくに事の理由を云い出した。

「……申し上げまする。しかし、なにぶんにも、これは手前の推量にございますれば、左様にお聞き捨て願いとう存じます」

「は、はやく、もうせ」

「将軍家には、とかく、西丸にて差上げる食膳はお箸をおつけ遊ばされぬことになっております。その仔細を、他の者についてだんだんに訊きますると……」

美濃守は、また、絶句した。

「な、なんじゃ？」

家斉の声が尖った。

「恐れながら、将軍家には、西丸にて奉る食膳には、もしや毒物が混りあるやもしれぬとのご懸念の趣やに承ります」

美濃守は、云い憎いことを一気に吐いて、再び慴《おそ》れるように平伏した。

「な、なんともうす」

家斉の顔が、おどろきと怒りで歪んだ。

「ど、く、ぶつ、だと？」

「はい。何とも、はや、恐れ入りまする。まさかとは存じまするが、ほかにも心当りのあること故、天罰をも顧みず、大御所様のお耳に達しましてございまする」

美濃守は、声音を慄《ふる》わせた。

「こ、ころ、あたりとはな、なんじゃ？」

家斉の眼が血走った。

「はい。……手前、かねてより心がけて拝見しまするに、いまだ右大将様（世子家定のこと）おひとりにて西丸に渡らせられたことがございませぬ。かならず、将軍家がご同道でございます。しかも、表にて奉る茶菓を、右大将様は将軍家のお顔色をご覧になり、ついぞお召上り頂いたことがございませぬ」

「み、の、そ、それは、まこと、か？」

家斉は見る見るうちに怒気を顔に現した。

「何条もって、偽りを申し上げましょうや」

美濃守は低頭して云った。

「神仏をおそれず、かように申し上げましたのは、一重に大御所様への忠誠、真実をお耳に達せんがためでございます」

「う、うむ」

家斉は唸った。顔面の青筋が怒張した。

「みの」

「はっ」

「し、しょうぐんけは、それほどまでに、わ、わしを、うたがい、おるか？」

「何とも、はや、申し上げようもございませぬ。さりながら、これは上様のみのお思召しではござりませぬ」

「な、なんじゃ？」

「本丸大奥にては、かねて西丸大奥を白い眼で見られておるようでござります。恐れながら、大御所様ご急病のとき、怪しからぬ風聞もきこえて参りました。それもこれも、悉く本丸大奥が噂の出所でございます。なかには、坊主をたのみ祈禱する女中もあるとか承りました」

美濃守は、そこまで云うと、はっとしたように平伏した。

「き、きとうをしたと、もうすか。な、なんのため、じゃ？」

家斉は、その一語を聞き洩らさなかった。

「はっ、それればかりは、あまりに恐れ多うござります故……」

美濃守は、渋った。

「いえ」

「はっ」

「い、いわぬか」

家斉は、せき込んだ。

「はあっ」

美濃守は顔の汗を拭いた。

「左様なれば、申し上げまする。祈禱は、大御所様ご全快を祈願してと申しているのは表向きのこと、内々は、かえってお命を縮め参らすようにと……」

「なに！」

「それも、これも、本丸にては一日も早く天下の実権を握りたいあせりからと存ぜられます。されば、将軍家や右大将様が西丸にお渡り遊ばしても、本丸では己の僻事《ひがごと》がある故、西丸にては一切の食膳にはお箸をおとりにならぬようお諌め申し上げていると存じまする」

家斉の右手が床を激しく叩いた。癇癪の発作だった。

「みの！」

「はっ」

「す、ず、り、すずり……」

家斉は口から泡をふいて云った。

硯をもって来いと命じたのだ。美濃守が笑いを抑えて畏った。

梨地蒔絵の硯箱は病床の家斉の前に置かれた。硯の墨をするのも、紙をひろげるのも、美濃守ひとりだ。三十五畳の居間には、誰ひとり近づけぬ。家斉は、戦《おのの》く手で筆をとった。

「一、」

と書いて、しばらく考えるように休んだ。半眼を閉じているが、眼蓋も唇も震えている。

美濃守も必死だった。祈るように家斉の筆先を見つめている。

その穂先は震えながら、紙についた。

「——右大将、将軍職に被成《なられ》候跡は……」

ここまで書いてきて一休みする。文字は歪み、ふるえている。痺れの残った右手は自由な文字を書くことが出来ない。

家斉は元来、能書家であった。しかし、今は見るも無残な文字である。

美濃守は、前に畏って息をつめている。これからが肝心な文句だ。

家斉は、一息ついた。床の上に腹匍《はらば》って書いているのだから、難儀な作業だった。

しかし、家慶への鬱憤は、一気にこの墨附を書かせる次第となった。額は癇癪筋が立ち、興奮で蒼《あお》褪《ざ》めている。

二度目の筆が紙の上についた。

「……加賀宰相斉泰《なりやす》嫡子松平犬千代丸を被成養子《ようしとなされ》、成人の暁は右大将跡目と決め候様……」

美濃守が心の中で、

(出来た！)

と喜びの声をあげたのは、

「………。家斉（花押）」

と最後の筆が終ったからである。

家斉は、筆を投げ出すとどたりと床の上に仰向きになった。荒い息をついている。いかにも疲れ果てた様子だった。

美濃守は、素早く、奉書をくるくると捲いた。余人には見せてはならぬ文字だ。手早く折って、用意の桐箱に納め、帛紗《ふくさ》で包む。

歓喜が美濃守の心を嵐のように吹いている。彼自身も、息が弾んだ。

「み、の」

横になった家斉が呼んだ。

べたり平伏して美濃守は見上げた。

「その、かみ、は、な」

家斉が、廻らぬ舌ながら妙に、しんみりと云った。

「よ、が、し、しんでから、ひらけ」

予が死んでから、その墨附は披《ひら》け、といっているのだ。文字通り、遺命であった。

「はっ、たしかに。しかしながら、大御所様の御寿命はまだまだ、鶴亀の如く万々歳にございますれば、恐れながら、左様な……」

家斉は、うるさそうに首をふった。かれの眼からは、澄んだ泪が流れていた。

闇

その夜、向島の中野石翁の邸では客があった。乗物が立派な割に供人の数が少い。どういうものか、乗物は玄関まで行かずに、凝ったかたちで置いてある飛び石の途中で地にすわった。

乗物の主はそこで、待っていたこの邸の家来に案内されて、別の方角へ歩いてゆく。

客は、これ一人ではなかった。ほとんど、間の時間を置かずに、乗物が、一つずつ到着した。供数も少く、提灯も一つか二つなのである。

判っていることは、これらの客が、石翁に急に呼ばれて茶会の集りに来た、ということだった。

茶会だから、客たちの坐った座敷は狭い。四畳半に客四人と主人が詰めているのだから、ほとんど身体が隣客とつき合っている。

亭主役の石翁は、例の十徳まがいのものを着て、風炉《ふろ》の前に坐っている。今、茶を点《た》てて客に出したところだった。

夜の茶会は、あまり無いことだ。大きな燭台が一つ立っていて、亭主と客の、双方の半顔を照らした。

上座の正客が、西丸老中林肥後守、次が御側衆美濃部筑前守、瓦島《かとう》飛驒守、竹本若狭守の順でならんでいた。

末座の竹本若狭守が、黒楽《くろらく》を両手でかかえて啜《すす》り終ると、作法通りに、すこしにじり出て、結構なるお点前《てまえ》、と亭主に挨拶して納めた。

石翁は茶碗に湯をそそぐと、大事そうに膝に置いて拭いた。

「さて、方々」

石翁は茶碗を廻しながら、

「急な参会で、まことに申し訳ない。しかし、一刻も早く、方々にお眼にかけたい珍物が手に入ったことと、とかく、昼間は人目が煩《うる》さい。されば、ご不自由を承知しながら、かくは、今宵、お集り願った次第でござる」

と、半分は詫びるように静かに云った。

「ご隠居様の左様なご斟酌《しんしゃく》は恐れ入ります。なんの、われらとしては、一時も早く、その珍重な名物を拝見したい気持で、宙をとんで参りました」

瓦島飛騨守が云った。うすうす、珍品の内容を承知しているような弾んだ声だった。

「左様か、それはご奇特」

石翁は、口辺に微笑をのぼらせた。

「それでは、肥後殿」

隠居は、林肥後守に眼くばせした。

林肥後守が、うなずいて、己の脇に置いた帛紗《ふくさ》づつみを解きはじめた。細長い桐箱が出た。

石翁は、それをうけとると、両手で持ち、箱に向って恭《うやうや》しく敬礼した。

「方々に申したい。この珍物は、本日、水野美濃守殿が西丸大奥にて掘り出されたものでござる。左様、お心得あるように」

一座から、かすかな笑いが洩れた。

石翁は、桐箱から奉書をとり出した。

「各々、ご覧あれよ」

と、「上」と記した封をとって、なかをさらさらと抜く。

四人は膝をのり出し、眼を凝らした。
一、大納言右大将、将軍職に被成候跡は加賀宰相斉泰嫡子松平犬千代丸を被成養子、成人の暁は右大将跡目と定め候様可然事　家斉（花押）
文字は乱れて、判読に苦しむくらいである。震える家斉の文字は、しかし、四人の眼には筆勢躍動しているようにさえ映る。

「なるほど、これは珍品でござる」

林肥後守が、まず唸るように云った。

「苦心した」

石翁が笑った。

「いや、美濃も難儀であったろうな。しかし、その甲斐があって、安堵した」

「何ぶん、めでたい」

肥後守のあとについて、他の三人も、

「めでたい、めでたい」

と口々に云いそやした。

「各々、かような珍品をお目にかけた以上、まずは安堵なされるがよい」

石翁が、奉書を折りたたみながら云った。

「これさえあれば、本丸の大奥よりどのようなことを申そうと、われらにとっては蚊ほども痒くはない。大御所様御遺命とあらば、公方様も敵《かな》わぬ筈じゃ。方々、お気を強く持たれよ」

その言葉に、来客の四人は、一様にうなずく。どの顔にも喜色が溢れていた。

「これからは、方々が心を一つになされ、加賀家より犬千代様を西丸に迎える工夫に力を尽されよ。これは、心得までに申し上げたいが――」

石翁は声を低くした。

「典医常春院よりひそかに聞くと、大御所様のご寿命は、すでに先が見えているとのことでござる」

「折々のご様子で、ご衰弱は増しているようにお見うけしたが、医師は、はっきりしたところを、どう申しました？」

「まず、永くて、あと五、六十日」

石翁は云った。一同は顔を見合せた。

「ご案じなさるに及ばぬ。たとえ、大御所様ご大漸の暁にも、この紙一枚がものを申します。ご遺命とあらば、何びとも逆えぬ道理でござる。ただし、これにたより過ぎて、手放しの安心は禁物でござるぞ」

石翁は、大きな眼を、順に四人の顔に移し、戒めるように云った。

「どこから、いかなる敵が現れるかもしれぬ。油断はならぬ。すでに、その気配も、うすうすは見えている。充分に、心されよ」

石翁は、墨附を桐箱に納めると、

「この品物は、当分、わしの手元で、珍重いたします」

と道具を所蔵するように云った。


闇が、この辺りを包んでいる。向島のあたりは、昼間でも寂しいところだ。田圃ばかりだし、この辺に多い植木屋の庭が、森のようになっている。

新之助が、石翁の屋敷の前に佇んだとき、丁度、門の中から提灯が出てくるところだった。新之助は、誰にも見えないようにかくれた。夜だから楽である。

提灯一つで、せいぜい二人くらいの連れかと思っていると、黒い駕籠《かご》が出てきたのは意外だった。人数も四、五人である。

闇に馴れた眼で見ていると、武士ばかりで、駕籠を守るようにして土堤の方へ歩いて行く。こっそりとした行列である。

(なるほど、噂には聞いていたが、こうして夜でも音物《いんもつ》を運ぶものか)

新之助はそう思った。石翁の邸に、出世病にとりつかれた大名どもが、賄賂《わいろ》を持ちこむという風聞は高い。それを眼前に見たのである。

　ひそかな駕籠の一行は、品物を届けた帰りであろうか。新之助が提灯の定紋を見ると、「三盛橘《みつもりたちばな》」であった。

　どこの大名か、新之助には、咄嗟《とっさ》に心当りがない。いずれ、小藩に違いなかった。

　すると、間もなく、また門の中から、同じような駕籠の一行が出て来た。これも提灯が一つ、いかにも、あたりを憚った恰好である。定紋は「横木瓜《よこもっこう》」だった。

　大名に、横木瓜の定紋は二、三心当りがある。これも小藩だ。前の駕籠につづいて出たから、賄賂運びが、偶然に鉢合って、その帰りか、と思った。

　ところが、次に同じような駕籠が門から出てきた。この提灯の定紋は、「並鷹羽《ならびたかのは》」である。この一行も、土堤の方へ上って行く。

　おや、と思ったものだ。音物運びが、三家行き合うとは珍しい。それとなく、次を待っていると、それに応えるように、新しい提灯が門から現れた。定紋は「杏葉竜胆《ぎょうようりんどう》」という珍しいものである。

　これも黒い駕籠を中心にして、四、五人の供侍が足音を忍ばせるようにして歩いて行く。

　それきりである。あとはそれで切れたことは、門の外まで見送っていた屋敷の者が、引っ込んだのでも分った。

　これは賄賂運びの使者でないことは、新之助も、はっきりと分った。何かの会合が、この屋敷の内で行われたのだ。四人の客は、その帰りなのである。

　客の素姓は分らない。低い身分でないことは、石翁の邸から乗物で出て来たことでも分る。

「三盛橘に横木瓜、並鷹羽、それに杏葉竜胆か。よし、覚えておこう」

あとで武鑑《ぶかん》でもひけば判ると思った。

新之助は身体を出して、石翁の邸の門を見上げた。


島田新之助は、石翁の屋敷の中に塀を越えて忍び込んでいた。

地面に降りたところで、しばらく立っていた。植木の茂みの中だし、発見されることはなかったが、そのかわり、こちらも邸内の様子がはっきり分らなかった。ただ広い面積にわたって、樹林と石とが、いやに多いことだけは、闇の中で判別できた。

空の星が見えないのは、曇っているからではなく、立っている場所の上に、樹木が繁っているせいである。

声も、音もしない。木の匂いがするだけである。

新之助は、木蔭を出た。いくつもの棟が、黒い屋根となって配置されているが、どのような地理になっているのか見当がつかなかった。

これも黒い地面に、ほそ長いかたちで小石が敷かれていた。この庭園は廻遊するように出来ているらしく、小石を敷詰めているのは、その道のようである。音がするのを避けて、新之助は道の脇を歩いた。土は柔かい。

暗い中に、うずくまったり、立ったりしているかたちに見えるのは、石翁が好きで集めた石組みであった。それが、はてしなく続いている。

小さい水音がした。魚のはねる音で、池が近いことが知れた。眼を凝《こ》らすと、石組みの間から、水がほの白く光っていた。

新之助は岸辺まで行き、しばらく水面をながめていた。夜気が冷たいのは、秋のしらせである。

(菊川に水を飲ませたとすれば、この池よりほかはない)

新之助は考えていた。人が立っていると知ってか、足もとに鯉が集っているようだった。小さな水音が頻《しき》りとする。

(良庵は、どこに居るのか)

新之助が、いま考えているのはそれだった。

菊川と同じ運命になったとは思えない。気をつけているが、その後、水死体が上ったという噂も事実も無いのである。敵は同じ方法を二度くりかえす愚はしない筈だった。では、別の方法で処分されたか、あるいは、生きて何処かに閉じ込められているか、である。

この屋敷に良庵が連行されたことには確信があった。心配なのは、その後の消息である。一万坪以上のこの広大な屋敷内は、全く役人の眼からも世間の眼からも隔絶されている。何が起ろうと分らないのである。

新之助は池をはなれて歩き出した。

樹も、石も、家も、夜の暗黒の中に動かずに沈んでいる。新之助ひとりだった。

「誰だ?」

不意に、うしろから声がかかった。

そこは、特別に樹が多い径《こみち》であった。

声は暗い木立ちの中から突然にかかったが、島田新之助は答えないでそのまま歩いた。

当然に、こんな場合は予期されたから、新之助にかくべつの狼狽《ろうばい》はなかった。

「止れ、何者か？」

声の主は木の葉を騒がせてうしろから出てきた。この屋敷を警戒している士《さむらい》の一人らしい。咎めても、相手が停止しないので、追ってきたようだった。

それでも新之助は足をとめなかった。急ぐでもなく、ゆるめるのでもない。

「何者だ？」

声がすぐうしろで鋭くなったとき、新之助は足の位置を斜めに変えた。

相手はそこまで追ってきて、黒い影が不意に身体を開いて止ったので、ぎょっとしたようだった。

「だ、誰だ！」

声が俄かに大きくなった。これは、はっきりと怪しい人物とみてとったから、その興奮と、屋敷の誰かにも事件を聞かせるためだった。

新之助は、暗いところで笑った。

「無断で恐縮だが」

おとなしく云った。

「お庭を拝見に参った者です。名前を申し上げても、とても内へは入れて貰えぬ身分ですからな」

「やあ」

士は上ずった声を上げた。

「こ、断りもなく、夜ぶんに！」

「無断で参ったとは申し上げた。中野石翁殿のお庭はあまりに高名、一目拝見したいとかねて念願していましたが、まともにお願いしても、とても望めぬところ、諦め切れずに夜ぶんながら推参いたしました。失礼は重々承知、さりながら数寄者の気持をお察し下さい」

警戒の士が呆気にとられたのは、相手が中野石翁の屋敷と承知して忍び込んで来たことである。声から判断すると、若い男らしいが無知なのか不敵なのか分らなかった。

「名乗れ」

士は命じた。

「名乗ってもお役には立ちますまい。それよりも、夜のお庭を、もそっと拝見仕りたい。どうかお許しを」

新之助はそれだけ云って歩こうとした。

横着な曲者と士にははじめて分ったらしい。

「おのれ」

と呶鳴《どな》ると、うしろから襟首《えりくび》のあたりを摑んだ。

新之助の身体が低く沈み、士の身体は宙を舞って地面を叩いた。そのとき足音が逃げた。

「曲者」

士は這い起きながら叫んだ。

「曲者でござる。方々、お出会いなされ」

士は闇の中を連呼した。

新之助は逃げる足をとめた。

便利のいいことは、この屋敷が樹林のように木の多いことである。隠れる場所にはこと欠かなかった。

耳を傾けるまでもなく、屋敷の内に騒動がひろがっていた。

「曲者だ、出会え、出会え」

と呼ぶ声がしきりとする。

方々に雨戸を開ける音がして、

「どこだ、どこだ」

と騒ぎながら出てくる人々の声が入りまじった。

「明りだ、明りをつけろ」

甲高い声だった。

間もなく、提灯の火がいくつもつきはじめた。新之助がひそんでいる黒い木立ちから、それは絵のように眺められた。

提灯の群がかたまっているのは、何か捜索の相談をしているらしい。ひとりの声が何か性急に喋《しゃべ》っていた。

すぐに提灯のかたまりは二つに別れた。一手は横に流れて行き、一手はこちらに向ってきた。

「まだ若い男のようでした」

新之助に投げられた男の声が説明していた。

「人相や風采は分らぬか？」

太い声が訊いている。

「それが、なにぶん暗いので」

「たしかに、こっちの方へ遁《に》げたのだな？」

「そうです」

提灯をもった男たちを先に立て、七、八人の影が探索に来ていた。槍を抱いた者もいる。

広い屋敷だから、二手に別れたのであろう。別働隊の提灯が木の間から動いてみえた。捜しながら、中心を包囲するつもりらしい。遠くの方にも人声がしている。

新之助のひそんでいる場所は、すぐに危険になった。一隊が近づいてきたからである。が、これは新之助がほかの場所に移ることで当分は安全だった。

しかし、姿を見せないで、匿《かく》れるだけが新之助の本意ではなかった。妙な勇気からではなく、或る計画があったからだ。

「よく、明りを照らして見い」

こっちに来る人数の中で、太い声が指図していた。提灯は横列になって散開していた。新之助は、木の影から出て行った。それが提灯の灯の真正面だった。

「あっ」

と声を立てたのは、相手の方だった。提灯は棒立ちになったものだ。つづいて六、七人の人間が、はっとしたように動きをやめた。姿だけを見せておいて、新之助は背中を返すと一散に木立ちの中に逃げた。

「曲者」

「居たぞ、こっちだ、こっちだ、追え」

それからが騒動である。提灯が乱れて動き、激しい足音が地面にひびいた。

石翁は眼をさました。遠くで騒ぐ声がする。年寄りだから眼ざめが早い。客を送り、寝ついたばかりだった。石翁は暗い中で眼をあけ、耳をすませた。騒ぐ声は大きくなってゆくが、何が起ったか分らない。

横にいる妾《めかけ》はまだ眠っていた。寝息がつづいている。

石翁が最初に考えたのは、盗賊でも入ったのか、ということだった。番人に見つけられて、それで家来たちが騒ぎ立てているのかもしれない。

そのうち、鎮まるだろうと思っていると、人声はなかなか止まない。庭の方を大勢で駆けている音さえする。

はてな、と思っているとき、廊下を踏んでくる足音がした。

「お眼ざめでございますか？」

襖の外で家来の声がした。

「何じゃ？」

石翁は寝たまま答えた。

「怪しい者が忍び込みました。ただ今、皆でお庭の方を探しております」

家来は襖越しに報告した。

「盗賊ではないか？」

石翁がきいた。

「左様には思えませぬ。風体《ふうてい》から見て、武士のように考えられます」

武士と聞いて、石翁の胸に咄嗟にきたのは、家斉の書状のことだった。今宵、四人の客に披露して喜び合ったお墨附を自分が預かっていることだ。それを狙って来たのか。

しかし、これは、いかにも早すぎるので、自分で否定した。

問答の声が耳に入ったのか、横に寝ている妾が眼をさました。

「お起き遊ばしますか？」

妾が小さい声で石翁に訊いた。

「うむ」

妾は起き上り、枕元の絹行灯《あんどん》に火を入れた。女は、手早く、寝巻きの上から着ものを被て、石翁の身支度を世話した。

石翁が襖を開けると、家来は廊下にうずくまっていた。

「曲者は、二人か三人か？」

石翁はその頭の上から訊いた。

「一人のようでございます」

「一人……？」

急にむつかしい顔になった。たった一人で、この邸内に踏み込んで来たことに侮辱を感じたようだった。

黙って歩き、雨戸を開けたところから、外を見ると、闇の中に、いくつもの提灯が動いていた。

「左内、左内はおらぬか？」

石翁は、そこにいる男たちの影に向って呼んだ。

ひとりが走ってきた。

新之助は逃げた。逃げては、地上にひそみ、捜索隊の行動を眺めては別のところに移った。

屋敷が広いから便利である。

それに、相手は提灯を持っており、多人数だから、移動がはっきりと分るのである。

それを見て、こちらは立廻ればよい。ひとりだし、闇が身体を包んでくれている。

新之助が、考えているのは、生きているとすれば、良庵がこの屋敷の何処かに抑留されていることだった。

それを探し当てるのは、大へん困難だ。屋敷の地理にも暗い。この黒く沈んでいる屋敷の中のどこに見当をつけていいか分らない。

しかし、良庵が匿されているとすれば、敵の側に何かの反応がある筈であった。得体の知れない人間が侵入した場合、敵の関心は抑留者の居る場所に向うはずだった。敵側の誰かがその防衛に走らなければならない。

新之助は、新しく移った場所にひそんで、その起るはずの現象を待って、見まもっていた。藪蚊が耳もとで唸った。

期待した様子は起らなかった。敵は、侵入者の捜索に専心していた。提灯と人数の動きはそれ以外にないのである。

いつまでも此処にひそんでいることが、意味のないのを新之助は覚った。彼は建物の方へ歩いた。

建物に向っては、小川のような恰好でとび石が道をつけていた。夜の暗い中に見るのだが、何もかも瀟洒《しようしや》に出来ている。奇怪な石は、到るところに置かれてあった。

低い結垣《ゆいがき》があったり、こんもりした植込みがあったりする。提灯の灯《ひ》は、まだ離れたところを歩いていた。

新之助は、突然、足に棒が挾まるのを感じ、危く前に仆れるところだった。そこへ背中に圧力を感じた。

「待て」

組みついた男は力があった。

新之助は引き倒されそうになったが、わずかな隙が、相手の力を利用する余地を生じさせた。技《わざ》をかけた瞬間に、大きな男は地上にもんどり打った。

「曲者」

男は叫んだ。

新之助は、わざと足音を高くして逃げた。

「曲者。曲者は、こっちだ。こっちだ」

男は喚《わめ》いた。

遠くの提灯が一挙に揺れてこちらに走ってくるのが分った。

「居たか！　どこへ行った？」

捜索隊は勢いこんで叫んだ。

新之助は外塀の上に、よじ登った。星が何物にも妨げられずに、頭上いっぱいにあった。樹の多い屋敷の内では騒ぎがつづいている。

新之助は、この屋敷を攪乱《こうらん》したことで満足した。


「面白い」

島田又左衛門は、座敷で双肌《もろはだ》を脱ぎ、団扇《うちわ》を使いながら甥の話に笑った。西日が射し込んでくる座敷で残暑が厳しい。ろくに手入れもしない古い家で、雨が降ると、盥《たらい》を持ち出さなければならない個所もあるのだ。

「よく、ひとりで石翁の邸に入ったな？」

片手を膝の上に立てて甥に云った。

新之助は黙って笑っている。

「それで、医者の所在は、とうとうつかめなんだか？」

「分りません」

新之助は首を振った。

「ただ、騒がせただけだな？」

「騒がせただけでいいのです」

新之助は微笑を消さないで答えた。この意味を叔父の島田又左衛門は解さなかったらしい。

「どういう訳だ？」

「もし、良庵が石翁の邸に閉じ込められているとすると」

新之助は理由を説明した。

「得体の知れない者が侵入したとき、まず良庵に係りのあることだと相手は思うでしょう。探しに来たか、奪い返しに来たか、とにかく良庵に関係のある男が来たのではないかと疑うに違いないと思います。すると、良庵を閉じ込めた場所を、もっと厳重にするか、あるいは、ほかに移すかするだろうと考えます。それを見張れば、良庵の安否が判断出来ます」

「見張る？」

又左衛門は団扇の手を止めた。

「何処でだ？」

「石翁の邸です」

「また、行くのか？」

又左衛門が眼をむいた。

「今夜です」

「昨夜《ゆうべ》の、今夜だぞ？」

「だから都合がいいのです。何か、あるとすれば今夜です」

「しかし、昼間かも分らない」

「昼間は、何もしないでしょう」

新之助は、自分の推測を云った。

「邸の中でも、事情を知られてはならない雇人が大勢居ると思います。そういう意味で、良庵の生命は、まだ無事だと思うんです。まさか、白昼、邸内で人殺しも出来ないでしょう。石翁の体面がありますでな。また、死体の始末も考えねばなりませぬ。手前は、相手が処置を思案しながら、良庵をまだ無事に留め置いていると思います。だから、昨夜の騒ぎで早く片づけたいと相手が考えたとすれば、今夜あたりにその変化が起りそうです」

「うむ、面白いな」

又左衛門が身体を乗り出した。

「新之助、今夜、おれも連れて行け」

両国の舟宿に島田又左衛門の知った家《うち》があった。そこから小舟を出させたのは暮六ツを過ぎてからだった。

「夕涼みには、少し寒うござんせんか？」

舟宿のお内儀《かみ》は、行先が向島までの川遊びときいて、真黒い歯をこぼして笑った。又左衛門と新之助がその舟から昏《く》れかけた川景色をおとなしく眺めていたのは吾妻橋あたりまでだった。

「その辺につけてくれ」

と又左衛門が船頭に命じたのは橋をくぐってからである。

「少し用事があるので、気の毒だが、お前は陸《おか》から舟宿に帰ってくれ」

又左衛門は船頭に云った。知った客だし、舟を貸すことに不安はないのだが、漕ぐ方が心配だった。

「旦那、これは？」

と、船頭が櫓《ろ》を指すと、こいつが出来るのだ、と又左衛門は若い男の方をあごでしゃくった。

船頭をそこで下ろし、新之助が櫓をにぎった。船頭が岸から見て呆れたのは、なるほど若い男は確かな腕なのである。訳もなく、舟を中流に出して行った。

新之助が漕いでいる舟は、三囲《みめぐり》の森をすぎた。あたりは昏れて、わずかに空に残った明りが水の上にうすい光となっていた。

向島堤の樹も、黒い影でしかない。舟の進行につれて、それはゆるやかに動いた。やがてこの辺には珍しい大きな屋根が見える。

「ここで、よかろう」

と、その屋根を見て又左衛門が云った。新之助は櫓を動かす手をとめた。

「まず、一服というところだな」

又左衛門が呟いたが、気づいたように、

「いけない、莨《たばこ》の火も禁物だった」

と苦笑した。

屋根は石翁の屋敷だった。川から見ると、これもすべて黒い影だが、向うからこちらの存在を悟られてはならないのである。

「新之助、ここで見張って大丈夫かな」

又左衛門は、屋根の方を見ながら、小さい声できいた。

「いや、良庵を先方が連れ出すとしたら、陸もあることだし、舟とは限るまいが」

尤もな心配だった。川ばかり警戒していても、田圃道を駕籠で行く方法もある。敵が良庵を別な場所に移すことを予想して来たのだが、方法は必ずしも舟とは限らないのである。

「十中八九、舟を使うと思いますが」

と新之助は、舟が流れぬように櫓に手をかけて云った。

「万一、陸の道をとりましても土堤の上を通ることになります。ここからなら、土堤もまる見えです」

そうか、と又左衛門はうなずいた。

「さて、いつごろ、出て来るかな」

日は急速に昏れてきて、あたりは完全に暗くなった。水面はただ黒い色だけに変った。もとより、こちらは灯をつけない。無灯火は法度《はっと》だが、知っての上だった。

「叔父上」

櫓を握っていた新之助が云った。

「今夜はこうして夜中まで涼んで頂かねばなりませんな」

「分っている」

叔父の又左衛門はすぐに答えた。

「いつまでも待っていよう。相手が出てくるまではな」

眼を放って、肩を張った。

石翁の屋敷の位置は、小さな入江になっていて、そこが屋敷までの水路になっている。石翁が常から用いる屋形船をはじめ、二、三艘の小舟が舫《もや》ってあるのだ。登城の際に乗るこの屋形船は、ぎやまんの障子を立てた自慢のものだった。

暗い中で、水路の方を透かして見たが、まだ動いている影はなかった。

「今夜が駄目なら、明晩も出直して来る。一つ、釣竿でも提げてくるところだった。退屈しないようにな」

新之助は闇の中で微笑した。

「明晩まで待つことはないでしょう。出る、とすれば必ず今夜です」

そう云ってから、新之助は気づいたように、

「待つといえば、叔父上、あの水死体の返事はどうなりました？」

「それよ」

と又左衛門は云った。

「早速に、脇坂殿に注進しておいた。淡路侯も、ひどく熱心になられての、配下の者をあつめて下知されたようじゃ。なに、ほかの寺に移送すれば、すぐに調べがつく筈じゃ」

新之助は、それを聞きながら黙っていた。それから、何か考えていた。

「脇坂殿は申された」

又左衛門はつづけた。

「それを押えれば、大奥女中の風儀を糺明する決め手の一つになると、よろこんでおられた。そうもあろう、西丸の中臈が身重で死んでいたとなれば、由々しき大事じゃ。誰か知った者を呼んで菊川を確認させ、動かぬ証拠になされよう。それから先は、脇坂殿の貂《てん》の皮の采配次第じゃ。いや、新之助、そのほうのお蔭で面白うなりそうじゃ」

又左衛門が、ひとりでしゃべるのを新之助はおとなしく聞いていたが、

「叔父上、菊川の死体は果して別の寺の墓地に移したでしょうか？」

ときいた。

「なに？」

又左衛門が、どきりとしたように訊き返した。

「なんと云った？」

島田又左衛門は舟に坐って反問した。

「菊川の死体が、べつの寺には行っていないって？」

「そういう気が、いま、ふと、したのです」

新之助は櫓を軽く動かして云った。

「竜沢寺に仮埋葬したまでは確かです。しかし、それから先、どこかの寺に移したと思いこんでいましたが、すこし、違うかも分りませんな」

「ふむ」

又左衛門は、身体を前に寄せた。

「それは、またどうしたことから、考えついたのか？」

「いまだに、寺社係りの方に、その届けが出ないからです」

「しかし、まだ日が経っていない。明日にでも、脇坂殿の手もとに報告が届くかも分らぬぞ」

これに対して、新之助は、すこし黙っていたが、また口を開いた。

「寺社奉行所の仕事は、わたしにはよく分りませぬが、調べるとなると、二日も経たぬうちに、支配下の寺から分るのではありませぬか。寺社奉行の名で、寺院に触れを廻す。これは、すぐに届出があると思いますが」

「ふむ」

又左衛門は考えたようだったが、

「しかし、広い江戸には寺も多いでな」

「お言葉ですが」

新之助は遮《さえぎ》った。

「掘り出した死体を運ぶのです。竜沢寺を中心にして、そう遠くへは参りますまい」

「なるほど」

又左衛門は考えるように黙った。すこし、不安になったようだった。

「新之助、すると、お前の考えは？」

「いや、そこまでは分りません。ただ、寺社方に未だに届出がないところから、そう思っただけです」

「一理ある」

又左衛門は急に云った。

「細工に念を入れる敵のことだ。そりゃァ分らんな。そうか、なるほど」

ひとりでうなずいた。

「よし、万一、明日も届けが出なんだら、脇坂殿に知らせてやることだな」

その言葉の語尾を、川面をそよぐ風が消した。

堤の方に、一つ、提灯が動いていた。又左衛門も新之助も緊張したが、これは町人ひとりが歩いているようだった。

新之助は、その提灯の灯を見ていたが、あることを思い出したように、

「あ、叔父上、早く申し上げたいことを失念していました」

「ほう、何じゃ？」

「昨夜、石翁の屋敷の前で、妙な定紋の提灯を見ました」

「妙な定紋とは?」

「石翁の屋敷に入る前でしたが、門の内から提灯が四つ出て参りました。見ていると、それが四つの駕籠なのです」

新之助は又左衛門に説明した。

「四つの駕籠。では、提灯は別々のものなのか?」

又左衛門は反問した。

「はい、隠密な一行ということは、供廻りの人数の少いのでも分りました」

「うむ、うむ」

又左衛門は眼を光らせて聞いている。石翁の屋敷から出て来たというだけでも、身体を乗り出しているのだ。

「ところで、その提灯についた定紋ですが、先ず一番に出たのが、三盛橘と見うけました」

「なに、三盛橘?」

「はい、次が横木瓜、並鷹羽、杏葉竜胆の順です」

「三盛橘、横木瓜、並鷹羽、杏葉竜胆……」

又左衛門は復唱するように云ったが、突然、膝を大きく叩いた。そのため舟が揺らいだくらいだった。

「うむ。三盛橘の定紋は西丸老中林肥後守じゃ。横木瓜は美濃部筑前守、並鷹羽は同じく瓦島飛驒守、杏葉竜胆はたしかに竹本若狭守だ」

すらすらと云ったものだが、声は興奮していた。

「いずれも西丸の奸物ども、お美代の方の息のかかった連中じゃ。それが、隠密に石翁の邸に集まったのか。はてな、何のための会合だろう、それだけの人物が一どきに集まるとは」

又左衛門は懸命に考えていた。

「いや、集まったのではあるまい。石翁が呼んだのであろう。そうだ、確かに石翁が集めたのだ。すると、待てよ、水野美濃守が一枚欠けているが、これは大御所様のご病床に附き切りだからお城を出られぬ。が、まず、同じ気脈を通じているとみてよい。何だろうな、その会合は。無論、密議には違いないが」

又左衛門は頭を抱えた。

「はて、今ごろ相談とは……」

新之助は考え込んでいる又左衛門に声をかけた。

「叔父上。世上では、大御所様のご容体がお悪いように噂していますが、もしや、その会合が、そのことにかかっているのではございませぬか」

「うむ、うむ。わしも今、それを考えていたところだ。しかし、何を思いついて集まったのか。これは大事じゃ。たしかに容易ならぬ企らみをしているぞ。脇坂殿にも伝えておこう」

又左衛門のその言葉を、突然、新之助が遮った。

「叔父上。あれを……」

と低い声で、何かを指さして注意した。

新之助が指をさして又左衛門に教えたのは土堤の方であった。

提灯が四つ、たてにならんで南から北へ向っている。

夜に馴れた眼で分ったことだが、黒い人影が七、八人、行列のように歩いていた。かれらは長持のようなものを二つ、棒にかついでいる。つまり、二人ずつが二つの荷をかつぎ、あとはその供という風にみえた。

「何だな?」

又左衛門はじっとそれを眺めた。見ているうちにも、提灯の火は北へ進んでゆく。葉の茂った土堤の樹木で、黒い人影は見えたり、かくれたりした。

「石翁のところへ、どこかの大名が音物《いんもつ》を運んでいるのではありませんか?」

新之助が想像を云った。

「うむ、そうかも知れぬ」

又左衛門はその意見にうなずいた。

「新之助、提灯の定紋は分らぬか?」

「さあ、しかとは……」

距離があるので、小さくてよく見えないのだ。新之助がそれを云うと、

「まあ、よいわ。賄賂運びの腐れ大名の名前を知っても詮ない話だ。馬鹿め。せいぜい今のうちに財布をはたいておくがよい。そのうち泣き面かいて地団駄踏むだけのことだ」

これは石翁の勢力をいまに没落させてみせるという又左衛門の意気込みから出た言葉だった。

しかし、古い樹のように根を張った石翁の勢力が、又左衛門の口吻《こうふん》のように、そう容易に没落するかどうか、新之助には疑問だった。かれは黙って長持をかついだ一行が石翁の屋敷の方角へ消えて行くのを見送っていた。

「新之助」

と又左衛門が呼んだ。

「肝心の、舟の方はどうじゃ。なかなか出て来ないな」

水路の方は暗い水がゆるやかに流れているだけで、なんの変化もなかった。

「もう、どのくらい経《た》ちましたかな?」

新之助が云った。

「うむ、ここへ舟をとめてから、一刻くらいにはなろう。もう、そろそろ、何か出て来てもよい筈だが」

「手前もそう思っております。昨夜、あれだけ騒がしたから、良庵を処置するなら、今晩が狂わぬところと考えます」

「啄木《きつつき》は木の裏から嘴《くちばし》でこつこつ叩き、空洞《ほこら》からとび出してくる虫を食うそうじゃ。そちが屋敷を騒がしたので石翁が何か動いてきたら、さしずめ啄木の戦法じゃな。いや、これは孫子の兵法にもある」

又左衛門はご機嫌だった。

「叔父上。涼しすぎて寒うございませんか？」

「なんの。夜明けまで居ても平気じゃ。いつまでも待つぞ」

それから半刻ばかり経ったとき、両人の眼が再び土堤の方に向いた。

土堤の上には提灯が二つぽつりと現れた。これは北から南に歩いている。黒い人影がそのあとに従っていた。それが先刻の一行だということは、担っている長持のような荷物でも分った。

「ははあ、音物を石翁のところへ届けての戻りとみえますな」

新之助が云った。

「うむ」

又左衛門は眼を凝らしていたが、

「新之助、もそっと舟を近づけてみい」

「はあ？」

「提灯の定紋を見てやるのだ」

はじめ、又左衛門の好奇心から出た言葉かと思ったが、新之助が櫓の音を忍ばせて、川岸の方へ漕ぎ寄せると、

「見ろ」

と低く云った。

「定紋は梅鉢じゃ」

新之助も見たが、なるほど、たしかにその通りだった。

「本郷から来たのか」

又左衛門が納得したように呟いたものである。勿論、前田家と石翁の特別な関係を知っての言葉だった。

「しかし、妙だな」

と云ったのは、木っ葉大名ならいざ知らず、前田家が今さらのように石翁に賄賂を贈るのがおかしいという意味だ。

新之助にもそれが分った。両人の眼は、相変らず土堤を歩いている一行に注いでいた。

「叔父上」

新之助が、何かに気づいたように云った。

「見られましたか？　かついでいるのは、たしかに長持ですが、二つのうち、一つは空《から》ではなさそうです」

距離を縮めたため、今度は土堤の人間の姿、恰好まで分った。長持は二つだ。しかし、前の一つは軽々と人にかつがれているが、あとの一つは、いかにも重そうだった。それを肩にのせている二人の男の歩き方で中身の重量が想像出来た。

「新之助、舟を急がせて先廻りをしろ」

又左衛門が不意に命じた。

「うっかり欺されるところだったな。音物を運ぶと見せかけ、実は、逆に石翁の屋敷から品物を持ってかえるのだ。しかも、余計な長持を一つ添えて人の眼をくらまそうとしたところなど、よくも考えたものだ」

あとの言葉は、滑るように川下に向っている舟の中だった。

「そちの見込みの通り、石翁はたしかに匿していた品を出した。だが、舟ではない。舟を待っていたら、夜明けまで無駄に涼ませられるところだったな」

こちらの舟は、土堤を歩いている一行を追い越した。

「新之助、どこか、その辺に舟をつけろ」

櫓の音を消し、新之助は舟を土堤下につけた。

土堤の一行は足をゆるめず、急ぎもしない。歩調に変化が起らないのは、こちらの動作を気づいていない証拠である。

「新之助、長持の品をこっちに奪《と》ろう」

又左衛門が、黒い影を見つめてささやいた。

新之助はもとよりその気だった。しかし、叔父の方から云い出されて、その顔を見返ったものだ。

「叔父上。やりますか？」

「やれ」

叔父は短く命じた。

「それでは、手前が暴れて参りますから、叔父上はここで舟が流れぬように待っていて下さい」

この指図を又左衛門は不服にとった。

「何を申す。舟はその辺の杭につないでおけばよい。そちだけの勝手にはさせぬぞ」

「それでは、叔父上も？」

新之助が見上げると、又左衛門はもう裾をからげて支度をするところだった。

「見ておれ、まだ腕はたしかなつもりだ」

しかし、次には年長者らしく新之助に注意を与えた。

「斬るな。怪我ならよいが殺してはならぬぞ。長持の中を、こちらに貰うのが狙いだからの。後の一つだけが目当てだ。余計なことには構うな。品物をもらったら、すぐに舟に乗せて逃げるのじゃ」

手筈まで指図して、

「幸い、退き潮で水の流れも早い。好都合じゃ」

と川をふりかえって見る余裕があった。

新之助は舟が逃げぬよう、杭にしばった。それから、彼が先頭になり、土堤の草の上を這い上った。

行列はまだ気づかない。何やら私語しながら歩いている。

両人が伏せている頭の上を、提灯が通過した。はっきりと梅鉢の定紋だった。

つづいて最初の長持が来る。これも両人は黙って見過した。

「夜は凌《しの》ぎよくなったな」

「涼しい」

とか、人々の話が、頭の上を通った。

それから、二つめの長持が通過した。それにはっきりと重量があることは、かついでいる足軽二人の脚が地に重いのでも分った。そのあとを三人の士が従っている。

新之助と又左衛門が刀を鞘から抜いたのは、その後尾がわずかに過ぎてからだった。

「かかれ」

又左衛門が低く合図した。

新之助が草の中をとび出し、土堤に上って列のうしろに飛び込んだのは、その直後だった。

「狼藉《ろうぜき》！」

という叫び声が後尾の人数の中から起った。突風でも舞い上ったように人影が乱れた。

新之助が割って入ると、左右から包むように三、四人がとびかかった。一人が地上に仆され、一人が突きとばされた。

刃《やいば》を抜き、構えたのは輪をひろげた連中だったが、同時に先頭からも人数が加勢に駆けてきた。

「何者だ？」

宰領らしいひとりが、真ん中に立っている新之助を睨んでとがめた。

新之助は返事をしないで、刀を提げていた。人数が二人ふえたことと、二つの長持をかついだ足軽がすこし急ぎ足になったことを、かれの眼は確めていた。

「名乗らぬな？」

とがめた男が、また云った。それに威嚇がこもっていた。

「血迷うな。われらは……」

そこまで云いかけたとき、別な声がそれを遮断するように、

「止めろ」

と云った。主家の名を出したくないことがそれで分った。

「容赦するな。斬れ」

と叫んだのは、不覚に吐こうとした言葉を制《と》められた男だった。声が、苛立ち、逆上《のぼ》せていた。

新之助が構えを直すと同時に、二人が前にすすんだ。刀を落して一人が匍《は》い、一人が素早く後退した。切尖《きっさき》を新之助に向けているのは三人になった。

「油断すな」

と、その中の一人が味方に警報を与えた。彼らは、すすみもせず、足踏みだけをしていた。

又左衛門が、土堤下の草を匐《は》って、長持の方に迫ったのは、その間だった。

ものを云わずに、後の足軽の衿《えり》をつかむと引き戻した。長持が揺れ、先棒の足軽が身体をうしろによろつかせて、棒を肩から辷り落した。荷は地の上に響を立てて落ちた。

衿首をとられた足軽は、土堤下に転がり、前の足軽は膝をついて逃げようとしていた。

このとき、先頭の長持をもっていた足軽が、荷を捨てて、又左衛門の方に向ってきた。

その一人が、うしろの人数にこちらの危急を知らせた。

「叔父上」

と新之助が三人の前に立ちふさがるように身体の位置をじりじり廻して云った。

「ここは引きうけました。早く、荷を……」

又左衛門は刀で足軽を圧迫しながら、

「分っている」

と大声で応えた。

新之助と対峙している三人に焦慮がみえてきた。訇った男二人も、その輪の中に戻った。

新之助に向っている輪の中から、一人が抜けて前方に走ろうとした。これは長持の方が気にかかったからである。実際、その方からも足軽の加勢を求める声がきこえていた。新之助が足を踏み出し、大きく動いた途端に、抜けようとした男は頭をおさえて身体を泳がせた。

隙を発見したのか、すぐに二人が新之助の背中に躍りかかった。新之助は身体を沈めたが、一人はつまずいた勢いで自力で三尺先に転び、一人は危く退いた。人数はまたもとの三人になった。

手ごわいと感じたらしく、三人は今度は容易に新之助の前に進まなかった。

このとき、又左衛門も足軽四人を長持から遠ざけていた。二人は草の中に転んでいたし、二人は棒や刀を構えたまま、やはり、攻撃出来ないでいた。

「やりおる」

又左衛門は新之助の方をふり返って笑った。

「叔父上。早く」

新之助が三人を抑えたままの姿勢で云った。

「分っている」

というのが又左衛門の返事だった。地面にすえられた長持に又左衛門の手がかかり、くくられた綱の結び目を解きはじめた。

さすがに耐《たま》りかねて、足軽の二人が棒と刀で近寄ってきたが、又左衛門が構えを直すと、また退いた。何度か、そんなことを繰り返した末、又左衛門は長持の蓋を開けることに成功した。

暗くて分らないが、黒いものが中にうずくまっていた。手応えで、人間だと分ったとき、又左衛門はその背中を抱え起した。その物体は動いてはいたが、力が無かった。

又左衛門が、それを肩にかつぐと同時に、足軽の一人が棒を打ち込んできた。又左衛門が動いて、それをかわし、刀が伸びて足軽の顔に届いた。斬られたと思ったらしく、足軽は叫びをあげて仆れた。

又左衛門の肩にすがった人間は、上体を扶けられて足を動かすだけの力はあった。又左衛門はひきずるように土堤下の草を下りた。足軽一人が追ってきたが、手出しはしなかった。

新之助も、三人の対立者も、又左衛門の行動が分っていた。新之助の方に余裕があり、三人はうろたえていた。

「あいや」

その中の太い声が急に云った。

「何か間違えられたのではないか？　われわれは加賀藩中の者だが、われわれにとって、思いもよらぬ迷惑でござる」

切羽つまって藩の名を出したのは、悲鳴にちかかった。

新之助は答えを与えずにいきなり斬り込んだ。三人は動顚《どうてん》して散開した。そのまま新之助は一散に土堤へ走り下りた。


石翁は、妾に肩を揉《も》ませていたが、敷居際に手をついて述べる家来の報告をきくと、眉を動かした。

「なに、長持を襲った者が居たと？」

妾が遠慮して、肩から手をはなした。

「はい。さいぜんの加賀藩の衆が左様に伝えて来ました」

家来は、おどおどした様子で答えた。

「それで、内の医者はどうだった？」

「曲者に奪われたそうにございます」

「奪《と》られたのか？」

石翁は見開いた眼を据えた。

「埒《らち》もない。相手は何人で来たのじゃ」

「それが、二人だそうでございます」

「二人？　たった二人できたのか」

石翁の眼に怒りが湧いた。

「仕方のない奴だ。それで、おめおめと医者を奪われるとは、加賀藩の奴も腑甲斐がなさすぎる」

「殿」

と家来が膝をすこし動かして云った。

「その二人組のうち、一人がどうやら昨夜、当屋敷を騒がした狼藉者のように考えられます」

「訊いたのか？」

「はい、加賀藩士に訊きますと、年齢、姿恰好、まことによく似ておりまする」

石翁はうなずいた。

「さもあろう。医者が当屋敷に潜んでいるのを知って入った奴だ。初めから、それを狙っている。しかし、今夜、外へ運び出すのを、どうして覚ったか」

「あの医者に由縁《ゆかり》の者でございましょうか？」

家来は恐る恐る伺うように見上げた。

「知れたこと、云うまでもない」

と不機嫌に一喝した。

「相手は、どう逃げた？」

と、また報告の残りを求めた。

「はい。大川に舟を待たせて置いたらしく、医者を連れ出すと、三人とも舟に乗り、川を下ったそうにございます。それで、急には追うことが出来なんだと申しております」

「無駄ばかりやる」

石翁は加賀藩の連中を罵《ののし》った。

「こちらから、人数をつけてやるべきだったな」

と、これは後悔らしかったが、

「しかし、どの筋から来た奴かな」

と眉を寄せ、考えていた。

「いま何刻《なんどき》じゃ？」

「かれこれ四つ（午後十時）にはなりましょうか」

「うむ、まだ起きている筈じゃ」

誰のことかと思っていると、

「本郷へ走って、奥村大膳にすぐ来い、と云え」

と、性急な声で云った。

「すぐだ。わしが火急の用事があると申せ」

前田家用人の奥村大膳が駕籠をとばして石翁の屋敷についたのは、半刻のちであった。

大膳は茶室に通された。これは母屋《おもや》からはなれ、密談には恰好な場所である。

大膳が待つ間もなく、石翁は現れた。

「ご隠居様」

大膳は石翁の大きな坊主頭に恐れるように平伏した。

「お使いを頂く前に、藩中の者が立ち帰って不始末を報告いたしました。何とも、はや、申し上げようもない次第で、ご隠居様にお目にかける顔がありませぬ」

「そちに詫びられても、仕方のない話じゃ」

石翁はむっつりと吐《は》いた。機嫌が悪い。

「恐れ入りまする」

大膳は頭をさらに下にすりつけた。

「はあ」

「そのほうに任すでなかった」

「………」

「医者のことよ。あれはやはりこちらの手で処断するのが本当だったな。当屋敷にはいろいろな傭人《やといにん》がいる。変ったことがあれば、外に出て誰に耳打ちしないとも限らぬ。それを考えてわしが医者の処断をためらったのが、かえって悪かった」

石翁は悔むように云った。

「それと、昨夜、得体の知れぬ者が当屋敷を騒がした。わしも、少々あわてて、そちの手に医者を渡したのだが……これほど、そのほうが腑甲斐ないとは思わなんだぞ」

「まことに、はや」

大膳は肥った身体を縮めるようにした。

「重々の失態、ご隠居様にどのようなお叱りを蒙っても、申し開きは出来ませぬ」

と云って低頭したが、すぐに頭を上げて、

「しかし、昨夜の曲者と、今夜の狼藉者とは、同じ人間でございましょうか？」

「同じ男だ」

石翁は苦り切った。

「大それた不敵な奴でございますな。ご隠居様のお屋敷を窺《うかが》うことさえ大胆至極でございますが、つづいての夜、当お屋敷から出た人数を襲うなどとは正気とはみえませぬ。藩中の者は、はっきりと藩名を申し聞かせたそうにございますが、返事もせず、薄ら笑いをしたそうでございます」

「昨夜は一人、今夜は二人だ。あの医者を狙って参ったのはたしかだ」

「しかし、それはどういう筋合から……？」

「たいていの見当は、わしについている。だが、これは当て推量でなく、夜が明ければ、実証が分ることじゃ。乱暴者が乗って逃げた舟を捜すのだ。どうせ、どこかの舟宿から借りたものと思う。前から、ここに出入りしている奉行所の与力を呼びつけ、誰に舟を貸したか探索させる」

「ご隠居様のお手にかかれば、曲者の正体も訳なく知れましょう」

奥村大膳は、石翁の機嫌をとるように云った。

「しかし、それは、どの筋から参ったのでございましょうな？　ご隠居様には目星がついたように伺いましたが」

「敵じゃ」

石翁は、ぽつりと云った。

「は？」

「敵じゃよ。大膳、敵の現れ方も、これからは、はっきりとするであろうな」

「敵と申しますと？」

「まず、本丸大奥であろう。が、これはまだ恐れるに足らぬ。手強《てごわ》いのは別の方角じゃ」

「それは、どの方面でございますか？」

「今に判る」

石翁は謎めいた微笑を洩らしただけだった。

「ただ、敵が躍起となってきた徴候は、例のものをこちらに頂戴したのを、うすうす感づいたのかもしれぬな」

「例のもの、と申しますと？」

大膳は、いちいち、問い返した。

「大膳、お墨附は頂いたぞ」

石翁は、大膳の顔を見すえた。

「え？　それは、まことでございますか？」

大膳は眼をむき、次には顔いっぱいに喜色を輝かせた。

「水野美濃の働きじゃ。あの男は、どこまで利口か分らぬな。ちゃんと、わしの手元にお墨附は保管してある」

「おお、それなら万事大安心でございます。ご隠居様、おめでとう存じまする」

「手放しで喜ぶのはまだ早い」

石翁は、たしなめた。

「なるほど、お墨附は頂戴したが、大御所様薨去の暁には、これがどれほど役に立つかじゃ」

「しかし、ご遺命とあれば、どなたも……」

「ばかめ。人間、死んでしまえば、おしまいじゃ。大御所様ご威光は、大御所様が生きている間だけ。死んでしまえば、誰が懼《おそ》れようぞ。生きて残っている人間の方が勝じゃ。大御所様お墨附のご遺言も、生きている人間次第で、どうにでもなる」

「……」

「大膳、わしはな」

石翁は、妙にしんみりした調子で云った。

「大御所様が、まだ息のある間に、そういう人間を叩いておくつもりじゃ。亡くなられてからでは手遅れ、ご寿命のある間に手を打っておく。さすれば、お墨附が生きるでな。美濃はじめ皆は、この紙きれにたよりすぎる。反古《ほご》になるのも、看板になるのも、これからじゃ」

石翁の機嫌がようやく直った。

「ご隠居様のご慧眼《けいがん》、ただ恐れ入るほかはございませぬ。そこまでの見透しは、われら凡人には、とても及びもつきませぬ」

大膳はその上機嫌を煽《あお》るように云った。

「うむ」

石翁は、大膳を、じろりと見た。

「しかし、大膳、何が福になるか分らぬな」

何のことかと思っていると、

「わしは、あの医者を当屋敷に留め置いたのは失敗《しくじり》であったと思っていた。あれは、そちが菊川の係り合いで、あまりに恐れた故、連れ寄せたのだが、菊川が死んだあとは、もう心配はいらぬ男だった。大奥女中の妊《はら》み女を診《み》たと云い触らしても、菊川が死んで実証がなくなった今は、放してやって大丈夫だったのだな。わしも少しあわてていた」

石翁は、うすい苦笑を浮べた。

「それに早く気がつけば、とうに放してやったところだ。が、処分ばかり頭の中にあるから、いつかは斬るつもりで留めておいた。が、それが、かえってよかった。思わぬ餌になったのだな」

「はあ」

「敵をおびきよせる餌になったのだよ。昨夜、当屋敷に来たのが、その一人だ。今夜は二人にふえた。餌があれば、向うから来る。明日になれば、その乗った舟から足がつくというものじゃ」

今度の笑いは愉快そうだった。

「しかし」

大膳は疑問をはさんだ。

「あの町医者が、ご当家に留め置かれていることを、曲者はどうして知りましたかな？　また、曲者と医者との間柄は、どのようなことでございましょう？」

「わしも、それがよく分らぬ。あの医者が、偶然《たまたま》、敵の廻し者としたら、あまりに話が出来すぎているでの。が、まあ、よいわ。今夜の曲者の正体が分れば、おのずと知れようというものじゃ。それに、曲者の後に控えている敵も分ることだ。いや、大膳、今夜の加賀藩の働きは思わぬ怪我の功名であったな」

「これは恐れ入りまする」

大膳は恐縮したように頭を下げた。

「ところでご隠居様、医者は逃がして、それでよろしゅうございますが、菊川の死体は、いずれに参って居りましょうか？　永代橋近くの寺に埋めた話までは存じておりますが」

「ふむ」

石翁は軽く笑った。

「なるほど、菊川はそちの、ひとときの可愛い女であったな」

と眼に冷嘲が出ていた。

「さる所に菊川は眠っている」

「は？」

「ははは、いくらそなたの可愛い女でも、今はそれだけしか云えぬ」

石翁の厚い唇から、菊川の死体をどこに移したか今は云えない、という言葉が洩れたとき、奥村大膳には、石翁の大入道が、気味悪く映った。敵に廻したら、怕《こわ》い隠居だと怖気《おじけ》が立った。

「大膳よ」

石翁は冷やかな眼をかれに投げた。

「菊川は、そなたを慕った女、満更、憎くはあるまい」

「はい、しかし……」

大膳は返事に詰った。

「わしは、菊川をそちからうけとり、殺した。そこの魚の刎《は》ねている泉水に顔を漬けての。むごい仕方と思うか？」

「いえ、決して……」

大膳は汗をにじませて手を突いた。

「悪う思うな。菊川はわれらの災いであった。とり除かねばならぬ。ただ、首を絞めたり、刀で斬ったりしたのでは、あとが面倒になる。町家の女が大川に投身した体《てい》に見せかけるには、池にも漬けなければならなんだ」

「はい……」

「それにしても、その死体の穿鑿《せんさく》をする者が寺をうろうろしていたそうな。これは町方が知らせてくれたが、それだから、油断がならぬのじゃ」

「まことに……。しかし、よく方々にお手が廻っておりまするな？」

「手当をしている。北も南も、奉行はわしの云うことをきいてくれる。ただ……」

石翁は、ここで、厚い唇をすこし歪めるような恰好をした。

「寺社だけは、そうはゆかぬ」

石翁の眼は、寺社奉行脇坂淡路守の姿を、そこに泛《うか》べて睨んでいるように見えた。が、それも、一瞬のことで、何を思いついたか、大膳に再び眼を戻した。

「そちは、わしが方々に手を廻していると云ったが、面白い男をひとり見つけたぞ」

「ほほう、それは、いかなる人物で？」

「西丸大奥の添番《そえばん》じゃ。落合久蔵という奴での」

「添番でございますか？」

「うむ、身分は低い。それ、菊川が寺にあの医者を呼んだとき、それを迎えに行った奴だ。ここにわしの家来が医者を連れて来たとき、当人かどうか、顔の実検に呼んだのだがな。そいつ、たしかに、この医者を手前が駕籠で寺に送ったと実証しおったよ。わしは駄賃に銭をやった。添番め、びっくりしおった。なにせ扶持《ふち》が安い」

石翁が少し笑って、

「落合久蔵と申すその添番め、何やら云いたげにぐずぐずしていたが、わしに向って、お為になる話を持ち込みましたら、御恩に与《あずか》れましょうか、と訊きおった。あいつ、何やら知っているらしい。そのうち何か報らせに来るだろう」

天気がいいだけに埃が立っている。

北町奉行所附の与力、下村孫九郎は、着物の裾を埃で白くしながら、駒形から柳橋、向う両国など、川沿いの船宿を、一軒一軒、ものを訊きながら歩いていた。

特殊な服装だけに、与力ということはすぐ分るし、下村孫九郎は、顔が広かった。料理屋とか船宿とかの客商売は、どこかに弱い尻があり、こういう役人は、何となく怕いのだ。下村孫九郎は、下手に扱うと意地悪く出られる役人の部類として、おそれられていた。

「これは下村の旦那、ご苦労さまでございます。お暑いのに、お疲れさまで」

下村孫九郎が入って行くと、どこの船宿も、お内儀《かみ》がとび出してていねいにおじぎをした。

「まあ、一服、おつけ下さいまし。二階が風通しがよく、涼しゅうございます」

「今日は、そうもしていられないのだ」

いつになく、下村孫九郎は、せかせかしていた。

「早速だが、昨夜、お前のとこで、侍二人に舟を貸さなかったか？　いや、屋形ではない、猪牙《ちょき》だ」

「さあ」

どこの船宿でも愛想がいい。下村孫九郎が断ってもまあまあ、と二階に上げようとする。この厄介な男に酒肴を出して、なるべく笑わせて帰そうとするのである。

「いや、ここでいい」

いつもなら、そうか、とうなずいて二階に上る男が、

「どうだ、早く返答してくれ」

と、せっかちであった。顔つきまで真剣なのである。

「いえ、手前の方ではございません」

船宿では、その顔色をみて、あわてて返答した。

下村孫九郎は、この返事を次々に聞きながら、船宿を拾って歩いた。だんだん焦慮《あせ》っていた。

普通の事件ではない。中野石翁からのお声がかりであった。下村孫九郎のような下役人にとっては、雲の上のような権威だった。この間、上役に頼まれた菊川の死体始末の一件を無事に果したことから、今度は石翁の用人に直接呼ばれて、探索を頼まれたのである。

「仔細あって、正面から奉行には云わぬことにしてある。ご隠居様のご意向じゃ。手落ちなく働いてくれ」

用人は、向島の邸に下村孫九郎を呼び、そう頼んだ。

下村孫九郎は感激した。出世の蔓である。かれが真剣になるのは無理がなかった。

何軒かを歩き廻った末、下村孫九郎は、柳橋を南に下った、一軒の小さな船宿の表口から、ついと入った。

下村孫九郎の姿を見るとこの船宿のお内儀も、おはぐろの黒い口を笑わせて迎えた。

「いらっしゃいまし。昼間はなかなか暑さがおさまりません。旦那、暑い中を、ご苦労さまでございます」

「うむ」

むつかしい顔をして、

「お前のところで、昨夜、侍が二人、猪牙を出して向島まで行かなかったか」

「お侍さまお二人？」

お内儀は首を傾けて、

「いえ、昨夜はそんなお客さまはお見えではございませんが」

「確《し》かと間違いないか？」

怕い顔だった。下村孫九郎は、どの船宿でも、真実《ほんと》のことを隠しているように思えてならなかった。

「いえ、何で旦那に嘘を申し上げましょう。本当でございますよ。お侍さまお二人で向島までねえ……」

また首を傾げるようにしていたが、急に何を思いついたか、

「待って下さいまし。そうおっしゃられると、ひょっとしたら……」

「うむ？」

眼が輝いた。お内儀の唇に泛んだ意味ありげな薄笑いを見つめた。

「手前の店ではございませんが、和泉《いずみ》屋さんの舟が、何だかそんなお客を乗せたように、ちらと聞きましたが……」

船宿どうしは、いわゆる商売敵で内心では仲が悪い。与力が来て探索するくらいだから、悪いことにひっかかりがありそうだと、このお内儀は思ったらしい。

「おい、源公」

と男のような声を出して、裏の水の上で、舟の掃除をしている船頭を呼んだ。

「へえい」

船頭は鉢巻きを頭からとって近づき、お内儀とならんで立っている下村におじぎをした。

「お前、云ってたね。昨夜、和泉屋さんの芳公が向島で舟を下ろされ、歩いて帰って来ていたって？」

「へえ、そうなんで。あっしの舟に乗せて帰ってやりましたよ。お客はお侍二人で、酔狂なことをすると芳公はこぼしていましたよ」

それだ、と下村孫九郎は心で叫んだ。やっと見つけたぞ。今朝から暑い中を散々、歩かせられたが……。

下村孫九郎は、ふと眼に映るものがあって川の方を見た。屋形船が一艘、流れるように裏口をすぎたのだが、風のためか簾《すだれ》が舞い、乗っている客の姿が一瞬に見えた。着ている着物が派手な色だったので、眼を掠《かす》めたのだ。御殿女中一人と、男が一人、さし向いで乗っていた。

それが、西丸大奥づとめの登美と、添番落合久蔵だとは下村孫九郎が知る訳はなかった。

与力下村孫九郎は、その船宿をとび出すと、薄い夏羽織の裾を風に煽って、和泉屋に向った。目星がついて、急に元気づいたのである。

こういう場合の下村孫九郎は、自信がついて、態度もことさらに柔かいのである。餌のありかが分ったら、別にあわてることはないのだ。

彼のような役は、どこの水商売の家に行っても、笑顔で迎えられ、大事にされるが、帰ったあとは、その家から塩を撒かれることが多い。下村孫九郎はそれを知っているだけに、相手が相手なら、どうせ強面《こわもて》でおどしつけた方が得だと思っている。

「ご免よ」

と船宿、和泉屋の門口をやわらかい声でくぐったのは、胸に計算があってのことだった。

「おや、いらっしゃいまし」

ここでも、お内儀が、下村の顔をみて、愛想よく迎えた。

「暑いな」

と笑顔まで見せた。土間から二階に上れるよう、梯子段がついていたが、その下に男と女の履物がきれいに揃えてあるのを、下村孫九郎の眼はのがさなかった。

「こういう手合いは、近ごろ、よく来るのかえ？」

と眼で履物を指した。

「はい、ときどき、涼みにいらっしゃいます。二階は川風がよく入りますから」

「熱い仲だったら、少しは冷さぬともたぬだろうな」

下村孫九郎は、さっき見た屋形船の中の大奥女中の姿を思い浮べた。何となく面白くない。

「ご冗談を仰言います」

腰のものをはずし、上り框《かまち》に腰かけた下村に、お内儀は笑った。それから、うしろを向いて、眼顔で女中に知らせたのは、下村に出すものを命じたのだった。

「このごろ、商売は繁昌するかえ？」

下村は扇をつかって、気楽に訊いた。

「はい、夜がめっきり涼しくなりましたから、お客様の数も、がた落ちでございます」

下村は、そこに出された銚子の載っている膳をみて、

「こんなことをして貰っては、済まんな」

と素直に礼を云った。

「いえ、ほんの暑気払いでございます」

お内儀が頭を下げた。

「ところで、おかみ、いまの、夜の客が少いといった話だが」

盃を口に運びながら、

「昨夜、おまえのところの舟で、向島まで涼みに行った奇特な客はいなかったか？」

わざと相手の顔を見ないように下村は眼を盃に落した。

「侍、二人なんだがね。尤も、帰りは三人にふえたようだが」

お内儀の顔色が変った。

水の上

昨夜、侍二人を乗せて、向島まで舟を出さなかったか、と下村孫九郎に云われて、和泉屋のお内儀は、さっと顔色を変えたが、

「いいえ、そんなお客様はございませんでした」

と、愛想笑いをつづけて云った。が、眼にはどこか怯えがあった。

「そうか」

下村孫九郎は、すぐには咎めない。何か愉しむように、盃を口から放さなかった。

「たしかだね？」

おとなしく念を押した。

「はい」

お内儀の返事は短かった。

「うむ、おかしい」

と、わざと首をかしげてみて、

「昨夜、そんなことがあったのは事実だ。どこかの船宿から乗って出たのは間違いない。おれは、それを探しに、こうして朝から船宿を尋ねて歩いているがな。まだ、そうだと云ってくれる者がいないのだ」

「ご苦労さまでございます」

お内儀は、ことさらにおじぎをした。

「いや、これも御用だから仕方がないのだ。おまえのところも、野暮な奴が舞い込んできたと諦めてくれ」

「滅相もございません」

お内儀は、あわてたように云った。

「御用のことです。何度でも、お越し下さいまし」

「そう云ってくれるのは有難い。そのついでに、もう少し、正直なことを云ってくれないと困るのだ」

お内儀は、ぎくりとしたようだった。が、次には、顔いちめんに愛嬌のいい笑いが出た。

「何で、旦那におかくしするものですか。洗いざらい申し上げております」

下村孫九郎は盃に新しい酒をつがせた。

「昨夜の、その舟を出した侍二人というのはな、向島に船頭を上らせ、自分たちだけで悪いことをしてきたのだ。可哀想に船頭、ひとりで陸《おか》を帰ってきたそうだ。そいつを見かねたほかの船宿の船頭が、途中で拾ってやったそうだがね」

お内儀の顔が白くなった。

「侍二人は悪事を働き、もう一人の男を舟に乗せて帰ったそうだ。面白い奴もあるもんだ。行きは二人、帰りは三人、いや、あまった一人は船頭と入れ替えだった。きれいな女ならともかく、それが慈姑《くわい》頭の医者だというから、余計に酔狂だ。それが、どこかの船宿から上った筈だ」

お内儀が、お替りの銚子を持って来させた。

「旦那、もう一つ」

下村の盃に注ごうとすると、急に、下村がその手を下から払い上げた。銚子と盃は、宙に飛んだ。

「あれ」

お内儀が、頭から酒を浴びた。

肩から酒を浴びたお内儀は、あれ、と叫んでうしろに手をついた。

「おい、こんな安酒で、ごまかそうたって、当てが違うぜ」

下村孫九郎は、膝を崩して、せせら笑った。これからが彼の独擅場《どくせんじょう》であった。

「やい、おれにばかりしゃべらせねえで、何とか口を開けたらどうだ？」

蒼くなったお内儀は、ふるえた。それでも彼女は、乱れを直して坐り、無理な笑顔をつくった。

「下村の旦那、そりゃ何かのお間違いじゃございませんかえ」

「うむ、おれの八卦《はっけ》が当らねえというのか？」

「はい。手前の店では、昨夜、そんなお客をのせた舟は出しておりません。どこか、別の船宿とお間違いなすってるんじゃございませんか？」

「なるほど、おめえに駄目押しされるんじゃ、おれも型なしだが」

下村はお内儀を睨んだ。

「この下村を、そうまで甘くなめられたんじゃ、気のいいおれも了簡出来ねえ。早速だが、ここへ、芳公という船頭を呼んでくれ」

「えっ」

お内儀の顔の筋が硬《こわ》ばった。

「おめえの口が開かなきゃ、芳公に開けてもらうんだ」

「よ、芳公なら、あいにく、お客を送って出ておりますが……」

「帰ってくるまで、ここで待たせて貰おうぜ……」

下村は、わざと顎《あご》を撫でた。

「……と云いてえところだが、おれも御用繁多で忙しい身体だ。のんべんだらりとこんなところで待つ訳には行かねえ。柳橋際の船宿の源公をここにしょぴいて来るが、いいかえ？」

「源公……？」

「その顔でとぼけることはねえ。芳公が侍二人に舟をとられて、しょんぼりと歩いて帰るところを、親切にも自分の舟に乗せてやった奴よ。源公は芳ノ字から、何もかも聞いたと云ったぜ。芳公が帰ってくる間の退屈しのぎに、源公をここに呼んで、昨夜の講釈をきかせるが、いいかえ？」

お内儀の顔色がいよいよ悪くなり、息が乱れてきた。

その呼吸に合せるように下村孫九郎は怒鳴った。

「やい、つべこべと手間をかけずに、まっすぐに、白状しろ。昨夜の客は、どこのどいつだ？　まさか、フリの客とは云わせねえぜ。船頭が客の云いなりになって舟を貸して歩いて帰ったのだ。馴染《なじみ》客に違えねえ。さあ、そいつの名前を云え」

下村孫九郎は、がなり立てた。

下村孫九郎に怒鳴られて、船宿のお内儀は蒼くなって、身を縮めた。下村の調べが行届いて何でも知っているので、言葉が出ないでいる。

下村孫九郎にとっては、これが愉しみである。己の前に慴伏《しょうふく》し、恐れ戦《おのの》いている人間を見ると、心の底から喜びが湧き上るのだ。はじめ猫撫で声に出るのも、次の、官憲を笠にきて猛獣のようにたけり立つための効果の伏線であった。常から、下村は、己の舌加減一つで、一喜一憂する人間を眼の前に眺めて快感を味わっていた。

「おい、おかみ。しかめっ面《つら》をして、いつまでも黙って居ねえで、何とか口を開けて貰いてえもんだな」

かれは、じろりとあたりを見廻した。船頭が二、三人、裏口から心配そうに、こちらを覗《のぞ》いていたが、下村の一瞥《いちべつ》に遇うと、逃げるように散った。

お内儀は、身体をすくませている。客商売の女主人だから、素人と違って、粋《いき》な身装《みなり》が年増女の色気をそこはかとなくこぼしていた。下村の眼は、それも愉しんだ。

二階からは、ことりとも音がしない。梯子段の下には、さっきと同じように男女の履物が揃えて置かれてある。下村の眼は、それに意味ありげに注がれた。

「うむ、おめえも、雇い人のちらちらするこんなところじゃ話が出来めえ。客のことを訊くのだから、いろいろと義理もあろう。何なら二階に上って、とっくりと話を聞いてもいいぜ。そうだ、そうして貰おうか」

下村孫九郎は、もう、起ち上りかけていた。

「もうし、旦那」

おかみが、顔を上げてあわてて制《と》めた。

「二階は、ちょっと、いま都合が悪いんです。どうぞ、しばらく此処でお待ちになって……」

「二階は都合が悪いと……？」

下村の唇には、また意地悪い笑いが出た。

「面白い。そんな都合の悪い客を二階に上げたのか？」

「いえ、そんな訳では……」

「真っ昼間から、何をふざけているか知らねえが、船宿は媾曳《あいび》き宿じゃねえ筈だ。そんな客を上らせたら法度によってこの屋台は叩き壊しだ」

「決して、そんなお客さまじゃございません。旦那、ご勘弁なすって下さいまし」

「勘弁するも、しないもねえ。そんな客かどうか、おれがこの眼で確めてやる」

さっきから梯子段の下の男女の履物が下村には癪《しゃく》であった。彼は、お内儀の手をふり切るようにして起ち上ると、梯子段に足をかけ音立てて上った。

船宿の二階は、小座敷になっている。川に向った方に簾《すだれ》を垂れて、若い男女が酒を飲んでいた。その男の顔を見て、

「あっ」

と下村孫九郎が叫んだ。

与力下村孫九郎が、勢い込んで梯子段を上って座敷に踏み込んだ途端、棒立ちになったのは、酒を飲んでいる女連れの男に見覚えがあったからだ。いや、見覚えという以上に、記憶は生々しかった。

いつぞや、寺で、菊川の死骸をどこに埋めたかということで問答した若い男であった。

その時、下村はこの男にやり込められて、赧《あか》くなった覚えがある。

「これは、下村氏」

島田新之助も、座敷にとび込んできた男に笑いかけた。

「妙なところで、また、お会いしましたな。その節は失礼しました」

手招きせんばかりの恰好で、

「こちらが涼しい。さ、どうぞ、お坐り下さい」

と自分の前を指した。

そこに坐っている豊春が、もじもじした。

「この女は、わたしの女房……のようなものです。お望みなら、三味線もひける、小唄もうたえる。器用なものです。ははは、ご遠慮なく、ずっと、こちらへ」

豊春は、うろたえて、

「あれ、新さん」

と云って、新之助の横に移った。

下村は突立って、睨んでいたが、彼も探索には経験を積んだ男だ。忽ち脳裡に一つの直感が走った。

「島田氏……と申されたな？」

と顔色をわざと和げた。

「左様、左様、よく憶えて頂いた。尤も、地獄耳は貴殿のご商売だが」

思わず、眼が恚《いか》りかけたのを堪《こら》えて、

「島田氏、昨夜のお働き、お見事でござったな？」

と云って、新之助の表情の反応をうかがった。

「昨夜の働き……はてな」

新之助は首を傾け、豊春を見て、

「昨夜は、どうしたかな？　小唄の稽古をして、近所の風呂に行って、寝酒を飲んで寝たが、はて、それからの働きと云われると……」

豊春の顔が真赤になった。

「そんなことを申しているのではない。昨夜、貴殿が出先でなされたことだ」

下村は嘲弄《ちょうろう》されたかと思うと、抑えても苛々《いらいら》してきた。

「出先？　さあ、何処に行ったか」

新之助はとぼけていた。

「お忘れなら、思い出させて進ぜる。向島までこの家から舟を出して行かれた筈だ」

新之助は、膝を打った。

「あっ、そうだ。たしかにその通り」

「なに？」

「貴殿よくご存じだ。そういえば、何やら先刻より階下《した》で、舟、舟と貴殿の声が騒いでいたが、あれは、わたしのことを云われていたのか？」

「なに」

推察したことだが、島田新之助に平気で云われて、下村孫九郎は、カッとなって眼をむいた。

「舟を出して、向島で狼藉《ろうぜき》を働いたのは、たしかに貴殿か？」

「さて。狼藉を働いたかどうか分らぬが……」

新之助は、受けて答えた。

「舟を出させたのは、わたしだ。そりゃア確かですよ」

「もう一人の名前は？　じゃ、その舟には二人で乗ったはずだ」

「おっしゃる通りです」

「名前を訊かせてもらおう」

「お断りします」

新之助は、不意に敲《たた》きつけるように云った。

「わたしが名前をしゃべっても興がうすい。あんたが自分で調べた方が面白かろう。失敬だが、その方の腕は確からしい」

「云ったな」

下村は、あぐらを掻いたまま平気でいる新之助を上から睨《ね》めつけた。

「向島の、石翁様のお屋敷で狼藉したのみか、昨夜も、さる藩中の行列に無体な乱暴を仕掛けたのは、貴殿と決った。これから即刻、奉行所まで同道してほしい」

「大そうな」

新之助は薄笑いした。

「中野石翁のことになると、随分とご熱心のようだが」

「なに！」

「下村氏。女の水死体を寺からどこやらに片づけたのも、その辺より出た筋であろう。何処に埋葬なされたか、それを聞かせて頂こう」

「無用だ」

「ははは、云えまい。ならば、わたしも奉行所までの同道はお断りしたい。お訊ねのことは、一向に覚えがないでな。それに、ただ今は女を連れている」

「こいつ」

下村は舌を鳴らしたが、真っ赤な顔になり、身構えた。

「つべこべの減らず口は許さぬ。おとなしく来ぬとあれば、しょぴいて行くまでだ」

「面白いことを云うご仁だ。誰にでも威張ることがお好きのようだが、いつも、そうは参らぬ」

下村が身体に風を起して新之助の坐った姿勢にとびついた。新之助の姿が一瞬に沈んだと思ったとき、下村の身体が宙返りして畳に落ちた。

豊春が壁際に退《すさ》った。

下村があわてて起き上ろうとすると、新之助が下からそれを掬《すく》った。下村の身体が浮き上った途端、簾が大きく揺れて、彼の身体は手摺りを越えて、川の方へ落ちて行った。

蒼い顔をしている豊春に新之助は振り返り、

「ははは、死にはせぬ。階下《した》は船頭ばかりだ」

と笑った。


屋形船は大川を下《しも》へ流れていた。

簾を降ろし、外部《そと》からは内部《なか》が見えぬようにしてあった。川風だけが素通りしている。

登美は、つくねんと坐っていた。簾越しに流れて行く景色を眺めるでもない。前には、船宿が運び入れた川魚料理が膳に載っていたが、それに箸をつける気持はなく、うつむいていた。御殿女中風に結った髱《たぼ》が重そうにみえた。

添番、落合久蔵だけが、うれしそうに銚子を盃にあけていた。酒が顔色には出ない男だが、すこし酔っていた。

「そんなに気鬱な顔をなさらぬがよいぞ、登美どの」

落合久蔵は、登美の顔を下から覗くように見た。

「もっと、晴れやかなお顔をなされ。この久蔵のようにな。いや、今日は思いがけぬ仕合せ、こうして、登美どのと屋形船の相乗りをしようなどとは、夢にも思いませなんだ。それも、これも、感応寺にご参詣の御年寄様のお蔭、長い時刻を供待ちするご苦労をお察しなされて、帰りまでを気散じてこい、との有難い仰せ。よく気のつくお方で、涙がこぼれます」

久蔵は、本当に眼頭を拭く真似をした。

「が、なに、察しのいいのはお互いさまだ。今ごろ、お年寄様の参られた感応寺は、何処の感応寺やら、とんと分ったものではない。お題目のかわりに何が唱えられているやら……」

久蔵は、登美の顔を見たが、首をすくめた。

「いや、これは口に出さぬが花、向うさまは向うさま、こちらは、こちらじゃ。登美どの、折角いただいた僅かなお暇を、愉しもうではありませぬか？」

登美の眉の間に、けわしい影が起きた。こうしていっしょに屋形船に乗っていることさえ居たたまれぬ気持だが、添番落合久蔵の下劣な口の利き方を聞いていると頭痛がしそうであった。

が、登美をこの屋形船に坐らせたのは、落合久蔵の持つ、別の力であった。

「いや、そのように厭なお顔をなされると、拙者も辛い」

久蔵は、わざと、おどおどして云った。

「登美どのは三の間、拙者は足軽同様の添番、身分の違いはよく存じている。そなたが厭な顔をされるのは、重々もっとも。無理からぬと思いますが……」

久蔵は、舌で唇の雫《しずく》をなめた。

「しかし、身分の上下ばかりで、世の中は済まぬことがある。そこが面白い。四角い重のように下に積まれた人間は息も出来ませぬ。そこが面白いところでな。早い話が、登美どのが厭々ながら、拙者の前に坐っているのも、そのためで……」

船はゆっくりと大川を下っていた。落合久蔵が、船頭に行先を何処まで云ったのか分らないが、簾越しに船尾に動いている船頭の動作は緩慢であった。

この船頭の居る限りは、登美も安心であった。いくら酔ったとはいえ、落合久蔵が無体な真似に出られるはずがない。——

登美が、落合久蔵から、突然、花見のときの、踏台のことを云い出されたのは、もうだいぶ前のことであった。

添番の詰所は、女中共が外部に出入りする七ツ口の傍にあるが、長局とは遮断されている。日ごろ、往き通うことはないが、添番の役というのが、大奥長局の戸締りの見廻り、出火の際の防火、あるいは高級女中の公式の外出の際はその供廻りにつくことになっていて、とかく、他のお広敷詰めの役人よりは、女中に口を利く機会が多かった。

ある日、御殿のお庭で、登美がこの落合久蔵とすれ違ったことがある。

「登美どの」

落合久蔵は、すばしこく登美に寄ってきた。彼は、眼を忙しく左右に働かせて、人の居ないのを見定めた。

「踏台は、拙者、ある所に他人《ひと》に見られぬよう匿してある。ご安心なさるよう」

落合久蔵が云ったのは、たったそれだけであった。あとは返事も聞かず、逃げるように立ち去った。

あっ、と登美は立ちすくんだものだ。しばらくは動けなかった。今の声が、登美の身体を痺《しび》れさせ、縛った。

踏台を匿しているから安心しろ——その一言は、登美の秘密を何でも知っている恐ろしい内容を持っていた。

あのときの踏台。それは絶えず登美の心を暗く揺すぶりつづけている品だった。上には蠟が塗ってある。それは雲母《きらら》のように光っていた。

中臈多喜の方の足が、それに乗ったと思った瞬間、彼女の足は滑って横転した。吹上の花が咲き乱れ、大御所はじめ、夫人や、お美代の方、その他、西丸大奥女中が、総出で、満座凝視の中だった。多喜の方は、それが因《もと》で死んだ。

咄嗟の機転が働いて、踏台の仕掛けをしたのは、登美が何とかしてお美代の方に近づきたい一心からだった。叔父の島田又左衛門に云いつけられ、寺社奉行脇坂淡路守に頼まれて、お美代の方周辺の女中風儀の実証を摑むには、その側近くに入り込まねばならなかった。

それは成功した。お美代の方は強敵多喜の方を仆した登美の手柄を買い、お末から引き上げて彼女を自分の味方にした。

それはよいが、肝心の踏台が、隠匿した場所にどうしても無いのである。

踏台には登美の秘密と罪とがある。

秘密は、それに彼女が細工をしたことであり、罪は、多喜の方を間接に殺したことだった。

大奥の中は複雑を極めている。脇坂淡路守が知りたい確証を握るには、お美代の方に近づかねばならぬ。しかし、それは容易なことではない。機会が偶然に来て、それが思わぬほど早く望み通りになったが、代償が大きすぎた。

多喜の方が不慮の死を遂げたことである。罪のない人を殺したのも同然だと、登美は呵責《かしやく》に駆られている。叔父の島田又左衛門に云わせると、

「大事の前の小事ゆえ、あまり気にかけるな。それよりも早く、実証を摑んでくれ。それが何よりも多喜の方の慰めだ」

と説いてくれるが、その言葉だけで心が解放される訳ではなかった。

次に、あの踏台は何処に行ったか、たしかに匿した場所は、鳥籠茶屋の床下であったが、その後に捜しに行ったけれど、どうしても発見出来なかった。場所の記憶違いでは、絶対になかった。

誰かに持ち去られた？――

顔色が変ったものである。あのときの踏台ということは、一眼で分るし、蠟を塗った細工のあとも、すぐに知れる。重大な証拠の品だった。

お庭番の誰かが、気づかずに、何気なく片づけてくれていたら、心配はないが、それは、はかない希望のようだった。登美はひそかに薄氷を踏むような思いで、毎日を過していたといっていい。

それが、計らずも、添番落合久蔵の手にかくされていようとは、夢にも想像していな

いことだった。

しかも、落合久蔵は、彼女の最も恐れていた秘密を知っている！

落合久蔵のおそろしさを知ったのは、その日ばかりではなかった。

その後も、落合久蔵は、登美がひとりになって近づける機会を狙っているらしく、人目の無い場所に素早く来ては、

「一度、ゆっくり宿下りの時に遇って下され。あのことは、絶対に他言はせぬ。こう申せば拙者の気持はお分りであろう」

などと、執拗に云い寄ってくる。

何を添番づれが、と突放し出来ないところに登美の弱点があった。格式にものを云わせて、一喝《いっかつ》することはやさしいが、そのあとの落合久蔵の仕返しが怕《こわ》い。証拠の品は、この男の手に握られている。このような種類の男が決しておとなしく引き退るとは思えなかった。

今日も、年寄女中が、大御所様ご不例平癒祈禱のため、智泉院に行くと触れ出してお城を出て来たが、谷中の一寺院に入ったまま、供廻りの者には、帰城の時刻まで解放を申し渡した。

年寄女中が、その寺に入ったまま、帰城まで、供廻りの者を自由にさせたのは、無論、恩恵のみではない。一つは、彼らが邪魔になるからだ。お供に従ってきた連中を邪魔にするだけの理由が、この高級女中にはあった。

帰城の時刻は夕刻である。

たまたま、一緒に供をしていた落合久蔵が、登美の姿のあるのを見て、機会を遁《のが》す筈がなかった。

「登美どの。いい折でござる。拙者の話をきいて下され。ほんの僅かな間じゃ。いやいや、ご案じなさるには及ばぬ。そなたの為になるよう、これでも、拙者、考えている」

今日は逃せぬ機会と思っているのか、いつもよりは輪をかけて執拗であった。

それが、今の、屋形船の中の対坐となっているのだ。

船が川下へ流れて行くことに変りはない。船頭は、やはり、ゆっくりと櫓を動かしている。客の話声など、一切、耳に入らぬ様子を見せていた。

「拙者、これでも、口は堅い」

落合久蔵は、盃をなめながら云った。

「云ってよいこと、悪いこと、これは、ちゃんとけじめをつけている。分別は心得ているつもりでござる。登美どの、落合久蔵は、そういう男だと承知して頂きたい」

登美は、身じろぎもしないでいた。踏台のことをタネに落合久蔵が、さっきからくどいくらい云っていることは、遠廻しだが、意味はよく分っていた。

厭らしい男である。だいぶん酒の廻った落合久蔵の臭い息が、離れていても、肌に吹きかかってくるようで、身体がすくむ。

が、証拠の品をこちらに取り返すまでは、あからさまな敵意は見せられなかった。彼女が、うつむいて考えていることは、何とかして久蔵の手からそれをこちらに取り返す方法であった。

「しかし」

と久蔵はつづけた。

「口は堅いが、この久蔵、折角の親切を仇《あだ》にされると怒る方です。そんな性分だ。つまり、こちらの親切が解って貰えれば、その人のためには、どのようにでも尽すが、袖にされると、怒りたくなるのだな。われわれのように下積みの役目を勤めていると、いつか、そのような性質《たち》になります。われわれの仕返しは、どんなに腹が立っても、表向きには出さない。肚におさえて、小出しに、ちくりちくりと陰でやるのです。これは面白いですな。上からわれわれを抑えつけているようでも、実は、こっちが向うの足を掬っている。困っている顔を見るのが愉しみだ」

落合久蔵は登美の顔をみた。

「早く云うと、この久蔵は味方につけておくと頼みになるが、腹を立てさせると、損だということですよ」

ふと、うしろを向いて、

「船頭」

落合久蔵は急に声をかけた。

「その辺から、船を廻してくれ」

一旦、下りかけた船を、久蔵は、また上りに向わせた。かれには別に行先の目的があるわけではない。何となく時間を延ばしているのだ。

「そこで、登美どの」

久蔵は、あと戻りの舟の中で、ゆっくりとはじめた。

「拙者の気持は、みんな申した。あとは、そなたの返事を聞く番です。一つ、腹蔵の無いところを聞きたいものじゃ」

じっと粘い眼を登美の顔に注いだ。

登美は、うつむいたまま、しばらく声を発しない。鬢《びん》からほつれた髪が風に嬲《なぶ》られているので、男の眼には艶に映った。久蔵は、ごくりと咽喉を鳴らした。

「どうじゃ、登美どの。先刻より、恥を忘れて申し述べているこの久蔵、否か応か、早くそなたの言葉が聴きたい」

久蔵は、問い詰めてゆく。酒に強い男の癖で、顔が蒼くなっている。女には、その凄んだ顔つきが怖ろしげに見えた。

「落合どの」

登美が、顔を上げて、思い切ったように云った。彼女の顔も蒼白くなっている。

「うむ？」

久蔵が見つめた。

「わたくしを、それほどまでに思って下さるのは、そりゃ、まことでございましょうな？」

「な、何で偽りを申そう？」

脈がある、と感じ取ったのか、落合久蔵はあわててどもった。

「真実《まこと》、真実。拙者の腹を割いて、見せたいくらいじゃ。いや、これは、古い文句か。

しかし、ほかに申しようがない。登美どの、分って下され」

落合久蔵は、急に腰を浮かしたが、身体の中心がとれぬので、すぐに臀《しり》をついた。船が揺れた。

同時に、大きな水音がした。

落合久蔵は、愕《おどろ》いて外を見た。簾越しに外を見ると丁度、柳橋あたりの船宿の二階から、人が川に落ちたところであった。

その近くに居る船頭連中が騒いでいる。人の落ちた二階からは、男女の客が下をのぞいていた。川に墜落した男が、与力下村孫九郎で、二階から見ているのが、島田新之助と豊春だということは、落合久蔵の知らぬことであり、登美も気がつかなかった。

「のう、登美どの」

久蔵が、首を伸ばして云った。

「そなたのためなら、拙者、あのように、大川の中に、ざんぶと身を投げても一向に厭いはせぬ。この気持、察して下され」

船は、落合久蔵の熱心な口説《くぜつ》を載せながら、柳橋をすぎた。

登美は、相変らず、首をうなだれて聞いている。

落合久蔵は、酒を飲みながら、じっとその様子を見ていたが、思わず顔に笑いが拡った。わが口説が半分以上は成功したと思った。もう一息だと彼は勢い込んだ。あとは押しまくるだけである。

舟は、いつしか柳橋を越した。流れに逆らって上るので、今度は船頭も大いに働いている。

落合久蔵は、ひょいと外をのぞいたが、

「船頭」

と声をかけた。

「へえ」

船頭は、ふり向いた。

「あそこに松が見えるな、あの下に舟をつけてくれ」

「へえ、へえ。分りやした」

船頭は、合点合点して、ずっと舟の方向を左手に変えた。船頭の顔には妙な薄笑いが出ていた。

繁り拡がった松の枝が、水の上に突き出て、下に穴のような蔭をつくっていた。舟は、その下にくぐるように入り、停止した。外から見ると屋形船がすっぽりと匿されている恰好だった。

落合久蔵は、財布を出して、小粒を握った。

「船頭、こっちへ来い」

「へえ、へえ」

腰をかがめて来る船頭に、久蔵は小粒を与えた。

「少し、内密な話があるでの。お前は、その辺で一服してくれ」

「畏《かしこま》りました。では、陸《おか》に上って莨《たばこ》をのんで居りますから、ごゆっくりとどうぞ。ご用が済みましたら、お手を鳴らして下さいまし」

船頭は心得顔に舟を下りて、岸の上に上って行った。

落合久蔵は、あたりの様子を見廻し、簾の隙間を要心深く閉じた。松の枝が舟の屋根の上に、廂《ひさし》のように張り出して、舟全体を抱き込んでいる恰好だった。

この松は「首尾の松」といって、江戸の通人たちの間には有名だった。船頭は、注文によっては、男女の客を舟に残し、一服吸いつけに陸に姿を消したものだ。

吸いつけるうちに柳が松になり

余の舟で見ればやっぱりただの松

船頭は変哲もない松と椎

などの古川柳がある。

そんなことは知らない登美は、船頭が居なくなったことで、急に不安な顔になった。

「登美どの」

落合久蔵は、間の邪魔になる膳を片寄せた。

「心配はいらぬ。船頭は、ちょっとそこで休ませただけじゃ。すぐに戻って参る。その間に、もう少々、そなたと話したい」

と膝を起した。

落合久蔵は、膳をまたいで、登美の方へ行った。酔っている上に、舟が揺らぐから、足もとが危い。

どっと身体をぶっつけるように登美の横に倒れた。水音たてて舟が傾《かし》ぐ。

「あれ」

登美が怯えて身体を動かすのに、久蔵は彼女の手をしっかと把《と》った。

「いや、案じなさるに及ばぬ。大丈夫じゃ」

登美の顔をさし覗くようにして見たが、臭い息がそのまま登美の頬に触れた。

「なにをなさいます？」

登美は顔をそむけ、手をふり放そうとしたが、久蔵は、かえって強く握った。

「これさ、そう、お逃げなさるに当るまい」

久蔵は、切ない息を吐いた。

「さいぜんより申した拙者の言葉で、ようお分りでござろう。拙者は、登美どのの味方、いや、それにもまして、そなたは拙者の大切なひとだと心得ている。そなたのためなら、拙者、どのようにでも尽すつもり。登美どの。もう、分って下され」

久蔵は、彼女の片手を握ったまま、あまった一つの手を背中に廻そうとした。

「あれ、いけませぬ」

登美は、身をすざらせた。

「はて。誰にも分らぬ。気兼ねのうなされ」

久蔵は上体を傾けて追おうとした。

「いけませぬ。落合どの」

「なに」

登美は近づいてくる久蔵の顔を手で遮った。

久蔵は、赤い眼を据えた。

「いけぬとは？　では、拙者の申すことがお気に召さぬのか？」

眼がおそろしげに光った。

「いや、添番づれの申すことが、無礼だと申されるのか？」

「いえ、そういう訳ではございませぬ」

「そうでないとは？」

「今は、いけませぬ」

「今は？」

久蔵は、登美の顔をじっと見た。判じるような眼つきに変っていた。

「はい。お前さまの申されたことはよく分っています。わたくしは、そのような、やさしい言葉を誰からもかけて頂いてはおりませぬので、うれしいと思います」

「ううむ」

落合久蔵は唸った。さすがにすぐに、吐く言葉を失った。

「と、登美どの」

「いえいえ、でも、今は、それはなりませぬ。とかく殿御の言葉は当てにならぬそうな。もし、お前さまの云うことが真実なら、わたくしに実証を見せて下され。それさえ分れば、わたくしは安心して、お前さまの心に従います」

登美が恥かしそうに云った。

「登美どの」

と落合久蔵は喘《あえ》いだ。

「そりゃ、まことの言葉か？」

「女の口から」

と登美は、うつむいて小さな声で云った。

「恥かしいことを云ったのです。何で偽りを申しましょう」

「忝《かたじ》けない。忝けない」

久蔵は、感激した面持ちで頭を何度も登美の前に下げた。

「夢のようでござる。まさか、そなたが、すぐにそのように云ってくれるとは思わなんだ。こりゃ、全く、夢のようじゃ」

久蔵は泪をこぼしそうな恰好をした。

「拙者は身分が低い。扶持も安うて、それに、男振りもよくない。そなたのように、美しゅうて、若うて、大奥勤めの女には、およそ釣り合わぬ男じゃ。したがそなたを想う、一途《いちず》な男の気持は、誰にも負けてはおらぬ。これは、分ってくれるであろう。疾《と》うから熱病のようにそなたのことを考えていたのだ」

久蔵は、実際に、熱病のような眼つきをして、登美の手をありがたそうに押し頂いた。

「登美どの。拙者はうれしい。うれしくて、うれしくて、どう申してよいやら、言葉が出ぬくらいじゃ」

「落合どの」

登美は、その手を男に預けたまま、じっと顔を見た。

「女は疑い深いもの。そのお言葉が真実なら、実証を見せて下され」

「おお、見せようとも。見せいでなるものか。とは云え、拙者の腹を割いて見せること
もならず、どうしてそなたに実証を見せたものかの」

久蔵は、じれったそうにした。

「わたくしの合点の行くようになされたら、それでわたくしは納得いたします」

「そなたの合点の行くようにとは？」

久蔵は、登美の可愛らしい唇のあたりを見た。

「それは……」

登美は、真剣な顔で云った。

「わたくしの云う通りにして下さることです」

「無論のことだ。そなたの云うことを聞かずにいられようか。そりゃ、無論じゃ」

「いえいえ、おまえさまの考えるほどには軽くはありませぬ。わたくしは、もっと真剣
です。殿御の思召しに従うのは、女が生命《いのち》をかけていることです。おまえさまも、その
覚悟で、わたくしの云うことをきいて下され、それが、何よりの実証です」

「そなたのためなら、もとより拙者、水火も辞せぬつもりだが、して、そなたの云うこ
とは？」

「落合どの、お耳を……」

登美が、久蔵の傍に顔を近づけた。その、かぐわしい匂いと共に、久蔵の耳に入った
甘い声は、彼の眼をむかせるに充分だった。

秋気

島田又左衛門は、寺社奉行の脇坂淡路守をその役宅に宵から訪ねて対談していた。部屋には二人だけで、人払いがしてある。

淡路守は疲れた顔色で役所から戻ったのだが、又左衛門が来ていると聞いて、夕食を後廻しにして、すぐにこの部屋に通したのだった。

近侍の者がくんできた茶は、両人《ふたり》の間に、とうに冷えている。屋敷の庭の草むらからは、早くも虫の声が聞えていた。

「一番に出たのが、三盛橘、次が横木瓜、並鷹羽、杏葉竜胆……という順だな」

淡路守は、又左衛門の言葉を口の中でくり返した。

「左様。林肥後守、美濃部筑前守、瓦島飛騨守、竹本若狭守、という順でしょうな」

又左衛門は答えた。

「うむ」

淡路守はうなずいて、

「まず、それに間違いあるまいが、その連中が宵に揃って石翁の屋敷に集まった目的は何だろうな？」

と深い眼つきをした。

「手前にも、それがよく分りませぬ。しかし、お美代の方の、いや、石翁の息のかかった歴々が揃いも揃って参会するのは、ただごとではないような気がします」

「うむ」

淡路守は遠い眼ざしをしていたが、

「一人足らぬが……」

「左様、一人足りませぬな。水野美濃守が足りませぬ。しかし、これは大御所様のお傍から離れられぬのではございませぬか？」

「それもある。聞くところによると、大御所の御病気は、また重くなられたそうな」

「世上にも聞えております」

又左衛門は引き取った。

「将軍家が日に三度もお見舞に西丸に成らせられるとか、御典医は全部大奥に禁足だとか、ひそひそ噂しております」

「まさかそれほどでもないが……」

淡路守はかすかに苦笑した。

「しかし、いくら洩れぬようにしても、世間というものは、いつの間にか何でも心得ているようじゃ、諸人のカンは怕《こわ》い。実を申すと、大御所様のご大漸《たいぜん》は近い、とわれらも考えている」

「やはり、そうでございましたか」

島田又左衛門は淡路守の眼を見つめた。

「淡路様。これは手前のカングリかも存じませぬが、石翁が林肥後以下を俄かに呼び集めたのは、大御所様ご容体に係りのあることではありませぬか？」

「うむ。わしも同じことを考えている。それに、不参の水野美濃守がご病床の脇から、これに一役、加わっていそうだな。いや、案外、かれが、その参会の真の主人かも知れぬぞ」

石翁邸の集会の真の主人公は、重態の家斉の傍に附き切っている水野美濃守であろう、という淡路守の言葉は、又左衛門に或る暗示を与えて彼の顔を緊張させた。

「すると、美濃めが、ご容体にことよせて、何か画策でも致しましたか？」

「その辺のところだろう」

淡路守は、うなずいた。

「いや、わしは、もっと重大に考えている」

「重大と仰せられると？」

「まず、大御所様より、お墨附ぐらいは頂戴したかもしれぬ」

「えっ、お墨附？」

又左衛門は愕いて淡路守を見つめた。

「うむ。石翁が腹心の輩《やから》を俄かに集めたのは軽々しいことではあるまい。美濃がそれを手に入れたので、林肥後あたりが持参し、一同で拝見したものかもしれぬな」

淡路守が重い口調で云った。

「しかし、淡路様、もし、左様なことが事実なら、お墨附の内容によっては、容易ならぬことでございましょう」

「うむ、これは、わしの当て推量だが、大御所ご遺命として、前田犬千代君を西丸に迎えよという一条ぐらいは書いてあろうな」

「左様なことが、美濃の奏請で出来ましょうか？」

又左衛門は半信半疑の面持ちでいた。

「出来る」

と淡路守は断言した。

「ご病気以来、美濃は寝食を忘れてお傍で看護している。ご病間に詰めるのは、美濃とお美代の方、ただ二人と聞いた。余人は誰も寄せつけぬ。公方さまのお見舞も、美濃の計らいでなければ自由にならぬそうな。まして、本丸の老中、若年寄共が目通り叶うはずがない。いわば、ご病中の大御所様は、美濃に操られている子供も同然じゃ。左様なお墨附を頂くぐらい、さほどむつかしくはあるまい」

「うむ、そう承ると、うなずけぬことはありませぬが……」

又左衛門は興奮して顔が赭くなっていた。

「しかし、それは一大事。もし、真実にそのようなお墨附が、向う側に渡っていると、大御所様ご他界後でも彼らの勝手放題、ご遺命を楯にどのような野望でも遂げられるわけですが」

「うむ、一応その通りだが」

淡路守は、かすかに首を振った。

「しかし、大御所様ご他界になれば、たとえお墨附なりとはいえ、さほどの効力は持つまい。恐れながら権現様ご遺命とは格段に違う。その辺のところは石翁も知っているであろう。されば、かれらの考えているのは、大御所様ご存命中に、本丸にこれを確認させ、前田犬千代君の西丸入りを実現させたい肚《はら》であろう。これは、かれらは動くぞ」

家斉の寿命が短いとみて石翁一派が活潑に動く、と淡路守は云った。

「しかし、こちらにも方法がある。その前に叩き落すことだが」

島田又左衛門の不安げな顔を見て、淡路守は半分慰めるように呟いた。

「例のことでございますな」

又左衛門は身体をすすめた。

「何か、よいお目当てでもつきましたか？」

「うむ」

と、これは渋い返事だった。

「お美代の方の鼻息をうかがう女中めが、近ごろはいい名目を見つけおっての、大御所様ご不例平癒の祈禱を、諸所の法華寺《ほっけでら》に頼みおる。そこで女中共が何をしおるか、およそ分るが、残念なことに、未だ実証が手に入らぬ」

「実証……でございますか？」

「うむ。表向きはご平癒祈禱であり、なかには中﨟の代参もあるので、いかにわが支配とはいえ、むやみと寺に踏みこむ訳にもゆかぬ。みすみす判っていながら、何とも手を下すことが出来ぬ。何か、実証さえ摑めば、すぐに処分が出来るのだが、わが配下には、それを探索して摑んでくるだけの腕の立つものがおらぬでの」

淡路守は無念そうだった。

「一つの例を申そうなら、あの菊川と申す大奥女中の死体の移し場じゃ」

「おお、そのこと、あれは如何なりました?」

又左衛門は膝をすすめた。

「分らぬじまいじゃ」

「え、分りませぬか?」

「御府内の寺にいちいち当らせたが、さらに手がかりがない。いずれの寺も、改葬の覚えがないと申し立てている」

「はて」

又左衛門は額を押えた。

「それも徹底しては洗えぬのじゃ。わしには、それだけの配下が居らぬでな。それさえも出来ぬとは、寺社もつくづくと情ない。されぱと申して、南北の町奉行所も、このことだけは一向に頼んでも力を貸してはくれぬ。石翁の挨拶が渡っているものと思う」

「やれやれ」

又左衛門は失望を見せた。

「菊川の一件が、一つの確証と存じましたのに、それが摑めぬとは無念でござる」

「まして、大奥と坊主の実証を握るのは、それ以上にむつかしい」

淡路守は吐息をついた。

「石翁の動きを封じるには、お美代の方の周囲から追い落すほかはない。その責めで、林肥後を失脚させ、美濃を落し、順次にお美代の方の手足をもいでゆく。わしの構想はそれだったが、肝心の実証が取れぬままでは、どうにもならぬ。……又左殿、貴殿の姪《めい》御《ご》からは、その後、何も云って来ぬか？」

縫から何か情報はないかと淡路守に云われて、又左衛門は眉をひそめた。

「いまだ、しかじかとは云って参りませぬ」

淡路守は小さくうなずき、

「なかなか思うようには参るまい。なにせ、むつかしい仕事だ」

と云い、

「実は、姪御の働きをわしは心の恃《たの》みにしていた。藁《わら》でもつかむ気持だが、これは誤りであった。ほかに協力するものがあれば、ともかく、女ひとりで容易に出来ることではない」

と嗟《さ》嘆《たん》した。

「そう仰せられると、拙者も面目ない」

又左衛門はうつむいた。

「性来、勝気な娘ゆえ、何とかやってくれると思いましたが……」

「又左衛門殿」

淡路守は、それを聞くと、屹《きっ》とした顔つきをした。

「はあ？」

「石翁の方が動くとなると、こちらの手段も急を要する。坐って待っているわけにはゆかぬ」

意味は、縫のことを云っているのだと又左衛門には分った。

「女中と坊主の不始末は、かくれもない事実だ。この確証を早く蛭御に握ってもらわねばならぬ。これが第一」

「はあ……」

「その実証さえあれば、わしは徹底して叩ける。ついては、わしが不審に思うのは、女中どもの寺詣りだが……」

「……」

「代参と申しても、月に二度くらいがせいぜいじゃ。不義に狂った女中どもが、それだけで満足する筈はない。必ず、どこかに抜け穴をつくって出て行っていると思う。これを探って取り押えることが肝要じゃ。蛭御に働いてもらいたいのは、これだ」

「なるほど……」

「それから、不義の証拠を集めて貰いたい。たとえば女中共から坊主に出した恋文、もしくは、坊主が女中どもに宛てた恋文じゃ。これも手に入れれば、否応を云わせぬ実証となる」

「とは云え……」

又左衛門は、眼を輝かして深くうなずいた。

と淡路守は沈んだ表情でつづけた。

「姪御に、それがやすやすと出来る道理はない。この探索は生命《いのち》がけじゃ。それも、女の生命。これを賭けなければ、そこまでは踏み込めまい。女の生命を賭けてまで、それをやってくれとは、わしの口から云えぬので、今まで黙っていたが……、又左殿、事態が切迫した今だから、初めて申すのだ」

神田馬喰町《ばくろちょう》に住む鳶職六兵衛が、島田又左衛門の訪問をうけたのは、日が暮れかかってからであった。

六兵衛は一仕事済まして、これから風呂に行くつもりでいるところへ、若い者が、

「親方、麻布の殿様がお見えになりました」

と報《し》らせてきたので、びっくりしたものだ。

あわてて、門口に迎えに出ると、実際に島田又左衛門が立っていた。

「おお、こりゃア」

と六兵衛は叫んだ。

「殿様でございましたか。ようこそ、おいで下さいました。きたねえところに、わざわざ恐れ入りました。さあ、どうぞ。……おい、おい、早えとこ奥の方を片づけろ」

六兵衛は、きりきり舞いをした。

「構わないでくれ」

又左衛門は六兵衛のあとから奥に通った。

狭い座敷だが、きちんと片づいている。主《あるじ》の性質が表われて、商売物の植木のならん

だ庭も、塵一つ無いように掃かれてあった。

六兵衛は律義者らしく、着物を着替え、羽織まで被《き》て、改めて又左衛門の前に手を突いた。

「殿様。よくお越し下さいました。何の御用か存じませぬが、一口、声をかけて下されば、お屋敷にすぐにとんで参りますものを、わざわざのご入来は、全く恐れ入りました」

「急に思いついて来たのだが、騒がせて済まぬ」

又左衛門は会釈した。

そこへ六兵衛の女房が茶をもって挨拶に来たが、これは亭主の眼顔ですぐ退散した。

「六兵衛」

茶を一口すすったあと又左衛門は云った。

「わしは、今、芝口からの帰りだ」

「え、それでは脇坂様へ……？」

「うむ」

重くうなずいて、

「例のことで、淡路守殿も大そうな心配だ。わしも、いろいろと云われてきた。どうやら、ここらで奮発せねばならぬことになった。いや、奮発を頼むのは、縫のことだが」

「お縫さまに？」

「どうも、あれ以来、はかばかしいことを云って寄越さぬ。女ひとりで、容易ではないと思うが、事態は容赦なく切迫している。そこで至急に連絡をつけたいが、ここに、お文を呼んでくれまいか？」

「妹でございますか。へえへえ、そりゃ訳はございません。近うございますから、すぐに呼びにやらせます」

六兵衛は手を拍《う》って鳴らした。お文というのは、六兵衛の妹で、小間物屋である。

女房が障子の間から顔を出すと、

「おい、お文をすぐに呼びにやれ。何でもいいから、そのままで素っ飛んで来いと云ってやれ」

「六兵衛」

使いが出たと知ってから、又左衛門は云った。

「硯《すずり》と紙とを貸してくれぬか」

「へえへえ」

これは六兵衛が自分で起って取りに行った。

「ろくな筆はございませんが」

「手間をかける」

又左衛門が巻紙を手にとると、六兵衛は、そっと行灯を近づけた。

又左衛門は筆を紙につけた。長い手紙である。六兵衛は、その間、黙ってかがみ煙管《きせる》に火をつけていた。巻紙がとけていく音が、かすかにする。

かなり時間が経って、又左衛門は筆を措《お》いた。書き終った手紙を、巻き返し、封をした。

「終った」

と又左衛門は六兵衛を見て云い、

「お文に、これをことづけたいのだ」

と茶をのんだ。

「お縫さまにでございますね」

六兵衛は煙管をしまい、又左衛門の顔を見上げた。

「殿様」

「うむ」

「お縫さまも大変なご苦労でございますな」

「………」

「こりゃア手前などが申し上げる筋じゃあござんせんが、すこし、お可哀想な気がいたします。あの年齢《とし》ごろで、ちっと荷が重うはございませぬか？」

又左衛門は返事をしなかった。

「もう、お城に上られて、一年と半年は経っております。初奉公の辛さの上に、重い役目を云いつけられてどのように苦労をなされていることやら……」

「苦労は、当人が初めから覚悟していることじゃ」

又左衛門は、ぼそりと答えた。

「そりゃ、ま、その通りでございますが、なにしろ大奥のことは、こみ入りすぎて、若い娘御がひとりで何をやろうたって、たやすく出来る話じゃございません。いまだに目ぼしい報告《しらせ》が来ぬのも尤もでございます。それを、この上、お苛《いじ》めになるのは、お可哀想でございます」

「苛める、と申すか？」

又左衛門は、きらりと眼を光らせた。

「いえ、出過ぎた言葉を申し上げて、恐れ入りますが」

六兵衛は、古い職人らしく落ちついて云った。

「お可哀想と申し上げたのは、ほかでもございません。殿様も、脇坂様も、どうやらお縫さまだけをたよりになすっていらっしゃるように存じますが、それが、あの方にとって重い鎖となっております」

縫には、又左衛門の命じた役目が重い鎖となっていると、六兵衛は、はっきり云った。

又左衛門はそれを聞くと、眉の間にかげをつくった。

「六兵衛」

彼は沈んだ口調で云った。

「それは、そちから云われるまでもないことだ。縫ひとりにたよるのは心苦しい。いや、卑怯かもしれないが」

又左衛門は眼を閉じた。

「しかし、止むを得ないのだ。われわれの手ではどうにもならぬ。縫には重荷だが、それは、彼女《あれ》も覚悟をしている。もう、申すな。大事の前には、小さな心遣いは禁物だ。

かえって、当人のためにならぬ」

六兵衛は何か云いかけたが、又左衛門の苦しそうな顔を見て、言葉を控えた。律義な男で、島田又左衛門を出入り先の殿様というより、主筋の人間のように考えている。

「殿様がその思召しなら」

六兵衛はうつむいて云った。

「手前などが、どう申し上げようもございませぬ。ただ、この上は、縫さまのお身をご大切に願うだけでございます。殿様、これだけは、きっと手前からお願いしとうございます」

「分っている」

又左衛門はうなずいた。

「六兵衛、そちの気持はありがたい。縫はわしにとって可愛い姪だ。危い真似をさせる筈はない」

が、その言葉と違って、又左衛門の顔色は冴えてはいなかった。瞳《め》が重くすわっていた。

「それを承って、手前も安堵いたしました」

六兵衛の挨拶も沈んでいた。

「手前のような者が、差出口を申し上げて、お宥《ゆる》し下さいまし。なに、お縫さまも、ご気性の勝った、確りした方でございますから、滅多なことはないと存じますが、やはり年寄りの冷水でございます」

この沈鬱な二人の間の空気を揺がせたのは、折から勝手口から聞えてきた女の声であった。

「嫂《ねえ》さん、今晩は。だいぶ凌ぎやすくなりましたねえ」

「おや、お文さん」

六兵衛の女房の声が迎えていた。狭い家だから、筒抜けである。

「さあさあ、早く。麻布の殿様がお待ちですよ」

「遅くなりまして」

と、これは六兵衛の坐っているすぐ後から聞えて、やがて当人がおずおずと姿を現した。

三十くらいの女房で、六兵衛によく似た顔だが、小股の切れ上った、勝気そうな女だった。

「殿様いらっしゃいまし」

お文が六兵衛の傍に坐って、丁寧に挨拶するのを、又左衛門は、

「邪魔している」

と気軽にうけた。

「いつも世話になって済まぬ」

これはお城の女中共に小間物を売りに行っているお文に、又左衛門がお縫との連絡係りをかねてから頼んでいる、その礼を云っているのだった。

「滅相もございませぬ、殿様」

お文は恐縮したように頭を下げた。

「まだ、何一つ、お役らしいお役には立っておりませぬ。そのお言葉を頂いて、かえって申し訳ございません」

「いやいや、それはそなたのせいではない。今も六兵衛と話していたところだが」

又左衛門は、六兵衛の顔と等分に眺めて、

「縫のほうに然るべき働きが無いからだ。が、いずれ、そのうちには何かそなたにことづけることに相成ろう。その節はよろしく頼むぞ」

「それは、もう」

お文は、剃ったばかりの青い眉を上げて答えた。

「おっしゃられるまでもございません。兄が永い間、お世話になっているお殿様のお云いつけでございますから、わたくしの身に代えましても、一生懸命に努めさせて頂きます」

「ありがたい」

と又左衛門は、また礼を述べた。

「そなたたち兄妹の好意は忘れはせぬ。わずかな縁で、それほどまでに思ってくれる気持は、わしは過分にうけとっている」

「とんでもございませぬ、殿様」

六兵衛が口を出した。

「そのご斟酌《しんしゃく》は、どうぞご無用にお願い申します。殿様が、それほどお考え下さるほどのものじゃございません」

「本当でございますよ、殿様」

とお文も兄の言葉のあとについた。

「どうせ、わたくしどもがすることは大したものではございませぬ。ご遠慮遊ばさずと、ただ、ああしろ、こうしろ、とお指図下されば、精いっぱいに働かせて頂きます」

「うむ、その親切な言葉に甘えるが」

又左衛門は、ここで硯を借りて書いたばかりの封書をとり出した。

「実はな、これを縫に渡して貰いたいのだ」

「お登美さまでございますね？」

と、お文は、縫がお城で名乗っている名前を云った。

「よろしゅうございますとも。明日にでも、お城に参りまして、たしかにお登美さまに、こっそりお手渡しいたします」

「云うまでもないが、くれぐれも気をつけて、他人《ひと》に悟られぬようにしてくれ」

又左衛門は、真剣な顔で云った。

「これは、殊さらに、大事な手紙だ」

「ご免下さい、ご免下さい」

玄関の方で呼ぶ声がきこえる。

良庵の内弟子の弥助が起って、のぞいてみると、三十二、三の町人が小腰をかがめていた。

「どちらから？」

弥助が訊くと、男は丁寧に頭を下げた。

「わたくしは、紺屋町の糸屋の駿河屋から参りましたが、急病人が出来ましたので、先生にすぐにお来《い》でを願いたいのですが」

「駿河屋さん？」

弥助は、客の風采を見た。めくら縞の単衣《ひとえ》に角帯という野暮な恰好だったが、どこか遊び人のようなところがある。男は、それをつとめて殺しているような風だった。

「たしか、お初めてのようですね？」

「へえへえ」

男は頭を掻いて、腰を折った。

「申し訳ございません。いつも、お呼びしているかかりつけの先生が、折悪しくお留守なものですから、なにしろ急病のことゆえ、寸時も待ったが出来ず、こちらの先生にお願いに来たような訳でございます」

「それは、お気の毒」

と弥助は云った。

「あいにくですが、こちらの先生もただ今、お留守でございますよ」

「へえ、そりゃ、運の悪いことで」

男は途方にくれた顔をした。

「いつごろお帰りか知りませんが、少々のことなら、ここでお待ち申し上げたいと存じますが」

「お待ちになっても無駄ですよ。とても間に合いません」

「そんなら、先生はどこかご遠方にご他出でも？」

「まあ、そんなところです」

弥助は曖昧に答えた。

「それは、困りましたな」

男は困惑した顔を大げさにみせた。

「こちらの先生の評判を伺って来たのですが、それでは、今晩遅くか、明日にでもお迎えに上ってもよろしゅうございますか？」

「いやいや、それは当てになりませんから、どうか、よその医者を探して下さい」

「左様ですか」

男は、いよいよ当惑した顔をしたが、上目で、じろりと弥助の顔を見た。その眼つきが素人でない。

「それでは、諦めます。どうもお邪魔をしました」

男は、おじぎをすると、素直にひき退った。弥助は急いで帰るその後姿を見送った。

男は、往来に出ると、もう一度、良庵の家を眺め、それから五、六間先の軒の下に佇《たたず》んでいる与力の傍に近づいた。

「下村様、良庵は家に帰っていねえ様子です」

その岡っ引は低声《こごえ》で報告した。

「そうか」

下村孫九郎は、岡っ引の報告をきいてうなずいた。

「良庵が家に戻っていねえのは本当だろう」

「すると、あの藪医者は、何処にもぐっているんでしょうねえ？」

岡っ引は下村孫九郎の意を迎えるようにその顔を見上げた。

「うむ、およその穴は分っている。これから、そこへ廻ってみよう」

「あの医者を引き上げるんですかえ？」

「藪医者にはもう用はねえのだ」

孫九郎は唾を吐いた。

「それから手繰《たぐ》って、別な男を突きとめるのだ。おめえも臀《しり》に埃をあげさせて気の毒だが、まあ、おれと麻布までつき合ってくれ」

「へえ、ようがす」

神田から麻布までは、かなりな道のりであるが、両人は半刻ばかり歩きつづけ、鼠坂を上ったときは汗をかいていた。

「おい」

と下村孫九郎は、顎で島田又左衛門の屋敷を岡っ引に示した。

「ここだ、ここだ」

「へ？」

岡っ引はその屋敷を眺めた。

「こりゃア旗本屋敷で？」

「旗本に愕いていちゃ、おれたちの仕事は出来ねえ。なに、無役《ぶやく》の貧乏旗本だ。おめえが尻ごみするほどのことはねえ」

「すると、この屋敷の内にあの藪医者がいるんですかねえ？」

「たいてい、そんなところだ。おめえ、近所を小当りに当ってみろ」

「へえ」

と云ったが、岡っ引は途方にくれた顔をした。近所といっても、あたりは武家屋敷とお寺ばかりである。

「おめえも知恵がねえぜ」

と孫九郎は岡っ引の顔を見て嗤《わら》った。

「ここからいちばん近え酒屋を探して、尋ねて行くのだ。近ごろ、島田様のお屋敷に酒をどれくらい入れているか、以前より殖えているかどうか、聞き込んでくるのだ。藪医者は酒好きだそうだからな、野郎がいるとすれば、きっと酒の注文が多い筈だ」

「なるほど、旦那は相変らず眼はしが利きますね」

「おめえにお追従云われてもはじまらねえ。早いとこ聞いて来い」

「合点です」

岡っ引は駆け出した。

その間、下村孫九郎は、ゆっくりと近くの寺の門前に歩いて移り、門の廂《ひさし》の下にしゃがんで、陽蔭で一休みしている恰好をした。

直射の日光の下を歩いていると汗が出るが、こうして蔭のところにいると、ひやりと涼しい。やはり秋が来ているのである。

しばらくして岡っ引は、下村孫九郎の休んでいる場所に戻った。

「やはり旦那は眼が高え」

と岡っ引は云った。

「そこの酒屋で訊いたんですが、島田の屋敷では、三、四日前に酒を三升取り、昨日も二升注文したそうです」

「うむ」

下村孫九郎は、しゃがんでいるところから腰を上げた。

「大方、そんなところだろうと思った」

「やっぱり、あの医者が居るんですねえ。旦那、もう少しほじくって見ますかえ?」

「それには及ぶめえ。それよりも、あの屋敷に、新之助という若い男が一緒に居るかどうか、もう一度、近所を当って確めてくれ」

「新之助という男ですね?」

「島田の甥というのだがな。二十四、五くらいの侍だ」

「承知しました」

岡っ引は、また駆け出した。

それから彼が大急ぎで戻ってくるまで、小半刻とはかからなかった。

「旦那分りましたよ」

岡っ引は汗をふいた。

「ご苦労、どうだったえ？」

「へえ、隣屋敷の折助《おりすけ》が出ていたので、これ幸いと訊いてみたんですがね、島田の屋敷は主人と雇人だけで、そんな若え男は居ねえそうです」

「そうか」

下村孫九郎はうなずいて腕組みした。

このとき、彼の視線が、ふいに前方を向いた。島田の屋敷から、一人の老爺がひょっこり往来に出て来たところだった。

「おい、高助」

「あれを見ろ」

と孫九郎は岡っ引の名を呼んだ。

「へえ」

「島田の雇人に違えねえ。おめえ、うまく引っかけて、新之助という男の巣が何処か探って来てくれ」

高助という岡っ引が見ると、その老爺はひとりで用ありげに歩いているところだった。

「承知しました」

「おい、へまな訊き方をするな」

「合点です」

岡っ引はあとを追った。

「もし、父《とっ》つぁん」

岡っ引の高助は、島田の屋敷から出た年寄りの雇人に追いすがった。

雇人は呼びとめられてふり返った。かれは吾平であった。

「なんだ、わしのことかえ？」

吾平は怪《け》訝《げん》な眼で相手を見た。見知らぬ男はにやにやと愛想笑いをしている。

「そうですよ。父つぁんが島田様のお屋敷から出たのを見たので、追っかけて来たんだが、足が速くて元気なのにはおどろいたな」

「お前さんは誰だえ？」

吾平は咎めた。

「あっしは、市ヶ谷の合羽《かっぱ》坂下にいる良太という者だが……」

岡っ引は口から出まかせを云った。

「うむ、その良太さんが、何の用でわしを呼びとめなすった？」

「新之助さまにお目にかかりてえと思いましてね。丁度、ご門のところまで来たら、父つぁんが出て来たので、ついでにお取次を頼みてえと思いついたので」

「なに、新之助さまに？」

吾平は不審そうに男の顔を見た。

「新之助さまと、お前さんとは、どんなつき合いだえ？」

「いや、あっしじゃねえ」

高助は手を振った。

「あっしは使いを頼まれて来たのだ。新之助さまのお友達でね、高木栄之進さまというお方が新之助さまに急用があるとおっしゃって、あっしは手紙をここに預かっている」

高助は空《から》の懐を上から叩いた。

「そうか。そいつは困ったな」

吾平は正直に眉をしかめた。

「新之助さまは、この屋敷には居なさらないのだ」

「このお屋敷の甥御だと聞いたが？」

「甥御だ。ご一緒には住んで居なさらぬ」

「なるほど。そんなら、新之助さまのお住居を教えて貰いてえ。一っ走り、そこまで手紙を届けに行こう」

「それが、よく分らねえでな。何なら、わしが預かっていて、今度、こちらに見えたときに渡してもいいぜ」

「いけねえ、いけねえ」

岡っ引は、また手を大仰に振った。

「これは、じかにお渡ししてくれと高木さまに頼まれたのだ。それに急用らしいからな、折角だが、父つぁんに頼む訳にはゆかねえ。と、どうだろう。新之助さまのお住居は、どの辺か、およその見当もつかねえか？」

「お友達からの急用なら、早いとこお手に届いた方がいい訳だな」

吾平は、完全にひっかかった。

「わしも詳しいことは知らねえが、新之助さまは、何でも下谷の富本節の師匠のところに居なさるという話だ」

「下谷で、富本節の師匠の家に居るというのだな」

下村孫九郎は、高助の報告を聞いて眼を光らせた。かれの脳裡には、船宿の二階で新之助と一緒に居た女の顔が泛んだ。

「うむ、あれが情婦《いろ》だったのか」

「え、旦那はご存じだったので？」

「いや、なに」

と孫九郎は言葉を濁した。

「洒落た真似をしやがるということさ」

「意気なことをするもんですねえ、侍でも」

「当節の旗本の次三男にはありそうなことだ」

孫九郎は吐き棄てるように云った。

「下谷で、富本節の師匠といや、探すのにそう手間はかかるめえ。高助、ご苦労だが、これから下谷までつき合ってくれ」

「へえ」

「気の無え返事をするな。今度は辻駕籠ぐらい、はずんでやらあな」

吝嗇《けち》な男で与力仲間に通っている下村孫九郎が、そこまで云うくらいだから、よほどこの一件の探索には力を入れていると岡っ引には思えた。

両人が辻駕籠を拾い、下谷のあたりまで来たときは、さすがに永い陽も落ちかかっていた。

「おい、どこかその辺に番屋があったらとめてくれ」

孫九郎は駕籠かきに命じた。

辻番所に孫九郎が入ると、老爺がぼんやり坐っていたが、孫九郎を見て、あわてて起ち上った。顔は知らなくとも、身なりで八丁堀の人間だと誰にも分る。

「この辺に富本節の女師匠が居るかえ？ 心当りがあったら教えてくれ」

「へえ、へえ」

辻番は頭をひねった。

「二十一、二の、顔の細い、ちょいと渋皮のむけた女だ」

孫九郎は、船宿での記憶を手繰って、その人相を云った。

「ああ、そりゃア豊春という女です」

辻番は膝を打った。

「うむ、豊春というのか」

「へえ、ここから歩いてもそう遠くありません。そりゃ、佳《い》い女ですよ。若えが芸は達者だという評判です」

「そうか、土地っ子だけにおめえは大そう詳しいようだが、その豊春という女には、若い侍がくっついていないかえ？」

「よくご存じで」

と辻番は眼尻に皺をよせて笑った。

「なんでも、そんな噂ですが、あっしは見たことはありません。旦那、何か、その色男にご不審がかかりましたかえ？」


良庵は、小部屋で酒を飲んでいたが、吾平が帰ったのを見て、

「やあ、ご苦労、ご苦労」

と盃を出した。

「まあ、一杯飲みなされ」

吾平は、その盃の前で手を振って、

「先生、あっしゃ昼酒は駄目ですよ。それに殿様がお留守ですからね。そら、困ります」

「やれやれ、律義な男だな。それだから、ここの親玉に信用がある。わしなら、一ぺんにお払い箱だ。ときに、どうだえ、いい肴《さかな》があったかえ？」

「駄目ですよ。何にもありません。この辺に残りものなんざありゃしません」

「そうかえ」

良庵は、がっかりした顔をした。

「ここの酒は申し分がないが、どうも肴がまずくてな。どうだ、吾平さん、ここの家で猫を飼ったことがあるかね？」

「猫？　そんなものは飼ったことがありませんよ」

「そうだろう。猫を飼ったら、すぐに逃げ出すことが分るぜ。大きな屋台を張っているが、侍というものは、無役となったら不自由なものだな」

「いえ、ここの殿様はもとから質素な方でございます」

「そうかい。お前さんも、よく辛抱したものだ。ここの殿様も無類にいい人だが、お前さんと同様に、律義すぎるのが玉に疵《きず》だ。ちっと、新之助さんとつきまぜたがいいかな」

良庵はいい顔色になっていた。首が、もうぐらぐら動いていた。

「あ、そうだ」

吾平は思い出したように云った。

「新之助さまといえば、さっき、この通りでお友達という方のお使いに会いましたよ」

「そうか、あの仁の友達なら、どうせ道楽者だろう。何と云って来たのだね？」

「何でも、急用があるとかで、手紙を持って見えました」

「どれ、その手紙をわしに見せてくれ」

「いえ、新之助さんがお屋敷にいらっしゃらないと分ると、そのまま手紙を出さずに帰りましたよ。何だか目つきのよくない、遊び人みてえな人でしたよ」

「ふうん。それで、黙って帰ったのか」

「いえ、いま、何処にいらっしゃるかと訊くから、下谷の富本節の師匠の家らしいと教えてやりました。こりゃ先生から伺っていたことなので……」

盃を口に運んで、うつむいた良庵が不意に顔をあげた。

「おい、吾平さん、お前、本当にその男にそう教えたのか？」

「へえ……」

「いけねえ」

良庵の酔った眼が光った。

「吾平さん、お前、えらいことを教えてやったね」

良庵は、酔って赤くなった顔で、吾平を見据えていた。

「え、い、いけませんでしたか？」

その眼が尋常でないので、吾平は訳が分らず、うろたえた。

「いけない、いけない、そいつア、にせものだ」

「え、何ですって？」

「第一、新之助さんの友達なら、この屋敷に居ないことぐらい、とっくに心得ていらあな。そいつを知らないで、わざわざここに訪ねて来るなんざ、真赤なにせものだよ」

「あっ」

吾平は思わず口中で叫んだ。

「失敗《しくじり》ました。迂闊《うかつ》なことを……」

「迂闊迂闊」

良庵は、うなずいて、

「見事にひっかかったのだ」

「で、ですが、先生」

吾平は、さらにあわてた。

「そいつは、一体何ものですか？」

「犬だろうよ」

「へえ？」

「それ、お前、眼つきがよくねえ男だと云ったろう。岡っ引かなにかの類《たぐい》に違いなかろう。新之助さんの居場所を探りに来たのだ」

「そりゃ、ほ、本当ですか？」

「間違いあるまい。お前をおどかしても仕方がないからな。まず、按ずるに、そいつが来たのは、わしのことから起ったに違いない」

「先生に？」

「うん、石翁の邸から長持の中に入れられてわしが出るところを、向島堤で、ここの大将と新之助さんが助けてくれた。これが序幕で、中幕は、それから探索が始まって、船宿で新之助さんが与力を川の中に投げ込んだ一件よ。それからこの屋敷が目をつけられたのだ。だが、瘠せても枯れても、天下の旗本屋敷だ。そう無闇と踏み込む訳にはゆかぬ。そこで、お前をちょっとひっかけたって寸法だろう」

「こ、こりゃ、どうしたらいいでしょう？」

吾平は蒼くなった。

「なに、そうあわてても仕方がないさ。今ごろは、下谷の三味線師匠のところへ行ってるだろうからな」

「それじゃ、よけいに困ります」

「まあ、落ちつきなされ。相手は新之助さんだ。何とかうまく捌《さば》くだろう」

「……」

「おい、吾平さん、ここの大将はまだ帰らないかえ?」

「へえ、今夜は遅くなるかもしれないとおっしゃってお出かけでした」

「だいぶ話がこみ入って来たようだな。どれ、ゆるりとここで養生してもらったから、ぼつぼつ腰を上げずばなるまい」

不浄門

六兵衛が女房相手に酒を飲んでいると、若い者が入って、

「親方」

と呼んだ。

「島田さまというお侍がお見えで」

「島田？」

六兵衛は、たった今、島田又左衛門が帰ったばかりのところなので、眼をむいた。

「なんだ、麻布の殿様がお立戻りになったのか？」

「いえ、そうじゃありません。まだ若いお方で」

咄嗟《とっさ》に、それは新之助であると分った。

「そうか、それは、それは。すぐにこちらにお通し申せ」

急にそわそわして、女房を門口に出迎えにやり、自分は若い者に云いつけて、その辺を素早く片づけさせた。

「まあ、若様。お珍しい。さあさあ、こちらへ」

と女房の声が門口で聞えていたが、やがて新之助の姿が座敷に現れた。

「おう、こりゃア、若様」

六兵衛が両手をついた。

「よくいらっしゃいました。お久しゅうございます。さあ、どうぞ、こちらへ」

「六兵衛。暫らくだな。相変らず元気で結構だ」

新之助は微笑しながら、それへ坐った。

「どうも、用事があるときだけに、時を択ばずに来るようで、敷居が高いが」

「何をおっしゃいます。いつでも、お越し下さいまし。たった今も、麻布の殿様がお見えでございました」

「なに、叔父貴が来ていたのか？」

「はい。若様と、たった一足ちがいでお帰りでございました」

「ほう、叔父貴は、また何でここへ来たのかな？」

「はい。脇坂様からのお帰りだとかで、久しぶりだからと、ちょいとお立寄りでございました」

六兵衛は詳しくは云わなかった。

「そうか」

六兵衛の女房が酒を運んで来たので、構ってくれるな、と会釈しておいて、

「叔父貴も、よく動くな」

と呟いた。

女房が、おじぎをして、

「お一つ、どうぞ」

と酌をしたので、新之助は、それを二、三杯、うけていたが、六兵衛は逸早《いちはや》く、女房を眼顔で去らせた。

「若様。今夜は、また、どういう風の吹き廻しで、神田あたりにお見えになりましたので？」

六兵衛は話をひき出した。

「うむ、実はな、六兵衛、急にお前に頼みがあって来たのだ」

「そりゃ、もう、何かは存じませぬが、若様のお頼みとあれば、早速、お伺いしようではございませぬか？」

六兵衛は云った。

「それはありがたい。実はな、六兵衛。お前でなければ、ほかに頼むところのない用事だ」

新之助は切り出した。

「これは大そうなお言葉でございます。で、手前でなければ勤まらぬ御用と仰言いますと？」

六兵衛は新之助の顔を見上げた。

「うむ。六兵衛、お前、仕事の係り合いで、向島の植木屋ともつき合いがあるだろうな？」

「へえ、それは、無いこともございませんが……」

「中野石翁の邸に出入りしている、あの辺の植木屋は何と申すのだ？」

「中野石翁様の……？」

六兵衛が急に注意深くなった。

「それは、いろいろございますが、手前が心安くしているのは、小梅の甚兵衛という奴でございます」

「うむ、その甚兵衛というのは、石翁の屋敷では重宝がられているのか？」

「甚兵衛は、俗に植甚と申しまして、その道では名人でございます。それで、植木道楽の中野の御隠居さまには大そう可愛がられていると、当人が自慢話をしておりました」

「そうか、そりゃア、いい」

新之助が膝を叩いた。

「その植甚に、お前から、ぜひ、頼んで欲しいことがあるのだ」

「へえ、そりゃ、頼むのは訳はございませんが、一体、どういう御用なんで？」

「ちと、云いにくいがの」

新之助は、軽い笑いを浮べて、

「石翁の邸に、女中をひとり世話して欲しいのだが」

「お女中を……？」

六兵衛が眼を瞠《みは》った。

「これは、おどろきました。一体、それは、どこの女子《おなご》衆《しゅ》で？」

「訳は、段々に話す」

新之助は笑って、

「とにかく、ひとり、石翁の邸に世話してくれと頼んで貰えぬか。当人は、ひどく、奉公したがっているでな。どうじゃ、あれほど贅沢で、広大な石翁の邸だから、気に入りの植甚の口添えがあれば、女中の一人や二人は、何とかなりそうに思えるがの」

「へえ、そりゃ、そうかもしれませんが」

六兵衛は新之助の顔を見まもった。

「若様。久しぶりにお目にかかると思いましたら、そんな御用でございますか？」

「うむ。いい用事だろう。こんな用事でもなければ、お前のところには来ない。一つ、気を入れて世話してくれ」

「若様」

六兵衛の眼が、きらりと光った。

「その女子衆というのは、どういうお方で……？」

「それだ」

新之助は、ぐっと盃を干して、

「なかなかの容貌《きりよう》だぞ。色が白くて、小股が切れ上っている。立居振舞の行儀もよろしい。それに遊芸が出来るから、石翁の邸で客があったときは、芸者を呼ばなくても済む。なかなか、この界隈には無い玉じゃ」

「いえ、若様とは、どういうご関係でございますか？」

「いろいろ穿鑿《せんさく》するの。それは、つまり、おれの色女《いろ》じゃ」

と云って新之助は笑った。

六兵衛は、黙ったまま、暫らく新之助の顔を見詰めていたが、

「今夜は、妙なお頼みばかりを持って来られます」

と低く呟いた。これは、先刻帰った島田又左衛門のことを思い出したからであった。

「何か云ったか？」

「いえ、こちらのことでございます」

六兵衛は深い説明はせずに、

「よろしゅうございます」

ときっぱり云った。

「やあ、引きうけてくれるか？」

新之助が叫んだ。

「へえ。植甚に話を持って行くことだけはお請合いしました」

「それは有難い」

新之助は頭を下げて、

「当人が喜ぶだろう」

「そりゃア若様ではございませんか？」

と六兵衛は、素早く切り返した。

「なに？」

「いえ、お喜びになるのは若様だろうと申しているのでございます」

「そうかもしれぬ」

新之助は軽くうけ流した。

「なにしろ、おれの色女だからな」

今度は、六兵衛が急に笑い出した。

「ははは、そのように承知しておきましょう」

新之助と六兵衛とは顔を見合った。が、どちらも何も云い出さなかった。が、その二人の眼は或る問答を交していた。

新之助の方が、先に眼を相手の顔から外《はず》した。

「願いごとが済んで、すぐ帰るのも悪いが……」

と新之助は腰を浮かせた。

「今夜は遅いから、これで戻らせて貰う。六兵衛、くれぐれも植甚にはよろしく頼むぞ」

「へえ」

六兵衛は、うなずいて、自分も一緒に起ち上った。

「若様、手前も一緒に、そこまでお送り致しましょう」

門口までで、引返すのかと思ったら、六兵衛は、そのまま、新之助の横にならんで歩いた。

外は暗い。つい、この間まで涼みに出た連中も影をひそめて、通りには、人ひとり歩いていなかった。完全に夏が去ったのである。空の星が光を増して見えるのも、秋になった証拠だった。

「六兵衛。どこまでついてくるのだ？　もういいから帰ってくれ」

新之助が云うと、

「なに、あっしは構いません。駕籠のあるところまでお見送りいたしましょう」

六兵衛は落ちついて答えて、

「実を云うと、若様。お久しぶりにお目にかかったので、ちょっと、若様から離れにくいんでございますよ」

と、すたすたと歩く。

「色女《いろ》との別れぎわみたいに云うぜ」

新之助は、わざと笑った。

親父の代から出入りの古い職人だった。新之助も子供のときに、この六兵衛の背中に負ぶさった記憶がある。その父が亡くなってからも、絶えず気にかけて、何くれとなく足を運んで世話してくれたものだった。普通の人間では出来ないことである。律義《りちぎ》で、人情の篤い、下町の職人であった。

新之助を、まだ子供のように思っているらしく、こうして心配そうについてくるのである。が、六兵衛の今の心配は、単に暗い夜道を新之助に歩かせるということでなく、別のところにありそうだった。

「若様」

六兵衛が、それを云い出した。

「あまり、深いところにお入りにならない方がよろしゅうございますよ」

「なんだ、女のことか？」

新之助は笑い声を立てた。

「へえ、そりゃ、それもございますが」

六兵衛は真面目であった。

「そのことは、いずれ申し上げようと思いましたがね。が今は他《ほか》のことでございます。つまり、向島の方角には、あまり、お近づきにならない方がいいんじゃございませんか」

「………」

「麻布の殿様にしても、そうだが、あのご気性だから、こりゃア手前どもから申し上げようもございません。が、その道づれになるお縫さまが、お可哀想でございます」

「お縫さんが、どうかしたのか？」

新之助の声には、どきりとしたものがあった。

「へえ、いよいよ、奥知れぬところにお入りになるようでございます。これは、麻布の殿様のお指金でございますがね」

「奥知れぬところに……」

新之助は、その言葉を、茫乎《ぼうこ》として呟いた。

「左様でございます。お縫さまは、ひとりぼっちで、奥の知れぬところに参られるようでございます」

六兵衛は、呟くようにつづけた。

「お可哀想なお方、手前は麻布の殿様をお恨み申したいときがございます」

「何故だね？」

新之助は問い返した。

「むつかしい理屈は手前どもには分りません。でも、お縫さまだけを危いところに遣《や》って、ご自分はうしろに居て腕を組んでいらっしゃるようなやり方が、手前にはどうも納得出来ません」

「六兵衛」

やはり歩きながら新之助は云った。

「女には女の役目でな、これは残念だが、大の男がどうにもならぬことだ。お前がやきもきしても始まらぬ話だ。おれに文句を云ってもどうにもならぬ。早い話が、おれの可愛い色女を中野の隠居のところへ世話を頼むのも、云ってみりゃ麻布の叔父貴と同じことだ。男は案外役に立たぬ代物《しろもの》だと悟ったよ」

右手には、高い塀が長々とつづいていた。暗くて見えぬが、この塀と道の間には、三間幅の堀が、黒い水を湛えている筈であった。いわずと知れた、これは大伝馬町《おおてんまちよう》の牢屋敷で、二人は話しながら、いつかこの辺まで歩いて来たのだった。

「しかし、そりゃアお縫さまとは、ちっと違うと思いますがね」

六兵衛が云った。

「どう違うというのかね？」

「若様。お縫さまは、れっきとした武家のお嬢さまです。それを……」

「卑しい三味線の師匠づれとは一緒にならぬというのか。ははは、困った。おれの色女だ。それを聞いたら可哀想に泣くぜ」

「しかし……」

六兵衛が何か反対しようとしたとき、

「待て」

と新之助が手で制した。

暗い闇の中を、前方にぽつんと提灯のあかりが現れたところだった。新之助の足が停ったのは、それを見たからである。六兵衛も注意されたように、前を眺めた。

その提灯が出たのが牢屋敷の門だというのは、場所の位置ですぐに分った。門は低くて小さい。俗に不浄門と呼ばれる不吉な出入口であった。

よく眼を凝《こ》らして見ると、提灯を先頭に二人の男が棒に何かを吊って歩いていた。この連中が、たった今、牢屋敷から出たことは、門がぎいと軋《きし》って閉まる音でも知れた。

「ご牢内で病死した者が出たのですね」

六兵衛が見ながら低い声で云った。

牢内で病死した科人《とがにん》は、検死の上で、非人によって外に出される。死骸は、もっこに入れられ、二人の非人に担がれて、夜中、不浄門を出るのだ。提灯を持った男が、非人の頭分とみえた。

六兵衛の言葉に、新之助はうなずいた。

「いやなものを見ましたな」

六兵衛は舌打ちして云った。

「若様、さ、早く参りましょう」

「何処に行くのだ？」

「え？」

「いや、あの死骸の行き場所だ」

新之助は提灯の動くのを、じっと見ていた。

「へえ、あれでございますか？」

六兵衛も、じっと見送って、

「ありゃ小《こ》塚《づか》っ原《ばら》でございますよ」

「うむ、小塚っ原か」

「へえ、牢屋で死んだ者はたいてい小塚っ原に、ああして運ばれて棄てられてしまうのでございます」

「棄てるのか？」

「へえ、考えてみれば、死んだ者は浮ばれない話ですよ。仏の扱いじゃございません。とんと犬猫の死骸でございますな」

「しかし、身寄りの無い人間の話だろう？」

「どういたしまして」

六兵衛は、打ち消した。

「ちゃんと身内の居る者でも、一旦、ご牢内で息を引き取ると、家の者には死骸を引き渡さない掟になって居りますよ。大きな声では申せませんが、ご政道も、こんなところは、あんまりご慈悲があるとは思えませんね」

「……」

「そうじゃございませんか、死んだ者は仏でさ。仏になってしまえば、罪も科《とが》もねえ。それを、野っ原に抛り出して捨て、雨露に打たせて骨にするなんざ、ちっとばかりむごい話でさ」

「家の者が嘆願しても、引き渡して貰えぬのだな？」

新之助は、まだ提灯の火の行方を見つめながら訊いた。

「そうだそうでございますよ。こりゃア手前だけの考えですが、ご牢内には無実の罪で入れられた者が多いそうでございます。それに、新入りは、先牢の者に随分と痛めつけられるそうで、お裁きをうけるまでに牢死する者は、たいていそのためだそうです。なかには同牢の者に憎まれて殺される者もあるそうでございますな。いや、聞くだけで、いやな話でございますよ」

「六兵衛」

新之助が急に大きな声を出した。

「その死骸の始末をする支配は誰だ？」

「牢屋敷お出入りの非人頭でございましょうな」

「どこにいるのだ？」

「さあ、手前もよく存じませんが」

六兵衛は首を傾けた。

「千住《せんじゅ》の方じゃございませんか？」

「はてな」

歩き出した新之助が、ふと、また立ち止って云った。

「六兵衛、見ろ、提灯の火が消えたぜ」

今まで、寝静まった町中を歩いていた向うの提灯のあかりが、急に消えて闇となっている。

「どうしたんでしょうねえ。風にでも吹き消されたのでしょうか」

六兵衛も、その方を注視していた。

「それほど強い風も吹いていないが」

近くまで行って様子を見よう、と云い出したのは新之助であった。六兵衛はあまり気乗りがしなかったが、それに従った。

提灯の火が消えたところとは、一町ばかりの距離があったが、軒の下を伝うように歩いて行くと、闇に慣れた眼に、五、六間向うに、六、七人の黒い人影が動いているのが見えた。

新之助と六兵衛とは、それをこちらから窺った。

もっこをかついだ三人が立っているが、一人が消えた提灯を手に持っている。火を点《つ》ける様子は無く、軒下にかたまっている三、四人連れの男たちと、小さな声で話を交していた。それもその中の一人が、提灯をもった頭分の男に、くどくどと頼んでいるような恰好であった。

　やがて話はまとまったらしい。その男が、頭分に何かを渡した。頭分はそれを懐に入れ、もっこをかついでいる男二人に低く命令した。すると、二人は棒を肩から下ろした。三、四人の男連れは、総がかりで、もっこから何かを抱え上げている。南無阿弥陀仏と唱えている声がここまで聞えた。それに交って泣き声が起ったが、これは誰かが叱っていた。抱いているのは死人であった。

　男たちは戸板を用意して来ていて、死人はその上に寝せられた。一人が上から蒲団をかけている。

　三人の方は、これは全く知らぬ体《てい》で歩いて去った。提灯の火は、もう点かなかった。次に四人連れが戸板をかついで別な辻を曲って去った。

「牢死した者の身内が、金を出して引き取ったんですな」

　目撃が終って、六兵衛がほっとしたように云った。

「そういうことも出来るのか？」

　新之助が訊いた。

「表向きでは、厳しい掟でございますが、やはり、万事、金の世の中でございますな。裏みちは、ちゃんとついております」

　二人は軒の下を出て、元の方角へ歩き出した。

「でも、同じ裏の抜道でもこういうことは結構ですな。こんなことでもないと、仏は浮ばれません」

新之助は、それには答えず、歩きながら黙って、何かを考えていた。

小塚原仕置場は、浅草山谷《さんや》から来て、泪橋《なみだばし》を渡り、千住大橋に出る途中にある。仕置場は、本所回向院《えこう》の所属で、往来に向って仕置台があり、いつも首が二つや三つはならんでいた。罪状を書いた高札が立っているが、胆の細い旅人は眼を塞ぎ、念仏を唱えて、この前を走りすぎた。

ここを少しすぎると、小塚原の埋葬地で、恵日院、浄泉寺、正行院、安楽院などという小さな寺が、一郭の内にならんでいる。だが、この陰惨な区画も、も少し過ぎると、今度は長さ六十六間の大橋の袂にかかり、千住宿場の茶屋町になっていた。左右にならんだ茶屋旅籠《はたご》は、江戸岡場所の一つで、小塚原は地獄と極楽とが隣り合っている。

新之助は、ひるをすぎたころ、その町中の小さな小料理屋へ入って、ひとりで酒を飲んでいた。表に、縄のれんが下っているが、その隙間から往来を歩く者が眺められた。街道だから、旅人が多く、馬子や駕籠《かご》かきが通る。昼間だから、嫖客は無いが、通行人の中に、非人の姿がちらちらと見えるのは、さすがに場所柄であった。

非人といっても、物乞いをして歩く無宿浮浪の野非人と、行刑の使役に雇われている抱え非人とがあった。この抱え非人は牢屋敷に出入りして、病囚の加療、刑罰の手伝い、牢屋見廻りなどを仕事とした。

非人に落されるのは、常人で財産を潰したもの、心中未遂で生残ったもの、近親私通の罪に問われた者が多かった。しかし、これはあとで相当の金を出すと、再び常人に復籍できた。

抱え非人については、岡本綺堂の説明がある。

「これには一定の収入があった。のみならず規律があって寸毫《すんごう》も犯すことは出来なかった。……非人の表向きの役というのは南北の溜《たまり》の番をすることで、溜というのは、囚人の病監のことを言うので、南の溜は南品川、北の溜は浅草千束町にあった。それから諸官庁の雑役、道掃除、引廻しや死罪についての雑用に当っていた。又一説によれば、非人は一種の兵、つまり徳川幕府の軍務の雑役夫で、非常の時には召集されることになっていたというので関八州に約一万の非人がいて、まことに秩序整然としていたそうである。このように上《かみ》の御用を勤めるので、非人には一つの特権が与えられていた。……それは各町家の間口に応じて一定の金を取立てることである。……それから変死を片づける場合の手間賃なども非人の収入になっていた。……こういう風に一定の収入で生活をしていたので、頭や小頭《こがしら》などは別として、少しいいところになると、月一両ぐらいの生活が出来たというから、大したものである。」（岸井良衛編「岡本綺堂・江戸に就ての話」）

「亭主を呼んでくれぬか」

新之助は、新しい銚子を運んできた小女に云った。

「へえ、これはいらっしゃいまし」

四十がらみの亭主が腰をかがめて新之助の傍に来た。

「お前が亭主か？」

「へえ、左様でございます。何ぞお気に召さぬことでも？」

相手が武士だから、亭主も丁寧であった。

「いや、そんなことではない。まあ、一杯やれ」

「へえ、ありがとうございます」

「少し、ものを訊きたいのだ。立っていないで、落ちついてくれ」

「へえへえ」

亭主は新之助の前に仕方なしに坐った。彼は新之助が出した盃を器用に干して、返盃した。

「で、お訊ねとおっしゃるのは何でございましょう？」

「うむ、お前はこの辺の非人のことに詳しいか？」

「へえ、そりゃ土地がらで、少しは知っております」

「そうか。実は、わしの雇人の縁者が、ふとしたことから伝馬町に入牢《じゅろう》したが、病死したのだ。雇人が嘆いている」

「それは、お気の毒なことでございます」

「雇人は、せめて縁者の亡骸《なきがら》を引き取って供養したいと申しているが、入牢中に死んだものは身内に引き渡さずに、この小塚っ原に非人の手で捨てられてしまうそうな」

「その通りでございます」

「伝馬町の不浄門からここに運ばれたのは昨日のことだ。そこで、雇人のために、わしがその仏を引き取ってやりたいと思い、ここまで来たが、さて何処でそれをかけ合ったらよいものか、とんと見当がつかぬ。見たところ、非人の通行する姿もあるようだが、誰彼なしに摑まえて訊くわけにもゆかぬ。しかるべき頭分があるに違いない。それを教えてくれぬか？」

新之助の云うことを亭主は聞いていたが、

「それなら、嘉右衛門にお話しになったらよろしゅうございましょう」

「嘉右衛門というのが頭分か？」

「この辺の小屋頭でございます。非人は町内のどこに住んでも構いませんが、やはり牢屋敷に出入りして処刑人や病死人を扱っているのは、この近くの寺の空地に小屋を建てて住んでいるのが多うございますな。そういう連中に睨みを利かしているのが、嘉右衛門でございます」

「それは、どこに住んでいるのか？」

「この先の縄手に浄念寺という寺がありますが、その墓場の横に小屋がございます」

浄念寺は仕置場に近かった。

この寺の裏手は、どの寺もそうであるように墓地となっている。

新之助がここまで、ぶらりと歩いてくると、墓地から空地にかけて掘立小屋が点々と見えた。非人小屋は、たいていこんな場所を択んで建てられていた。

非人とはいっても、乞食ではないから、みんなさっぱりとした服装《なり》をしている。殊に抱え非人には収入《みいり》があった。

新之助は非人小頭の嘉右衛門の住居を探ねたが、沢山ならんだ掛小屋のどれが彼の住居なのか見当がつかない。その辺に姿を見せている非人の女房らしいのに、

「嘉右衛門の住家はどこか？」

ときいても、女は、じろりと新之助を見上げて、

「さあ、存じませんね」

と、にべもなく答えて引込んでしまう。

男も同じことで、

「さてね」

と、新之助の顔を穴のあくほど見て、挨拶もせずに行き過ぎる。奇態な武士が迷い込

んできた、とでも云いたげな眼つきであった。明らかに、ここでは別な生活社会をつくっていた。

新之助も、すこし途方にくれて立った。

近くの寺からは、もの憂げに読経の声がきこえている。墓場には、卒塔婆の間を、とんぼが泳ぐように飛んでいた。

刑場で働いているらしい男が三人づれで通りかかった。かれらは尻をからげ、股引をはき、草履をつっかけて、目明しの下引きのような恰好をしていた。

「ちと訊《たず》ねたいが」

新之助が声をかけると、三人は立ち止った。しかし、笑顔もみせていない。

「嘉右衛門の住居はいずれか、存じているなら教えてくれぬか？」

三人は顔を見合せたが、はっきりと警戒の色を見せていた。

「いやいや、決して迷惑はかけない。ここで埋められた牢死人のことで訊きに来た者だが……」

「さあね」

その一人が答えた。

「よく存じませんね。そりゃアご自分でお探しになることですね」

行こうぜ、とその男は連れを促して立ち去った。とりつく島もないとはこのことだった。

ここでは全く外来者を拒絶しているようだった。

なるほど、自分で探すか。新之助がこの決心をつけて歩き出して間もなくである。或る小屋の前を通りかかったとき、その裏手の、木の枝にひっかけた物干し竿に眼がとまった。

女ものの浴衣が竿に下っていたが、その模様が麻の葉であった。

麻の葉模様の女浴衣は、干し竿にかかったまま、明るい陽を浴びている。

新之助はそれに近づいて、浴衣を凝視していた。

「なにか、御用かな？」

すぐ後で声が聴えたので、新之助がふり返ると、髷《まげ》ではなく、頭を蓬《よもぎ》のように延ばした三十ぐらいの男が、浅黒い顔にうすら笑いを浮べて立っていた。坊主のように白い着物を着ている。この辺は小屋がならび、彼はその一つから出てきたようだった。

「いや、これは」

新之助は挨拶した。

「失礼をしたかもしれぬ。ただ、これに干してある浴衣が眼に止って、思わず近よってきた者だが……」

「浴衣に？」

その男も干し物に眼を走らせた。

「ほう、何か？」

と反問した。

この男は、他の者と違って、近々と話をしてくれるらしい。新之助は心安さを覚えた。

「左様、わたしの知っている者が着ていた浴衣のように思えたのでね」

蓬髪の男は、あざけるような眼をした。

「麻の葉模様の浴衣は、世間の女子《おなご》衆《しゅ》がざらに着ている。あんたの知辺《しるべ》だけじゃあるまい」

「その通りだが」

新之助は、おとなしく云った。

「ところが、わたしの知った女は、牢死人として、ここに埋められたのだ。入牢した時がこの着ものだった」

「うむ」

男は新之助の顔を、じっと見ていたが、

「なるほど、遺品《かたみ》という訳だな。そりゃ気の毒だが、どうなさりたいのだな？」

「持ち主に、この着ものを譲って貰いたいのだが」

「はてね。そりゃ、わしには分らんが」

彼は、にやにやして小首を傾けて考えていたが、

「それは、直接《じか》に掛け合いなすったら、どうだね？」

と云った。

新之助が、ぜひそうしたい、と答えると、

「すこし高く吹っかけるかも分らんが」

と云いながら、傍の小屋の方に歩いて行った。存外親切な男らしい。肩幅もがっちり

していた。

男は、小屋の入口に首を突込むと、

「おい、お紺、お紺」

と呼んだ。

しばらく返事がない。

「留守かな」

と呟いているとき、

「あい、何だえ」

と奥から若い女の声がきこえた。

小屋から顔をのぞかせたのは、二十七、八の女で、汚い恰好はしているが、どこか粋なところが、身体つきに残っていた。

「おや、法玄さん、どうしたのかえ？」

お紺と呼ばれた女は、男の顔を見た。

「なんだ、おめえ居たのか。何度呼んでも返事がねえから留守かと思ったよ」

法玄と女が呼んだ男は云った。蓬のようにのびた髪は、やはり彼が坊主だったことが分った。

「あんまり陽気がいいから横になって、うとうとしていたところさ」

「吉原《なか》の夢でも見て、涎《よだれ》を流していたのじゃねえか」

「まあそんなところさ。眼を瞑《つぶ》っている間が極楽だわな」

「ひとりの昼寝じゃ勿体ねえ。なんなら、おれが引導を渡して、この世の極楽を見せてもいいぜ」

「おまえのような汚ならしい破戒坊主の引導じゃ有難味が無いね」

お紺は笑った。

「で、何の用事かえ？　まさか、引導の用事で覗きに来たんじゃあるまいね」

「あれ、本気にしてやがる」

破戒坊主は舌打ちした。

「おめえに、ちっとばかり用事があるという人が来たのだ」

「あたしにかえ？」

「眼の色を変えたな。おめえの心中し損いの片割れが来たんじゃねえ。ほれ、そこに立っているお武士《さむらい》だ」

お紺は、離れたところに立っている新之助の姿を認めた。

「あの人が……」

お紺は眼を瞠《みは》って、衿をかき合せた。

「何の用事だろうね？　法玄さん、ちょっといい男じゃないか」

お紺は低い声で云って、新之助を見ていた。

「病を出しても始まらねえ。妙な嬌態《しな》をつくらねえで、早えとこ、用事を聞いて上げな」

「だからさ、お前、ここに連れて来たからには、話を聞いているんだろう？」

「うむ、実はな、その干竿にかかっているおめえの浴衣を欲しいと云ってるのだ」

「え、あの浴衣を？」

お紺は、麻の葉模様の浴衣に眼を走らせた。

「何でも、牢死した知辺《しるべ》の着ていたものだそうだ。どうだえ、ちっと高く吹っかけて買わせたらどうだ？」

「お前が、口利き料を取って、酒代にしようってんだね？」

「そうと手の内を読まれちゃ仕方がねえ。その分も掛けて売りつけるのだ。どうせ、死人から剝いだ無料《ただ》の着物だ」

「嫌だね」

お紺は拒絶した。

「なに、嫌だと？」

法玄はお紺の顔を見つめた。

「そりゃ、どういう訳だえ？」

「訳も、へちまもないよ。お前、何とお云いだえ？　死人の着ものを剝いだんだから、もとはただだろうって？　莫迦《ばか》におしでないよ。ただだろうが何だろうが、大きなお世話さ。自分のものとなりゃ同じこった。あたいは、あの浴衣が気に入ってるんでね。吉《よ》原《か》に居る時から、あの柄がよく似合うって、馴染客からほめられたもんさ。折角、お前の口利きだが、三文落したつもりで諦めて貰うんだね」

お紺は、法玄を嘲《あざけ》った。

「ほい、相変らず、気の強え女《あま》だ」

法玄は、わざと首をすくめてみせた。

「だがの、お紺さん。おめえも損な性分だぜ。こういっちゃ、ここに来る仏に済まねえが、何もこれで、あとが続かねえ訳じゃねえ。おめえの気に入った着物は、これからも、たんと来るこった。ここは一番、客のついたところで高く売ったが利口というもんだ。ほれ、おめえ、この間から簪《かんざし》が買いてえと云ってたじゃねえか。あの着ものを売って、仲見世で上玉を買うんだね。おめえなら、女っぷりが一段と上るのは請け合いだ」

お紺は返事をしないで、黙っていた。

「それに、商売《しょうべえ》は相手次第だ。あのお武士《さむらい》を見ねえ。おめえも云った通り、ちょっと苦味走ったなかに粋なところがあって、佳《い》い男っぷりだ。同じ売るなら、眼やにの溜った爺《じじい》に売るより、おめえも何ぼか心持がいいっていうもんだ。その上、言い値で買いそうな客だから、又とはねえぜ」

お紺は、上目使いに、立っている新之助を見ていたが、

「お前の口には叶わないね。そんなら、一つ、思い切るかね」

「そうとも、そうとも。値段は、おれがいいように掛け合ってやる。その代り、口利き賃は、しっかり頼みますぞ」

「いけ好かない坊主だね」

法玄は笑いながら、新之助のところに戻った。低い声で、

「旦那、なかなか、うんと首をたてに振らねえのをやっと承知させましたよ。もと、吉

原で、お職まで張ったおいらんですがね、男に血道をあげ、心中仕損いの、日本橋でお定りの曝《さら》しの揚句、ここに落ちこんだ女《あま》でさ。人間、色気をはなれると、欲気がとりつくとはよく云ったもの、旦那も、ちっとばかり、値をはずまねえと、あの浴衣は売りそうもありませんぜ」

「そうか」

新之助は、うなずいた。

「もとより、縁ある仏の供養のためだ。そっちの言い値で譲って貰うことにする」


「小屋頭に？」

取引が終って、麻の葉の浴衣を買い取り、これもお紺が出してくれた風呂敷に包んで手に下げた新之助が、嘉右衛門の所在を訊くと、法玄は訊き返した。

「小屋頭に会って、どうなさろうというのだね？」

お紺の小屋を出てからも、この破戒坊主は新之助の傍についてきていた。

「この浴衣を着ていた仏の始末を訊きたいのだ」

新之助が云うと、法玄は首をふって、

「そりゃ、止しになさった方がいい。無駄だ」

と答えた。

「何故だ？」

「旦那の云うことが、正直でないからさ」

「なに？」

「かくしても分りますよ」

法玄が笑った。

「仏が知辺の者だとおっしゃったが、そうじゃねえ、何か探りに見えたのでしょう？」

「……」

「お武家は小さな嘘は苦手とみえるね。その顔色で分りますよ。小屋頭はお上《かみ》の御用も勤めている人間でね。一目で見破って、追い帰すのが落ちというもんでさ」

「そうか」

新之助は、当惑顔にうなずいた。

「はは、だいぶ、お弱りのようだが」

法玄はその顔を眺めて、

「ねえ、旦那、その麻の葉の浴衣をきていた仏については、あっしも満更知らねえでもねえ、何なら、知っただけを申し上げてもよござんすよ」

「なに、あんたが知ってるのか？」

「こう見えても、もとは坊主でね。そこを買われて牢死人の仏がくるたびにお経を上げているのさ」

「それは好都合だ。ぜひ、教えてくれぬか」

新之助は眼を輝かした。

「よござんす。旦那の人がらを見込んで話しましょう。その代り、お布施《ふせ》の方も頼みますよ」

「よろしい。あんたの望む通りに出そう」

お紺からも口利き料を取り、今度も礼金を望むこの坊主は、何という欲の深い奴だと思っていると、法玄は、その気持を察したように、

「なに、酒代なら、お紺から取った銭で剰《あま》りますがね。こうみえても、わっしはもう一度、もとの身分に浮び上りてえのだ。この世界を抜けるには、相当の金を積まなくてはならねえ。あっしは、その望みのために、少しずつだが銭を貯《た》めているんでね」

と、いくらか照れたように云った。

人間は、どの社会に落ちても、その夢のために生きているものだ、と新之助は坊主の顔を改めて見た。

「一番に訊きたいのは」

新之助は、法玄に云った。

「この浴衣をきていた仏がここに運ばれたのは、いつのことかね?」

「二十日も前のことでね」

法玄は答えて、

「あっしも、ちょいと覗いたが、そりゃ、佳《い》い容貌《きりよう》の女だった。年ごろは、左様さ、二十七、八くらいかな。どうだえ、合うかね?」

新之助はうなずいた。

「それは、伝馬町の女牢から運ばれてきたんだろうな?」

「無論、それに違いないが。……や、旦那はほかから運んで来たように思いなすってるのかね？」

「すこし、それも訊いたまでだ」

「よいことを訊きなすった。実を云や、あっしも、牢屋から来た仏にしては、妙だなと思ったことがあるんで……」

「どういうことだね？」

「仏の腹が膨れすぎている。初めは、おや、臨月の懐妊女《はらみ》かな、と思ったが、いいや、そうじゃねえ。あれは水をたらふく飲んだ人間だ。つまり、水死人の死骸と同じだった」

「……………」

「次に、妙なのは、仏の身体がいやに土で汚れている。云ってみれば、どこかで一度土をかぶって来た仏だなと思った。旦那の持っているその浴衣だって、お紺が、その土を落すために苦労して洗濯したものでさ」

新之助は、いちいち、うなずいた。

「そのときは、妙だな、とは思ったが、読経しているうちに、仏は穴の中に捨てられてしまった。それっきりだ。うんもすんもねえ話だ」

「穴？」

「一人がかがむ穴じゃねえ。二十人はたっぷりと入る大きな穴でね。一人一人、牢死が出るたびに、ここにかついで来て、重ねるように捨ててしまうのですよ。土をかぶせる時分には、下積みの仏は骨になっているころでね」

聞いていて、思わず腐臭が臭ってくるような話であった。牢死人は、犬猫と同じ扱いであった。

「旦那の知辺《しるべ》というその仏も、今ごろは、穴の中で骨になりかかっているころだね。たとえ、旦那が見てえと思っても、何とも及ばねえ話ですよ」

法玄が云う通り、新之助が誰かを連れてきて菊川を検分させようとしても、すでに不可能だった。

今は、ただ、菊川が奉行所の人間によって牢死人に仕立てられ、小塚っ原に捨てられた、という事実を知っただけで満足するほかはなかった。

寺社奉行の手で、府内の寺をいくら捜しても、菊川の死体が埋葬されていなかったはずである。


石翁は船で登城の途中にあった。

自慢の屋形船で数寄を凝らしている。障子は阿蘭陀《おらんだ》人が輸入したギヤマンで張って、見物人の眼をみはらせた。その中に、白綸子《りんず》の十徳を着て、泰然と坐って、これも南蛮渡りの長い煙管《きせる》を口にくわえていた。雁首も吸口も、無論、金無垢《きんむく》で出来ている。

十徳は黒服が普通だが、それでは殿中で医師や坊主などと紛らわしいというので、大御所家斉の命で、特に白服としたのだ。この意匠は、細川三斎好みの羽織からデザインしたもので、殿中に行き会うもの、みな白服十徳に慴伏《しょうふく》した。

隠居しても、登城のときの格式は十万石に劣らなかった。しかし、向島に引込んでからは陸路の行列を好まず、大川を下って濠に入り、辰ノ口から下船して登城した。このような気儘を許されるのも、大名には居らず、彼ひとりであった。

だから、それ、石翁のギヤマンの船が通るというと、大川を上下する船は悉く岸に漕ぎ寄って避けた。なにしろ、石翁の邸があるというので、遊客が向島堤の花見を対岸からしたくらいだから、大そうな勢いである。

向島から辰ノ口に到着するまで、船は大川の橋を三つくぐらなければならない。そのいずれも、橋上から人が真黒になって、ギヤマンの屋形船を見物した。

玻璃《はり》の透かし障子から、石翁の白十徳姿が眺められる。その脇の螺鈿《らでん》の刀掛けには、「一寸見附の花がいき、枝珊瑚珠《さんごじゅ》も江の島の、土産に同じ貝細工、または蠟色《ろいろ》の上品も、縁に頭に目貫まで、今出来揃い桐尽し」とうたわれた評判の脇差しが架けてあるが、それも遠眼にでも見ようと見物人は爪立ちした。

石翁は、内心、大いに自慢だから、岸から眺められようと、橋の上から見下ろされようと、一向に意に介しないような顔をして坐っている。多くの家来を同座させ、己は真ん中のひろい場所に和蘭陀渡りの羅紗を敷物にし、口辺に微笑を上せていた。

船は、大橋に近づいていた。この橋の上にも、通りがかりの者が集まって、かたまっていた。石翁の登城は滅多に見られないから、みな、もの珍しそうに見物している。

この屋形船の舳先《へさき》が、橋の下にかかるか、かからないときだった。

突然、橋の上から、白いものが、風に舞うようにして川の上に下りてきた。

「あっ」

と叫んだのは、船頭だけではない。橋上の見物人たちの間にも、どよめきが起った。

白いものは、ふわふわと翻って、屋形船の屋根にかかるかと思われたが、それは、すいと外れて、川の上にひろがるようにして落ちた。

折から上げ潮で、船の方向とは逆に、ゆっくりと流れてゆくのは、まさしく麻の葉模様の浴衣であった。

船頭が、はっとして橋上を見上げると、欄干に集まって黒くなっている見物人たちも、どよめいている。石翁ほどの権力者の座船に向って、ものを抛ったのだから、かれらも動揺していた。しかし、投げた者は誰か、下の船からは分らなかった。

舳先の船頭が、棹《さお》で、水に浮んでいる浴衣を、石翁の目障りにならぬように手繰り寄せようとすると、

「構うな」

と、これは石翁自身の声がかかった。

船頭が低頭して、あわてて棹を手もとに引いたから浴衣は上げ潮に乗って、上流へ、ゆらゆらと流れて行く。丁度、下りにかかる船とは、すれ違う恰好となった。

同船している家来たちが、恐る恐る石翁の顔色を窺った。

石翁は、身動きもせず、木像を据えたように坐っている。図体も大きく、眼も大きい男だが、その眼に異様な光を湛えて、水の上に揺れている浴衣に視線を注いでいた。

麻の葉模様は小さな波に漂い、押され、こまかな変化をくり返しながら流れてゆく。

ほかの浮遊物が、それにまつわっている。この辺りになると、潮の匂いが高い。

石翁は厚い唇を一文字に閉じていた。不興のときの癖で、下唇が突き出し、癇性《かんしよう》に曲っていた。顔の色が、いつもより蒼いのは、これは水に映えたせいと見てよかろう。眼だけが、麻の葉浴衣の緩慢な流れをしばらく追って、外《そ》れないのである。

傲岸《ごうがん》な眼つきというよりも、何かと闘争している眼であった。かすかな恐れと、見えない敵の挑戦とに、負けるものか、来い、とでも云いたげな眼であった。執拗に麻の葉の流れを追っているのだ。

「恐れながら」

家来の一人が、見かねたように、

「見苦しきものが流れておりまするが、とり除かせましょうか？」

と伺うと、石翁は、初めて気づいたように、視線を放した。

「すておけ」

と、これは口から言葉が出たのではない。むっつりとした表情で分るのである。すべて機嫌の悪いときの拒絶は、返事をしないことにしている。

そのうち、大橋をくぐって南へ出る。白い漂流物は遥か彼方に流れ去った。石翁は、もう、あらぬ方に眼をむけて、苦虫を嚙んだような顔でいた。

「あれ」

と、船頭が思わず背伸びして、後方に掌をかざしたのは、このときである。

一艘の小舟が岸から漕ぎ出て、漂っている浴衣に近づいたかと思うと、乗っている人物が、さっと浴衣を拾い上げた。

「や」

と眼を瞠《みは》ったのは屋形船の中の石翁の家来たちである。遥か後方に漕ぎ出た小舟をいずれも見つめた。小舟に乗った男は、身を舟べりにかがめ、流れている浴衣を手に拾い上げたのである。

顔は、遠くて見えないが、その小さな姿が武家だということは分った。しかも、その男は、拾い上げた浴衣をこちらに振るように見せたものである。

「奇怪な奴」

と一人が叫んだ。当然に、相手の挑発行為に怒った声だった。

「何者か、とにかく怪《け》しからぬ奴」

別な家来が云った。

「すぐ誰かを上陸させて、引捕えて参りましょうか？」

石翁に伺うように、興奮を見せて云ったが、石翁はむっつりと黙っていた。

「ご威光にもかかわります」

家来が重ねて意気込むと、

「構うな」

と、石翁が初めて声を出した。煩さそうな、邪慳《じやけん》な声であった。が、大きな坊主頭のこめかみには、浮き出た青い筋が怒張していた。

そのうち、屋形船は大川から分れて、濠に入る。小舟は視界から消えた。——

新之助は、小舟を操って柳橋の船宿に戻った。

お内儀が、自分で舟の舳先を押えて、新之助を迎えたが、

「こちらで、拝見していてはらはらいたしました」

と、すこし蒼ざめた顔で云った。

新之助が笑って、

「これを洗濯しておいてくれ」

と手にかかえた濡れた麻の葉の浴衣をお内儀に渡した。

「大切なものじゃ。盗まれぬよう、気をつけてくれ」

「承知いたしました」

お内儀が両手で、囲うようにして受け取った。

「二階に、支度しておいてくれぬか」

新之助が注文すると、

「あとから、詮議が参りませぬか？」

と不安そうに、青い眉をよせた。

「なに、大丈夫だ」

新之助は二階に上った。

銚子を持ってきた女中のすぐあとから、お内儀が心配げな顔をして、

「六兵衛さんという人が訪ねて見えましたが」

と云った。

「もう来たか。すぐ上げてくれ」

お内儀が階下《した》に降りて行くのと入れ違いに、六兵衛が息を切らせて上ってきた。

「六兵衛か。ご苦労、ご苦労。まあ、坐れ」

新之助が微笑しながら、さし招いた。


石翁の西丸参候は、久々に大御所お見舞のためという口上であった。

平大名はもとより、縁戚筋の大名でも御病間には通されずに追い帰されるのだが、石翁は特別である。水野美濃守が、わざわざ玄関先まで出迎える。

病間に入る前に、一先ず御小座敷に通されて休息した。お坊主が茶を持って入り、接待している間は、美濃守と、さりげない会話を交していたが、誰もいなくなると、石翁の表情が緊《しま》った。

「大御所のご容体は相変らずかな?」

石翁は訊いた。

「はあ」

美濃守は伏眼になって答えた。この男は、女のように長い睫毛《まつげ》をもっている。蒼白い顔色だが、唇が紅を塗ったように赤い。

「しかじかと捗りませぬ。医者共も懸命にお手当て申し上げ、苦心の投薬をいたしておりますが、一進一退で……」

「余命、あと五十日とは前に聞いたが」

石翁は、ずけずけと遠慮がなかった。

「変ったことも起らぬかの？」

「たしかに、ご衰弱は眼に見えて、現れております」

「あの病気は永い」

石翁は、他人《ひと》ごとのように冷たい口吻《こうふん》であった。

「今にも危篤になりそうだが、なかなか死なぬ。で、どうじゃ、お頭《つむ》の方は？」

「お言葉は、ますます聴き取りにくうなりましたが、こちらの申し上げることは、よくお分りになるようでございます」

「それも、病気が、もっと悪うなれば判断が分らなくなる。美濃どの、そこもとは、よいときにお墨附を書かせたな」

石翁は美濃守を讃めた。

「幸いでございました」

美濃守は手柄をほめられたように低頭した。

「お墨附は、わしが大切にしまってある」

石翁は、強い眼ざしになって、

「しかし、美濃どの。お墨附はこっちのものになったが、これからが大事じゃ。あのお墨附をどう活かすかだ」

「はあ」

「肥後や筑前は、お墨附さえ手に入ったからには、万事安心と心得ているらしい。莫迦《ばか》なことよ。書附一枚にたよって何になろう。要は、それを活用するために人が要る。わしは今からそれを考えている」

「ご隠居さまのご深慮、恐れ入っております」

美濃守はもう一度、ていねいに頭を下げたが、一段と声を低めて云った。

「そのお墨附のことでございますが、どうやら、ご本丸には、うすうすと勘づかれているようでございますぞ」

「なに？」

石翁が屹《きっ》となって、美濃守の顔を見た。

「ご本丸でお墨附を気づいている？」

石翁は思わず反問した。

「それは、まことか？」

「どうやら、その気配が見えまする」

美濃守は答えて、

「老中衆がしきりと密々の談合をしているそうにございます」

「真実《まこと》かな？」

「こちらより、然るべき者をあちらに入れておりますので」

美濃守は意味ありげにうす笑いした。

「たしかな報告と存じます」

「ふうむ」

石翁は考えこんだ。

「どこから洩れたかな」

かれは、指を出して、

「それを知っているのは、そこもとと、わしと、林肥後と、美濃部筑前と……」

一つ一つ折って、

「瓦島飛騨《かとう》も、竹本若狭も、秘事を洩らす男ではないがのう」

と猪首を傾《かし》げた。

美濃守が、一膝すすんで、

「ご隠居様、それなら、申し上げますが……」

「うむ？」

「どうやら、情報は、脇坂淡路より洩れている形跡がございます」

「なに淡路から？」

石翁は眼をむいた。

「はい。手前は左様に存じております」

「なにか、実証がござるか？」

「証拠とてはございませんが、水野越前守（忠邦、老中職）の私邸を、淡路が暮夜、ひそかに両三度、訪ねております。これが実証といえましょう」

「淡路がのう」

石翁は身体をひいて、眼を閉じたが、さもありそうなことだと云うように、うなずいた。

「美濃殿、そなたは怕《こわ》い人だな?」

と顔を見た。

「はあ? これは、また……」

「いやいや、その身は西丸の大奥で大御所のお側に附ききりでいるが、眼は、いつも外を向いているな」

「恐れ入ります」

「そなたが一人いるだけでわしは頼母しい。しかし、美濃殿」

「はい」

「油断あるな。そなたが、探りの者を出しているように、先方もこちらに同様の者を出しているでの」

石翁は、語気に力を入れた。

「お言葉、身に滲みておりまする。そのことは充分心得まする」

「それがよい」

石翁は一旦云って、光った眼を宙に据えた。

「そうか。淡路めがのう……」

美濃守の案内で石翁は、家斉の病間に参入した。

襖の極彩色の図、金砂子《すなご》に金泥で雲形を描いた天井、秋草の図の袋戸棚、四枚襖、長押《なげし》の釘隠しに用いた随所に光っている金鍍金《めつき》の金具――中央に高麗縁《こうらいべり》の畳を二枚積み、その上に金襴の縁とった厚板物を二枚重ね、唐織白地に色糸で鴛鴦《おしどり》模様を散らした緞子《どんす》の掛蒲団が五枚、その中に埋められたように寝ている家斉は、顔だけ出して力なく睡っていた。極彩色の絵図の中で、彼の首だけが土色であった。

石翁が、さしのぞくと、家斉は天井に顔を仰向け、鼾《いびき》をかいているが、眼窩《がんか》はくぼみ、脂肪が落ちて、鼻梁《びりょう》が尖ったように高い。口を開けているが、唇の色も血の気が無く、黝《くろ》かった。

枕元にお美代の方が侍《はべ》っていたが、

「半刻《とき》ほど前に、お寝《よ》いになりましたが、お父上の見えたことを言上いたしましょうか？」

ときく。石翁はお美代の養父である。

石翁は、手を振って、

「いやいや、それには及び申さぬ。お寝みなさるのが何よりお身体のためによろしかろう」

と云った。

今さら身体のためにいいも悪いもない、誰が見ても家斉の死期が遠くないことが分った。ただ、老人のこの病気の特性と、医者どもの懸命の調薬介抱とで、気息えんえんながら、案外、息が永く保てるのではないかと思われる。

ふと見ると、お美代の方は、いささかもやつれがなく、水々しい化粧をしている。極彩色でうずもったこの座敷の中で、一際ふさわしく見えるくらいである。病人を介抱している姿とは思われない。

石翁は、それとなく眼を蒲団の裾に移した。その端には、水野美濃守が、うずくまっている。その顔色が白くて、どこか化粧したみたいにきれいである。もとから美男子だ。石翁は、ははん、というように眼元を皮肉に笑わせた。二十日も前に見舞に登営して、美濃守を見たときは、彼は長の看侍に憔悴《しょうすい》して、見るかげもなかったが、今は眼を疑うばかりに元気で、垢抜けがしている。

「美濃殿」

石翁が低く声をかけた。

「はあ」

美濃守が顔を上げる。

「ご病間のご看護を、日夜ご両人でなされるのは、さだめし、お気苦労であろうな」

「恐れ入ります。手前、海山の御恩をうけたる大御所様のご介抱に、もとより粉骨のつもりでおりまするが、ただ、お美代の方様が……」

と云いかけて、石翁の特別な眼の表情に遇うと、ぱっと面を赧らめた。お美代もそれに気づいたか、下を向いた。

石翁は、ははあ、と合点した顔をした。

石翁は午《ひる》すぎには、もう下城していた。

秋めいた、いい天気である。再び屋形船に乗った彼は、船の軽い動揺に身体を任せながら眼を閉じていた。

知らぬ者が見たら、居眠りしているように思える。

(脇坂淡路がお墨附のことを気づいたとすると、すこし厄介なことになった)

彼は眉の間に、屈託げな皺をつくっていた。

(水越が煩さい)

(水越が煩さい)

かれは、胸の中で繰り返した。

水越とは、老中筆頭水野越前守忠邦のことで、のちに天保の改革をやった張本人である。彼は、この頃から家斉の驕奢《きょうしゃ》な放漫政策に批判的である。

切れる腕をもった男だけに、石翁にとっては面倒な存在であった。折角の計画が、このあたりの線から切り崩されたら、一大事だという気がする。

その線に密着しているのが脇坂淡路だとすると——

(淡路め、何をこそこそとやろうというのだ？)

石翁は考えつづけている。

(今のうちに、淡路の線で食い止めなければならぬ。でないと、途方もないことになりそうだ)

誰がやる？　俺よりほかにないではないか。ほかの者には任せておけぬ。年とった、この俺が、じかにやるのだ。

石翁は、かすかな不安に襲われた。不安は、絶えずこちらの計画を、蟻のように食いつづけている敵の見えない行動であった。音も立てないで、敵は、静かにしかも確実に破壊作業をすすめている。……

がっちりとした大木が、根ぎわから倒れるような幻覚を石翁は夢見た。

すると、大御所の黝《くろず》んだ顔が眼に浮んだ。眼窩《がんか》が落ち、頬がこけ、鼻梁《びりょう》が尖っている。永い間、利用してきたが、この人には、もう頼れない。死期が目の前に迫っている顔だった。死相といってもいい。

「どうかなさいましたか？」

家来のひとりが声をかけた。主人の顔色が蒼くみえたせいかもしれない。

「うむ」

石翁は、うす眼を開けた。

波が映っている。いきなり川の水が眼にとびこんできたので奇妙な気持になった。水は深い蒼味を沈め、さまざまな紋をつくっていた。

紋の変化が、突然、麻の葉にみえた。暗い。

「あ」

石翁は、かすかに口から声を洩らして、眼を掌で掩った。

少し身体が揺らいだようだったが、家来に見咎められるほどの変化ではなかった。もともとより豪気な隠居である。

掌を眼から放すと、明るい大川の景色があった。

石翁は屋敷に戻った。

屋形船より上るときから、顔色が冴えない。足がもつれそうだった。

居間に入ると、

「茶を」

と妾に云ったが、思い直して、

「黒子丸《こくしがん》をくれ」

と命じた。

「何か、ご気分でも……？」

妾が怪しむように訊いたが、

「何でもよいから、すぐに出せ」

と癇性《かんしょう》らしく云った。

薬にはやかましい男でその方の知識も詳しい。この黒子丸も自分が調剤したもので、黄蓮《おうれん》、合歓木《ねむのき》、沈香《じんこう》、熊胆《くまのい》を原料としている。このうち、植物は自分の庭に植え、そのほかは手を廻して集めさせた。集めさせるのに苦労はない。一言、こういうものを、といえば、諸大名、争って献上するのだ。

妾に薬を持って来させ、口に入れ、白湯《さゆ》を咽喉に流して、しばらく瞑目《めいもく》した。

「お寝《よ》り遊ばしては」

妾が云うのを、

「そちは向うに行っておれ」

と命じて斥《しりぞ》けた。

(しかし、脇坂淡路が、どうしてそのことを知ったか)

石翁は、さっきの屈託からまだ解放されない。見えない糸を何とか見つけようとしている。

こちらの側から洩らす者は居ない。すると、彼が探り出したのだ。

(誰を使って?)

ふと、思い当るのは、麻の葉の浴衣を見せた男のことである。あれは菊川に着せたものだが、その死骸の処置は、北町奉行所つきの与力に一任した。

万事、然るべく処分いたしました、と、あの利口そうな与力は報告したが、あれでは当てにならぬ。敵側と思われるあの若い男にあばかれているではないか。

(あれは、大した男ではない。あれとこれとは違う。お墨附を探り出した者は別だ)

石翁はそう信じた。

(誰だろう?)

と思う反面、

(淡路め。なかなか、やりおる)

と思った。こうしているうちにも、彼の隠微な攻勢がすすんでいるようである。

(今のうちに、策を講じなければならぬが)

と考えたが、どこから手をつけていいか分らない。

（もう少し、じっとしているか。さすれば必ず敵は思い上って出てくる。それを待とう。それから叩くのだ。よし）

と決心した。


（下巻に続く）

本作品は、江戸時代の差別的な身分制度を背景に描かれており、また、当時の社会がかかえていた差別を描写するため、現在の人権尊重の精神から考えると、公表に際して深い配慮の必要な言葉が使われています。しかし、物語の展開上、重要な状況説明として不可欠な表現でもあります。また、著作者はすでに故人であり、みだりに改訂することも許されません。熟慮の上、このような表現については、原文のままにしました。読者諸賢が差別根絶の立場から、本作の背景となった時代がかかえていた深刻な差別の事実や差別意識について注意深い態度で読んでいただくよう、お願いする次第です。

文春文庫編集部

文春文庫

かげろう絵図《えず》　上

定価はカバーに
表示してあります

2004年8月10日　第1刷

著　者　松《まつ》本《もと》清張《せいちよう》

発行者　庄野音比古

発行所　株式会社 文藝春秋

東京都千代田区紀尾井町 3-23　〒102-8008
TEL 03・3265・1211
文藝春秋ホームページ　http://www.bunshun.co.jp
文春ウェブ文庫　http://www.bunshunplaza.com

落丁、乱丁本は、お手数ですが小社営業部宛お送り下さい。送料小社負担でお取替致します。

印刷・凸版印刷　製本・加藤製本

Printed in Japan
ISBN4-16-710692-2